五行八作

朱铁军　主编

中国言实出版社

图书在版编目（CIP）数据

　　五行八作 / 朱铁军主编 . -- 北京： 中国言实出版
社， 2017.1
　　（全民阅读精品文库）
　　ISBN 978-7-5171-2152-7

　　Ⅰ . ①五… Ⅱ . ①朱… Ⅲ . ①小说集－中国－当代
Ⅳ . ① I247

中国版本图书馆 CIP 数据核字（2017）第 003937 号

出 版 人：王昕朋
总 监 制：朱艳华
责任编辑：佟贵兆
封面设计：水岸风创意文化

出版发行　中国言实出版社
　　　　　地　　址：北京市朝阳区北苑路 180 号加利大厦 5 号楼 105 室
　　　　　邮　　编：100101
　　　　　编辑部：北京市海淀区北太平庄路甲 1 号
　　　　　邮　　编：100088
　　　　　电　　话：64924853（总编室）　64924716（发行部）
　　　　　网　　址：www.zgyscbs.cn
　　　　　E-mail：zgyscbs@263.net
经　　销　新华书店
印　　刷　北京温林源印刷有限公司
版　　次　2017 年 5 月第 1 版　　2017 年 5 月第 1 次印刷
规　　格　710 毫米 × 1000 毫米　1/16　16.75 印张
字　　数　257 千字
定　　价　40.00 元　　ISBN 978-7-5171-2152-7

出版前言

　　《特文学》系列丛书所编选的作品，均为 2006 年至 2016 年间《特区文学》杂志所发表的中、短篇小说，按作品的题材分为《岁里春秋》《人间烟火》《仕说新语》《此去经年》《五行八作》，共五卷，包含 24 位国内知名作家的 33 篇纯文学力作，这些作品大部分都在发表后被多家选刊转载，其中有获得各类文学奖项的，有收入年度选本的，也有被改编为影视剧本搬上荧幕的。

　　作为深圳特区唯一公开出版的纯文学期刊，《特区文学》杂志在打造"新都市文学、文学新都市"的办刊理念下，多年来较为倾向于涉及城市题材的纯文学作品，其中"深度叙事"与"质感文本"两个固定栏目，发表了一大批城市文学范畴的小说精品。因此在本系列书编辑之初，我们也以"叙事性、可读性、文学性"为选题宗旨，侧重于城市题材进行了作品的选择。

　　现下的时代，高度的科技化与商业化无时无刻不在改变着我们所生活的场域，城市生活在我们的世界中变得空前的复杂、新颖、多样，同时传播方式的不断更新迭代，也将传统的阅读方式推向了碎片化的趋势。信息的爆炸带给文学艺术的影响与刷新，也在悄然裂变。几乎每一天，我们都能接收到与素常认知更为不同的新事物发生。

　　传统文学随之也进入了新的时代。因此在当下的阅读环境与文学生态中，进行怎样的文本书写、怎样的艺术传达，不仅仅是作家与读者，同时也是编辑们所面临的选择课题。在本书编辑的过程中，我们着意选取了叙事角度特别、题材新颖特殊、文学性与艺术性具有较高水准，并保持着传统的纯文学作品优良基因与特别的阅读价值的若干作品。

　　因此，我们将本套丛书命名为《特文学》。我们希望通过这三十余篇异彩纷呈的中、短篇小说，为您开启一条重温与新识、质感与深度并存的、独特的阅读之旅。

编　者

目录

枪手 /李治邦

一

光亮眼下是一个给电视剧当枪手的人。

经过光亮手里编排的电视剧大都成了热剧，制片人赚钱，投资人洗钱。可在电视屏幕上没有光亮的名字，上名字的都是有名有姓有背景有关系的人。光亮赚的就是枪手的钱，仨瓜俩枣。有几部戏几乎都是光亮写的，给光亮那个本子已经面目皆非。后来，那个有名有姓的人愤怒地找到光亮，原来是一个漂亮的女人，戳着光亮的鼻子说光亮强奸了她。光亮没说话，她扇了光亮一巴掌，说，你就是他妈的太监。光亮恼了，说，我是太监还能强奸你？

光亮曾经给制片人老张说过，能不能正式写一个本子，署上我光亮的名字。老张摇摇头说，不行，谁都不知道你，投资上千万的电视剧能让你小子祸祸？光亮急了，反驳说，我当了这么多剧的枪手，不都让我祸祸了吗？老张说，完全两码事，你是枪手，就是人家做完了家具，你给人家上上油漆。男人和女人做完爱以后，你给那女人盖盖被子。做菜的时候，你就是那大料，做的时候调味儿，吃的时候再把你夹出来。

二

还没到夏天，人的欲望就燃烧起来。

光亮给在锡林郭勒大草原的妻子琪琪格打了电话。琪琪格不屑地说，光亮，咱们结婚十年了，你也知道我，我也知道你。通过你，我晓得了当枪手的没一个是男人，是男人有当枪手的吗？你不是马，你是骡子，一个男人当骡子还是男人吗？光亮伤心，说，我即便是骡子不也给家赚钱了吗？琪琪格笑了，说，你连个我想要的房子都赚不出来，你还好意思觍着脸说赚钱两字。光亮不作声了，琪琪格这句话就是一枪，绝对打在他的心口。每次制片人给他钱的时候，他都想哭，因为光亮拿到的仅仅是有名有姓人的一壶醋钱。

琪琪格说，我是大草原的人，看大草原痛快，不想回到你那座城市了。光亮沉了沉，说，你再好好想想，我们吵架不是一次两次了。大草原看久了，也就那么回事了。还是城市好看，每天都在变化。琪琪格冷笑，光亮，你小子糟蹋大草原不是一次两次了。我觉得你们城市人小，小，懂吗？我认为我们大草原人大，大，你懂吗？我们没有孩子，也就没有负担，咱们离婚，这是我和你最后一次说这种话了。

光亮放下话筒，看看空旷的床，夜色已经漫上窗帘。他心里不太好受，有许多思绪堵在心头，不知道怎么发泄出去。与琪琪格无数次的吵架，有时候甚至把吵架当成夫妻间的快感，可这次他觉得琪琪格真说出离婚这句话了。

光亮不想吃饭，就找出老相册翻，寻找琪琪格的音容笑貌。头一张就是他和琪琪格在锡盟大草原上蜜月时照的合影像，光亮在草地上爬着，琪琪格骑在他身上，挥舞着一根鞭子。远处是无垠的草原，天湛蓝湛蓝的，如一面光洁的镜子。光亮不想再翻下去了，因为下一张就是他骑在琪琪格身上，挥舞鞭子。两个人都说好，互相做牛马，互相折磨。

折磨对方也是一种享受。

有电话打来，光亮赶紧去接，他觉得应该是琪琪格打来的，每次发生吵架，都是她首先服软的。琪琪格对他说过，城市的生活太无聊了，每天和不愿意见到的人赔笑脸，每天为赚钱东奔西忙，每天算计着怎么骑在别人的头上拉屎。我憋得慌，你得让我痛快，我谁也得罪不起，就只能欺负你小子了。把我骂上司的话都骂在你身上，把我看臭男人的鄙视全放在你的名下，这样我才好受。

光亮哭丧着脸说，我招谁惹谁呢，你憋屈我也憋屈。我在家当枪手已经是没有名分了，开新闻发布会，有名有姓的人露脸，我在家里看电视。操，有名有姓的眉飞色舞讲剧本，那都是我写的呀。我看着自己的孩子被别人抱养，喊人家爸爸，死的心都有。有次我和一家小报的哥们喝酒后说了，这王八蛋在报纸上捅了出来，制片人合伙要封杀我，我一个个求爷爷告奶奶，最后在报纸上正式刊登道歉信，说我那是吃饱了撑的，异想天开。我天天装孙子，回家想充把爷吧，你又给我来劲。琪琪格说，你是我丈夫，我就得对你这样，谁让你到晚上动不动就要跟我上床办事呢，谁让你的精子没有生命力，害得我不能生孩子。除非你小子长能耐，让我怀上。我有了孩子，就不和你吵架了，天天折磨孩子了。你没看见现在大人都跟孩子玩命儿，表面上是爱，其实就是宣泄自己。

电话是制片人月月打来的，劈头盖脸催问二十集电视剧的梗概进展怎么样了？光亮不耐烦地说，我是不是上辈子欠你的，我又不是牲口。月月说，你忘恩负义！没我，你能赚到十万稿费，你看看你家里，铺的盖的吃的用的玩的，哪个不是我找你当枪手挣的。现在枪手不是就你光亮一个。三条腿的蛤蟆不好寻，两条腿的枪手好找。

光亮火了，那你找别人去。说完把话筒拽下。他等着，一会儿月月肯定会打来电话，他跟老张不敢叫板，但跟刚当制片人的月月还行，因为月月喜欢他写的剧本，甚至当着他的面亲吻剧本。别的制片人都是当着面大骂他一顿，背后都说光亮写得不错。另外，一家服装公司愿意投资八百万。每集头里带四十秒的广告，所有女演员的时装都由服装公司提供。这家服装公司的罗经理对月月说得很清楚，如果剧本出来不满意，他就撤资。月月是个会算计的女人，这部电视剧会给她净赚二百万。而剧本的梗概虽然让有名有姓的写完了，但第一稿就被罗经理毙掉了。而光亮重起炉灶的大纲却深得罗经理的青睐。

光亮被电视剧这个大秀场泡得越来越狡猾，他想既然自己是太监了，就得懂得皇上喜欢什么，皇上对他的三宫六院七十二妃最喜欢谁，那么多文武大臣，最爱使用谁。光亮觉得自己男性的激素在迅速减退，他洗澡的时候开始注意下部，看见下部在悄悄萎缩，而且挺拔不起来。他曾经痛苦过，有次跑到洗浴中心找小姐，当小姐真的进来，他蹦了起来，光着身子跑出房间。他觉得自己不能这么下贱，别人可以任意糟蹋自己，但无论如何不能自己糟蹋自己。

月月没打来，光亮有些失望，就来回在小屋里转悠。

光亮的房间实在是小，仅有十几平方，再加上总是漏水的厕所和狭窄过道，还有只能放一个屁股的厨房，全加上才二十多平方。这房子是光亮母亲给他和琪琪格结婚的，光亮的父亲是个火车司机，十年前因为一场突发事故去世了。铁路局为了安抚光亮的母亲，给了这么一个小单元。光亮已经积攒了五十万，这是他当枪手一个字一个字赚出来的。他准备买新房子的，可是房价像是高血压病人的血压不住地朝上蹿，五十万只能买郊区的房子，周围就是猪场，琪琪格绝对不去。琪琪格鄙视猪，而崇拜马。更为重要的是，凡是买房子的都是把牙咬碎了连血咽肚子里，血本全无。然后再去搞精装修，住进大房子以后天天想还债，吃馒头啃着咸菜。光亮看不惯，觉得都是为了面子活着。他是枪手，早已经没面子了，拿五十万买面子没必要。

光亮走出小屋，骑着一辆破自行车在街上乱走。他有时候会碰见几个熟人，都是开着私家车。熟人大都会探出脑袋，说，光亮啊，宁肯走也别骑自行车，看着寒碜。光亮笑着打哈哈，别理我呀，你们开自己的车甭理我，我不寒碜，你们丢人。

外边有风了，树都绿透了。路边有个小空地，总有人下围棋。光亮就把车扔下看，黑白相间，看谁能把谁围死，成功了就跑出来围死对方，失败了就眼睁睁看着人家把废子挑出来，扔进篓子里。

看了许多次，光亮觉得看出门道，有次指点，居然让被指点人逃脱包围。当他离开的时候，来了一个穿黑衣服的小伙子，警告他不许瞎说，这一盘棋的赌分是两千元。再瞎说，就挖掉他的一只眼。光亮大为吃惊，觉得原本纯洁的黑白两色又加上别的东西。他依旧去，但不再瞎说。

这次他看到穿白衣服的这方被人家穿黑衣服的这方围个水泄不通，可却留有一条路可逃。逃走，就能转败为胜。光亮张了张嘴，没说。他觉得周围都是穿黑衣服的人，穿白衣服的人势单力薄。最后，那穿白衣服的人居然逃走赢了，所有穿黑衣服的人没有出手，反而静静离去。光亮闹不明白，旁边有高人告诉他，这是黑衣服的人故意输给白衣服的人，因为白衣服的虽然只有一个人，但他的父亲是某某人。光亮觉得很可笑，下围棋怎么下出某某人了。

光亮没有回到自己的小屋，而是不知不觉去了母亲家。

三

他渴望离开母亲，总想离开的时候跟母亲大喊一通，以泄胸中积攒多年的怨恨。但，光亮不能。因为他一生下来就是软骨病，父亲是火车司机天天忙，是母亲每天捧着一手的鱼肝油丸儿喂他，把亮光从一个没有骨头架的男人支撑成如今这般雄伟的模样。

鱼肝油丸是极为黄色透明的，光亮不愿意吃，一吃就恶心。母亲见他死活不吃，难受得一劲儿抹眼泪。她为了让亮光吃，就自己先吞下鱼肝油丸，吃给他看，而且故意吃得津津有味，好像吞的是糖果。

光亮上小学时，因为家里穷，全依仗父亲一个人工资，那时他父亲特别爱喝酒，有了钱就爱到酒馆里去泡着。在光亮大学毕业没几年，父亲出的那事故就跟喝酒有关，但铁路局为了政绩，对外说的另外一回事。光亮母亲不知道因为喝酒出的事故，而被铁路局编造的另一个故事所感动，给他父亲的遗像前放了一瓶好酒。

光亮只有一个哥哥，小时候总穿哥哥的裤子，而且连裤头也没有。一天早晨，班里有个漂亮女同学找他上学。因为他光着屁股，躲在被窝里不能出来，漂亮的女同学红着脸，讪讪地走了。光亮对母亲哭着说，这事要是传出去，我怎么见人？母亲当即脱下她的裤头，然后赤裸着身子，把裤头递给光亮，说，老二呀，穿妈妈的裤头上学去吧。光亮愣了半天，穿上母亲硕大裤头上学去了，觉得一整天下身都暖烘烘的。

那个漂亮的女同学叫琪琪格，蒙古语是美丽的意思。

琪琪格的父亲是驻军的团长，而她的母亲却不肯随军，依然在大草原的蒙古包里喝奶茶放骆驼。光亮大学毕业后，没合适工作就飘在电视剧这个血雨腥风的江湖上。原本他住在母亲隔壁的小屋，母亲答应给光亮的，那时他已经尝遍了琪琪格的芬芳。没料到一向与人为善的哥哥暗地踢了光亮一脚，先是闪电般的逮住一位没有瞳仁儿的姑娘，紧接着就让姑娘来了个未婚先孕，然后两人理直气壮地搬进那间小屋。

就在嫂子腆着大肚子和哥哥结婚的那天晚上，也正是光亮最晦气的时候。琪琪格大发雷霆，吼叫着，我跟你接吻的时候，你哥哥还不认识你嫂子呢。我跟你上床办那种事儿了，你哥哥才敢拉你嫂子的手。那房子为什么先让他占了，就因为他比你早离开你妈妈肚子吗？告诉你，我没看上这间房子，我家房子有好几间了，厕所都比你这间大，我是嫌你窝囊！

哥哥结婚后，有次悄悄对光亮说，兄弟，这个主意是她出的，我这人你知道，做不出这事，对不起你了。光亮能说什么，只能说，你是我亲哥哥，你就占着小屋吧，但你得照顾母亲。光亮每次看望哥哥，看见哥哥像个耗子似的蹲在小屋里就可怜他。因为从哥哥结婚起脖子就没挺直过，总有一种压迫感。好在嫂子矮，能在小屋里旋转自如。

母亲不在家，邻居说上大街上的公共厕所解大便了。

他骑着那辆破自行车又回来，实在闷得慌，他想，自己不能太对月月较真，二十集电视剧，每集枪手费用四千，就是八万。光亮觉得自己好像抽大烟，不写就浑身难受，提不起精神。当枪手成了他精神生活唯一的支撑，赚钱比射精都过瘾。除了赚钱，当然就是和琪琪格上床了，这成了他另一嗜好。

琪琪格是个人高马大的蒙古族女人，丰乳肥臀。在床上，琪琪格那撕心裂肺的叫喊声，邻居们听见吓得以为有人打劫呢。他几乎天天晚上磨着和琪琪格上床办事儿，有时，甚至连琪琪格来例假他都不放过，搞得两个人筋疲力尽。琪琪格没好气地吼道，你小子累不累啊，赶上草原种马了，我觉得一点儿意思都没有。我两只乳房每回都让你抓得千疮百孔，我都不敢到单位去洗澡。光亮回答，你天天和我吵架折磨我，我就天天和你上床办事儿，也折磨你。咱们一报还一报。有次他肆无忌惮地讲给月月听，月月说，你是个太监，却非要证明不是。他看不惯月月那蔑视的表情，就跟老张发牢骚。老张说，知道月月为什么能当上制片人吗？那是因为她的丈夫是阳痿。光亮听不明白老张这话是什么意思，丈夫阳痿跟当上制片人有什么关系。老张拍了拍光亮的肩膀，说，多做爱吧，这样你还能保持一个男人的基本尊严。

半夜，光亮按捺不住，给月月打电话。

我会抓紧写梗概。

我就知道你毒瘾又犯了。

琪琪格走了，我很孤独。

服装公司的罗总要求这个本子必须写时装业的，最好是模特。女人越多越好，时装的展示也要充分。

这不成广告了吗?

废话,要不怎么肯拿出八百万?

我写不出这么多女人。

历史没女人,还有这么多竞争和残杀吗?

我最不愿意写梗概,二十集的戏浓缩成一万字,太难了。

看开了吧,现在什么都浓缩,原本有情趣的东西都被梗概掉了,变得枯燥无聊。

光亮很久没再睡,他觉得月月这个女人有些意思,小巧玲珑,如手里的一块碧玉,与琪琪格成反差。脾气倒和琪琪格接近,动不动就发火,挺漂亮的女人经常说出操你妈的话,弄得周围人面面相觑。光亮听说月月和不少男人上过床,特别是导演或者男主角什么的。有时候,她和上过床的男人再见面竟然喊不出对方的名字。光亮信服这些传言,他发现月月和男人对话都用眼睛直视,扰得男人汹涌澎湃,心猿意马。他小时候听母亲说过,如果女人说话总看男人,肯定不正经。光亮想,月月三十多岁了,一直跟丈夫分居。现在若是跑到月月的闺房,抱着这块碧玉办事儿,该是多惬意呀。光亮"扑哧"乐了,他觉得这个念头很唐突,也很龌龊,但也很刺激。光亮兴奋地编织这个黄色故事,一直到窗帘发白。

四

转天,月月找到光亮,给了他喜来登酒店的房间钥匙。说,你搬过去写吧,你家是一个破窑,写出来的玩意儿也是穷气。这家宾馆是四星的,老板也是这部戏的投资商。你写累了可以到宾馆的游泳池里泡泡,有小姐找上门别开,你使不起,一次都是上千的。你实在忍受不住可以到宾馆后街,那的小姐便宜。光亮接过钥匙,月月递过一份合同,上面都是甲方要求乙方做的,乙方只有一条,那就是按期交稿。光亮说,这是合同吗?月月说,没有讨价还价的余地,你是枪手,就等于杀手。给你钱,你就得杀人,杀不了人就滚蛋。光亮说,你给的这点钱我也杀不了人呀。月月恼火了,说,我给你的钱是老张的两倍,你还不知足。你他妈的想想,老张给过你我这么好的条件吗?在宾馆给你开房间,老张得心疼死。光亮说,你能不能不骂街?月月说,我就骂你了,你敢得罪我吗?光亮知道自己不是男人,要是男人上去扇她一个嘴巴子，转身昂首挺胸走人。

走进喜来登酒店，前厅富丽堂皇。光亮上了电梯，电梯四周是玻璃的，能鸟瞰整个城市的夜景。电梯在上升，城市就踩在脚下。钥匙是电子式的，开门时光亮不会弄，门总是进不去。他喊了半天服务员也没人理睬，然后他自己费劲儿琢磨才勉强打开。进到里边，房间实在太漂亮了，里外两间，地上铺着绿色地毯，如草地。满墙挂的是形形色色的装饰画，窗台上摆着月季，红色的。光亮下意识看到床，一张硕大的床，一个长长的单枕头，床的中间塌下一个坑儿，或许是结账走的客人在这里做爱的印记，那橘红色的床单更是刺人的眼球。这套房子使光亮中了魔，产生了不可思议的变化。住惯了狭窄的房子，总盼望着能有个空间，而一旦拥有了就承受不住。

结婚前与母亲住在一起的时候，每天晚上，电视上的新闻联播一结束，光亮必须准时上床睡觉，母亲心脏不好，就要求屋里绝不能有响动。光亮跟受了刑一样。每次从外边回来，只能蹑手蹑脚跟做贼似的进屋，然后如一张白纸躺在母亲身边。只要声音大了点，母亲就会咳嗽叹气。光亮喜欢听音乐，但在家里绝对不能，他上日本玩，回来买了一套音响，就一直那么放着。好不容易趁母亲外出的机会放了一次，感觉很亢奋，地板都在震动。母亲突然回来，看着光亮在那陶醉，立即被震天动地的声音吓倒，送医院抢救才缓过来。大夫对光亮警告说，你母亲不能有一点响动，这次差点儿就没命了。

光亮想独占这个房子，独占一个精神世界。他跑到卫生间洗澡，想好了，这间房子不告诉任何一个人，他想痛痛快快淋漓尽致地享受一番。光亮开始写梗概，他打开手提电脑，没写几个字发现总是死机。他这部手提电脑是去年在旧货市场上买的，花了五千块。买回来用了一年挺好的，可一年过后就开始死机。他问过在计算机研究所的哥哥，哥哥看完了对他说了一句话，险些没让光亮晕过去。这硬盘就是一年的寿命，它现在已经寿终正寝了。光亮很恼火，怎么就能用一年。哥哥说，人家就研究它活一年，这样就赚钱了。你要是换硬盘起码得一千五百块。换不换？光亮说不换，哥哥说，硬盘就是心脏，你心脏坏了，说不定哪天死了就救不活了。终于不死机了，光亮想把开头写得抓人，什么东西抓人呢？光亮想，我写服装公司，我就先把服装公司写破产喽。写时装模特，我就先写这群漂漂亮亮的女人破产后做鸟兽散。只有这样，才能置之死地而后生。

光亮兴奋了，他觉得当个枪手也不错，让谁死谁不能活，让谁倒霉谁也不能摆脱。想当初，琪琪格在一家无线电公司当总会计，公司的技术人员苦思冥想开发出几个新产品，市场销路不错。可好端端的公司被新来的丁经理糟蹋了，这个丁经理是从上面调来的，不懂无线电，而是市经委的一个年轻处长。因为政府要压缩，就先下海跑到这里。丁经理上任，信誓旦旦，到美国拉斯维加斯去考察，说谈一个重要合资项目。在公司大会上，丁经理慷慨激昂地说，知道在宇宙飞船上能看见地球什么吗？一个是中国的长城，一个就是美国拉斯维加斯娱乐城射向夜空的一束灯光。拉斯维加斯不光是赌城，也是无线电技术的中心。丁经理悄然带走公司大部分资金。琪琪格对光亮说，看这王八蛋撬走那么多的钱，她的心都在颤抖。丁经理出国后，迅速寄回来一本包装璜豪华的画册，里面有介绍赌城如何能赌到钱的秘诀，还有一幅幅眼花缭乱的娱乐城灯光照片。此后，丁经理肉包子打狗一去不回，公司迅速破产。检察院的人来了，公司的人才如梦方醒。琪琪格和检察院的人查账时，听他们互相聊天，丁经理前妻在美国的拉斯维加斯。光亮总想把这个情节用上，现在正好放在开头。光亮赤裸着膀子写得很投入，累的时候他才发现窗帘发白了。

转天上午，光亮还在睡大觉的时候，被领班叫醒。光亮不乐意，说，怎么四星级宾馆也不懂得规矩。领班客气地说，今天要开重要会议，所有的房间都得腾出来。光亮不理解，问我给了房费，跟你开会议有什么关系？领班仍很客气，说，您住的房间是我们宾馆为电视剧提供的方便，但前提是必须看客房是否紧张。紧张了您就得腾房，宽松了您就能进来。光亮觉得心凉，他问，就是说一切都要看别人的眼色？领班说，也可以这么比喻，但这样显得我们对您不尊重。光亮收拾东西，他为昨晚自己的兴奋而羞愧，说半天自己就是做菜的大料，现在是该把自己挑出来的时候了。领班走以前，光亮喊住他说，我能骂街吗？领班微笑着说，只要您能走，您说什么都是您的权力。光亮骂不出来了，他就觉得眼眶子发热。

他回到自己的家，想打开手提电脑，发现死机。光亮觉得人的一生要是电视剧的梗概就惨透了，因为写电视剧的梗概，真不是人干的活儿。没有细节，没有装饰，没有描写，没有对话，没有动作，没有感情，而只是简单的过程和结果。孤零零的枝头，没有绚丽的花朵。一个空荡荡的房间，没有任何家具。

月月打来电话，问写到第几集了？光亮敷衍，刚写完第五集吧。月月埋怨道，你也太慢了，白给你那么好的房子。光亮说，我被人家轰出来了。月月问，谁敢轰你，那房子是老总提供的。光亮说，就是那王八蛋，他派人说有客人来了，让我滚蛋。月月笑了，说，等客人走了你再住啊。光亮死皮赖脸地说，你请我吃饭吧，或许能快点。月月笑着，好吧，晚上七点在王府饭店等我。光亮说，我就去喜来登，那西餐好吃。月月说，你小子又宰我，喜来登是屠夫待的地方。

光亮心不在焉地收拾着房间，琪琪格去大草原有一个多月了，房子就像是一个被废弃的仓库，乱糟糟的。没了女人，就没了生活。窗台上的花也枯萎了，光亮忙去浇水，从角落里拿出琪琪格买的肥料撒在花盆里。这东西臭烘烘的，可施完，花顿时就香喷喷的。他把自己所有穿脏的衣服扔进洗衣机里，然后任凭机器干瘪地轰鸣。地板也没了样子，于是，他拿着湿布，蹲下慢慢去擦。光亮悟出来原来自己就是梗概，有了琪琪格才是剧本。

老张电话打进来，问光亮能不能在大草原上找匹好马。光亮问，干什么用？老张不耐烦地说，废话，除了拍电视剧用，我还能干什么用。光亮给琪琪格打电话，琪琪格说，马有的是，成群成群的，就是不给你们拍电视剧用，用完了那马都不是马了。光亮问，什么意思？琪琪格说，让马狠劲地摔，摔得遍体鳞伤，你们不心疼，我心疼。没等光亮再问，琪琪格放下电话。光亮告诉老张，你直接给琪琪格打吧，说点好听的。多给我老婆钱，别像对我那么抠。老张骂了一句街，说，听说月月找你当枪手？光亮哼了哼，老张冷笑着说，她能跟你上床，但绝对不会多给你小子钱。光亮不接茬儿，他知道只要他说出什么来，转眼就会在两个制片人之间恶性蔓延，最后把脏水都倒在他身上，人家两个人握手言和了。

五

再次走进喜来登酒店，光亮赌气，找个靠窗户的空位坐下。他想把自己的眼界放开，能鸟瞰城市的万家灯火，夜色斑斓。他和琪琪格谈恋爱时就总爱到这消遣，那时琪琪格还在上大学三年级，而光亮已经从大学生成了个体

"枪手"。那时，光亮没有自己的房子，跟着母亲住，有时制片人那赏赐他点活儿，他就租一个十分便宜的房间，都是在郊区，挨着猪圈或者鸡舍。每回他领着琪琪格从豪华的喜来登出来，再回到破烂不堪的房子，都有一种从天堂跌到地狱的感觉。

就那间便宜的房子，还有一个搞油画的，姓刘，因为个高，光亮喊他大刘。大刘是跑到这飘着的主儿，靠给人画像谋生，光亮觉得大刘的画太糙。有次大刘交不起另一半房钱，说给光亮画肖像，结果画出来的光亮像是日本战犯东条英机。只要光亮带着琪琪格一来，大刘就得借口躲开，跑到街头闲逛。光亮和琪琪格在转不动屁股的小床上天翻地覆，光亮在高潮中发誓，今生今世要拥有一个硕大的房子，里面放置一张硕大的床，让琪琪格能够在上面翻滚。琪琪格高兴了就扯脖子唱，唱内蒙古的民歌："草原天最蓝，草原水最绿，草原花最红，草原乳最纯，哥哥你的眼睛最亮，就像北斗的星星……"光亮笑琪琪格，说哥哥你的眼睛最亮这句听着就跟描述狼一样。琪琪格戳着光亮恶狠狠地说，你就是狼，见我脱完衣服后，那眼光都发绿光。

光亮思念起琪琪格，觉得那时没有钱，可两个人却生活得很快活。现在他多少有钱了，也有了不宽敞的房子了，可琪琪格却走了。

无线电公司破产了，被另一家公司强行收购。琪琪格的总会计被吊了起来，在家等待重新分配。琪琪格对光亮说，那家公司的会计是我培养出来的，他妈的，倒让老师我在家闲待着。光亮说，我赚了二十万，足够吃喝的。你就在家呆着，花利息吧。琪琪格恼了，我不当利息族。你给我找个工作干，我要干出名堂。光亮解释，现在都是水浒一百二十回，就是说梁山好汉的座位都排完了，没你的位置了。琪琪格摇着脑袋，我不管，我要把已经坐好的人拉下来，我坐上去。你不管，我自己跑。此后，光亮回家很少看见琪琪格。开始，光亮不在意，想琪琪格在外面撞个头破血流，自然就回家。

一天中午，光亮和月月一帮人吃饭，谈服装公司这部片子的事儿。大刘晃荡着身子走过来，他用几年的积蓄买了一个画室，雇了些人给他当下手，按光亮的话就是画画的枪手。这帮子人给大刘忙活绷画布，打底色，画模样，然后是大刘一笔定乾坤，署上大刘的名字市场出售。这帮子画画的枪手们看着大刘的脸色分赏钱，拿钱的时候都得按照大刘的规矩给他跪下磕头。光亮骂大刘太过分，人家给你当枪手了，你就别把人家当孙子。大刘不屑地说，你要是把他们当成人，他们就把你不当回事了。大刘有钱了就花天酒地，拈花惹草。大刘俯在光亮耳边悄悄说，喂？你老婆怎么坐台了呢？光亮的脸紫了，你老婆才是娼妓呢。大刘不悦地说，我好心告诉你，你怎么狗咬吕洞宾不识好人心。光亮稳定情绪，她在哪？大刘说，有客户请我到喜来登歌舞厅玩儿，我看见琪琪格坐在里面陪客人唱蒙古歌，还扭着屁股跳蒙古舞呢。

光亮来到喜来登歌舞厅，没有找到琪琪格。他坚持等到了歌舞厅收业，自己才肯孤独地回到家，没料到琪琪格在床上正酣睡。光亮摇醒琪琪格讨个明白，你为什么要到喜来登去坐台？琪琪格揉着眼睛，谁坐台了？光亮说，你。琪琪格扇了光亮一个嘴巴，很响，在寂静的房间里竟有了回声。光亮也恼怒地左右回敬了琪琪格，吼叫着，大刘都看见你了。琪琪格"豁"地坐起来，我那是陪着客人消遣，懂吗？我已经去房地产公司上班了，你知道吗？光亮愤然喊着，那你为什么不告诉我？琪琪格说，我几次要跟你说，可你从来都不听我说，只是闷头写你的梗概，那梗概就是你祖奶奶。光亮瞪大眼睛，我那是赚钱！琪琪格冷笑着，你脑子里只有赚钱，你每写完一集电视剧就对我觍着脸说，这不是汉字，是人民币。你还有脸在这跟我说感情？我闷在家里你问过我吗？

琪琪格起身穿着衣服，然后抽出个提包，往里拼命塞着东西。光亮惶恐地说，你要干什么？琪琪格执着地说，我要回锡林郭勒，这空气太污浊了。光亮拦住琪琪格，都几点了。琪琪格推开光亮，我说要走，就谁也拦不住我！光亮后悔应该拦拦，可自己没有拽住她的衣裳。

光亮看见月月和服装公司罗经理走过来，身后还有一个高高的年轻女人，风姿绰约，摇出一种韵味。她不经意的穿着很简练，流露出现代女人的个性。她脸色白得几乎透明，显得发青，那每根脉络都清晰可见。她采用了银光闪闪及紫调的眼影，以及带有灰紫色的亮丽唇彩。她眉毛描绘得很细，往上挑着，如一钩弯月。口红艳艳的，光亮联想到血，吸血僵尸的形象。他经常看鬼魔之类的美国好莱坞碟盘，如安东尼·霍普金斯主演的《惊情四百年》。这年轻女人进来后就艳光四射，罩住所有的人。月月在她的陪衬下，显得苍白很多。双方落座后月月对光亮开门见山，罗老总很关心你写的梗概，特地请你吃饭。罗经理伸出手，光亮觉得对方的手很软，有些像是女人的手。罗经理介绍那年轻女人，这是我的朋友，著名的女模特冰冰。冰冰矜持地朝光亮嫣然一笑，说，我早知道你为罗总赚了不少钱。

四个人重新坐定，吃着聊着，窗外马路上的灯流在涌动，像是一条彩河。光亮心不在焉，他隐约感到冰冰在用目光游离地铆着自己。冰冰，光亮想起在梗概里，为一个女模特起的名字叫李语冰，有情致。他满意这个名字。其实这名字不是胡编的，是他大学一个女同学，广东湛江人。名字很别致，人长得极丑。罗经理大口喝着红葡萄酒，如同喝水。说，我看了你的梗概前几集，写得太温吞，能不能再让我眼球刺激点？光亮解释，我写的是梗概，梗概就是一个浓缩的故事，不会太感人。罗经理不客气地说，即便是梗概也要精彩，你太老实了。光亮忍耐着，说，情节得一点一点发展。罗经理摇头，不，观众不爱看过程，就想知道结果。现在都是急性子，比如我们，赚钱都想一百万一百万的赚，很少想到十万十万的赚。比如说提拔，谁有耐心一个台阶一个台阶地往上走。再比如住房，谁都想立马住上一百四十多平方米的房间。人啊，不希望过程太长，就盼着结果。有了结果，就再盼着新的结果。光亮悻悻地抱怨，没有过程，哪来的结果。月月始终不参与对话，而是津津有味地剥着鲜嫩的虾肉，然后蘸上调料。

冰冰突然插话，我的戏多吗？光亮不解地看着她。罗经理笑笑，我想让冰冰演你戏里的女主角。光亮瞥了冰冰一眼，没再说话。月月微笑着插话，罗总，什么时候钱能到位啊？罗经理没有回答，而是叫过来服务生，问，有莎拉·布莱曼的歌吗？服务生茫然，说我给您问问。服务生很快就跑过来说，有，您点哪段？月月说，我就点《这是我提出的全部要求》。服务生颠颠地走了，罗经理在笑。光亮觉得这些人在作秀，表演得很拙笨。莎拉·布莱曼唱起来，光亮听不出所以然。他爱听马头琴，有次跟琪琪格到大草原，看一个老人在山包上拉马头琴。天很蓝，白云在飘动着，有骆驼在喝水，琴声好像在拉他的心。琪琪格说，你听听吧，静静你那赚钱的心。

琪琪格打过来手机，光亮站起来到走廊上去接。一听是岳母的声音，光亮就烦。每次给琪琪格打电话都是岳母接，说琪琪格不愿意听到他的声音。

光亮讨厌岳母，岳母不愿意随军长期在锡盟大草原生活，嗜酒，一顿能喝上一大壶。她肤色黑黑的，一脸的沧桑。岳母每回来这里，都不满意光亮，嫌弃他花钱不冲，活得小气，不会喝酒划拳，也不会跳舞唱歌，更不会骑马摔跤什么的。岳母拿来奶酪，端出奶茶，让光亮尽情品尝。光亮掰了一口奶酪就吐出来，喝了半碗奶茶就捂着腮帮子喊酸。岳母大怒，说，你跟草原女人结婚，这么贵重的东西都不爱吃，算什么鸟东西！有回晚上睡觉，他亲耳听岳母对琪琪格小声说，瞧你找的这个男人，怎么跟太监似的，没有半点儿我们蒙古人的彪悍豪爽。你听听他的尖嗓子，像是猫叫。要是到大草原上唱歌，风早把他刮没喽。琪琪格捂嘴乐着，大城市的男人都这样。岳母赌气说，我怀疑你生出孩子有没有小鸡。琪琪格"咯咯"大笑，回到光亮身边时，光亮就玩命与琪琪格做爱，一边做爱一边报复地说，我让你妈妈看看有没有小鸡。光亮惹得琪琪格不住地嚎叫，岳母光着脚丫子举着一把明晃晃宰羊的尖刀跑进来，气喘吁吁地说，有狼来了吧？逗得琪琪格呛出眼泪。

终于听到琪琪格的声音，但很愤怒。琪琪格说，老张那王八蛋要让马从悬崖上跳下来，用鞭子抽打那匹马。好几次马到了悬崖前就不跳，那眼睛里都是泪水，那马硬是给老张这群王八蛋跪下，就这样也不行，最后那匹马还是被他们逼着从悬崖上跳了。琪琪格说着已经哽咽，光亮觉得眼窝也潮湿了。放下电话，他马上给老张打，老张回电"啧啧"着，那马不错，真他妈的跳了，我准备多给人家钱。光亮张口就说，我操你妈。老张火了，说，你这个太监也敢骂我，反了！光亮说，你还有人性吗？老张说，那是畜生。光亮愤怒地说，畜生也比你强！

六

回到餐桌上，光亮的脸色很阴沉。他答应罗经理在重新调理梗概，但内心一点儿热情都没有，光亮说，好看了就可能不深刻。罗经理说，深刻没有用。离开餐桌时，冰冰对光亮直截了当地说，能不能多给我写点戏？光亮说，这得根据需要。冰冰笑着说，我需要啊。光亮没理她，他看见罗经理牵着冰冰走了，月月跟着屁股后头，如一条狗。

到了家，光亮骑着那辆破自行车又溜出来了，他在喜来登没吃饱。在一个靠近湖畔的小酒馆坐下来，光亮要了一碗炸酱面吞着，看着窗外湖面上那光影。

开始爱上琪琪格半年后，光亮每次约会都到湖畔的某一角落。树荫深处，芦苇丛里，大墙后面。天多热也得闷着，挨蚊子咬，叫臭虫叮。琪琪格那光滑的皮肤常常被蚊子咬的青一块紫一块。琪琪格很少叫光亮吻她，她怕别人看见，因为那时他们还只有十几岁。光亮想抚摩琪琪格的乳房，琪琪格就用手捂着，光亮就说，求你了，能不能让我看看？琪琪格说，看也不行。光亮说，要不你看我的。琪琪格红了脸，说，恶心。最后，琪琪格实在经不住光亮的乞求，说，那你就看我一眼。说着，撩开上衣，就一下，光亮看到的是两个黑色的乳罩，像是熊猫的眼睛。光亮失望地说，你们女人的乳房怎么是黑色的呢？琪琪格急了，说是白的。光亮说，我看了，就是两个黑的。琪琪格再次撩起，她低头看见自己的乳罩扑哧笑了，羞涩地解开了。光亮傻了，看到了两只熟透的桃子，粉白的，挺挺的。

琪琪格的爸爸捕捉到风声，对琪琪格说，别在这找，我的女婿应该是草原的骏马。琪琪格本想告诉光亮爸爸这句话，可哪次话到嘴边就说不出去。琪琪格爸爸是军人，说话直来直去，说，如果你坚持，那好说，你就问他有房子吗？有，就结婚。琪琪格觉得这话由她说出来显得卑鄙，可又找不到别人把这层窗户纸给捅开。

当光亮知道了这个消息以后难过了许久，对琪琪格说，你究竟爱我还是爱房子？琪琪格说，咱们起码有房子住吧，我爸爸说的不差。光亮那时知道了房子的作用，点头说，我找房子。琪琪格说，你找到房子，我就和你结婚。光亮听完差点儿哭了，说，我找不到房子你就不跟我结婚？琪琪格点点头，光亮沮丧地说，我和母亲住在一个房间，我不能等我母亲死了以后才结婚。我现在想买房子，可手里没这么多钱。琪琪格说，我不难为你，只要你买一间小房子，我就和你结婚，起码里面能放张床吧。光亮说，你能等我吗，就等我两年，我就能买房子了。琪琪格说，两年对于一个漂亮女人讲是多么残酷。你知道我们女人的脸吗？一年就有个模样变化，我想在我最漂亮的时候和你结婚，对你对我这都不过分吧？光亮低下头，就在那天，下起瓢泼大雨，两个人到处躲雨。琪琪格浑身被浇透了，她喊着，你看，有房子咱们还用挨淋吗！

大雨过后的一个礼拜，光亮的爸爸就在那场重大事故中去世，铁路局特地给了一间单房。光亮把琪琪格约到湖畔，说有重要消息。琪琪格穿着件黑色的连衣裙，白色的高跟皮凉鞋。远远望去，那身黑裙恰似一根木炭，格外醒目。光亮说，我有房子了。琪琪格愣了，说，我知道你家的情况是一间屋子半间炕，怎么会突然有房子了呢？你小子骗我吧。光亮听罢哭了，哭了很久。琪琪格不懂得劝，就这么傻傻地戳着，好半天才说，你爸爸去天堂了，不哭了。光亮说，咱们结婚吧。琪琪格说，我想看看房。

两个人到了房间，光亮推开门，做出一个请的姿势。琪琪格犹豫了一下，小心地迈了进去。进到过道，光亮拧亮壁灯，琪琪格没动，呆呆地杵在那。光亮从后面推她一下。这是谁的家？琪琪格猛然转过身，一脸的疑云说，告诉你，不管这是谁的家，或者什么鬼地方，在这你不许碰我一根指头。别看我表面大大咧咧，我不是个在感情上随随便便的女人，你不要有什么错觉！光亮解释，这是铁路局补偿我爸的。琪琪格听完不再理光亮了，兴奋地在房子里游逛起来，神态大变。她摸了摸贴着壁纸的墙，然后在阳台上看着外面的夜空，目光紧贴着月光朦胧中的湖泊。她深呼吸地了一下，然后对光亮说，我好像吮到了湖水的味道，还有芦苇腐烂在水里后的感觉。她走进屋子里，自在悠闲地躺在床上喃喃着，床单要绿色的，像草地，墙壁还要白，像天上的云。光亮凑过去，俯下身深深地吻了琪琪格，刚才还口口声声不是随便的琪琪格没拒绝，热烈而又放松地配合着光亮。深深地吻，吻得天昏地暗，吻得山崩地裂，吻得如火如荼。琪琪格流泪了，嘴唇在抖动着。

光亮总觉得去世的爸爸在眼前站着，还有妈妈和哥哥。他家四口住一间房子，光亮从小给爸爸哥哥倒尿盆，长大了，看见父母在床上干那事儿。他们以为光亮睡着了。那一张破木床"嘎吱嘎吱"的。那时，光亮就发誓要住一间漂亮的房子，娶一个漂亮的媳妇。

七

光亮写完了十集，觉得没有底数。冰冰总是打电话来，问给她的戏加了没有。光亮听不了冰冰的声音，因为那声音就是伟哥，导致他的下部总是挺拔的。冰冰请他去喝咖啡，光亮没有勇气拒绝。

在咖啡店里，冰冰就这么简约地坐在他跟前，翘着一条冰清玉洁的腿，结实而饱满，腿上没有袜子，在灯光下泛着一股青色。她那双鞋就这么半掉着，整个的脚有一多半儿在外边闲逛着，脚后跟是粉红色的，圆润而光滑。冰冰说，自己不想当个花架子，很想演戏。其实她想赚钱很容易，她傲慢地伸出五个手指，说，我只要同意做，马上就有人给这个数。但我不想这么做，我的身体是属于我的。光亮不知道那五个指头是多少钱，可能是五千，更可能是五万。冰冰说，男人犯的最大错误是总爱盯住女人的身体，其实女人的智慧是最有魅力的。你知道女模特的一个秘密吗，那就是每一次换时装都是感觉在换一个男人。在离开咖啡店的时候，冰冰递过一张商业银行的卡，说，看出你的穷酸，奢侈奢侈吧。光亮没有接，冰冰说，别跟我装矜持，我是不需要男人矜持的女人。

说着，冰冰把卡流畅地滑入了光亮的裤子口袋，那纤纤的手指不知道是故意还是碰巧触摸到了光亮的下部，没等冰冰把手缩回来，光亮已经膨胀了。冰冰嫣然一笑，如果你确实需要，我给你找一个姐妹，肯定比我漂亮。她不需要钱，只需要你对她浪漫就行了。光亮的脸红透了，冰冰说，现在浪漫的男人太少，我们女人都在抢。冰冰晃出了咖啡店，光亮要走被服务生拦住，说，还没结账，你可以用卡。光亮拿出卡，服务生划完了问，你是不是想问问卡上的余额？光亮觉得自己没穿衣服，人家什么都看得见。服务生轻轻说，还有整整两万。

越写冰冰的戏越多，而且很出格。光亮心虚，把月月喊来看看，说这次梗概的改动得比较大，怕拿不准。月月来时天色已经暗淡，光亮还沉浸在情节里，冰冰那条腿始终在眼前晃动。他只觉得窗户呈现出浅黄色，于是下意识拧亮台灯。也不知道是灯光的颜色还是夕阳的感觉，他觉得稿纸上铺满了橘黄色，像是秋菊的残瓣，也如同国画家水盘里游动的东西，模模糊糊。光亮有些恐惧，他幻觉起冰冰在吸罗经理的血，而且吮得满嘴泛红。罗经理虽想挣扎，却又有些心甘情愿。光亮赶紧拍着自己脑袋，要打掉这个幻觉。没多久，开始出现新的幻觉，冰冰在吸自己血，自己在退缩。他分明看到冰冰的牙齿已经凸出来，尖尖的。

光亮知道自己写得走火入魔，就在他逃离开写字台时，月月没有招呼，如水银般地泻了进来，在昏暗中幽灵般地站着。光亮把所有灯全打开，周身在发抖。月月说，我又不是鬼，你哆嗦干什么？光亮问，你怎么进来的？月月说，你没有关门呀，我现在饿了，你有吃的吗？光亮逐渐恢复正常说，我只会做挂面汤，平常都是琪琪格做饭。月月摆摆手，那你就做挂面汤吧，挂面要细条的，多搁几个鸡蛋。光亮悻悻地说，你不会做饭？月月不满地说，一向都是男人伺候我。我去洗个澡，出来就吃饭。说着，月月旁若无人地走进卫生间，很快"哗哗"的水声就传过来。光亮去做挂面汤，把挂面煮得很烂，然后撒下不少的味精，他没有烹调的本事，就懂得多放味精。

月月披着湿漉漉的头发，吃着面汤，说，味精放多了，都苦了你知道吗？任何好东西一多就成了坏东西。光亮恍惚中发现月月白皙的脖子，顺着脖子，就是手掌般大小的空白，上面还印有水珠。光亮抑制着自己，他感到下身在燥热。月月沮丧着推开碗，吃你的饭就跟你的人一样，没有味道。拿梗概来吧。

光亮递过梗概，自己跑到厨房刷碗。回来，见月月皱着眉头。光亮觉得不妙，月月看梗概是最挑剔最苛刻的，整个是职业冷面杀手，说毙就毙。她翻光亮写的梗概像是卷卫生纸，漫不经心。光亮嚷着，你好好看，那是我的心血。月月说，你为什么把冰冰的戏写这么多，她给了你什么好处，是给你借记卡了，还是跟你上床了？光亮说，你别瞎说，她能跟我上床吗？月月说，确实，现在冰冰跟男人上床的价格是五万，她没必要这么牺牲自己。那就是给了你一个吻，她的吻也值五六千呢。光亮说，你别糟蹋我好不好？月月说，你把她写这么足，那整个戏她就是女主角了，我要的是一群美女的戏，她只不过是个领班。你懂得红楼梦吗？我要金陵十二钗。再说，你写的梗概人物也太模糊了，没性格，逗不起兴趣。我怀疑你小子是不是阳痿啊，怎么写的男人都男不男女不女的，这样的男人谁爱呀。写女人除了冰冰以外也一般化，你懂得时装模特心里想些什么吗？她们不是在招摇，而是在享受自己的美懂吗！

光亮没说话，月月凑近问，你除了和琪琪格，还有别的女人吗？光亮嘟囔着，你问这个干什么？月月站起来，这女人和女人不一样，你写的女人都跟你老婆一个模子。你知道女人如何动心眼吗？那心眼动得让你毛骨悚然，让你防不胜防。就说冰冰也不像你写的那么完美高尚，她能同时和六个老板周旋，而且从不隐瞒，把六个老板都调动得服服帖帖。她说什么是标准男人，就是你喜欢所有男人优点的总和。

光亮拿过梗概，他不服输，月月无非是看剧本多了，其实肚子里也没什么货色。梗概不是剧本，就是浓缩情节，语言也只能干瘪瘪的。枪手最怕写梗概，那是件枯燥的活儿。

光亮觉得有人在抚摸自己的脸颊，手很柔和。他意外地抬头，见月月在注视着自己，眼光很特殊。月月说，你是不是很孤独？光亮点点头。月月笑着说，城市人都这毛病。你是不是很想一夜之间暴富，为此很焦虑？光亮说，我常常晚上被噩梦惊醒。月月放声大笑，你是不是一直想和我上床？光亮说，有话好好说，我不想和你怎么样，我们就是甲乙双方。月月慢慢给光亮解开上衣扣子，光亮的手在痉挛。你要干什么？月月一把将光亮的上衣拽下来，说，这个剧本对我很重要，不瞒你，我需要这笔钱，我更需要这个剧本能给我地位。光亮往后退着，喃喃，不行不行。月月说，是你不行吗？光亮说，我们不做这个交易。月月把光亮抱上床，用滚烫的嘴唇堵住光亮的眼睛，我们就是梗概，不要什么细节。光亮呻吟着，我绝对不会勃起的，我需要感情这个桥梁，过程不能浓缩。没有过程，你让我和你上床，我做不来。月月倔强地，我就不信，一个干柴，一团烈火，我们就不能燃烧在一起。我偏不要过程，我就要结果。只要你给我写出好剧本，我就给你我的身体。

月月把自己的衣服脱掉，顺手就关掉了台灯，窗外的光把月月装饰得如一条银鱼，光亮摸她光滑的鳞，摸她透明的骨，摸她那鲜红的脉，摸她生命的等式如此简单。光亮突然哭了，他为缩略男女间感情的过程而悲哀，为自己这么顺从而内疚。光亮呐喊着，你为什么要这样？月月说，我早就想这样，我不明白，为什么只有你小子见我无动于衷。光亮痛苦地，那是说，你对我只是实验，而没有真情。月月恼怒地，我对谁也没真情，我的感情都让男人抽丝一样抽净了。光亮觉得下身如一滩泥，一点儿生命力都没有。月月愤恨地走下床，我没见过，都什么时候了还要浪漫的过程，她嘴里"呸呸呸"的，还有这样的男人，天下奇闻了。

半夜了，光亮猛然起床。他怀疑刚才自己是在想象，枪手的职业当久了，唯一能得到的就是孤独，就是能想象什么，然后把想象真实地写出来。月月根本没和自己上床，奚落完一番就甩手而去。光亮怕脑子有了问题，就连忙寻找线索。他见自己衣服是穿着的，并没有裸体。他想找被单上缠绵的痕迹，可也显得整齐。他不断地吮着空气，想寻到月月身上的香味儿。可窗户自琪琪格走后一直没彻底打开过，郁闷得让人喘不过气。

光亮推开窗户，万籁俱静，月亮如水。他跑到厨房，见到小锅里还有尚存的挂面汤，但这不能说明什么。月月确实是来了，挂面汤也确实喝了，但这并不意味着两人上床。光亮壮着胆子给月月打电话，好半天月月才接。那么晚了，你要干什么？光亮不好意思地追问，晚上我们没干什么吧？月月没好气地说，你少想入非非，你能和我干什么呢？月月"咣"地把话筒扔下，最后一句是你家确实太寒酸了，还是在喜来登酒店写吧，房间还是那间，我叮嘱那的人尽量不会轰你走。

光亮不死心，竟然卑鄙地去看自己下身，好印证什么，结果是软软的，如打霜的黄瓜。他打开电视机胡乱过着频道，看到一部情感电视剧就悻悻地骂街，觉得那么破怎么还能播放出来。

琪琪格走了以后，一切思维都乱套了。光亮检讨自己，这么拼命写本子赚钱，对自己有什么好处，人都走形了。对谁都不信任，觉得谁都在利用自己。赚钱赚得没有了知心朋友，大刘几次约他吃饭都被拒绝了。他知道大刘想出国，怕大刘找他借钱。有回琪琪格买衣服，跟他借了三百块钱，过后琪琪格忘了还。光亮就整整别扭了三个月，最后红着脸支吾地对琪琪格说，你为什么不还钱？琪琪格火了，就他妈三百块钱你都记得，我早就在扔脖子后头了。光亮说，当初说好是借的吗？琪琪格戳着光亮脑门儿，我们是夫妻，你眼里都是钱。你挣了二十万，随便花呀。光亮紧张地，那二十万切切不能动，要吃利息的。琪琪格蔑视着，你跟旧社会的老地主有什么两样啊。

八

光亮不睡了，起来收拾乱七八糟的房间，跟琪琪格一样跪在地板上擦。然后清洗玻璃和所有家具，他洗刷房间时也想清理一下自己。完了，他就继续写梗概，他开始写冰冰和那群美女之间的斗智斗勇，写她们为最美最时尚的服装打架，看谁能穿上。写冰冰怎么设计勾引老板，写老板怎么贪婪淫乱，把这群美女一个个拿下，但最后却被这群美女制服。

写到了大天亮，光亮觉得困了，顺势躺在床上。梦里，他在飞，没有翅膀。在草原上，他看见琪琪格仰头喊着光亮的名字，他觉得自己是超人，提手就把琪琪格带到空中。在天空中的味道真好，都是香水的感觉。琪琪格让他回到地面，那是一个蒙古包，包里都是载歌载舞的人群，朝他献着洁白的哈达。他看见每个人手里都拿着刀在切刚宰的羊羔肉，岳母的那刀最大。岳母让他过来，给了他一把刀，说，你切吧，这羊羔肉很鲜嫩。光亮伸出手，猛然间他看见岳母那把刀劈下来把他的手指都切断了，岳母嚷着，我让你当枪手，我把你手剁下来，看你写什么！光亮看到自己血淋淋的手指在毯子上跳动着，先抽搐，后变灰，很快在腐烂。光亮痛苦地喊着，没有手我写什么呀，怎么赚钱呀？他看见琪琪格在笑，然后琪琪格自己飞起来，很像是一只大鸟，而他怎么蹦也飞不起来。

光亮醒了，浑身是虚汗。他首先看自己的手，手在抖动着。梦给他启示，他顽强地给琪琪格打电话，可每回都是岳母接，都说琪琪格不在家。光亮动摇了，他觉得琪琪格别真的离开自己飞上天空。他再打时，问岳母需要钱吗？岳母说，废话，琪琪格住了两个多月，最需要的就是钱。光亮说，我给你们电汇四千块。岳母笑了，亲善地说，我认识你十年，头一次对你有个好印象。

他骑着那辆破车离开家，外边已经夜色沉沉，天空下起了小雨。他盘算着应该往哪个方向骑呢。按说得回家了，光亮宁肯在母亲身旁挨着，也不想在家里忍受孤寂。路上他买了好多吃的，都是母亲喜欢的。

回到家，进到母亲的房间闻到的都是臭烘烘的气味儿。光亮看见母亲努力挣扎着想自己擦屁股，因为满床都是卫生纸，每张卫生纸上都沾着大便。母亲使劲儿哭着，让我死吧，我为什么活着。光亮默默给母亲收拾着，揩净母亲的屁股，又端来不冷不热的水为母亲擦拭干净。把被单子换了，枕头也拆洗了。一个多小时就这么忙碌着，没有停闲。母亲看着光亮说，儿子辛苦了，我还没吃晚饭呢。光亮问母亲，哥哥和嫂子呢？母亲伤心地说，他们今晚一直没到我的房间里来。说着，母亲又哭了。

光亮给母亲端杯热奶，还有火腿肠。看着母亲香甜地吃着喝着，光亮自己的眼泪流下来。他推开哥哥的房间，见哥哥和嫂子正在看电视。他问哥哥，母亲没有吃饭你知道吗？哥哥看着他说，知道，我送过了，她说不吃，要等着你吃。光亮火了，母亲刚才大便失禁，拉在床上你知道吗？哥哥听完惶恐地说，不知道。说着哥哥站起来欲走，嫂子拉住他，对光亮生气地说，你总不回来，在外边挣大钱，也没见你拿回来一分。你母亲就这么等着你。为了你，为你母亲和哥哥，你最好还是经常回来的好，我们不要钱，你就给你母亲。光亮悻悻地说，我要是总回来不了呢！嫂子直率地说，我和你哥哥就分手。哥哥不高兴地说，你怎么这样说话？嫂子说，你让我怎么说，你在研究所总是研究，有钱挣吗，你可能连你兄弟的一个手指头都不如？我要是你我就得去死。再有，我和你结婚，我不能看着我男人和另外一个女人一起睡。哥哥可怜地喊着，那是我母亲。嫂子说，我还是你爱人呢。光亮听见母亲在声嘶力竭地喊，你们闹什么，再闹我就死给你们看。

夜半，光亮温顺地躺在母亲身边，母亲说，你应该自己生活了，守着我多没意思。光亮说，我愿意守着母亲。他知道自己在说谎，他知道自己真正想去的地方是喜来登酒店，那所空房子好像是磁铁吸着他。在那住着似乎有了身份，他曾经看到一楼总服务台关于价格的目录表，他的房间每晚价格是七百八十元，不打折的。偌大的房间里只有一个人自由自在地呼吸生活享受，需要什么打个电话，可以在门口挂一个请勿打扰，就不会有人敲门。你可以把房间弄得很乱，在卫生间里任意踩着雪白的毛巾。每天都有人给你换用具，特别是浴盆，那水是地下温泉，脱光了泡在里边，每一根骨髓都在发热。光亮喜欢在酒店的晚上，一边写，一边可以看着灿烂的窗外，藐视整座城市，世上不是所有人都能有这份殊荣的。

这时，母亲在光亮身边叨叨着，你父亲去世后，我就觉得他一直在这间房子里，到了晚上我就听见他喊我的名字。我记得你父亲教我唱的孟姜女的一段小调。说着，母亲竟然唱起来，委婉动听，苍劲淳厚，特别是后两句，听着让人心颤。"冬秋里来雪茫茫，寒衣做好送给范郎。对对乌鸦前引路，孟姜女到长城哭声凄凉。"光亮小时候听过父亲哼哼过，但没想到母亲老人家唱得这样动听，实在是大出意料。

光亮想起了琪琪格。

九

月月来电话，催问写到第几集了？光亮说，到十五集了。月月慢腾腾地问，感觉怎么样？光亮说，越来越有戏了。光亮听到月月的声音，不由想起那晚的事，憋不住又问，那晚，我究竟怎么你了？月月说，你是不是脑子有毛病。光亮说，我也觉得是有毛病。月月接着感伤地说，你不要听信别人糟践我，我不是机关枪，逮到男人都"嘟嘟"一梭子。那天我就是亲你一下表示慰问，你刀枪不入的主我能把你怎么样啊。光亮恐慌，他知道自己已经有了幻觉，还这么逼真。他说，梗概的定金该给了吧？月月说，可以了。光亮赤裸裸地说，三万太少，四万吧。月月冷笑着，你现在学会讨价还价了。光亮说，是你们逼的。我要现金，绝对不要支票，上次你们给了，我到银行一兑现就说是空的。月月说，你要是在这么无赖，我就不找你写了，你当不了枪手，你连要饭都要不到。说完"咣"地扔下话筒。

光亮再次住进喜来登，当晚就给月月打电话道歉，说，那天喝高了。月月说，你什么时候喝醉过酒，你只不过说了真话，我倒爱听。记住了，四天后我给你四万。冰冰在喜来登进行时装表演，打电话约光亮去。光亮犹豫了犹豫，还是下楼如期到了展示厅。他想感受一下模特表演的氛围，那些女人是怎么招摇过市，男人又怎样目不暇接。

厅里人很多，光亮站在后面。他发现这个突出的舞台很有意思，模特能直接走到观众的脸前，能清晰地看见模特腿上的肌肉。光亮巡视着，他看见罗经理坐在最前列，一双眼睛放射着绿光。音乐响起，光亮听出是雅尼的曲子，顿挫高昂，灯光束集般的打在冰冰的身上，映照着她的雍容大度，展示着她的风韵和神采。冰冰简单几句开场白以后，说，女人一生中喜欢两样东西，她的男人和她的衣服。女为悦己者容这句让多少男人花了不知多少冤枉钱的话，实际上是一个绝妙的阴谋，欢愉的首先是女人自己。我们模特在展示美丽服装的同时，也在展示美丽的自己。台下响起掌声，光亮看见罗经理向冰冰挥手致意，动作很夸张，恨不得让所有人看到。冰冰没有在意他，在灯光的护送下款款而去。

光亮想起这句话，现代生活似乎成了个巨大的锅炉，人人都争着去燃烧，把清纯质朴美好都化成轻飘飘的蒸汽蒸发掉了，留下的只是贪图实利和拼命满足感官欲望的水垢了。他觉得憋得慌，急忙到厕所放了一通水，回来时光亮愣住了。台上，冰冰身着黑色旗袍肩披黑色斗篷独自表演，所有的模特披着白纱为她辅助。她在洁白的底蕴里，张开两臂的黑蓬，黑色弥漫着，像是国画大师在宣纸上泼了一点儿墨。无限的黑白，单纯的黑白，优美的黑白。肃穆冷峻的色调，遮不住她多姿红颜的妩媚和动感。

在化妆室，冰冰正在卸妆，一点点褪掉那些装饰味儿极浓的东西，还原着自己。光亮在旁边注视着她，说，我给你的戏不少。冰冰浅浅地笑了，说，我和罗总谈好了，你的稿费一集由八千块提到一万，这样二十集下来就是二十万了。光亮有些激动，忙不迭地拱手说，谢谢了。说完，觉得自己很虚伪。钱把人异化的颠三倒四五迷三道的。冰冰看看光亮，突然抿嘴乐了，你搞女人吗？光亮适应不了冰冰的直接，愕然。冰冰放肆地笑着，我把你吓坏了，听说你住在这里，不请我上去看看。光亮说，看什么？冰冰说，看你写的梗概有我多少啊，咱们不就是在做买卖吗？

光亮和冰冰在狭长的走廊里并肩走着，灯光全藏在墙壁的下端，显得情致而幽雅。冰冰穿着高跟鞋，"咔咔"的落地声把走廊点缀得有些阴森。光亮说，你学过表演吗？冰冰笑着，没有，我还用学吗？光亮意外地，你演主角而不懂得表演，能演好吗？冰冰说，这有什么，我往那一站就有戏。光亮摇摇头，学影视表演是有个过程，包括台词，分析角色等等。冰冰挥挥手，我有那个天赋。光亮沉默着，他想起剧本的梗概，想起现代人缩略生活而追求结果的心理。光亮说，这么比喻吧，一朵鲜花的开放是有过程的，需要浇水施肥，需要阳光雨露，需要剪枝……冰冰歪着脑袋，你要想说什么？别绕弯子，太复杂了我不懂。

光亮和冰冰走到房间门口，光亮打开房间。冰冰走到床上躺着，拧开窗灯，要过来梗概看着，不时地还学着台湾腔调说着台词。光亮产生了欲望，他看见冰冰躺在床上，胸脯依然高耸着，而且她的裙子很低，能完整地看见她的腿。光亮走过去，抚摩着她的腿，他看见冰冰坐起来拥抱住自己并递过一张滚烫的嘴。光亮大胆地去触动冰冰的前胸，觉得很硬，像是石头。

光亮觉得奇怪，怎么会是石头呢，他正犹豫着，有人敲门。他忙起来开门，见罗经理笑眯眯地看着他。光亮回头，见冰冰已经站在身后。罗经理对冰冰说，和他交易完了？冰冰挎住罗经理的胳膊，他的梗概写的很好，就是把你写坏了。说完，冰冰大笑着，罗经理说，我就是坏人。

光亮像是个随从跟着，罗经理说，你这的费用都是我出的，月月没告诉你？光亮点点头，罗经理说，我不是白花钱，我要的是你的精髓。另外，我已经把二十万稿费提前拨到月月那，她应该先预支你六万。光亮知道月月扣下了，罗经理说，是不是月月没给你这么多？光亮敷衍，给了给了。冰冰说，我怀疑你和月月上床了。罗经理白了冰冰一眼，冰冰顽皮地笑笑。

罗经理搂着冰冰滑入一辆小轿车，车迅速离去，尾灯在黑夜中闪烁着。光亮慢慢在街头走着，夜风很暖，弄得人湿乎乎脏兮兮。他想起刚才和冰冰那段接吻，肯定是自己的再次幻觉，人家冰冰一直在看梗概。冰冰的乳房绝对不是石头，那种弹力只有罗经理等人知晓。他感到害怕，先有幻觉，再发展下去就有可能从楼上跳下来，还以为自己在天空中飞翔。

他想起以前是多么幸福，与琪琪格回锡盟草原结婚的晚上，搂着琪琪格看漫天的星斗。大口呼吸着夜风，那风是甜的，如淳厚的酒，吮多了会醉人。光亮穿着琪琪格弟弟的蒙袍，胸口宽宽的袖子大大的。琪琪格钻进他的袍子里，露出脑袋。然后两个人尽情接吻。琪琪格故意把舌头搅得山响。光亮躲开嘴唇说，你干什么非要发出那么大的声音？琪琪格笑着，露出白白牙齿。我觉得过瘾，也好听。你没注意，马的接吻就这么响亮。光亮没好气地，我们又不是马。两个人在漆黑的草原上散步，光亮突然环顾四周说，看不见灯光，别再找不到家了？

琪琪格扯着他的手说，你跟我走，我会把你带回家。琪琪格在黑暗中唱着歌："一杯酒，敬北斗，北斗牵着人儿走。妹妹拉着哥哥手，遇到狼群你尽管吼。哥哥是北斗，妹妹敬你酒。三杯美酒如果你进不了口，哥哥你就是一条狗……"琪琪格唱得酣畅淋漓，回肠荡气，把光亮唱得也魂飞魄散。眼见帐篷的灯光越来越近。光亮诧异地说，你怎么能在黑夜里辨别出方向？琪琪格说，因为我自信。草原多大，我的心就有多大。你在城市待长了，城市多小，你的心就多小。在三年自然灾害时，上海的一些孤儿就是由我们锡盟大草原抚养成人。我家就有个哥哥，我们那么穷也有他吃的。到后来我们都吃不上东西，父亲狠心把羊杀了，让哥哥吃羊肉最肥的那块。我上大学前，哥哥被他舅舅领回上海。光亮问，现在还有来往吗？琪琪格说，听说去日本的名古屋了。光亮说，人把过去都忘了。琪琪格说，我们草原人是不图回报的。光亮想不透，那时虽然没有多少钱，可生活却是惬意的。现在有了点糟钱，人天天慌慌的，睡不着觉，吃饭也不香，甚至连做爱都没有冲动了。

十

光亮记得头一次拿到当枪手的五万稿费，他请老张吃饭。两个人到饭馆，老张喊着，我点菜，我要好好奢侈一把。然后拿菜单，点了足有一刻钟。最后老张还是点的鱼香肉丝烧茄子回锅肉什么的，两个人才花四十块钱。

光亮嘲笑老张，你纯粹是小庙的和尚。老张出来时小声对光亮说，我穷怕了，真的，我上高中时在甘肃的玉门关，一场大雪，把我家仅有的十几头羊都冻死了。我父亲骑着马在戈壁滩上狂奔，仰天长啸，泪水冻在眼眶上。他没舍得吃一口肉，把十几头跟随他的羊全埋了。那两年，我们家什么都吃，就是没有肉吃。看别人吃手把肉，我口水都流下来。回家给母亲哀求，母亲扇了我两个嘴巴。说我是贱骨头，臭不要脸。我到北京广院上大学时，家里情况好了些，可兄弟姐妹多，负担也重。父亲特地宰了只肥羊，那也是头羊。一般的宰羊，羊都要嚎叫。我看见那羊默默在对我哭，我也抱住羊头抽泣，人泪和羊泪滴在一起，敢情都是热的。我要求父亲不要宰那只头羊，宰了我也不吃。父亲还是背着我宰了，全家人围在小桌旁，羊肉被煮得香气腾腾。每个人持着小刀，都争先恐后切割着羊肉，吃得满嘴是油，而我却一口也没动。你一下挣了五万块，这就是八九百头羊啊，赶在草原上跑，就是一片片白云呀！

后来，光亮陆续赚了二十多万。每回都是琪琪格去银行存钱，她腰后面插把锋利的蒙古刀。那刀是结婚时她父亲送的嫁妆。琪琪格回来分了四个银行存起来。光亮说要欣赏一下存折，琪琪格拒绝，说你就只管老实赚钱，男人只能陶醉于女人，不能陶醉于存折。有回光亮不干，死活要看存折。他阴暗地想，存折上面会不会是琪琪格的名字。琪琪格实在拗不过，把挂在墙上的假牛头取下来，拿出存折。光亮一一细看，哪个都是他光亮的大名。琪琪格在一旁冷笑，我知道你想什么，从今后你在我心里矮了，永远不会有我高。

光亮回到喜来登，月月的电话打来，说刚才罗经理和我签了合同，你每集的稿费在我争取下，涨到一万块一集，这已经是天价了。我明天一早必须看到你全部二十集的梗概，完不成我就扣你钱。如果通过了，你必须五十天写完剧本。光亮觉得月月太贪婪，忙嚷着，我不是机器。月月说，你就是机器。你到时候完不成剧本，就到秋末了，哪哪树叶子都秃了还拍个屁呀。光亮深沉地说，枪手也得需要有创作激情，不是母鸡下蛋。月月恼了，你当枪手的不就是赚钱吗？写不出来就甭想拿走二十万元，你别又当婊子又立牌坊。光亮痛苦地说，琪琪格离我而去，我是个男人，我需要感情。月月说，女人多的是，你随便找啊。别扯感情感情的，我听着太牙碜。光亮说，我不可能会随便和一个女人上床。月月嘲讽地，你算了吧。那晚上，你在床上把我揉搓得生疼，你是我遇到的最疯狂的男人。你发泄完了，连一句温柔话都没有，跟死猪一样躺下睡着了。

光亮头皮发麻，你说什么？

月月吼道，我说你虚伪！

光亮眼前一片漆黑。

光亮两天写完二十集梗概，觉得自己好像一座超市的储存库，全部别人掏空了。他揣着梗概，如揣着二十万的巨款，跑到大刘的画室补充精神营养。大刘刚给一批油画定完型签完字，神色也很憔悴。两个人在空旷的棚子里坐着，谁都有各自的情绪。大刘骂了一句街，刚才一个买主愣嘲笑我的作品太商业，应该有梵高的氛围。他王八蛋在那矫情，我还得笑脸陪着，吹捧人家怎么对油画内行。然后他跟我砍价，砍得我天昏地转。其实他懂个屁呀，他知道什么是梵高的氛围，梵高是神经病，根本不管什么价钱，就是为了自己过瘾。我们现在行吗，那油画布一绷起来就是机器转起来，就得算钱了。光亮说，我也是，我觉得我是个男娼妓，让人家干了还得夸她干得舒服。你说，什么人都敢跟我吆喝，都可以说这不行，那也不成，他们知道什么是创作，知道什么是灵感。大刘笑了，说，别提灵感，现在就是赤裸裸地交易。刚才我这么装孙子，还不赚了那买主一笔钱，哄得他高高兴兴走了。

光亮环视大刘的画室，问，你不是说自己画了一幅不是商业的作品，我看看。大刘从后面抽出一张，挂在墙壁上，背景是大草原，有一匹骏马昂首在嘶鸣。光亮很震撼，对大刘说，你还能画出这么纯真的作品，简直不可思议。大刘笑着，我想画这幅大草原净化我的心灵。光亮说，你把这幅作品给我。大刘说，无论如何不行。光亮说，我给你钱。大刘说，当初我画这幅的时候根本不想卖，就只想给自己留着。光亮盯着大刘，你肯定卖出去了，而且价格不菲。大刘不太自然地说，我当初是坚决不卖的。光亮说，你是不是让那个买主拿走了，说，多少钱？大刘支吾地说，十万。光亮说，你不是不卖吗？大刘垂涎地说，十万，太诱惑了，我不卖就是彻底的傻逼。光亮说，那你再给我画一幅。大刘摇着头，我早就想复制，可怎么画也画不出这幅的味道。

十一

光亮走出大刘的画室，给月月打通电话，说在机场大厅见面，我一手交货，你一手付钱。月月说，你去那干什么？光亮说，我要坐飞机。月月警惕地问，去哪？光亮说，我也不知道，我只想在天上飞。月月说，你疯了！光亮说，我说过我不是机器。月月说，我知道你去大草原，找你的琪琪格。给你三天，回来就得写剧本了。光亮听到月月说起大草原，才知道其实自己早就安排要去的，只不过刚才还在混沌中。

在机场，光亮买到了去呼和浩特的飞机，但从呼和浩特到锡盟还得半天的汽车。月月赶过来，说，梗概呢？光亮说，你先把四万给我。月月说，我要看梗概。两个人僵持片刻，月月把一包现金递过来，光亮把二十集梗概递过去。这边看梗概，那头数现金。互相问了一句对吧，然后都虚伪地笑了笑。光亮从四万里抽出两千给了月月，月月说，什么意思？光亮说，道歉，我真不知道那天晚上伤害了你，我一直以为是幻觉。月月靠近了光亮，红潮遍脸，说，我不卖身，你知道你给了我做女人的享受，我已经很久没做爱了。光亮低下头，他知道如果跟月月不是幻觉，那么跟冰冰在宾馆也是真的。他觉得自己肮脏，又不知道脏在什么地方。他又问，我想知道这个剧本署谁的名字？月月不屑地说，你是枪手，你管署谁的名字？光亮恳求着，我想署上自己名字，哪怕排到第三或者第四都成。

月月沉默老半天，用手细致地抚摩了光亮的脸，小声说，没有你的名字，编剧三个人，导演排到最后，前两个都是有名头的。光亮说，有罗经理吧？月月敷衍着，你知道这么多干什么？光亮抬起头，还有冰冰吧？月月说，以前你都不问的，这次为什么认真了。

光亮说，这次我写得太投入了，我想我是亲生母亲，我应该有权利让孩子知道是谁把他生出来的。

光亮昼夜兼程，从呼和浩特乘长途汽车赶到锡林郭勒。路上，光亮接到老张的电话，那头老张说，你能不能接一个新剧本，我的钱比月月多。光亮说，不接，我在回家的路上。老张叫板，你小子可别后悔。光亮从车窗眺望出去，常常有一片片白云般的羊群悠闲地啃着草，更有几头健壮的牛挡住车的去路，司机耐心按着喇叭，才懒洋洋地离去。光亮说，你就是给我金山也不回去了。老张说，算你小子有种。老张电话刚撂，月月的电话顶了进来，说，必须三天回来。光亮说，不可能。月月说，要不你没时间了。

司机喊了声我停车了，他指指在一泓溪水里的骆驼群，说，你们在那里照个相吧。乘客们来到骆驼群旁边，其中有光亮，骆驼们嬉着水，水也是清澈如玉。此时一轮夕阳笼罩在驼峰上，泛出灿烂的光芒。彼此不知道姓名的乘客们欢快地和骆驼们合影，光亮好奇地询问司机，那牧人呢？司机解释说，当夕阳快落山的时候，骆驼们自然就回到牧人那里。上车了，光亮发现月月还在手机那端喊着，你不回来就别回来了，死在那吧。

赶到锡林郭勒天已经暗下来，岳母看到他第一句话是，你老婆流产了，在医院呢。光亮狂奔，跑时丢了一只鞋子。在手术室门口，迎面碰到走出的琪琪格，她目光炯炯地看着光亮说，对不起你，我骑马时流产了。我想是个儿子。光亮猛扑过去，把琪琪格满当当地揽在怀里，号啕大哭。

夜晚，光亮执意要到琪琪格弟弟的蒙古包里住，岳母说，你他妈的混蛋，琪琪格流产住包里行吗？琪琪格说，妈，你生我们几个孩子，不都在包里吗？透过蒙古包的四方小窗户，能看见草原的夜空。

光亮拥着琪琪格，想着流失的孩子，想着自己的作品不能署上自己的名字。他突然心绞痛，然后神经质地举起双手，冲着天空呻吟着，孩子，借我和你母亲的爱意，上天让你发芽，我本该浇水施肥，让你好好长大，在早晨的阳光里迎风而立，成为一面旗帜。是我的罪过，让你早早地从真实走向虚无，让我的心田就这么荒芜，也许你已经转世，成为张家李家赵家的人，只是我们相遇不相识。不论你在哪，在夜空里还是在草原上的叶梢上，都记住我和你母亲的话，我们将在风里在阳光里，通过许多陌生的手，爱你。

光亮觉得他不是为流产儿子说的，而是给那些是自己创作的剧本说的，他每次看到自己的作品都署上别人的名字就心痛。琪琪格说，我再给你生一个吧，你的精子有生命力了，我没告诉你。老公，钱是赚不完的，永无止境。而感情就是那么一点点，像金子在沙子里埋藏着，不珍惜很快就没了。

月亮好圆。草原的风好香。

作者简介：

李治邦，男，河北安平县人，中国作协会员。出版有长篇小说《逃出孤独》《城市猎人》，中篇小说《新闻眼》《忠实的记录》《巴黎老佛爷店》等。作品被多家选刊转载，并多次获奖。

我的文牍生涯 /刘剑波

一　关于我

费尽周折，我终于租到一个满意的居所。

它是一座单门独院，虽然因为年代久远而显得凋败和荒芜、潮湿，但却幽静。

我曾经是一名孔乙己式的乡村教师，现在是，是什么呢？我想不出一个恰如其分的词来命名。姑且叫作文牍吧。《现代汉语词典》对"文牍"的解释有两种：1.公文、书信的总称；2.从事文牍工作的人。而我的生命词典对"文牍"的解释是"烧锅者"。

在乡下，煮饭做菜，尤其是做菜，通常是由两个人通过锅灶互动来完成的。其中之一，掌勺的（厨师），挥动锅铲在灶台上忙活，另一个，烧锅的（火头军），则蹲在灶门前往灶膛里不停地添着柴火（一般是棉花秸、秫秸或豆秸）。文牍就是这个烧锅的人。文牍的灶膛是青春年华，是锦瑟岁月，是一生中最美好的时光。文牍的柴火是那些枯燥的、冰凉的、毫无人性的文字。当一盘色香味俱佳的菜肴端到餐桌上，宾主大快朵颐，痛赞厨师时，是没有人会想到蜷缩在灶门前的烧锅者的。

那么我是怎样从一名迂腐的乡村教师，成为一个文牍呢？这里有必要提一下我的父亲。用战功赫赫来形容我父亲，一点都不过分。我父亲参军打的第一仗就是黄桥战役，那场酷烈的战役结束后，我父亲就一直横枪跃马在粟裕的麾下。此后，在苏中，在孟良崮、在大别山、在豫东、在济南，在后来的淮海战役各个战场上，都有我父亲英勇杀敌的身影。以他的功勋，原本至少可以去省里任职的，但因为他生活作风的问题，解甲归田后，就一直在老家的小镇上当镇长。

那些年，经常有当年浴血疆场的战友来小镇看望父亲，他们都是坐着黑色的乌龟壳来的。我们那儿都把圆脊背的锃亮圆滑的小轿车称作乌龟壳，那时候能看到乌龟壳是一件不得了的事，每当乌龟壳出现在镇上，街面就会被人们围得水泄不通，人们大呼小叫，从四面八方嚣叫着赶过来。父亲当年的战友，最不济的也是厅局级的了，他们每来一次，父亲就会喝醉一次，然后泼皮一样发酒疯，狠劲捶桌子骂娘，要是有一杆枪，父亲会把自己毙了。

父亲根本不想当镇长，情愿去做鲁智深那样的酒肉和尚。于是他多次到县上去撒野，他的招法是闯到县长办公室，三下五除二脱光衣服，裸露出战争年代留下的各式伤疤，要是县长不答应撤掉他镇长的职务，他就一直将身子光下去。县长和颜悦色相劝，陪他上街喝酒，并答应下父亲的要求。可是父亲回到镇上，县里再没了音讯下来，一来二去，父亲气馁了，懒得再去闹。

但那种憋屈不能让它窝在心里，于是父亲战争年代培养起来的火暴脾气陡然升级。憋屈这种东西不是越发泄越少，而是越发泄越多，像泉水那样源源不断从各种隐秘处渗出来。这导致父亲的火暴日甚一日，使他变得粗暴，野蛮，暴跳如雷。镇上的好多问题，父亲完全是依仗叱骂和拳头解决的。让人匪夷所思的是，那些挨过父亲揍的人却一点不记恨他。奇怪的是，乱糟糟的小镇倒也让父亲治理得服服帖帖。剽悍的民风变得淳厚温软，夜不闭户，路不拾遗，百姓安居乐业。

父亲的粗暴在家里表现得更甚，我基本上是被他揍大的，他如果两天不揍我，我全身就会奇痒难忍。他的揍法是用大头皮鞋死劲踢我。那双大头皮鞋是他从部队带回来的唯一纪念品，父亲一年四季都穿在脚上。我在小学四年级时写过一篇关于父亲的作文，其中一句我是这样写的：父亲全身挂满了战争的花，我的全身挂满了父亲大头皮鞋的花。

六十岁那年，父亲终于退了下来。他长长地喘了口气。退下来的父亲，每天提篮买菜，泡茶馆，搓麻将，白发迅速覆盖了整个头颅，那些战争年代留下的枪伤像约好了似的一同发作，父亲很快变成了一个佝偻、颤巍、邋遢的糟老头子。与此同时，他也变得亲切、慈祥、和蔼，甚而低三下四。几个孩子中，他最不放心的就是当教师的我。家有隔宿粮，不当孩子王，这个观念在他心里根深蒂固。他拖着病残之躯往县上跑，找县里领导，顾不上羞耻心，重演当年裸露全身伤疤的一幕。

于是我很快就在秋天到来之际，调到县政府办公室当上了一个文秘人员，也就是我称之为的文牍。这当然是父亲的意思。在他看来，县政府办公室是最能让人出息的地方，是进步的阶梯。在那儿熬上几年，往往就能有机会升迁，日后或是到部委办局做领导，或是到乡镇当镇长，要是机遇好，还能往市里调。

当然也有例外，我去报到的那天，看到一个头发花白穿着灰色衣服的中年人，趴在墙角的一张写字台上誊写什么。他一看到我进来，瘦得颧骨突出的脸上马上堆满笑，态度极其谦恭地站起来，嘴里期期艾艾，想说什么又说不出来。后来我知道，他叫费德仁，也是教师出身，到办公室搞了二十来年的文字工作，仍然是个文牍，升迁无望，又没好的去处，就像一个生了锈的螺丝，卡在机器的内部，取不出来，但又不妨碍机器的运转。

我有种不祥的预感，费德仁将是我日后生活的写照，我将沿着他的足印，一步步走下去，直到与他的形象重叠。

二 楼上楼下

我在县城一个叫宾东的小区，租了个三室一厅的大套房。

依我的本意，租一间平房就可以了，顶多也就是一室一厅的小套房。但老文牍费德仁却不这样看，他认为按我目前的经济状况，要买房是根本不可能的，即使再过上几年也很困难，这就必须从长计议。最麻烦的是我三十出头的年纪，婚姻大事八字还没有一撇，不孝有三，无后为大，娶妻生子是当务之急，这样，平房当然不行了，小套也不够，而二室一厅的中套也很勉强。试想，一旦有了孩子，很多问题就会纷至沓来，婴儿室啦，保姆啦，双方父母的走动啦，客来客往啦，还有，书房对于一个文牍来说是必备的，马上厕上枕上是造就不出一个好文牍来的。

显然，费德仁说服了我，当然更重要的是租金低廉，即将赴外地工作的房东并不打算以出租房屋赚钱，对他而言，找一个有文化修养的人长期帮他看家，更为重要。还有一点让我满意的，就是这个大套位于二层，却采光很好，前面有一块绿草如茵的开阔地，非常适合我带着未来的孩子散步。而二楼对一个孕妇是很理想的，既能适当运动，攀爬又不困难。

我租的这套房子是带家具的，虽然装修一般，但里里外外很清爽，更让我欢喜的是，所有的房间，包括客厅都铺着木地板。我不禁想象，在日后所有的晚上，我将像古人那样盘膝坐在地板上挑灯夜读，累了便就势一躺，我的梦会散发出木头的清香。

然而，我住进去寥寥几天，却被楼上楼下折磨得死去活来。

我搬进出租房的头一天晚上，楼上就不停地响起当当当的声音，清脆并且尖利，显然是高跟鞋踩在地板上的声音。制造这个声音的无疑是个女人。我很纳闷，为什么这个女人回到家还要穿着高跟鞋呢？她为什么老是在走动呢？

开始，我并不理会它。我铺好床，到卫生间冲了个澡，准备早点休息。可是楼上的女人却一点也没有停歇下来的意思，她似乎把客厅当成了操场，不停地绕着圈跑。有几次她走到我头顶上来了，也许她的卧室就在我的卧室上方，她可能是进卧室取东西。她在卧室走动，就像有一把铁锤在连续砸着我脑袋，我只好用被子蒙住脑袋。

后来我听到楼上开门的声音，"当当当"的脚步声走到楼梯平台上了，然后门"咚"的一声关上，女人开始下楼。谢天谢地，我松了一口气。

楼下响起了汽车的引擎声，轻盈，柔和，微微震颤，就像蜜蜂的"嗡嗡"声。我飞快下床，跑到后窗，借着路灯的光亮，看到甬道上一辆有着优美流线的红色跑车朝前滑行。透过黑暗，我仿佛看到了女人驾车的姣好身影。

女人出去了，我庆幸能睡个安稳觉了。在睡觉这件事上，我继承了父亲的风格，不管置身何种环境，只要头一挨枕头就能睡着。可就在我快迷糊过去时，楼下又传来了汽车的引擎声，唉，女人回来了。很快，那刺耳的"当当当"声又出现在楼梯上了，还夹杂着一个女孩子的说话声。我的直觉是，女人接孩子去了。我看了看手机上的时钟，九点整，正是学校下晚自习的时间。

现在，女人不再穿着高跟鞋走来走去了，也听不到女孩的动静，难道她们这么快就上床睡觉了？但是很快，我就听到了楼上传来的古筝声，这无疑是女孩在弹奏。

在中国的弦乐器里，我最讨厌的就是古筝，它的剪不断理还乱的"铮铮"声，会把你好不容易理顺的心情划拉成一团乱草。所以，对古筝我总是躲得远远的，可是我现在只能硬着头皮听下去。

女孩总是滞留在一个乐段上翻来覆去。我听明白了，她弹的是《苏武牧羊》。我知道这个曲子取材于汉朝苏武出使匈奴，被扣留十九年，却始终坚贞不屈，忠汉不移的故事。乐曲的开始采用深沉、压抑的旋律，表现苏武远离中原，独在异乡的苦闷心情。但我更喜欢用明朗、激昂的旋律表现他思念故乡的强烈愿望。但女孩却一直停留在压抑、苦涩的那段。女孩显然处于初学阶段，弹得佶屈聱牙。那种感觉就像杀一个人，不是痛痛快快一刀结果他，而是零宰碎割，慢慢折磨他。如果把这一段跳过去，我可能还好受些，但是女孩陷在悲苦的泥潭里了。有一阵子，旋律急遽紊乱，我知道女孩在竭尽全力往上爬，但结果却是越陷越深。绝望使得女孩躁乱起来，我感觉到针一样尖利的东西在我心上划拉。

我实在受不了了。我将两只耳朵捂得严严实实，但这并不能使我的难受减轻多少。我跑到阳台上去，躲到卫生间里，后来又钻进厨房。可是，无论我逃到哪儿，那根针始终戳在我心头上。

大约四十分钟后，古筝的声音终于消失了。楼上变得鸦雀无声，这次女孩肯定上床睡觉了。我就像突然卸下压得我弯腰折颈的千斤重担，颓然倒在床上。然而，楼上的某个角落里隐约传来水的声音，既模糊又清晰，湍急而流畅，俄顷，变得淅淅沥沥。开始我不明白是怎么回事，后来才意识到这是撒尿的声音。我断定这是女人在撒尿。果然，撒尿的声音消失后，那"当当当"的脚步声由远而近，走进我头顶上的房间。我进一步确定，女人的卧室就在我头顶上。

这个发现使我心猿意马起来。我抬眼死死盯着天花板。唉，要不是有楼板隔着，我就会和楼上的女人共处一室了。

女人走进卧室后，再没有声音发出来了，楼上一片静寂。我再无睡意，我在想，楼上的女人在干嘛呢？如果我有她的手机号码，我一定会发短信问问她。倚在床头看电视？这个猜测很快被我否定了，隔音效果如此差的楼房，要是开电视，我肯定能听到声音。那么，在灯下看书或做女红？我马上又为这个猜想感到好笑。一个有车的女人挑灯夜读或做女红，肯定是哪儿出了问题。那么她在做什么呢？

我忽然觉得这个问题很滑稽，现在除了上床睡觉，女人还能干什么呢？

女人终于睡了，但我的猜想并未间断：她是侧卧着还是仰卧着？是裸身睡还是穿睡衣睡？如果穿睡衣，那她的睡衣是什么款式，是低胸圆领还是吊带的那种？是纯棉的还是混纺的？是浅色素净的还是绚丽缤纷的？如果是裸着身子，那么她的乳房是什么形状？要是侧卧，乳房会不会耷拉到床单上？要是仰卧，乳房会不会流溢到胸部的两侧？

这时楼梯上传来"咚咚"的脚步声，是一个男人的脚步。"咚咚咚"，坚实有力的脚步声经过我房子的门口朝上，在三楼停住了。我听到门打开的声音，旋即又关上。由于门关得很冲，整个墙壁都抖动起来。

现在头顶上又有了动静，是拖鞋"吧嗒吧嗒"的声音，显然，这个男人进入了女人的房间。我听到上面传来男人说话的声音，低沉，含混，节奏很慢。偶尔有女人的说话声插进去，女人的语声轻柔，磁性，韵律感很强。这样的声音很适合唱《摇篮曲》。

我判断他们在进行交流。他们也许因为各自的工作一天没见面了，所以晚上回到家里交流是必要的。交流很简短，之后拖鞋"吧嗒吧嗒"的声音就出去了。随即，我听到"哗啦哗啦"的水声，显然，男人在卫生间淋浴。当然，也有可能是男女同浴。

大约二十分钟后，"吧嗒吧嗒"的拖鞋声又出现在我头顶的房间里。男人说了一句什么，随即咳嗽起来，而且越咳越厉害。女人的说话声又出来了，不再轻柔，而是尖厉的一声。可能是男人吸烟，遭到女人的呵斥。

咳嗽声消失后，男人和女人又开始说话，是咕咕哝哝，窃窃私语的那种，似乎大多是女人在说。女人好像在柔肠寸断地倾诉着什么，又像是在不断地恳求着什么。男人偶尔简短地插上几句。男人的说话声变得高亢，节奏也快了许多。忽然女人"哧哧"笑起来，声音很柔顺，就像什么东西在丝绸上滑来滑去。但是女人笑着笑着就呻吟起来，是那种压抑的轻微的呻吟，就像是在午夜你听到远处医院病房飘出来的细若游丝的呻吟声。

伴随着这呻吟，我觉得我的床微微摇动起来。远处传来一两声狗吠。有婴儿的哭声好像从天边处传来。一辆夜归的摩托一直停在楼下的甬道上"嘎嘎嘎"吵个不停。女人的呻吟不再压抑，完全放开了，开始变得肆无忌惮。现在，我觉得整个楼房都在摇晃了，我像晕船或晕车那样晕眩起来，急忙跑到卫生间去呕吐。可是我只是干呕，什么也吐不出来。

我不敢再回到卧室，而是在客厅里来回踱步。我还是能听到女人那种快意的呻吟，这让我受不了。我正在考虑要不要躲到户外去，就听到男人一声像被刀扎的嚎叫，我想他已经完成了。

重新回到床上躺下，已经接近子夜了。寻欢作乐后的男女都在打呼噜，两个人打得很和谐，当男人的呼噜驰骋在峰尖上时，女人的呼噜就蛰伏在谷底。男人的呼噜下滑时，女人的呼噜就往上蹿，途中相遇，两个呼噜还要互相致意嬉戏，纠缠不休。

我被折磨得头疼欲裂，天快亮时才勉强入睡。我做了个荒唐的梦：楼上的女人跑到我的床上来了，男人尾随而至，拼命敲打我的防盗门，我心急如焚，不知该怎么办。男人加大了敲击的力度，那门眼看就要被敲趴下来了。我就是在这个时候醒过来的。果然有人在敲门，敲得地动山摇。我估猜是楼上的女人，便应了一声，迅速穿衣下床开门。

门外站着的并非女人，而是一个满脸怒色的七旬老汉。老汉头发全白，像洒了一层雪，穿着一件破旧的中山装，他可能敲了好一会儿了，站在那儿气喘吁吁。

你是新来的房客吧？老汉凶声恶气地问我。我诚惶诚恐地说，是啊，您老进来坐会儿？老汉挥了挥手，不必了，我要告诉你的是，你要遵守一点社会公德，你夜里不睡别人可要睡！原来老汉是楼下的，我夜里在客厅踱步影响了他和老伴的睡眠。我赔着笑脸对老汉说了不少好话，并郑重保证此类事情不再发生。我送老汉下楼时，他丢下这样一句话：远亲不如近邻，希望你能处理好与邻居的关系。

当天晚上，我又经历了前天晚上发生的一切：高跟鞋的"当当"声，《苏武牧羊》，做爱，高亢的呼噜。我不敢再在客厅里走来走去，而是睡到另一个房间的地板上。好在第二天是周六，我可以睡个大懒觉。

第二天早上，我被楼下一阵紧似一阵的"吱吱"声惊醒了。楼下的院子里，有几个老太在用织机织手套，昨天来敲门的老汉束着围裙走进走出。老太们一边干活一边拉家常，不时就爆发出开怀大笑。

觉是不可能再接着睡下去了，我顶着昏昏沉沉的脑袋给自己准备早点。今天虽说休息，可我却歇不了。初来乍到政府办，没有分给我具体的工作，办公室分管文字工作的副主任却布置了一项任务，要我研读一大叠材料。这叠材料有两部分，一部分是县领导的讲话稿，一部分是县政府下发给县级机关和乡镇的各类文件。

无论是县领导的讲话稿还是那些文件，都是先由费德仁这样的文牍写成初稿，然后由副主任润色，再送主任把关，最后由县领导定稿。副主任给我的那叠材料都是存档，有着经典的意味。他把那叠材料给我时，只是交代我要认真看，至于为什么要看却未着一词。倒是善良的费德仁对我解释了一通。他说这是为了给我换脑子，是做文牍前一种必须的训练。研读那些经典材料，耳濡目染，使自己逐步走入他们的话语系统，是我目前需要花大力气做的。

吃好早点，给自己泡了一杯香茗，我便坐下来虔诚地读那些材料。之所以要虔诚，是因为费德仁警告过我，读这些材料必须要有读世界名著那样的虔敬态度。可我刚读了半页，楼上就又响起了古筝声，我的心境立马紊乱了。今天是休息天，学校不上课，女孩肯定要在家弹一天了。与此同时，楼下老太的哄笑声一浪高过一浪，而织机的"吱吱"声和古筝声，正好做了哄笑声的背景音乐。

我冲动地跑下楼，想去呵斥老太们一顿。但跑到一楼的院门口，我就知道我一句话也不会说出来。老汉看到我就热情地招呼，让我进去坐。我婉言谢绝，又跑去找物业。在物业办公室里，有几个女人围着一张桌子打牌。其中一个胸部很大的女人问我干嘛。我料她是管事的，便把她叫出来。我对她说，我是县政府办公室的秘书。我说完这句话突然发现我的语调里有种颐指气使的味道，这使我觉得自己很陌生，完全是另外一个人在对女人说这句话。

女人被我叫出来时，一脸的不耐烦，可是当她听我说是县政府办公室的，表情里就有了一种献媚。她笑着问我，我能为你做点什么吗？我把情况如此这般告诉她，然后问她能不能由物业出面，让老太太们换个地方织手套。我很严肃地告诉她，我正在从事一项很重要的工作，这个工作将关系到全县的经济发展，要是老太们再这样闹下去，我的工作势必会受到严重影响。

女人问我住在几楼几室，我告诉了她。女人说，你是在姜老的楼上，其实那几个老太是帮姜老打工的。

原来姜老夫妇都是一家企业的退休职工，前几年每个月还有点退休金，去年企业倒闭，老两口不仅拿不到一分钱，连看病也成了问题。本来开出租车的儿子还能每月给他们些钱，可是不久前儿子在一场车祸中不幸丧命。多亏好心人帮忙，替姜老在一家手套厂谋了点活儿，老姜夫妇忙不过来，就请了几个老太过来搭手。

了解了事情的原委，我就无话可说了，一脸黯然地回到住所。

楼上仍然在弹古筝，我硬着头皮看材料，可是我看到的却是苏武被风化了的面庞，他牧羊的鞭子不慎折断了，所以他只好挥舞冻裂的双手吆喝羊群，可是漫天的风沙把他声嘶力竭的吆喝卷走了，那些匈奴的羊根本不听他的，跑得七零八落，苏武跪在地上掩面而泣。

我上三楼去按门铃，琴声溘然而逝，很快门就打开了。隔着防盗门，我看到一个长相男性化、奇胖无比的女孩。女孩很有礼貌，叫我一声叔叔，问我是不是找她妈妈，然后她说，妈妈上班了，要晚上才能回来。

不知为什么，我有点期期艾艾，话未出口，脸先红了。我说，你能不能弹低点，或者休息一会儿？女孩很认真地点了点头，又问我要不要进去坐会儿。我对女孩表示感谢，然后下楼。说实话我对女孩很失望，我总认为弹古筝的女孩子应该是那种体态柔弱的，像林黛玉那样有着让人爱怜的病态。我怀疑这个胖女孩是否会把古筝弹好。

琴声果然低了许多，但时间不长，又恢复到先前的高度，好像还多出几个分贝。楼下的老太们也变得高声大嗓。整个上午我勉强看了两页材料，但不知所云。

中午，楼上的琴声和楼下的喧嚷都"偃旗息鼓"了，给我的感觉是，时间突然停滞了。我赶紧上床休息。差不多一夜未眠，我疲惫至极，一上床就睡着了。正睡得云里雾里，楼上的古筝声和楼下老太的喧闹，就把我吵醒了。看样子这个下午又要报废了，我伤心地下楼，然后步行到街上，在新华书店消磨了一个下午，到掌灯时分才回去。

我一进门，就听到楼上"当当当"的高跟鞋声，和昨天晚上一样，楼上的女人在客厅里绕着圈子跑。我原想晚上再接着看那些材料，现在这个计划被女人的高跟鞋声取消了。我跑到阳台上去，楼下漆黑一片，老两口已经睡了。前面一幢的低楼灯火通明，一个窈窕的女人在厨房里忙活，她就穿着白色的内衣，胸部的轮廓很好看。一时间我产生了错觉，以为眼前的这个女人就是楼上的女人。

快到九点的时候，楼上的女人下楼去接女儿，甬道上照例响起汽车轻柔的引擎声。后来我知道，只有高档汽车，引擎的声音才会轻柔。

后来发生的一切完全是对昨晚的复制：女孩一回家就弹古筝，仍然是《苏武牧羊》的前半段；男人回来；冲澡；男人和女人缠绵悱恻地做爱。

我是踩着女人的呻吟下楼的。我走出小区，在街上信步漫游。掘城的街道两侧都是五层或六层的商住楼，此刻楼上的窗户都亮着温暖的灯光，有些窗帘被晚风吹拂成少女的身姿，让人着迷。我不禁悲从心来，偌大的掘城竟没有我的安身之处。

在模糊的星光下，我穿越了掘城所有的大街小巷，在我行走的时候，我觉得有一片孤叶始终在我头顶盘旋。天色熹微之时，我回到了我的住处。我给楼上的女人写了一封短信，写完我才发现，我竟然复制了楼下老汉的话：

我的素未谋面的邻居：你们要遵守一点社会公德，你们夜里不睡别人可要睡！远亲不如近邻，希望你们能处理好与邻居的关系。另外，我有一个请求，你能不能不穿高跟鞋？拜托！

本来我还想建议他们性生活不能过频，后来我意识到这个建议是非人道的，遂作罢。我把短信折成燕子形，塞在楼上的门底下，回来时，我听到窗外有人吆喝卖豆腐的声音，紧追而至的是一个卖包子的声音，那声音听起来低三下四，充满了乞求。楼下的院门砰地打开了，老汉在院子里绝望地咳嗽，最后终于把痰吐出来了。浓重的睡意像晨雾笼罩了我，我和衣躺在床上迷糊了过去。我醒来后，发现了楼上的反馈，也是塞在门的底下，那娟秀的字迹表明是女人所为：

尊敬的房客：打扰了你，我们深表遗憾。更遗憾的是，我不能答应你的请求，我在一家外资企业工作，上班时是不允许穿高跟鞋的，所以我只能晚上回来过过瘾。我酷爱高跟鞋就像男人酷爱烟、酒以及女人一样。

我给费德仁打了个电话，告诉他我要重新租房子，我不要鸽子窝似的居民楼，而是租单门独院的。打完电话我就去找中介公司了。

三　赛虎

掘城单门独院的房子很难租，一是房源太少，二是租价太昂贵。我几乎跑遍了所有的中介公司，费德仁也出了不少力，好不容易在碧霞小区找到一座单门独院。

碧霞小区是掘城的私人住宅区，清一色新颖别致的小洋房掩映在绿树丛中，每家每户都有个很大的院子，有的还有后花园。小区里所有的甬道都很宽敞，晚上，甬道的两边都泊满了私家车。可以这么说，该小区是掘城富人聚集的地方。不过我租的单门独院不是什么小洋房，而是三间低矮的青砖平房，瓦楞上飘动着枯黄的狗尾巴草，院子里也是荒草萋萋。在院子角落，有枯萎的玫瑰、月季、芍药和牵牛，我第一次踏入院子的那天，有一群老鼠"吱吱"鸣叫着，从那些曾经有着丰腴花朵的腐枝败叶间鱼贯而出。

房子的主人告诉我，这儿最大的好处就是幽静，前几任房客都是因为受不了死一般的幽静才搬出去的，最短的只住了七天。我不禁想起，我在宾东小区也只住了七天。

我庆幸自己终于找到了一个理想的居所，搬来的那天，我喜出望外地发现西边的院墙外面有两株枣树。我马上想到鲁迅在《秋夜》中的句子：在我的后园，可以看见墙外有两株树，一株是枣树，还有一株也是枣树。

这两株枣树使我对这个衰败的院子感到异常亲切。我在乡下做教师时，曾多次教过《秋夜》，但总是对鲁迅的这句话纳闷，他为什么不索性说"院外有两棵枣树"呢？如果撇开上下文不谈，这句话确实很累赘。也有学生对此有疑问，跑过来问我，可是我都支支吾吾搪塞过去。就像人们常说的，心有灵犀一点通，我那天一看到院墙外的两棵枣树，突然就对鲁迅为什么要这样说有了彻悟。我觉得鲁迅用这样的句子是为了表现一种孤寂，读者看到墙外有一棵枣树，必定以为墙外还有别的东西，可是没有，仍旧还是枣树。很单调，很孤单。这种孤寂的感觉，如果用"墙外面有两棵树"来表现，肯定是达不到的。

孤寂是幽静的孪生兄弟。我喜欢孤寂。

我未来的生活也许是这样的：在院子里开垦出几畦菜地，正好用院子里的井来浇地，紧张忙碌的文牍工作之余，种菜养花，修身养性，自给自足。而在幽静的晚上，我守着一盏孤灯苦读冥思，不觉东方之既白。我是多么向往这样的生活啊。

搬到碧霞的那天晚上，意料不到的事发生了。因为搬家、拾掇，我累得骨头快要散架，爬到床上刚要入睡，突然响起一阵狗的咆哮。我当时的感觉，它就像一股飓风袭来，一瞬间我眼前什么都看不到了，沮丧就像一块巨石朝我砸下来。我下床跑出去。狗吠源自西墙外面，就是长着两株枣树的地方。也许是狗察觉到我走近了墙根，咆哮得更厉害了。在咆哮的间隙，我清晰地听到了它的喘息。我断定，它也贴着墙根。它与我一墙之隔。就像宾东三楼的女人，与我隔着一层楼板。

不仅仅是隔墙的狗在叫，还有远远近近许许多多的狗在叫，叫得此起彼伏，错落有致。我这才发现，碧霞小区是一个狗的世界，也许每家每户都养狗也未可知。在乡下，只要一条狗带头吠叫，其他的狗便会群起而和之。看来在碧霞小区也是如此，那么，是隔墙的这条狗先吼叫引起别的狗叫呢，还是它跟着别的狗瞎起哄？这个并不重要，重要的是在我新租的自认为十分满意的房子的院墙外有一条狗，它会随兴之所至或咆哮，或低吟，或吠叫。它会像一颗随时会爆炸的炸弹，随时炸断你脆弱的神经，摧毁你安宁的家居生活，把你推入烦躁不安的深渊。你的结局只有一个：沉沦或者毁灭。

一想到这些，我就感到十分悲哀。我现在搬到哪儿去呢？也许掘城没有我的一席之地？我的掘城之行一开始就不顺遂，这是否昭示着什么？是不是我要退回到宁静的乡下？我就像笼中的困兽，在荒凉的院子里焦虑万分。有几次我掏出手机要给费德仁打电话，但一想到这么晚了，打给他不仅惊动他，还会惊动他的家人，只好放弃这个念头。我和费德仁刚认识，就觉得在精神上对他有了依赖感，是不是他和我都做过教师，在气质和世界观上有相似之处？

不知道狗们是何时停止吠叫的，也许它们中有一个领头的，当这个领头的住了口，其他的狗也随之缄口不语了，那情形就像路灯依次熄灭。我突然想到，狗也是有话语系统的，只是我无法进入这个系统，否则因狗叫引起的焦躁也许就会冰释。

翌日中午，我躺在床上休息。隔墙的狗又吠叫起来。"汪"！凌空的一声，停顿下来，似乎在试探什么，旋即便"汪汪汪"不停地大叫起来。别的狗也开始跟着附和，先是几条，然后是一群，一大群，相互开展起竞赛来，你吼的声儿高，我比你还要高；你叫的中气足，我比你还要足。"汪汪"，"汪汪"，"汪汪汪汪"，整个小区响成了一片。

　　我哀鸣一声，滚下床，又像困兽一样，在院子里绝望得一筹莫展。我恨得咬牙切齿，要是没有围墙，我会拿刀宰了这条狗。我上前用尽全力踢了踢围墙，整个围墙嗡的一声抖了抖。也许是受到震慑，墙那边的狗停止了叫喊。我仿佛看到了它前脚趴地，臀部抬起，后腿像弓一样绷得笔直，眼睛里露出挑衅的目光，要是没有围墙，它就会向我扑过来。

　　它与我冥冥之中对峙了几分钟，又开始叫喊起来，不过我听出来它的声音里有了点顾虑，有了点担心，叫得不像方才那么理直气壮。我严厉地呵斥它一声，它应声而停，像受了委屈似的低低地呜咽起来，后来便敛声屏息，再也没了声响。我期待着它再次吠叫，但它变得很乖，一直到我去上班，一点动静也没发出来。

　　晚上，狗又叫了两次。一次是在九点的时候，我在灯下翻开《左传》。多年前我就开始读《左传》了，它古拙的文字间泄露出的古老星光让我心驰神往，但我无论怎样跋涉，总是难以走近它。我与它就像庄公与姜氏隔着长长的隧道。我正准备埋首读《吕相绝秦》，狗就"汪汪"叫起来了。奇怪的是，我不再像昨天晚上甫一听到狗叫时就烦躁不安了，我甚至发现潜意识里在盼望着狗叫，好像狗一叫我的一桩什么心事就了结了。我不知道我为什么会如此，后来我想，也许与中午它驯服于我的呵斥有关。

　　狗好像很烦躁，叫的声音很冲，很粗暴，就像粗莽汉子在发脾气。它一叫，周围的狗也理所当然地叫起来，仿佛是一种贴心贴骨的声援，一种团结一致的同仇敌忾。我到狗叫的院墙那儿，重重地来回走了几步，我将之视为对它的警告。它显然察觉到了，叫声矮了许多，像中午那样有了顾忌。我又呵斥它几声，它像突然被一枚枪弹击中，哑了嗓子，但随即又心有不甘地勉强叫了几下，很快，它就呜咽起来，从那呜咽声里我听出了胆怯。呜咽过后归于寂静。

　　子时将临，我的眼睛有点被春秋时代的星光灼痛了，于是掩上《左传》，准备宽衣休息，这时狗又叫起来。不过这一次是它声援别的狗，它叫得很忠诚，很卖力。我发现它的声音很有磁性，有金属的质地，而且音域宽广，像极了一个男高音歌唱家在唱咏叹调。我抱着欣赏的态度听了会儿，然后我走到院子里，远远地对着围墙咳了一嗓。狗叫应声而灭，但随即又叫了几声，然后是低沉的呜咽。我感觉出那呜咽不是胆怯，而是某种歉意！很快，呜咽也停息了，围墙那边又是死一般的寂静。我没有马上回屋去，我的耳朵贴着围墙，奢望能听到狗的呼吸，但是除了呜呜的风声，我什么也没听到。

我不禁借着星光打量起围墙来。自打我搬进来，还是头一次打量房东的围墙。围墙看上去很单薄，摇摇欲坠的样子，并不怎么高，像我一米八的个子，稍微把胳膊举起来，就能够到围墙顶了。这样的围墙只能防君子，而防不了小人。

紧挨着房东围墙的，又是一道围墙，顶端植着一溜矛刺。围墙里面是一座很有气派的三层私宅，屋檐像牛角那样翘起来，是那种精致的流线型，安在楼顶上的太阳能泛着银色的光亮。这私宅的高耸和结实与房东的平屋相比，仿佛一个是高贵的王子，一个是卑贱的叫花子。显然，这条狗是"王子"喂养的，而且狗巢就砌在围墙根下。

夜里我睡得很安稳，这是自从搬到这儿来后第一次酣畅的睡眠。大约在晨曦微降时，我梦到一条狗，它秀朗，高大，剽悍，洁净。它站在我床前好奇地凝视着我。它的眼睛像涂了眼影似的楚楚动人，它在凝视我的同时，又粗又大的尾巴在不停地摇晃，将曙色像沙尘似的扫来扫去。它告诉我，它就是隔墙的那条狗。它还告诉了我它的名字。它说它叫赛虎。我恍惚想起在哪本书也有一条叫赛虎的狗。那条叫赛虎的狗壮硕敏捷，静如处子，动如脱兔，而且忠厚，善良，嫉恶如仇。

在接下来的几天夜里，赛虎似乎是为了讨好我而很少叫了，有时为了呼应别的狗不得不叫，也是象征性地叫上几声，随后就缄默无语了。

有天夜里，我从梦中听到了赛虎的咆哮，在此之前，我听到的是一种窸窸窣窣的声音，开始我还以为是风吹瓦楞草的声音，但听着听着就有点不对头了，我觉得是蛇在秋草丛里游动时发出的声响，并且，这条蛇已游出了秋草丛，正朝我的床游来。这使我惊惧万分，手脚冰凉，浑身像被捆住了似的不能动弹。然后，我就看见一个穿着黑衣的蒙面人，从围墙上轻轻跳下，蹑手蹑脚来到我窗前。

时间在这个时候突然凝固了。时间在凝固时发出冰块断裂般的嘎嘣声，也许是这声音惊动了赛虎，它声嘶力竭地吼叫起来。我倏然而醒，赛虎的叫声仿佛就响彻在枕畔。这叫声不同以往，它凶猛，激烈，不顾一切。

我有种不祥的预感，遂翻身下床。我看到一个人影在窗前一晃，我不由悚然心惊，僵在那儿。赛虎激昂的叫声越来越紧，仗着这叫声我勇敢地跑到窗前。黯淡的星光下，那人影在围墙上一晃就不见了。我追出门外。人影消失的地方离狗叫处不远，很明显，这个人是因了狗叫而仓皇逃窜的。

重新躺到床上时，我试图说服自己刚才遭遇的不过是一个梦境而已，但我冰凉的身体和咚咚的心跳告诉我，这是在掩耳盗铃。恐惧和惊悸使我再也无法入睡，那个鬼鬼祟祟的人影一直摇曳在我眼帘上。我似乎闻到一股淡淡的血腥气味。

天亮时分我走向井台。我喜欢井水，喜欢它夏天的清凉和冬天的温热，以及春秋时节的绵醇。我满意这个衰落的院子，不仅是因为它的恬静，还因为它有一口幽深的井。我像在乡下时那样，早上起床要做的头一桩事，就是用井水浴身。井台上布满青苔，井口上盖着一个旧锅盖，我伸手揭开锅盖，拎起吊桶，我会听到木质吊桶叩击水面的瞬间发出"嘭"的清脆声音。它空灵、清纯、温润，是来自地球早晨的问候。

那天早上，我正准备将吊桶甩进井里，突然赛虎又叫起来了，还是像夜里那样叫得尖锐，激烈，不顾一切。我想起了夜间那个来去如轻烟的鬼魅人影。我在井台上怔立良久，最后放弃了打水。

我把夜间的怪事告诉了老费，老费也觉得蹊跷。他思索良久后突然洞若神明地问我，你租的独院里有没有一口井？

我不知道那口井与神秘的人影有什么关系。

中午下班老费跟我回来，他久久地打量那口井，又把多年写材料打磨出来的尖利目光投向与井台相接的泥地，意外地发现上面有陌生新鲜的脚印。老费如临大敌地对我说，这井你千万不能再碰了。我惶恐不解地看着他。他有点得意地说，我要证实一下我的判断。

老费打了个电话给在公安局刑警队做头头的老同学，他在电话里用了"人命关天"这个词。老费的老同学亲自出马，带着几个手下和警犬，光临我的小院。

警犬在院子里转了一圈，然后发出低沉的啸吟，箭一般射向井台。赛虎听到了动静，在围墙那边底气不足地"汪汪"叫了几声，警犬只回敬一声，赛虎就噤若寒蝉了，看来叫它赛虎是言过其实了。警犬竖起耳朵嗅闻起那只旧锅盖，突然用前脚推开锅盖，将脑袋伸进井口，对着井水狂躁地吠叫起来。奇怪的是，警犬的叫声并没有引来小区内其他狗的回应，那些平日里动辄就张狂乱叫的狗，好像一下子都变成了哑巴。

老费的老同学把警犬吆喝到一边，叫手下戴上手套，打上来一桶井水。老费的老同学打量着井水，发出了福尔摩斯式的微笑，说井水有问题。他的手下在井四周用白粉划了警戒线，意思是不得越雷池半步。我经常在出了车祸的马路上，看到这种划成椭圆形的白色警戒线，那里面是肇事车辆或一滩血迹。

刑警们把那桶井水和我一起带回局里，他们要对前者做化验，对后者做笔录。

当天晚上化验结果就出来了，井水里有剧毒农药。老费打电话告诉我时，我倒抽了一口冷气，毋容置疑，这毒就是那天夜里翻墙进来的人投放的。老费的老同学是个做事认真的人，他带了个泥水匠来，将井封死了，又详细询问我那天夜里的情况，我又重复了我那次在公安局所做笔录的内容，略有不同的是，我提到了赛虎。

赛虎？赛虎怎么跑到这儿来了？老费的老同学很是诧异。

原来那只警犬的名字就叫赛虎。

于是我说起了隔墙的狗，如果没有它提醒般的喊叫，我肯定打井水沐浴，那样的话我早就命丧黄泉了。老费的老同学对我说的狗发生了兴趣，想见见它。为了叙述方便，下面我还是叫它赛虎。

我们出门从后面的甬道朝西又往南，绕了个大圈子，才找到赛虎的主人家大门，那是用铝合金做成的很有气派的院门，阔得能同时开进两辆轿车。我按了一阵门铃，里面一点动静也没有，想必家里没人。我们向南，沿着这户人家的院墙边朝东走，又北行来到那两棵枣树下。两棵枣树长在我房东的围墙与赛虎主人围墙之间，两墙之间的距离很窄，仅能容一人通过，那天夜里投毒的人就是从这儿翻院墙进出的。地上的杂草丛里堆满了枣树的枯叶，老费的老同学仔细观察地面，一些杂草的根茎齐刷刷断了，显然是被投毒者踩断的。

一定是因为与小院的居住者有深仇大恨，投毒者才会做出如此决绝的举动。老费的老同学问我在掘城有没有什么仇人。我刚来掘城，人生地不熟，怎么会有仇人。那么在乡下和谁有过过节？那更不可能，一个迂腐的乡村教师，你说他和谁有过节，那是抬举了他。

老费的老同学把目光投向我的前任租住者。后来我得知，我的前任租住者，一个叫陈三的私营业主，在街上租了个店面房，雇了几个农民工从事鸡柳加工营生。陈三不善经营，拉下一大堆饥荒，那几个农民工的工钱自然也不了了之了。农民工每次来要，陈三都让泼皮弟兄将他们打跑，据说其中的一个还被扎伤了。警方对这个几个农民工展开了侦查，案情很快就真相大白，投毒者就是那个被陈三的泼皮弟兄用刀扎伤的农民工。

四　老费

老费待我很热情，工作上的事处处关照我，这使刚进入处处散发着森严气息环境的我心生感激。我说过，老费也当过教师，我的理解是，他关照我完全是因为同病相怜，惺惺相惜。不过老费的热情很做作，让人觉得他的本意是想把心向你完全敞开，可是有些障碍阻遏了他，显得半遮半掩的，至于这些障碍是什么，只有他本人知道了。

他似乎与任何人都保持着距离感，用一种无形的东西把自己包裹起来，比如，尽管我们相谈甚欢，但他从不告诉我他的住址，更没有"到我家去玩"之类的客气话。他是那种看上去坦诚、直率、透明，但却是让你永远猜不透的人。

同时，他也是这样的人：有些举手之劳的小忙，他会不遗余力地帮你，但有些他能帮的大忙，比如请他向县长引荐，这些大忙帮了之后有可能对他的地位或利益造成威胁的，他就会闪到一旁。

县府大院与碧霞小区仅一河之隔，但从县府大院去碧霞小区却要绕一个大圈子，从县府大院门口朝西，经过中医院、体育馆路口，然后跨过通海桥，路过一个农贸市场，才能到达。每天傍晚我下班回去，骑着自行车走到农贸市场，会迎面碰上碧霞小区里一拨拨出来散步的人，都穿着睡衣，趿拉着拖鞋，懒散的样子，手里都牵着狗。那真是一个狗的世界，我通过查阅资料，逐渐认识了这些狗，比如吉娃娃、杜宾狗、沙皮狗、狮子狗、狼犬、腊肠狗、哈巴狗、蝴蝶犬、拉萨狗、波士顿狗。

在一个星期日的下午，我从新华书店回来，在农贸市场东边的水泥路上，竟然看到了一只红色大狮头型獒犬，那简直是一头牛犊子，酷似狮子的脑袋竟有筐筐那么大。它横在路中央，很不友好地瞪着我。我被吓得从车上滚下来。牵狗的人"哐啷"一声抖了抖手中的铁索子，獒犬才勉强闪到一边去。我一看那人，不禁吃了一惊，原来是老费。

老费也颇感意外，尴尬地"嘿嘿"笑了两声，那异样的神情与在办公室判若两人。

费老师，你也住在碧霞？我平时都称他费老师，他呢，也叫我刘老师。

呵呵，是啊，是啊，刘老师。离你不远呐，就在你租的房子后边，呵呵。

费老师，有空过来坐坐啊，自从上次出了那档子事，你还没来过呢。

呵呵，呵呵。

老费似乎不愿多话，神情落落寡合的样子。我辞别他往前走。我做梦也没想到老费也居住在碧霞小区，而且与我比邻。我转过身看看老费牵着獒犬的落寞背影，不明白为何他邂逅我会不高兴。也许只能这样解释：他是一个遗世独立的人，一个喜欢隐居的人，而现在他的住处无意间被我发现，他将面临着随时被我登门打扰的危险。

在县政府办公室待了一段时间，我多少知道了老费"幕后"的一些情况。

老费年届五十，已经在县政府办公室做了二十年的文牍，就目前而言仍无一点升迁的迹象，而当年与他一起进去的人，都早已是一方的父母官了。显然，老费还要将他的文牍生涯继续进行下去，但是能进行多久却很难说，因为老费现在已经戴起了老花眼镜，有时看材料眼睛要凑得很近，有时却要把材料拿到离眼睛很远的地方看。记忆力也明显衰退，撰写材料时常常出现颠三倒四，前言不搭后语的现象。

老费能进县政府办公室，与一位姓马的副县长有关。老费当年从师范学校毕业，正是二十郎当的年纪，风华正茂，书生意气，整个世界都不在自己的眼睛里。他被分配到县实验小学当语文教师。那时能被分到县城小学的师范生寥寥无几，主要是靠过硬的背景，而老费完全是凭着自己的实力。

他在读师范时就经常在省级以上报刊发表小说散文，数学也十分了得，在地区中等学校数学竞赛拿名次是家常便饭，而琴棋书画也是样样拿得起放得下。据说他的书法模仿一代书坛巨灵颜真卿，形神兼具，气宇轩昂，在参加一次省里的书法爱好者作品展览后，被省博物馆收藏。就是这样一个千里难觅的人才，在实验小学里却是郁郁不得志，到了三十岁上还是个普通教师。

那一年，班上插了个患过小儿麻痹症的寄宿生，父母是从盐城调到掘城来的，那孩子走路就靠一条腿，另一条腿就在地上拖。当这个孩子走动的时候，稚嫩的脸上就会流露出绝望的神情。也许是以前在苏北就读的缘故，这孩子各科成绩极差，老费对这个孩子动了恻隐之心，每天晚上都抽出时间给孩子"开小灶"。在老费孜孜不倦的辅导下，这孩子的成绩逐渐上升，期中考试时居然进入了班上前十名。

按照惯例，每次期中考试后各年级都要开家长会，那孩子的父亲骑着一辆半新的永久牌自行车提前半个小时来开会。那是个微胖的中年人，皮肤白皙洁净，举止温文尔雅，他一进校门就向一位刚下课，正掸着手上的粉笔灰回办公室走的年长教师打听老费。

那年长的教师正是校长，中年人说，请问费老师的办公室在哪儿？校长抬眼看了一眼中年人，忽然面露慌张之色，嘴唇有点哆嗦，你，你是罗县长吧。罗县长示意他不要声张，罗县长说我是来开家长会的，不过我等不到会议结束就要走，有外地客商在等着我，我想在开会前见一下费老师，当面向他感谢，他很了不起啊。

校长说，谢什么谢啊，这是我们应该做的，走，到我办公室喝茶。罗县长半开玩笑半当真地说，如果作为一校长还这么漠视教师的辛勤劳动，那么叫外人还怎么尊重教师？听了这话，校长面色通红。

因为县政府办公室缺少写材料的年轻人，经罗县长向组织部门举荐，老费在把罗县长的儿子送进县中的那年，被调进政府办。罗县长的推荐理由是，像老费这样兢兢业业干事业的人实在是太少了。同样，像罗县长这样务实、清廉、朴素的人，也是太少了，就在老费进政府办不久，罗县长上调到市政府当副市长去了。有人说，老费之所以未能升职，与罗县长被调走有关，设若罗县长一直待在掘城不挪窝，老费早就被提为政府办公室副主任了，然后一路平步青云也未可知。

有人说，老费不被领导赏识，主要是因为他战战兢兢的性格所致。在实验小学的时候，老费就像很多经历了青春期的骚动、惶惑和苦闷后的大龄青年教师那样，按部就班，墨守成规，在宁静的校园环境里性格淡泊平和，而一旦进入政府办这种级别森严的环境，他性格中孱弱、多疑、乖僻的一面就被迅速打开了。

曾有过这样的笑话，老费刚进政府办时，有一次县里召集各镇一把手开会，负责会议材料的老费干完了活就坐到台下。坐在台上的一位副县长老是愠怒地瞪视着他，这位副县长有点斜视，当他看你的时候其实是在看别处，老费不清楚这一点，以为副县长对他不满而整日惴惴不安，竟然得了忧郁症。

还有一次，也是会议，市里的某个督导组来掘城检查督导交通工作。这样的会议往往是由县里的分管副县长汇报工作，也就是读由政府办准备的材料（这材料由老费起草）。分管副县长汇报完后，督导组成员查看档案台账，并给予评估。一大堆肯定和赞赏，临了煞有介事地提出几条有待改进的意见。中午自然是觥筹交措，结束后稍事休息，然后携纪念品赶回市里。

这样的会议老费作为起草材料者当然是要参加的，通常是和媒体记者坐在墙隅。那天晚上老费打开电视看《掘城新闻》，恰好就播到当天的会议，老费一看就傻了。分管副县长的画面时间较长，从记者拍摄角度看，老费就在分管副县长的身后，所以也进入了画面，画面时间当然和分管副县长的画面时间一样长。

画面上，分管副县长在虚怀若谷地汇报工作，当然他并不是一味地埋头读材料，而是读几句就抬起头来，目光炯炯地进行一些高瞻远瞩的发挥。可是我们的老费在干吗呢？他居然在毫无顾忌地大啖水果。会议安排在一家高级酒店，每个与会者都给准备了一碟时令水果，对这些密封在冷藏膜下的诱人水果，一般人都是温文尔雅，象征性地尝几口，可是老费不这样，老费不仅狼吞虎咽全吃光，还央服务员又端来一碟。当然，老费是埋着头悄悄进行的，谁知摄像机把一切都纳入了镜头。

看着电视画面里的自己，老费不禁非常惊讶，这是我吗？我什么时候变得这样贪婪？我的吃相什么时候变得如此不雅观？《掘城新闻》是县里的领导干部每天晚上必看的节目。一想到自己的丑态会暴露在领导干部们的面前，老费心急如焚，每夜失眠自不必说，白天在办公室上班会时时感觉到高悬在头顶的达摩克利斯剑的冰冷剑气。那段时间，心事重重的他是多么希望那把剑早点掉下来，哪怕取下他的首级。他表情呆滞僵硬，整个人消瘦了一大圈。

其实，领导对老费这样的人是嗤之以鼻的。领导更喜欢那种雷厉风行，果断勇敢，勇于承担责任的人。曾经，组织部门有将老费退回实验小学的想法，但碍于罗副市长的情面，最终没这样做，况且老费工作还是很称职的。

还有一些人认为，是老费的婚姻妨碍了他的前程。在县府大院里，人们对离婚是忌讳的，你一旦离了婚，你就会被打入另册，前景会黯淡，人生会蒙上阴影。而老费居然离了三次婚。离婚的原因也有多种说法，最主要的说法有两种，一是性无能，二是因为饲养獒犬。我更倾向于后者，獒犬是勇猛和忠诚的象征，懦弱的老费可能是想通过饲养獒犬来达到一种互补。我设想，当老费在单位受了埋怨和冤屈，一回到家看到獒犬，那些委屈就会烟消云散。而当他牵着威风凛凛的獒犬散步时，他的内心会充满豪迈和无所畏惧。

我了解到，老费饲养过两条雄性獒犬，第一条獒犬为救老费而命丧车轮之下。有一次老费牵着獒犬在马路上散步，一辆行驶的货车突然失控，斜刺里向他撞过来。那獒犬见状奋勇冲上去，用身躯抵挡货车，为老费避让赢得了时间。那条獒犬死后老费伤心得常常以泪洗面，后来又远赴东北，以高价从一家獒园买回一只獒犬。

照理，老费饲养獒犬与离婚应该没有关系的，问题在于老费饲养獒犬太上心了，除了文牍工作，他几乎把所有时间和精力都花在獒犬身上。他每天都要给獒犬洗澡，不厌其烦地给獒犬梳毛。獒犬每天都要食用很多肉，于是老费把家里的伙食标准降到最低，省出钱给獒犬买肉。他的第一任妻子就是因为这个离开他的，当一个女人觉得吃得还没有一条狗好，她对她依赖的男人还有什么眷恋的呢？

后来老费养獒犬力不从心了，就偷偷把家里的积蓄拿出来给獒犬买肉吃，他的第二任妻子因此而与他分手。有一年獒犬生病了，巧的是妻子也同时卧病床榻，那是他的第三任妻子。老费在妻子身上敷衍了事，却悉心侍候獒犬，晚上都是陪着獒犬睡。妻子伤心地对他说，我在你眼里连条狗都不如，还过什么过。妻子说，在我和獒犬之间，你选择一个。老费最终还是选择了獒犬。

在我离开政府办前不久，老费饲养的獒犬给他惹了一场大祸，那头忠诚勇猛的獒犬把政府办主任的脖子咬断了。

我们的主任有个文化含量很高的名字，叫楚子玉，他的脸也像玉一样白净，架着一副金丝眼镜，待人和蔼热情，彬彬有礼，脸上永远是一副似笑非笑的样子。然而，就是这样一个谦谦君子，他的喉管竟然被獒犬咬断了。

老费与楚子玉从未有过什么直接的矛盾冲突，楚子玉独自占有一间办公室，按照严格的等级秩序，老费是没有资格和理由进入楚子玉的办公室的，所以平时两个人难得有机会照面。有时在卫生间遇到，楚子玉会主动同老费打招呼，他会像久未谋面的老朋友那样微笑着，轻轻拍一下老费的肩膀，很客气叫一声老费。

但老费总觉得楚子玉眼镜后面的目光冰冷砭骨，甚至暗藏杀机。是的，每次偶然碰到楚子玉，老费总会想到"杀机"这个词。老费虽然是个文牍，但不知情的至友亲朋都以为他是个有能耐的官，能跟县长说到话，纷纷来找他办事。这给了老费满足虚荣心的机会，有些他能办成的芝麻小事他答应下来，比如挚友亲朋的亲人病愈出院，请老费找辆车送回家。

有些他力不能及的大事，比如工作调动，他也一口应承下来。那些找他办事的至友亲朋都不空手而来，都要带些烟酒茶叶之类的礼物。芝麻小事办成了，老费会对收下的礼物心安理得，而办不了的大事，他就会无法面对那些礼物。这时他就想求助于楚子玉，因为那些他办不了的大事，在楚子玉那儿却是小菜一碟，他跑断了腿还搞不定，而楚子玉只要一个电话就摆平了。于是他带上至友亲朋送他的礼物，自己再花钱买些添上，拣一个无月之夜去楚子玉府上拜访。他料楚子玉不会驳他面子的，事实上，楚子玉欠他的。

老费刚进政府办的时候，利用业余时间深入基层做调研，熬夜写出了不少很有分量和价值，内容又极扎实的调查报告，比如《关于化解村级债务的建议》、《关于推进高效农业规模化的建议》、《缩小城乡办学差距，均衡教师资源配置》等等。有的调查报告受到县委、县政府主要领导的高度重视，并召开常务会议专题研究。老费要的就是这个效果，他是想通过撰写这些东西作为自己的进身之道。但这些调查报告以内参的形式印出来时，署名却是楚子玉，老费有苦难言。

有一次县府大院门口来了一群下岗工人，工人都一律打着赤膊，高声大嗓要分管工业的副县长出来理论。底下的人抵挡不过，只好打电话给那位副县长。副县长叫楚子玉出去处理，楚子玉却派老费去对下岗工人做说服疏导工作。老费只好硬着头皮去和赤膊工人们交涉。老费跑到县府大院门口，看到工人们一个个箭在弦上，他从未见过这种阵势，心里怵得不行。其实派任何人出来处理这样的问题，都不应该派老费出来，老费见到这些工人真的是秀才遇到兵，有理说不清。

那些工人没等老费开口就问他，你是谁？老费刚说了句，我是县政府办公室的，就被工人们堵回去了，去去去，你算老几，你有什么资格和我们说话，你让县长出来。老费被噎住了，脸变得煞白，竟然说出这样的话来：你们识相点快回去，要不公安来了对你们不客气。这种话就像一粒火种，一下子点燃了他们的激愤。有个怒不可遏的声音喊道，先揍了这小子再说。

要不是保安拼死相帮，老费的半条命难保，尽管如此，老费还是在医院里住了一阵子。楚子玉去探望他，老费竟然说了一句谀辞：这点伤算什么，为了你，我甘愿赴汤蹈火。事后，老费为这句话后悔不已。据说那位副县长也想抽空去看望老费的，但一听说他受伤的缘由细节，就骂了句，什么老费，我看是窝囊废。老费把事情处理砸了，在县府大院里造成不小的影响，从某种程度上说，为毫无后台背影的他升迁画上了一个句号。

在那个无月之夜，楚子玉对老费的来访热情接待，东西却坚拒不收。楚子玉说，你老费能为我赴汤蹈火，我楚子玉也会为你的事勉力为之。这话让老费感动得差点涕泪交加。

可是等了好久，楚子玉那过却没有一丝消息。老费鼓足勇气打电话给楚子玉，后者温和地对他说，你安心工作吧，有结果我会通知你的。正如他所预料的那样，"结果"遥遥无期。无奈之下，老费将那些礼物完璧归赵，这时，他才掂出了自己的斤两。

老费饲养的獒犬是在一个星期天的下午将楚子玉的脖子咬断的。

一般说来，除了特殊情况，比如要突击起草县领导的讲话稿，老费星期天是不到办公室去的，他的星期天都用来陪伴獒犬。那个星期天下午，老费也不知为什么要去办公室，他牵着獒犬出来溜达，按照惯例，至多走到农贸农场就折身返回了，但那天他却牵着獒犬越过了农贸市场，走到了县府大院门口。

从整个过程看，似乎有只无形的手一直在牵着他走。如果老费在县府大院门口不停下来，继续朝东，从农工商超市左拐朝北，路过新碧霞大酒店，翻过一座陡峭的水泥桥，进入碧霞小区，这样就完成了一个轮回，这个轮回将会避免一场悲剧的发生。问题是老费在县府大院门口驻足不前了，他顺从地受那只无形的手的引导，朝县府大院走去。政府办紧靠大院门口，老费将獒犬交给看守大门的保安照看，只身来到办公室。

他走进走廊，发现楚子玉办公室的门敞开着，他经过楚子玉办公室门口时，楚子玉喊了一声老费，楚子玉说，老费，你进来一下。老费感到有点奇怪，因为楚子玉是从不叫人进他办公室的。

楚子玉很热情地叫老费坐到沙发上，又给老费倒水。老费受宠若惊，有点不知所措。楚子玉说，我正想打电话给你，你正好来了。老费说，楚主任，有什么事你尽管吩咐。楚子玉从自己的椅子上挪到老费的沙发上，挨着老费坐。楚子玉微笑着看着他，欲言又止的样子，但最后还是说出来了。

楚子玉说，是这样的，我有篇刚发表的文章借鉴了你的一些素材，你不会介意吧？楚子玉起身从写字台上拿来一本中央某机关刚出版的理论刊物，翻开，在目录栏里，"楚子玉"三个字赫然撞入老费眼帘。老费感到很惊讶，因为在这个刊物上发表文章，其难度不亚于彩票中奖。而且有这样一种说法，如果谁能在这本杂志上发文章，那么谁就是省委党校学员的当然人选，这意味着什么大家都清楚。

老费迫不及待地翻阅起来，他想看看楚子玉到底凭什么绝招登上这样的大雅之堂。老费没看完就感到一阵晕眩，这哪里是借鉴什么素材，完全是把他的文章几乎一字不漏照搬过去的。他不明白自己一直存放在电脑文件夹里的文章，怎么会跑到楚子玉那儿去的。为写这篇文章他呕心沥血，花费了大量精力。他准备作最后的加工，寄到这家杂志，谁想楚子玉捷足先登了。

如果在往常，老费会被什么突然击中似的，久久一言不发，然后默默走出去。但是那天下午，老费产生了强烈的要击中楚子玉的冲动，他拍案而起，指着楚子玉痛斥了一句，你他妈的卑鄙无耻！楚子玉没料到老费会这样，一时没反应过来，眼睛僵直地看着他。后来缓过神来，拍着桌子回敬了一句，你他妈的放肆！

两个人就这样争吵起来了，也许还捋起衣袖扭打在一起。虽然两个人的嗓门都很大，但因为门窗紧闭，从外面如果隔得远并不能明显听到，但是机敏的獒犬听到了。那时门房的保安在逗獒犬玩，獒犬的到来让他们很开心，他们找来各式点心给獒犬吃，甚至还试着骑坐到獒犬背上。獒犬表现出逆来顺受的温顺，和那种大人不计小人过的神态，于是就有一个保安骑到獒犬背上去了，有种策马扬鞭的感觉。獒犬驮着他，在门外的空地上转了几圈，就在这个时候，獒犬从各种喧闹声音的间隙里，听到了来自办公室的主人老费苦难的声音，而且瞬间放大。它从老费的声音里听出了屈辱和绝望，以及正遭遇到的危险。

那个骑在獒犬背上的保安还没明白是怎么回事，就被重重摔在地上，他扭过头来，刚来得及看到獒犬从大门墙角一闪而过的背影。那时有一辆车正从县府里面开出来，正好挡住了獒犬的去路，司机后来说，獒犬根本不躲闪，纵身一跃，凌空从车顶上越过去了。它落地时，恰巧又有一辆车迎头驶来，獒犬再次施展手脚，飞身越过。它在空中看到第三辆车也接踵而至，于是它索性不落地了，这给目击者造成这样的印象：獒犬是从大门口飞到政府办的。

那时，办公室里的谩骂更加激烈了，楚子玉的眼镜被老费扯掉了，楚子玉一边骂一边蹲下身子，朦胧着双眼，两只手在地上划拉着找。就在这时，只听哗啦一阵巨响，仿佛全世界的玻璃顷刻间都破碎了。獒犬破窗而入，飞落在楚子玉身侧。楚子玉觉得有一扇模模糊糊的墙朝他倾倒下来，还没等到惊叫，獒犬就一口咬断了他的脖子。

玻璃的破碎声惊动了附近楼上的人，他们纷纷打开窗户俯身朝下张望，这时他们就看到了飞奔着的獒犬，他们还以为是一头从动物园跑出来的狮子。他们还看到狮子驮着一个人，那个人跨坐在狮子背上，紧紧抱住狮子的脖子。

獒犬驮着它的主人不知奔向了哪里，至今杳无音讯。

五　文牍

在老费消失之前，楚子玉还没有安排我正式做文牍工作（写材料），即起草各种文件或县长们的讲话稿，尽管我到政府办已经两个月。当然这样说也不完全正确，楚子玉曾让史副主任指派我起草一份分管教育的副县长的讲话稿，我当时的感觉犹如小学生写高考作文，不知从何处下笔，就像便秘似的憋了两天，才挤牙膏似的稀稀拉拉写了半页纸，惶恐万分地交给史副主任。

史副主任毫无表情地看了一遍，一句话也没说，后来一直没有下文，此后就不再安排我写材料了。那次我才知道，要写好一篇县长的讲话稿是多么不容易，你不仅要善于观察领悟，对县长说话的口气，表达的方式，甚至县长喜欢用的句式特点都了然于胸，而且从某种程度上来说，对上头精神的吃透、政策的了解和面上基本情况的掌握，以及统筹综合能力，都要比县长略高一筹。知道了这一点，我对老费充满了景仰之情。

写材料（起草各种文件和县长们的讲话稿）是个苦差事，要做大量的案头工作，包括沉到所涉及的基层单位了解情况，搜集大量的第一手资料，还要对这些资料下一番去粗取精、去伪存真、由此及彼、由表及里的功夫。这种苦差事，除了老费，谁都不愿做。老费消失后，新调来的主任要我接替老费的工作。

老费的写字台、坐上去"吱吱"响的藤椅以及办公用品，包括文件夹、胶水、剪刀、订书机，都交给我使用。老费的写字台上整整齐齐地码放着草垛似的材料、杂志、剪报和文稿。和我一样，老费也不习惯用电脑，一般都是手写，然后交给打字员录入电脑，打印出来。当他埋首写材料时，你根本看不到他，他完全被那些高高的草垛似的材料掩埋了。

我拉开一个抽屉，里面是满满的烟蒂。拉开另一个抽屉，里面还是满满的烟蒂。玻璃台板下面压着一张出外旅游的集体照，背景好像是开封的铁塔公园。办公室的同仁们都勾肩搭背堆在一起，满脸灿烂笑容，唯独老费脱离众人站在一旁，佝偻着腰背，忧心忡忡的样子。玻璃台板还压着老费的另外几张照片，表情基本一样。在现实中，老费总是在微笑，尽管那笑是卑微的笑，但在照片上老费的脸总是愁苦的，仿佛有永远抹不去的烦恼。

我打算用我的照片覆盖老费的照片，这样做一是表明这张写字台的主人已经变换，二是我确实不喜欢老费脸上的那种仿佛处于水深火热之中的悲苦相。但后来我发现我根本没必要这样做，打从坐进老费的那张藤椅起，我身上就发生了微妙的变化，不管谁进办公室，尤其是领导，我都会身不由己地站起来，佝偻着身子，谦卑地朝对方微笑，而当我独处时，我内心就会流露出莫名的忧伤。有一次玻璃台板映出了我忧伤的表情，竟然跟照片上的老费如出一辙。在那一刻我就打消了用我的照片覆盖老费照片的想法。同时，我还有一种幡然醒悟，我觉得玻璃台板下面压着的照片并不是老费，同样，如果将我的照片覆盖上去，那也不是我。那个人应该叫作"文牍"。

说实话，我还是很自信能做好文牍工作的，我毕竟已经到政府办来了两个月，这两个月我几乎每天都在研读那些经典材料，强化换脑训练，努力进入他们的话语系统。每逢县长们出席的会议，我都积极参加，感受他们的讲话语气和表达方式。我还将老费写的初稿与最后的定稿进行比对，揣摩其中的玄奥，偶有心得便让其烂熟于心。我觉得我已经具备做一个文牍的基本素质了。我已经摩拳擦掌，跃跃欲试了。我想，如果让我来做文牍，我一定不会比老费逊色。我会一鸣惊人，让他们对我刮目相看。

我接受的第一个任务，是起草一份在全县河道疏浚暨绿化造林工作会议上的讲话稿，到时县长将照本宣科。这个会将在三天后召开，我必须两天后交稿。

那天上午，我去水务局查阅掘城的《县镇河道疏浚规划》和《村庄河道整治规划》，去农林局了解全县绿化造林现状。下午，我请农林局派车，载我去看绿化造林现场，实地感受一下成片造林、河道绿化、道路绿化和农田林网。我知道这样做完全是多此一举，但我听到有个声音这样对我说：你刚起步，一切都要扎实稳打，靠船下篙。我听出这是老费的声音，但又不怎么像，它被香烟缭绕着，显得沙哑、模糊。

从绿化造林现场回来的路上，我踌躇满志，我设想晚上铺开稿纸后，我会下笔千言，字字珠玑，墨香袭人。

待到晚上真的铺开稿纸，我脑子里竟然空空如也，像极了一片不毛之地的荒野。我恐慌得喘不过气来。我发现我白天所做的一切完全是无用功，河道疏浚和河道整治现状并不重要，重要的是"要求"，即县长对各相关部门所提的要求。回想我研读过的那些经典材料中的县领导讲话，无一不是将"要求"作为主体，否则如何体现领导意志？文牍的高明或伟大之处，就在于对领导的意图洞察入微，比领导更要高瞻远瞩。领导想到的，一个文牍当然要想到，领导没想到的，一个文牍也要想到。在那个晚上，我特别想念老费。我对老费充满了深深的敬意和景仰之情。我后悔以前没有更多地向老费请教。

在那个晚上，我绝望地在院子里踱来踱去。秋已经很深了，月光冰凉如水。蟋蟀在草丛里焦虑地叫着，它们的声音听上去僵硬枯涩，也许这是它们在冬天来临前的最后一次嘶鸣。这时，赛虎在院墙那边"汪汪"起来了，我仿佛很久没有听到它的吠叫了。与以往不同的是，它的吠叫并没有引来众狗的响应，它显得有点孤独和失意。它的温和也和以往迥异，就像是在对一个朋友娓娓倾诉。那天晚上，我确信它是在对我说什么。狗也是有它们的话语系统的，如果我能进去，我就知道它在对我说什么了。

我轻轻叩了几下院墙，赛虎沉默了片刻，随即又温和地叫了起来。它在这样叫的时候，还用爪子挠着墙壁。我突然感觉到了一种温暖，因为我听出来了，赛虎是在鼓励我！你可以认为这太荒唐，太不可思议，但在那个充满寒意，而且我也十分焦虑的晚上，我确实是感受到了赛虎对我的鼓励。而且接下来发生的事，会让你觉得更荒唐，更不可思议。

我回到屋里，重新俯首稿纸。我发现自己突然变得庄严起来，一种被称之为责任和使命的东西，在我心里油然而生。我又听到从遥远处传来的声音，它被香烟缭绕着，显得沙哑、模糊。我确信这是老费的声音。这个声音对我说，你现在不是一名文牍，你现在是一县之长，是百万人民的父母官，你应该知道自己怎么做。当这个声音响着的时候，赛虎也在围墙那边认同地叫着。

我一遍又一遍地重复着老费的话，你现在是一县之长，你现在是一县之长。这是一句咒语，如果重复的次数多了，就会显现出我想要的东西。重复好几遍后，我真的觉得自己是一县之长了。我像县长那样威严地咳嗽了几声，目光投向某个虚无缥缈的地方。我觉得自己不仅仅是一县之长，我还是神笔马良。我的黑色水笔一触到稿纸上，竟然自动书写起来。

可是每当行文越深，我就会越觉艰险，比如我会常常不经意地被紧紧卡住，进退维谷。这时，只有一些特别的词语才能拯救我，它们像果实一样悬挂在最隐秘的树上，是一种天长地久等待发现的姿态，而我只有借助赛虎才能找到它们。于是，赛虎的叫声就成为了我的指引，我仿佛登上悠长的云梯，顺利采撷了许多关键有力的词语，比如"强化"、"细化"、"破解"、"强势推进"、"奋力赶超"、"务求"、"力求"、"求真务实"、"跨越式发展"……

第二天，我把讲话稿直接交给新来的主任，然后就忐忑不安地等待他传我进去。但是他始终没有找我，有几次我故意从他办公室门口走来走去，他偶尔从写字台后面抬头，对我视若无睹。会议三天后如期召开，我和新来的主任都列席了会议。坐在主席台上的县长一字不漏地读完了我写的讲话稿，一块石头从我心头坠落，我重重地呼出了一口气，竟有种虚脱感。

当天晚上，我打电话告诉父亲这件事。当然，我适当进行了一些夸张，我对父亲说，县长对我的工作非常满意，还在百忙中抽时间特地到办公室来看我，并当众表扬了我。电话那头的父亲一言不发，我从话筒里听到越来越重的呼吸声，然后我就听到父亲哭泣的声音。我知道父亲喜极而泣。其实，我是想告诉父亲，是一条叫赛虎的狗帮助了我。要是父亲得知了此事，不知该有何想法。

初战告捷使我信心倍增，一种叫宏图的东西在我心里徐徐展开。有时，我从窗户里看到县长远去的身影，就会有某个声音在心里响起：彼可取而代之。其实，就在我开始狂妄的时候，厄运正悄悄降到我头上。

我又连续接了几个活儿，都干得很完美。我在讲话稿中加进去一些文学的因素，使讲话稿脱离了原来那种板起面孔的说教味道，不仅有可读性，还弥漫着一股清新气息。县长每次讲话下来，效果都不错。这让新来的主任对我刮目相看，他不止一次地向我暗示：你的前程未可限量。当然，这几个活儿都是晚上干的，或者说只能在晚上干，只能依赖赛虎才能干。可以毫不夸张地说，写一个讲话稿就是一次艰难的跋涉，每当我深陷泥潭或误入迷宫，赛虎就会发出神谕般的呼喊，这呼喊就像一根拐杖，引导我走出凶险，顺利到达彼岸。

我想见见赛虎这个未曾谋面的朋友和亲密的邻居了。

我不仅想证实一下它是不是像我曾梦到过的那样秀朗、高大、剽悍、洁净，而且我要当面向它表达我的感激之情。我想馈赠它美食，亲切地抚摸它，并且带它去它想去的地方。但我不知如何才到见到身居高墙深院的赛虎，有好几次我绕到它主人的那扇冰冷的铝合金门前按响门铃。赛虎听到门铃的声音便大叫起来，叫声里有着抑制不住的兴奋和热切的渴望，可总是没有主人前来开门。有时傍晚我下班回来，看到有人牵着高大漂亮的狗在溜达，我就会想，这是不是赛虎呢？

不久，县里要召开一个大型的招商引资方面的会议，到时将会有海内外商贾云集，市里领导也要光临，这对掘城来说是一次百年盛会。在这个重要会议上，县长将会发表热情洋溢的长篇讲话，为使这个讲话不让听众觉得冗长，要求讲话稿生动活泼，还要有激情，有文采，像号角那样富有鼓动性。要起到这样的效果：那些客商一听到县长的这个讲话，全身就会热血澎湃，就会像中了魔似的身不由己地把钱投到掘城这块热土上来。

我承担了这项重要任务，据说是县长点名要我来完成的。给我的时间很宽裕，整整一周。为了让我能心无旁骛地干活儿，新来的主任要我待在家里，到时交稿就行了。

我打算提前两天把稿写完。在第一个白天，我忙着给发改委、民发办、项目办、招商局等部门打电话，索要有关数据，我甚至还认真翻阅了《掘城志》。晚上，我铺开稿纸，将沏好的香茶放在稿纸的右上角，稿纸的左上角摆上一包南京牌香烟。

是的，我学会抽烟了。以前我将香烟视作洪水猛兽，现在却认为抽烟也并非绝对的不好，它在蚕食生命的同时，也在点燃思想，照亮世界。我之于香烟，很大程度上是一种心理上的依赖。据一位行为学家研究，烟是奶嘴的延续，当男人感到孤独、失望、疲劳的时候，有烟在手，就仿佛婴儿含奶嘴可以止住哭一样。这与我的情形很相似，很多时候我是将香烟拿在手里把玩，偶尔才会吸上一口。

现在我就是这样，我把香烟抚弄来抚弄去，然后点上，轻轻吸了一口，徐徐吐出来。不错，我在等待。等待赛虎的吠叫。我现在有个坏毛病，即把自己写材料的灵感完全托付给赛虎了，或者说赛虎主宰了我的文牍工作，我只有在赛虎喊叫的环境中才能写出材料。

赛虎一直没有声音，我突然发现它整整一天都没动静了，这种情形以前从未有过。我有点心神不宁了。我走到院墙根下，重重地叩击着墙壁，但那边却是死一般的寂静。我猜想它可能跟着主人出去了，我现在要做的，就是等它回来。

我抽完了一根香烟，百无聊赖地在院子里走来走去。然后又点上一支，我想，抽完了它，赛虎该回来了吧。我尽可能吸得慢点，其实基本上是擎着，由着它慢慢燃烧。直到快要烧着手了，我才不舍地丢掉。赛虎并没有回来。差不多报销了一包香烟，赛虎还是没有回来。那时已是子夜时分，我内心怅惘不已，和衣躺在床上，耳朵谛听着院墙那边的动静，直到晨曦初降才朦胧睡去。

第二天我是在床上度过的，我对自己说，只有赛虎叫你，你才能起来。结果，整整一个白天赛虎没叫，整整一个黑夜赛虎还是没叫。赛虎无疑是出门远行了，除此我找不出第二个理由来解释赛虎的无声无息。

一条狗出门远行，意味着它被主人送走了。据说，只有把狗送到千里之外，它才无法找到回家的路径。那么赛虎会被主人送到千里之外吗？如果送不到千里之外，它迟早会回来的。不过，我可等不及它回来了，我现在要迫切完成让县长满意的讲话稿。

第三天，我把自己关在房间里，冥思苦索，费尽心机，却不着一词。那些我曾经信手拈来的词汇集体背叛了我，我看到它们漂浮在清澈的河面上，满目锦绣，捞起来却全从手指缝里漏掉了。我的两只手水淋淋的，那是紧张焦虑流出的汗。几行硬凑合出来的干巴巴的文字被汗水弄得模糊不堪，于是换了稿纸，那几行文字却不能失而复得。而即使能找寻到那几行文字，那又怎样？我要写出的不是几行，而是长篇大论！

那天我身上还出现了这样的症状：手不能握笔了，只要一握笔就打摆子似的全身哆嗦，我想象我的脸色像稿纸一样苍白。我感到前所未有的孤独和虚弱。我所能做的，就是在院子里不停地走动，我设想一旦停下来，我就会倒毙。后来我走出院门，在小区的甬道上行走。我与一些懒洋洋走着的人交臂而过，他们手里都牵着一条狗，有的牵着两条，甚至三条，他们脸上都表现出那种怡然自得的神情。

我突然想到，也许是因为孤独和虚弱他们才遛狗，如果取消他们的狗，他们会和我一样落寞和绝望。那天，我的行走引起了很多人的注意，我步履匆匆，毫无章法，似乎要赶往某个目的地，但目的地究竟在哪里，我心里一片茫然。我总是快速地奔跑到路的尽头，又蓦然返身。这使我看上去像个梦游症患者。

第四天，我有种末日来临的感觉，我不能让自己再处于那种恍惚无措的状态了。我去了办公室。新来的主任在过道里看见我，笑容可掬地问我，差不多了吧？我强作欢颜地回答，差不多了。

我到资料室翻阅县长讲话稿的存档。资料橱被安放在一个大房间里，占领了四面墙壁，它们造型奇特，从上面弧形的样子下来，到了腰部突然凸出来，然后又慢慢收窄，这使它看起来像极了体态丰盈的孕妇。几任县长的讲话稿都装订成册，放在一个面积超大的橱里。我一页页地细细翻过去，我就像一个紧张的狩猎者，眼睛不放过任何一个文字。

一上午很快过去了，让我失望和恐慌的是，翻遍了几任县长的讲话稿，并没发现关于招商引资的只言片语。这时我才恍然大悟，招商引资只是最近一二年的事，前几任县长怎么会谈及这个话题呢，我现在只有紧紧抓住现任县长了。我放弃午餐，接着干。我终于找到一叠现任县长在一些乡镇和县级机关谈招商引资的讲话材料，于是如获至宝地带回到我的居所。

我强迫自己小睡一会儿。我很快入梦。我发现自己躺在寂静的旷野里，我听到耳边传来轻轻的呼吸声，一个绵软的狗舌头在舔我的手背，微痒。我听到一个模糊的声音说，我回来了。我蓦然惊醒，屋里什么也没有。我不由自主地看看手背，那上面有着唾沫的水痕。我把脑袋沉在一池冷水里，闭上眼，心里泛上来一阵忧伤。

我把县长的那些讲话材料摊在写字台上，准备干活。我试图提取里面的精华，采用嫁接与粘贴的手法，在旧麻袋片上绣出花朵，然后交差了事。

把那些讲话材料通读一遍后，绝望和焦虑又重新袭来。县长在乡镇和县级机关谈招商引资，是从微观、局部和小角度来谈的，而我眼下要做的大文章是从宏观和全局的高度，高屋建瓴地谈招商引资。

一个人过度绝望和焦虑后，反而会变得像一盆水那样平静了。这是我在那天下午获得的经验。我把那叠材料码放整齐，塞进材料袋，内心有了一种解脱感。我体内有一股力量推着我走出院子。接着，我又像昨天那样在小区的甬道上奔走起来。我就像一个找不到母亲的孩子，脚步踉跄，内心凄凉。

后来我发现我来到赛虎主人的门前。铝合金的大门洞开，有几个人出现在阳台上，朝楼下看了看，又缩回去了。我紧张地站在院子里。我知道我是在等待赛虎的出现。我相信，如果它看见了我，肯定会像多年未见的亲密朋友朝我扑过来。

一个脑袋微秃的中年人不知从哪儿冒出来，他身上有风尘仆仆的旅途气息。他热情地递给我一支香烟，用浓重的北方口音对我说，哎，你也是来看房子的？他指指那几个人说，他们也是来看房子的，今天下午已经来了好几拨人看房子了，网上发布售房消息挺管用。

这时，那几个人已经从楼房里走出来，朝东边的围墙走去，其中一个人喊着，多漂亮的狗窝啊。

我不禁将目光投向那里。在两棵枣树的下面，砌了一个盖着琉璃瓦顶的小屋，外表富丽堂皇，要是不走到近旁细察，谁都想不到会是狗窝。我有种不祥的预感，便快步跑过去。那个人又喊起来，嗨，里面有条小狗。

我随着那几个人的目光朝狗窝里看。一条瘦弱的黄黑相间的小狗安详地睡在里面的海绵垫子上。这时，那个脑袋微秃的中年人挤进来，伸手拖出小狗。

小狗始终保持着安睡的姿势，即使被脑袋微秃的中年人抱在手上也是如此。原来，小狗已经死去了。

脑袋微秃的中年人想说什么，但因为很难过，什么也没说出来，只是用颤栗的手一遍遍地捋着小狗的毛，嘴里念叨着，果果，果果。后来，他告诉我们，果果是小狗的名字，两个月前，他举家带着果果迁回千里迢迢的北方，途中果果走失了，他没想到果果会自己跑回来，翻进院子。

我从脑袋微秃的中年人手里把小狗抱过来。小狗双目微闭，脑袋耷拉在我胳膊上，轻若鸿毛。我觉得我不是抱的一条死去的小狗，而是抱着一张狗的剪纸。我对脑袋微秃的中年人说，它不叫果果，它叫赛虎。脑袋微秃的中年人没听明白，啥？你说啥？我对他大声说，它不叫果果，它叫赛虎！

我抱着小狗朝门外走去，我觉得我已经泪流满面了。

那天晚上，我沉下心来写县长的讲话稿。赛虎就趴在我的脚旁，当我写不下去时，就轻轻抚摸一下赛虎。它的毛很枯涩，摸上去就像粗硬的狗尾巴草。天亮时分，我写出了逾万言的讲话稿。我猛地将晨光水笔掷在地上，那笔发出决绝的一响，我心里也有什么东西断裂了。我将赛虎葬在院子的角落，给它做了一个扁平的坟茔。

我去办公室将讲话稿交给新来的主任。他让我坐在沙发上稍等片刻，然后快速地有点贪婪地浏览了一遍讲话稿，又翻回到第一页细看。在这过程中，他两眉之间和嘴巴两旁的皱纹越来越深，脸部明显分成了几大块。嘴唇也越抿越紧，使得脸上的所有线条变得僵硬、狰狞。他看也不看我一眼，就去隔壁找史副主任。

顷刻之间，整个政府办都乱了起来。所有的文秘人员都被叫到会议室开会，他们惶急的身影在门口一闪而过。会议室就在主任办公室，也就是我坐的地方对门，门紧闭着，听不到里面一丁点声音。我能听到的只是我体内自责的心跳。我是多么愧疚啊。我恨不得钻进地底或逃之夭夭，可是我就像被梦魇住了，始终一动不动地坐在那里。

会议室的门很快又打开了，里面的人秩序混乱地跑出来，回到自己的办公室。新来的主任也回来了，他还是没看我一眼，在一个文件柜里翻找什么。很快，他又出去了。与此同时，门口人来人往，有的人抱着材料走过去，有的人抱着材料走回来。有两个人抱的材料遮了眼睛，结果撞了个满怀，材料"哗啦啦"撒了一地。资料室里有人在大声说话，资料橱的门"啪"地响了一声，又响了一声。

我不知自己还能做些什么，所以我一直坐在那里。那沙发多么柔软啊，我觉得我坐在柔软的沙滩上，并且越陷越深。我听到远处呼啸的海水。

那天晚上，我打电话给父亲，我想告诉他，我想家了。接电话的是母亲，话筒里传来她哽咽的声音。母亲告诉我，父亲已经走失好几天了。母亲哭着说，儿啊，你快回来吧。

作者简介：

刘剑波，男，六十年代出生，江苏如东人。中国作协会员，江苏作协首届签约作家。迄今已在各文学期刊发表作品八十余万字。著有长篇小说《文学院故事》《我要》《皮肤》《磨蹭》等。曾荣获延安杯全国文学大赛一等奖，贝塔斯曼文学奖等。

追逃 /石钟山

一

据内线的可靠消息，山水市的毒贩老孟最近两天要进一批货。李林和刘春以及全班的战友，在这片湿漉漉的树林里已经潜伏了三天三夜。他们是武警边防支队的士兵，经常会配合公安抓捕非法越境者或毒贩。刘春和李林是同年兵，入伍前两个人是一个镇子上的，从上初中到高中也都在一起。两个人当兵后，又被编到一个班里。此时，两个人都即将当满两年兵了，分别是正副班长。

这次执行任务和以前并没有什么两样，周围的环境、埋伏的时间段也都经历过无数次，他们不激动，也不紧张，就是新兵，在经历过几次这样的场面后，也不觉有啥稀奇了。刘春和李林这样的老兵，更是见怪不怪了。他们埋伏在这里，只是完成一次普通的行动。他们根本没有意识到，就是这次普通的行动，将影响他们的一生。

埋伏到第三天傍晚的时候，情况出现了。毒贩老孟终于出现，战士们接到指令后立即收网，终于将正在交易中的毒贩们一举抓获。抓捕结束之后，押解老孟这样的重犯，自然成了公安方面高度重视的大事。追踪老孟而来的山水市公安局的人，只有五名公安干警，带队的是刑侦支队的王伟大队长。五名刑侦人员要押解三名贩毒分子回山水市，显然有些难度。这里离山水市还有两天的路程，山高水长。王伟于是向边防支队求援，提出派两名战士协助押解。边防支队接到通知后决定，派李林和刘春执行这项任务。

刘春和李林负责押解老孟，他们用手铐分别铐住了老孟的左右手，同时也把自己和老孟铐在了一起，两个人一左一右，把老孟夹在了中间。以前，他们也配合过公安机关执行过任务，这样的情形对于他们并不陌生。他们要翻过两座山才能走到公路旁，那里有个小镇，公安的车就停在一家宾馆的院子里。

经历了两天一夜翻山越岭的长途跋涉，所有人都累得超出了负荷，所以看到一家小旅馆的时候，大家的脚步都开始有了些踉跄，思维也有些迷糊。王伟大队长站在旅馆门口犹豫了一下，又看了看时间，终于做出了决定：为了安全，今晚就住在这里，然后让公安局的人过来接他们。

刘春和李林被安排到了最里面的房间。房间里的床刚好有三张，靠窗旁有两张，门口一张，还有一张桌子，两把椅子，桌子上放了台老掉牙的电视机。他们一进门就把老孟铐在了床上。刘春躺在门口的床上，李林的床在老孟的对面，靠着窗。灯是开着的，电视也打开了，里面正演着一出没头没尾的古装剧。安顿好之后，王伟过来检查了一番，另外两名嫌犯也和公安干警住在靠外面的一个房间里。王伟交待说：都累得够呛了，你们俩也轮班休息一下，只要有一个人醒着就行。

刘春搓了把脸说：李林，你先睡，我看会儿电视，到时我叫你。李林的眼皮真的是睁不开了，听了刘春的话，他下意识地看了一眼老孟。老孟躺在床上，早就闭上了眼睛，他的一只手被铐在了床头上。李林这么看了最后一眼，一歪头，就睡了过去。电视剧仍不知疲倦地演着，刘春本想就这么一直坐下去，可老孟和李林的鼾声此起彼伏地响着，刚开始，他的眼皮有些发沉，他挣扎了一会儿，不知什么时候，一股巨大的睡意迎面扑过来，头一歪，人就毫无知觉地睡了过去。

还是李林先睁开了眼睛，他的潜意识里是要替换刘春的。他在梦里已经挣扎好几次了，可就是没能睁开眼睛。等眼睛终于被睁开时，他先是看到了闪着雪花的电视，又看到了歪在床旁的刘春，接下来，他大吃了一惊——老孟的床是空的，只留下了床头那只手铐！

二

老孟从一进旅馆的那一刻，就觉得机会来了。

老孟其实并不老，才四十多岁。单从外表上看，他一点也不像贩毒的。

他长了一副和善的面孔，看人时似乎总是在笑。然而，他却是山水市贩毒网中的一个核心人物。早在十几年前，当毒品刚流入山水市时，他就是参与者，到最后织成一张毒品供销巨网，始终都有他的份。这么多年来，老孟没有翻船的重要原因，是他不贪。他不想把贩毒这事闹大了，那是掉脑壳的事，因此，他没有做成大毒枭，反而把自己隐藏起来，藏得越深越好。一年就干上那么一两次，几年的花销就都有了。

他有一家装修公司，不大，干一些有油水或没油水的工程。装修市场很乱，经常会有一些装修带来的纠纷，闹到打官司的也不在少数。他总是大事化小，小事化了，以和为贵，大不了挣不到就不挣了，拍拍手，笑笑走人。因此他的口碑不错，工程接的也就不少，没个闲下来的时候，老孟就一副日理万机的样子。所以在人们的印象里，老孟根本不可能是个毒贩。

当李林把他铐在床上的时候，老孟就觉得机会真的到了眼前。对于这种手铐，他实在是太了解了。这么多年来，他在黑市买过各种各样的手铐，拿回去就潜心地研究。手铐被他拆了装，装了拆，使得他差不多都快成手铐专家了。他把那些各种型号的手铐挂在一间密室的墙上，有事没事就会端详一阵，仿佛在欣赏一堆宝贝。在他的潜意识里，自己早晚是要和这东西打交道的。结果，这次真的派上了用场。

老孟是个心理素质极好的人，他看淡了许多东西，也就看透了许多事情，生呀死的，对他来说早就看开了。他之所以冒着风险做这样的事情，完全都是为了儿子。儿子的存在远远大于他的求生本能，也正是为了儿子，他是拼死也要逃出去的。当时一走进房间，他就开始了表演——他一躺下，就假装睡着，并且打起了响亮的鼾声，他知道，困倦这种东西是可以传染的。

没几分钟，他对面床上的李林也鼾声渐起，他心里有数，倚在门口床上那个叫刘春的小战士也不会坚持太久。于是他的鼾声愈发抑扬顿挫起来，眯起眼睛不露声色地观察着。不一会儿，刘春的眼皮开始打架了，又过了一会儿，他撑在脑后的胳膊软了下来，身子一歪，倒在了床上。老孟嗓子里打着鼾，眼睛就睁开了。进屋的时候他就观察到，这家旅馆的窗帘是用曲别针随意地挂在窗上的，有几枚就落在了窗台上。他伸出没有被铐住的左手，抓住一枚曲别针，抻直，只轻轻一捅，手铐就开了。他蹑手蹑脚地从床上下来，仍然打着鼾，无声地推开窗户，跳了出去。

活了这么多年，老孟深知灯下黑的道理，最危险的地方往往也是最安全的。他没有像别的罪犯一样，第一个念头就是跑得越远越好，他们最终的结果多是跑了等于没跑，不论千里万里，还是要被抓回去。他哪儿也不跑，还回他的山水市。他没有回自己常住的居所，而是顺利地打开了一间新装修好的房子。这是他公司才装修完的房子，工人已经撤走了，因房主和开发商闹经济纠纷，装修的尾款还没有付，他也就没有把房子交出去。

睡了一觉，等天色黑透了，他悄悄地溜了出去。他买了些食物和日用品，一部带卡的二手手机、一瓶药用酒精、几卷纱布和一些消炎药。回到屋子，他找出一个钢锯条，开始用酒精消毒。做完这一切之后，他拨通了儿子的电话。他的儿子孟星就在山水市上大学，成绩很好，可以说是他的骄傲。他在电话里对儿子说：爸要去北方出趟差，得过一阵才能回来。爸的手机丢了，这是用一个叔叔的给你打电话，等爸重新换了号码再告诉你。儿子很听话地答应着。最后他又说了一句：儿子，爸爱你。

回到洗手间，他看着镜子中的自己，深深吸了口气，缓缓地拿起了手里的钢锯条。锯条在手里颤抖了一下，马上就定住了。那支锯条麻利地在脸上锯了下去。老孟是搞装修出身的，装修的活不赖，这是因为他有手艺。现在，他把装修的手艺用到了自己的脸上——这也是他事前早就想好了的。他想过好事，也想过不好的，眼前这一切应该就是最坏的事了。鲜血顺着脸流了下来，滴在洗手间的地上。他横横竖竖地把脸修饰一番后，用纱布把整个脸包了起来。做完这一切后，洗手间里到处都是血。他的腿有些抖，身子也有些软。

他关了灯，整个世界便黑了下来。他慢慢地蹲在一个角落里，点了一支烟，在明明灭灭的光点中，他想起了以前。他的起点不高，下过乡，插过队，回城之后就和同时下乡的女青年柳柳结了婚。那时他在木材加工厂上班，柳柳在宾馆当服务员。从乡下回来，在城里能有份比较稳定的工作也算是不错了，日子虽然平淡，也算是有滋有味的。但是随着儿子孟星的出生，一切忽然有了变化——改革开放后，木材厂倒闭了，家庭中经济失衡的状况，让他们的婚姻出了问题，柳柳的不满日益增大，直到有一天，她终于撇下这父子俩，和一个广东商人跑了。

柳柳的出走，使他有了个很重的心结，他开始痛恨有钱人，而这种痛恨的结果，却是自己也想成为有钱人。他一把屎一把尿地把儿子拉扯大，直到儿子考上山水市最好的大学。儿子小时候经常会问起妈妈，老孟每次都轻描淡写地说：死了。一直到儿子上了高中，老孟才和他说了真话。从最初的小装修队到成立装修公司，再到后来偶然间接触到了毒品，再到成为大毒贩，他对于金钱已经麻木了，但是他只有一个目的，就是让儿子的一生有个保障。因为只有儿子，才是他人生的意义。

三

刘春和李林归队后，两个人都心情沉重，连续几顿饭都没有吃。而中队长邱豪杰，面对着桌上的报告，一个字也写不下去。刘春和李林是中队最优秀的士兵，他知道这个报告不能不写任务失败的责任，说到责任，刘春和李林自然首当其冲，毕竟老孟是从他们的眼皮底下逃走的。不管这报告多难写，关于对刘春和李林的处分是不可避免的，家有家规，军有军法。但是，还有一种更为不利的说法在中队悄然传播着。

那天，几个战士正在洗漱间里洗脸，有人忍不住说了一句：乖乖，听说五十万呢！另一个说：那么多钱，得用什么装啊？其他人就说了：你老冒了吧，现在的钱不用点现金，往卡里一存就行了。这时，刘春和李林端着脸盆走了进去，说话的战士立刻噤了口。等他们回到宿舍时，战友们已经上床了，但仍有人在议论着：你们说，这事能是真的吗？另一个说：人心隔肚皮，不好说。还有人说：我觉得八九不离十，要不然老孟怎么能跑出去？咱们也押过犯人，咱们的犯人咋就跑不掉？

两个人听到这里，头上如同响起无数个炸雷，"轰轰隆隆"的巨响从此震撼着他们整个的生命。他们几乎跑步冲进中队的会议室。中队长、指导员还有几位排长正在研究关于两个人的处理意见。两个人忘了喊报告，就一头撞进了中队部。刘春涨红了脸说：中队长，我们没收逃犯的钱！李林也说：我们要是收了钱，就枪毙我们！中队长就站了起来：支部正在研究你们的事，你们收受逃犯的钱只是传说，没有证据，我们是不会轻易下结论的。另外中队也说了不算，我们还要报请支队批准，因为这次逃跑的是重犯，公安机关为此跟踪了十几年，所以我们还得听取公安机关的意见。你们回去吧，上级有了处理决定，我们会找你们谈的。

突然，李林大喊了一声：我是清白的！刘春也说：对，我们要戴罪立功！只要让我们配合公安机关，把逃犯抓回来，组织怎么处理我们都行。说完这句话，两个人的眼里就闪出了泪光。中队长为难地搓着手说：这两天你们的处理决定就会下来了，有些事情不是我们中队一级的领导就能做主的。说不定，我们中队一级的领导也会受到相应的处分。两个人抬起头，抢着说：这事是我们造成的，和中队领导无关。中队长勉强地笑一笑：你们立功，我们光荣；可你们失误，我们也有责任啊。刘春和李林这才突然意识到，问题竟是如此的严重。

等待处理结果的日子是难熬的。自从他们一同入伍到部队，便明白了一个道理：铁打的营盘流水的兵。迟早有一天他们也会离开部队，但随着时间的流逝，从士兵到士官，他们已经爱上了部队。如果说当兵前，对部队的了解是一种表面的东西，直到他们真正走进部队，彻底融入这个集体时，他们才体会到当兵的滋味。他们立过功，也受过奖，作为优秀士兵，他们完全有可能被破格提干。如果有一天，他们真的能够提干，那他们就是一名职业军人了。

成为职业军人是他们的梦想。就在这次任务执行前，中队长和指导员分别找两个人谈话，并让他们填了士兵转干考核表。全支队一共有五个指标，他们这个中队也就两个。当时，中队长和指导员还激动地说：要是你们俩真能破格提干，这可是我们全中队的光荣。填表时他们握笔的手都有些抖，这是他们从入伍的第一天起就梦寐以求的。曙光微现的时候，他们没有理由不激动。填完表，中队又一级一级地报上去，就等着总队的批复了。他们知道，这种批复一般都要等到年底。也就是说，如果不出现这次意外，再有两个月，他们就有可能成为一名光荣的边防警官了。但是老孟的逃跑，使这个梦想一下子就破碎了。

几天之后，关于刘春和李林的处理决定下来了。两个人因工作失误，被记过处分，提前复员。在召开军人大会宣布处理意见之前，支队的领导和两个人分别谈了话，说明了对他们的处分完全是依照部队的纪律条令，但也谈到了另外一个问题，就是老孟那五十万的事。领导说：这事等老孟归案了，才能水落石出。如果他们收了老孟的钱，将再依据法律追究刑事责任。如果那五十万的确只是谣传，组织也定会还他们一个清白。

在宣布完处理决定后，两个人含泪摘下了头上的国徽和肩章，将它们送到了中队长的手上。这就算是对军营的告别了。就在走出营门的那一瞬，俩人心照不宣地挺起肩膀，回过头深深地望着朝夕相处的军营。刘春用力把背包甩在肩上，说了一句：有一天我还会回来的。李林也学着刘春的样子，把背包甩在肩上，心里山呼海啸一般：老孟，你等着，我要是不抓到你，我就不再姓这个李！

四

刘春早年丧父，姐姐那年只有五岁，他三岁，是母亲一手拉扯着他和姐姐长大。刘春参军时，姐姐刘茹已经嫁人了，家里只剩下母亲张桂花。六十岁的张桂花身体还算硬朗，只是生活的操劳和磨砺让这个女人多了些坚定。那天下午，张桂花正在院子里晒苞谷，晒完了她想去女儿的服装加工厂看看。这两年女儿和女婿弄了十几台缝纫机搞服装加工，她有时会过去照应一下。儿子刘春在部队当兵，从战士到士官，进步很快，最近她又听刘春在信中说，有可能会被破格提干，看来儿子是有大出息了。张桂花有时就想，自己从年轻到现在所走过的路，辛苦吃过了，也许真的是苦尽甘来了。

张桂花眯着眼睛，看着院子里爬满豆角秧的小院，心里立时升腾起前所未有的幸福和满足。这时她听到院外有动静，转过头去时，她看见刘春风尘仆仆地站在院门口。她吃惊地睁大了眼睛，怀疑自己花了眼，揉了揉眼睛，定睛再看，果然是儿子。她惊呼一声：春，真的是你吗？你咋回来了？是出差路过还是探亲哪？刘春仰起头，泪流满面地说：妈，我离开部队了。说罢，已是泣不成声。

张桂花听完儿子的叙述，怔了一会儿没有说话，她伸出手，抚摸着儿子的头。忽然，她抬起头问了句：那个毒贩真的就抓不到？刘春恨恨地说：他现在成了重大通缉犯，迟早会被抓住的。张桂花严肃地问：儿子，你真的没收那毒贩的五十万？刘春"腾"地站了起来：妈，连你都不信我了？张桂花望着刘春的眼睛，突然就吁了口长气：妈相信你，你是妈的儿子，你嘴可以撒谎，但你的眼睛不能，你的眼睛逃不过妈的心。

但是刘春没回来几天，镇子上的流言就传起来了。真是好事不出门，坏事传千里，人们都有鼻子有眼地说，刘春和李林是收了毒贩的五十万，把人给放跑了，所以才被部队上开除了的。张桂花对刘春说：儿子，妈带着你和你姐这么多年，从没让人指过我的脊梁骨，咱一家人一直是清清白白做人。妈相信你，你是清白的。你记着，啥时候公安局把那个罪犯抓到了，你就在镇子里点上两千响的鞭炮放一放。刘春点点头说：妈，我记下了。母亲又说：从明天开始，你该干啥就干啥。你姐也为你这事儿操心哪。你现在一时半会也找不到活干，就去你姐夫的服装加工厂帮帮忙。

刘春没有说话，他这时又想到了李林。下午的时候，他和李林见了一面，李林回来后和他一样待在家里。李林见到他时说：刘春，我现在什么也干不下去，就想着把老孟抓到。李林这么说，刘春又何尝不这么想呢？从老孟逃跑的那一刻起，他就有了这种念头。而此时这种想法在他的心里变得越来越强烈，就像疯长的野草。那天晚上，母亲和他说完那一番话之后，他有些不知如何回答母亲。

华子得知刘春复员回来，已经是几天以后了。华子叫王华，是刘春和李林的同学，他们当兵前，华子考上了师范学校。他们都在读书的时候，三个人是最要好的朋友。从高中时期起，华子就喜欢刘春，他们当了兵之后，华子和刘春在书来信往的过程中，悄悄地谈起了恋爱。此时的华子已经从师范学院毕业了，在镇中学当语文老师。她做梦也没有想到，刘春会不明不白地回来了，而且一点预兆也没有。当然，华子得知刘春和李林复原的同时，也听到了那些谣言。

华子到刘春家的时候，刘春正蹲在院子里看地上的蚂蚁。回到小镇几天了，他时时刻刻都在想念华子，可他不知如何去面对她，在他对未来的憧憬中从不曾有过今天的一幕。在这种身份、这种情况下，他别说见华子，就是小镇上任何一个人他都不敢面对。而华子恰恰就在这时，出其不意地站在了他的面前，他一时口干舌燥，不知如何是好。华子说：你回来为什么不告诉我一声？面对华子的问话，刘春低下了头。华子的声音高了一些：难道你真的收了毒贩的五十万？

刘春用力地抬起头，迎着华子的目光看过去，他从华子的眼神中读出了一些内容。华子继续说：如果你是清白的，你就该走出这个院子，让他们看看。他嗫嚅着：我自己去讲没有用，只有等毒贩归案了，才能澄清我的清白。华子说：那就是说，他被抓到时你就又是从前的刘春了。华子的话说得刘春热血沸腾，他握着拳头的手紧了一下。可他又把手松开了，长长地吐出一口气：就是毒贩被抓到了，我们也回不去部队了。他是从我和李林的手上逃掉的，我们就是因为这个提前复员的。华子这才上上下下地又把刘春打量了一遍。现在的刘春虽然还穿着警装，却少了领花和肩章，但仍以标准的武警战士的姿态站在她面前。华子喜欢这样的姿态，挺拔，向上，阳光灿烂。华子喜欢这种干净利落的男人。华子一把抱住了刘春，把头伏在他的胸前，眼泪就流了出来。她哽着声音说：刘春，不论你怎样我都喜欢你。我相信你是清白的。

刘春是第一次和华子拥抱，他气喘着说：华子，我不再是从前的刘春了。我现在从部队上回来了，就又是个百姓了。华子推开他，抹了把脸上的泪，坚定地看着他：刘春我告诉你，你以前是，现在是，以后还是。刘春突然松了一口气，看着西边烧得正旺的晚霞说：我现在是个不清不楚、不明不白的人了。华子摇着他的胳膊，大声地说：没人相信你，我信你！刘春把目光收回来，端详着华子，瞬时眼里涌出了泪花。华子说：那个毒贩迟早会被抓住的，到时你就又是你了，别听人乱嚼舌头，好吗？刘春深吸一口气，挺直了腰杆。华子的话似乎又让他看到了希望，看到了明天。

五

从部队回来最初的日子，刘春和李林虽然很少见面，但他们的心境都是一样的，他们在等待着那个让人日思夜念的消息。当然，这个消息与老孟有关。逃跑的老孟已经成了全国通缉犯，抓住他是迟早的事，对于这一点，两个人坚信不疑。然而，关于老孟的消息始终如石沉大海。刘春真的有些等不及了，他走出家门，三拐两绕地到了李林家的楼下。

这天早晨，李林和父亲刚刚吵了一架。李林的家庭条件比刘春好一些，父亲是镇上的一名领导，母亲是医生。关于李林回来的种种风言风语，母亲和父亲也都有所耳闻。父亲对这个问题没有太多的评价，只做了简单扼要的指示：这事要相信组织，相信自己。接着，父亲又补充道：这么着吧，回来就回来了，铁打的营盘流水的兵，回到地方就好好工作。而母亲的态度则与父亲大相径庭，她把李林拉到一边：儿子，你跟妈说实话，你到底收没收那毒贩的钱？李林看着母亲，半晌没有说话。许久，才一脸失望地说：妈，你也不相信我？母亲这时似乎松了一口气：看来，那就是你那个战友刘春收的，你替他背了黑锅。如果是这样的话，你把事情说清楚，我去找部队澄清事实去。

李林用力甩开母亲的手，脸憋得通红：妈，你以为我们是你们医生啊！做个手术都收人家的红包。李林的话把母亲噎得说不出话来，她在儿子的肩上拍了一下：你这孩子，胡说什么呢。你爸已经给你找好工作了，赶紧去给我上班，省得在家里瞎折腾。李林父亲说：县里锅炉厂保卫科缺个人，你去吧。说着拿出一张名片递给他：这是锅炉厂王厂长的电话，你直接找他就行。李林看都没看，就顺手把名片扔到了桌子上。父亲问：怎么，你不愿意？李林梗着脖子说：不就是去当保安嘛，有什么意思！父亲用手敲着桌子：人家王厂长听说你是武警复员回来的，考虑到你工作的对口，才答应要你的。李林不说话，伸手一弹，那张名片就落到了地上。

父亲不悦地提高了声音：那你想干什么？想永远在家待着混吃等死？说完，父亲气哼哼地走了。母亲把名片小心地捡起来，苦口婆心地劝着：儿子，保卫科就保卫科吧。等过一阵妈再给你找找关系，看有没有更好的，到时再给你调换。李林冲母亲没好气地说：妈，我现在什么也不想干，您就甭管了。母亲听了，脸上的表情就有些难看：怎么？当了几年兵倒弄出一身毛病了，人家都说部队是出人才的地方，你可倒好，现在连班都不想上了？李林突然火了，冲母亲说：妈，你有完没有了！

不知为什么，这些天他就是憋着想发火。刘春进来的时候，他内心的烦躁仍没有消停。刘春望着李林，突然冒出一句：要不，咱们回山水市一趟？说到这儿，刘春也被自己的话吓了一跳。李林顿时眼睛一亮：去就去！刘春点点头说：那就说好了，明天就出发。做出这个决定后，两个人的心倏然就静了下来，似乎这么多天的焦灼与不安只是为了这样一个决定。

当两个人走出山水市火车站时，眼里早已蓄满了泪水，这一刻竟让人有几分激动。刘春掩饰地用手在眼睛上抹了一把，自言自语道：这风真大。李林仰起头，也努力地往回憋着泪水：可不是嘛。刘春说：咱们去公安局，找大队长王伟，他一定知道老孟案子的情况。李林听了，脸上的表情也变得坚毅起来。

公安局对他们来说是再熟悉不过了。当他们走到公安局大门时，正赶上几辆警车呼啸而来，第一个跳下车的正是王伟。几个人都是一身便装打扮，同时有几个刑侦人员押着几名犯罪嫌疑人从车上走了下来。两个人疾步奔过去，喊了声：大队长。王伟抬起头，看了俩人一眼，终于认出了他们：你们什么时候回来的？看着眼前的王伟，两个人竟有了一种想哭的冲动。那天晚上，他们就是跟着王伟执行的任务，然而命运也就是在那一刻发生了转变。李林哽咽着喊道：大队长——

　　王伟摆摆手说：我现在不是什么大队长了。上次的押解出了意外，我和你们一样有责任，现在我只是个普通的刑警。刘春和李林吃惊地望着王伟，他们没想到，老孟的逃跑不仅让他俩离开了部队，就是王伟也受到了牵连。王伟低下头，避开两个人的目光，缓缓地说：你们不知道，抓捕的那几个罪犯不仅说你们收了老孟的钱，还说我也收了。不管收没收吧，老孟人是跑了，我作为大队长是要负主要责任的。说实话，没把我开除出公安队伍就算是轻的了。

　　刘春按捺不住地问：那老孟就不抓了？王伟说：有些话，我不应该对你们说，尤其是关于案子的问题。但我也知道，老孟一天不被抓到，咱们仨就都说不清楚，总有个污点在那里悬着。那我就告诉你们，老孟的确还没抓到，这小子太狡猾了，没留下一点蛛丝马迹。但他的案子在公安部是挂了号的，抓住他只是迟早的事情。等真抓到的那天，我会第一个通知你们。说完，王伟就走了。

　　这次来山水市，刘春和李林是满怀着希望的。然而希望毕竟是希望，现实的结果却是老孟仍逍遥法外。但最让他们感到吃惊的还是王伟，如今他竟成了一名普通的刑警。关于王伟传奇的经历，他们从当兵时就听说了。王伟二十五岁就当上刑侦支队的队长。警察学院毕业后，王伟接连干了几起漂亮的案子。一次是孤身追踪几千里，抓到了一名在逃的毒贩。另外一次是成功解救人质。一伙歹徒绑架了商场的近十名员工，歹徒的身上绑着炸药，随时做好了与人质同归于尽的准备。关键时刻，王伟单枪匹马地与歹徒谈判，巧妙周旋，使歹徒乖乖地放了人质。

　　两次漂亮的战斗，让他成了最年轻的刑侦大队长。可一年以后，就走了麦城。在追捕一名持枪逃犯时，他失手打死了逃犯。这是个重犯，公安局抓捕他时是想留活口的，只有通过他，才能将那个团伙一网打尽。正是这个致命的错误，导致王伟丢掉了大队长的职务。当时也有许多闲言碎语，有人说王伟是帮助罪犯杀人灭口，他早已收取了那个团伙的好处。又一年之后，那个犯罪团伙被一网打尽，才算还王伟了一个清白。由此，他又当上了大队长。王伟在大队长的位置上三起三落，按他的话说，他这个刑侦大队长一直是处在风口浪尖上。可以升，也可以降，升和降的关系就像晴雨表上的那条细细的红线，瞬息万变。王伟的事迹传遍了山水市的大街小巷，人们都知道公安局有个拼命三郎王伟，同时人们也知道，那里也有一个经常走麦城的王伟。因为老孟，王伟再一次走了麦城。

现在，刘春和李林在得到准确的消息后，就没有理由在山水市待下去了。但是他们觉得胸口上好像压了一座山似的，憋闷，沉重。刘春站在风中沉思了半晌，才冲李林说：我想好了，我要亲手抓住老孟，还王伟大队长清白，也还自己一个清白。李林望着刘春，动了动嘴唇，坚定地点了点头。

六

老孟脸上的纱布已经拆掉了。他站在镜子前端详着崭新的自己。他已经认不出镜子中的自己了，一个完全陌生的老孟出现在眼前。老孟被镜子里的自己惊呆了。他伸出手，摸着自己的脸，一颗颗的泪珠滚落下来。最后他一把捂住脸，蹲在地上恸哭了起来。他也不知道此时是该高兴，还是应该难过，但他清楚，他这是在向以前的老孟做着最后的告别。

此时的他，最想念的还是儿子孟星。为了不让儿子受委屈，他在学校附近给儿子租了套公寓，请了小时工来料理他的起居，尽可能地让他生活得舒适些。以前没出事时，老孟每个星期都会去儿子那儿坐一坐。老孟贩毒挣的钱没有买房子，也没有置地。他觉得那都是些身外之物，如果有一天自己掉进去了，这些东西都是没收的对象，不管户主写的是自己还是儿子，都没有用。于是他就把钱都换成了金条，一捆捆地搬回家里。他在墙上挖了个洞，每次把金条藏进去后，他都会用水泥、石灰抹好，再刷上涂料。

藏在墙里的金条，他还没打算和儿子说，觉得还没到给儿子交底的时候。他不着急的原因是他现在还活着，只要临死前，把这个秘密告诉儿子就够了。他虽然做好了最坏的打算，但仍希望自己平平安安地活着。有儿子，他的日子就有滋有味，有奔头。他曾想过，自己就是真的老了也没啥了不起，那时的儿子也成家立业，有了老婆孩子，那该是怎样的幸福啊？而自己即便是再老，仍然要努力地活着，直到生命的钟摆停止的那一刻，他再向这个世界告别，此生就再也没有遗憾了。

这只是他的设想，但设想永远也没有变化快。他这次就差点掉进去，好在死里逃生，躲过了一劫。可躲过了初一，又躲得过十五吗？站在镜子前的老孟，慢慢止住了眼泪，他再次细细地打量着自己，努力地想以前老孟的影子，但眼前的老孟已是面目全非。他小心地摸着自己的脸，从额头再到下巴，他的手开始颤抖起来。他知道，自己暂时是安全的，而下一步，他一定要从这里走出去，离儿子越近越好。

一个月后，老孟终于来到了大街上。前晚趁着夜色，他先在超市买了一身衣服，然后又去发廊做了新的发型。走在街上的老孟想的第一件事，就是去自己的公司一趟。出事一个多月以来，他几乎和外界断了音信，当然也包括和儿子的联系。当他站在公司门口时，心里就多了一种说不清的滋味。不知过了多久，他终于迈动双腿犹豫着准备走进去。这时，公司里出来一个人，这人老孟认识，是设计师小刘。小刘三十多的样子，已经来公司几年了。他看到小刘，竟下意识地站住了，小刘差一点和他撞了个满怀。

小刘看了他一眼，低声说了句对不起，就匆匆地走了。他站在那里，直到小刘消失才回过神来。他摸了一下自己的脸，这才意识到小刘根本就没有认出他来。他顺手抻了抻衣角，毫不犹豫地推开了公司的大门。前台小柳看见老孟，走上前热情地招呼着：您好，欢迎您来到万家平安装饰公司。显然，小柳把他当成了客人。他犹豫了一下，还是走了进去。小柳引导着老孟在会客区的沙发上坐了下来，端上一杯热茶：先生，您请喝水。我可以帮您请一名设计师过来，让他和您做一下沟通。老孟点点头说：我想见一下你们公司的老板。小柳怔了一下，说：你等一下。

不一会，小柳带着老于出来了。老于和老孟的年纪差不多，是当年和他一起打拼出来的兄弟。公司能发展到今天，和老于的相助是分不开的。这么多年下来，两个人已经结下了深厚的友谊。老于微笑地说：这位先生，你找我？老孟看着老于，从老于陌生的眼神里他意识到，老于并没有认出他来，他有些庆幸，也有些悲哀。他冲老于笑一笑：我想找你们的老板。老于说：老板不在，有事您跟我说就行。老孟点点头，放下茶杯站起身来。他知道，自己已经没有必要在这里待下去了。结果是让他满意的，连老于都没有认出他来，相信这个世界上除了自己，再没有第二个人能够认出他了。老孟颇有些得意，但很快又变得茫然起来——现在，他又是谁呢？

老孟恍然地在街上走着，开始盘算着自己的未来。他的思路始终是清晰的，那就是要塑造一个全新的老孟。山水市所有道上的事他都了如指掌，下一步，他要给自己办个新的身份证。办证对他来说再简单不过了，也许那张证上除了照片是真的，其他的都是虚拟的。他很快就办了一张假身份证，地址是乡下，是真的，他当年曾在那儿下过乡。第二天，他就拿到了崭新的身份证。望着照片上的自己和陌生的名字，他的心暂时安静了下来。

做完这一切，他要去看儿子了。孟星的学校他不知去过多少次了。晚上八点半的时候，他出现在孟星居住的公寓门口。他知道，过不了多一会，孟星就会从学校里回来。他蹲在那里，点了根烟。果然，孟星很快就骑着自行车冲了过来。看到孟星时，他的心里一阵猛跳，然后站起身，和往常一样微笑着迎了上去。孟星从自行车上跳下来，看了他一眼，也就是一眼，甚至只能说是瞟了一下，就匆匆地从他身旁过去了。

老孟颓然地靠在一棵树上，痴痴呆呆地望着儿子的背影，泪水止不住地流了下来。不知过了多久，他抹了一把脸，感到脸上凉冰冰的。第二天，他又来到孟星居住的公寓。他在院子里徘徊了几次，无意中竟看到告示栏中贴有房屋出租的广告。他停下脚步，思忖良久，拨通了广告上的电话号码。他没有和房东讨价还价，就把房子租了下来，并付清了两年的租金。儿子孟星两年后才毕业，他要和儿子住在一起，天天陪着他。

七

刘春从山水市回来之后，母亲和他有了一次对话。那天晚上，张桂花坐在灯下，一边补着衣服一边说：刘春啊，你从部队上回来也有一段时间了，我知道你对那件事还不死心，可你去也去了，结果又咋样？妈想啊，这事该咋着就咋着了，你也该安心了。从小到大，妈拉扯你和你姐不容易，家里一直没有个男人，现在妈老了，你也该撑起这个家了。你去找份工作吧，华子我看着不错，你们也该结婚了。你们这一结婚，这个家我也就不用操心了。

刘春无精打采地看着母亲，当她提到华子时，他的心中颤了一下。自从回来之后，他觉得自己再也配不上华子了。他现在是受了处分提前复员回来的人，而华子却是一名光荣的人民教师，他们还能有什么未来呢？这一个多月以来，但他都是在躲着华子。看到华子，他的心会疼。他越是躲着华子，华子越是要见他。有一次，他看见华子从院门口进来，他慌不择路地跳窗逃了出去。还有一次，张桂花包了饺子，让他去把华子叫过来吃。他冲母亲含混地喊了声：妈……人却站在那里，没有动。

母亲就不乐意了：人家华子不嫌你这、不嫌你那的，你还想咋的？今天是妈想请华子过来吃顿饺子，让你跑个腿儿，总该使得动你吧？母亲把话说到这个份上，他还能怎样呢？他只好低着头，心乱如麻地往华子的学校里走去。见到了华子，他却把目光挪向了一边，嗫嚅道：我妈喊你去家里吃饺子。说完他低着头就往回走。华子跟在他的后面喊：刘春，你能不能慢点儿走，这又不是急行军。他无可奈何地放慢了脚步，华子赶上来说：刘春，你干嘛总躲着我？他抓抓头，支支吾吾：不是，我是……

我家和你妈都等着咱们早点把婚结了呢。如果你不敢结婚，那我就认为你有可能真的收了人家的五十万。华子一双清澈的眼睛逼视着刘春。刘春抬起头，望一眼远方的天空，挥挥胳膊说：华子，你不懂。华子一把抓住刘春抬起的胳膊，情绪激动地说：刘春，难道你不喜欢我了？你给我写的信我可都留着呢，难道信上的那些话都是假话，你是在骗我？刘春答不上来，只能把头深深地低了下去。

华子扯了一下他的胳膊：你不就是从部队上回来了吗？那又能怎么样？当初我喜欢上你，也并没想着你提干什么的，我就是喜欢你这个人，才决定和你好的。不就是有谣言说你收了人家五十万吗？我相信你是清白的啊，等那个逃犯抓住了，一切不就水落石出了吗？你怕什么？就是你真的收了人家五十万，如果有一天你被判刑了，那我就天天给你送饭，算我瞎了眼！

就这样，终于在一个星期天，华子和刘春登记结婚了。

夜晚的新房里灯光柔和温暖，华子已经洗去了脸上的脂粉，素面坐在床的一侧，温情地望着刘春。刘春想对她说点什么，张了张嘴，又什么也没说出来。华子轻轻伸出手去，把他的手放在自己的脸上：刘春，咱们结婚了。这是我一直以来的梦想，我早就在心里认定要做你的新娘，今天，我的梦终于实现了。你不高兴吗？刘春听了，眼圈红了，泪眼朦胧地说：华子，可是现在的刘春已经不是以前的刘春了，我现在什么都没有了。华子用手捂住了他的嘴，盯着他说：你有。我现在就属于你。你有了我，有了这个家。我知道你心里难受，但你也要相信，迟早有一天你会彻底清白。

刘春突然坐了起来，捧着华子的脸定定地看了一会儿，然后一字一顿地说：华子，我要亲手抓住老孟！华子吃惊地睁大了眼睛。刘春说：我和李林从山水市回来的时候就商量好了，我们一定要亲手抓住老孟。华子不解地问：这不是公安机关的事吗？刘春说：公安那边有那么多的案子，人员精力都有限，再说老孟又是从我们手上逃掉的，我和李林一定要亲手把他抓回来。华子定定地望着刘春，望了许久，半晌之后才说：如果你真有这个心思，那我支持你。否则，你会觉得不幸福。我和你在一起，就是要让你幸福。

刘春抱紧华子，用力地把她贴在自己的怀里，喃喃地说：华子，谢谢你。华子仰起头，目光里充满了柔情：不要说谢。我现在是你的妻子，你要知道，你高兴，我才会高兴；你忧愁，我就会悲伤。

八

李林的父亲为他的工作可以说是费尽心思，在动用了多年的关系后，终于为他在工商所联系了一份工作，而且还是干部编制。母亲领着李林去了工商所一趟，见到了秦所长。秦所长是李林父亲的老下级，这次他为了报恩，也是跑前忙后的没少费周折，终于把事情办妥了。秦所长看见李林后就说：小子，你可别辜负了你爸的这番心思，好好干！在这工商所里，有我吃干的，就不会让你喝稀的。李林把两手插在裤兜里，说了句令在场所有人都惊讶不已的话：秦叔叔，我停薪留职行吗？秦所长立时瞪大了眼睛，母亲也吃惊不小。母亲忙冲秦所长说：他秦叔，这孩子说着玩儿呢。说完，母亲把李林拽出了屋。站在工商所外面的大街上，母亲都快急哭了：李林，你也老大不小了，你以为从部队回来找份工作容易啊？李林望着母亲，挥挥手：妈你别说了，这班我上。

李林有了工作，全家人都眉开眼笑的。李林上班的第一天，母亲特意请假，在家里做了一桌的菜。父亲下班回来时，还把一瓶茅台酒打开了。父亲亲自把李林的酒杯倒满，又给自己倒了一杯，这才说：小子，你有工作了，也就算是长大成人了。爸爸老了，快退休了，以后这个家可就靠你了。李林望了父亲一眼，就看见父亲花白的头发，他心里一热，头一仰就把杯中的酒干了。父子俩喝酒时，母亲在一旁不失时机地说：你战友刘春可都结婚了，你也老大不小了，等过几天你三姨带个姑娘过来，你见见。要是行呢，就把这门亲事订下来，年底就结婚。我们的心也就操到这儿了，以后的路就靠你自己走了。

这天晚上，李林失眠了。刘春和华子的婚礼他去参加了，而且还喝多了酒。他为刘春高兴，也为自己感到悲哀。在给新人敬酒时，他大着舌头说：刘春啊，咱们是战友，生呀死的可都见过了，华子今天跟你结婚，这是你的福气，你可要对得起她啊。几个同学也在一旁附和着：是啊刘春，你以后要是对不起华子，我们可不答应你。刘春笑了，一仰头喝了杯中的酒。从那一刻起，李林觉得自己是彻底失恋了。

虽然他从来没有表白过什么，但是这么多年以来，在李林的心中，一直在深深地暗恋着华子。可如今华子嫁的不是别人，正是与自己情同手足的战友刘春。华子的一切美好瞬间在他心里定格了，所有的一切，都将成为美好的回忆。想过华子，他就又想到了老孟。老孟像阴魂一样久久不能在他的生活里散去，他睁眼是老孟，闭上眼睛还是老孟。老孟此时成了他心里的一道魔，就是在他上班时，他也会经常想起老孟。一想起老孟，他就有些恍惚，有几次把报表都填错了。

终于有一天，李林约了刘春去一家小酒馆吃饭。三两杯酒下肚之后，李林就皱起了眉头：我这班上得闹心，老是想起部队的事，想起那个老孟。一想起这些，我干什么都没心思。刘春呆愣了半晌，他突然说：还记得我们从山水市回来时说过的话吗？李林狠狠地蹾了下酒杯：不抓住老孟誓不为人！刘春一口气把杯中的酒喝了下去：对，不抓住老孟，我就是再结十次婚也高兴不起来。

两个人从小酒馆里走出来时，显然都喝多了。他们相互搀扶着，最后就抱住了路边的一棵树。刘春悲怆地说：我跟你说，不抓住老孟，我这心不甘哪！李林说：班长，我听你的，你说咋办就咋办。刘春说：我早就想好了，过几天我就去山水市抓老孟！李林一听，也激动起来：我也去！刘春摇摇头：你都有工作了，就别去了。李林突然把头仰靠在树上，嘶声喊道：工作以后还会有的，可老孟只有一个。不抓住他，我活着还有什么意思！刘春跟跄着抱住了李林：谢谢你，我的好战友，好兄弟。李林努力地挺起身体，让自己站得稳一些：班长，你指哪儿，我打哪儿！

两天后，刘春和李林登上了去山水市的长途客车。李林出发时，没有和父母打招呼。他知道，无论自己怎么说，父母都不会同意他去抓老孟。他在办公室留下了一封辞职信，同时也在家里的饭桌上留下了一封信。在给父母的信里他写着：爸爸、妈妈，我走了。我曾经是个战士，却因工作上的失误留下了深深的遗憾，让罪犯从自己的手里跑掉了。这是我一生的遗憾和耻辱。爸、妈，我知道，你们对我好，但只要一天不将其抓获，我的内心就永远不会安宁。爸爸、妈妈，请你们理解我！

李林的父亲看了信之后，三两下就把信撕碎了，然后背着手在客厅里走来走去。母亲一边抹着眼泪，一边絮叨：这孩子，都多大了，还让人这么操心。好好的工作不要，说走就走了。父亲大声地吼着：让他去！公安局那么多人，还显得着他了？他以为自己是谁啊！走就走，就当咱们没养过这个儿子！

九

要找到老孟，他们首先就得找到王伟。在他们的心里，王伟是离老孟最近的人。当他们找到王伟时，王伟惊讶得睁大了眼睛：你们俩怎么又回来了？两个人异口同声地说：我们回来抓老孟。王伟看着两个人思忖了一下，这才说：公安局办案的纪律你们应该是清楚的，谁的案子谁负责，内部之间也不允许乱打听，况且，你们已经复员了。刘春上前一步，急切地抓住王伟的胳膊：大队长，我们人是退伍了，可心却没退伍。老孟一天抓不到，我们一天都不得安生。这次来山水市，我们就打算在这里扎下去了，不抓到老孟，决不回家。

王伟的表情变得凝重起来：实话跟你们说，现在咱们三个都是说不清楚的人。外面都在传咱们收了老孟的钱，我现在虽然还负责老孟的案子，可我并不是主办人，只是协办，核心的消息我并不知道。老孟人跑了，可案子并没有撤。现在是外松内紧，除了友邻省市发送了协查通报，还撒出大批的线人。一有消息，我们就会收网。你们的心情我能理解，可你们不该来，来了也起不了什么作用。李林说：大队长，只要你还相信我们，就把老孟的基本情况告诉我们，我们肯定不会给你添乱。哪怕不能亲手抓住老孟，就是给你们当个线人也行，有什么情况，我们会及时向你们汇报。

作为曾经一起出生入死、执行过多次任务的王伟，从不曾怀疑过眼前的两位战友，就像从没有怀疑过自己一样。在得知刘春撇下新婚的妻子，李林毅然决然地辞去公职，准备在山水市坚守下去的时候，他的眼睛有些湿润了。王伟长长地吁了口气，站起来说：那你们跟我来吧。王伟被两个人的执着打动了，但他也有着自己的分寸。最近，办案组已经开始行动，四处撒网寻找着老孟。王伟思忖再三，决定还是从老孟的老窝入手，虽然不是明智的办法，但也只能守株待兔，希望老孟会留下一些蛛丝马迹。

王伟带着两个人来到了一所大学的门前，说：老孟有个儿子，叫孟星，就在这个大学里读书。学的是金融专业。说完，王伟又带着他们来到万家平安装饰公司。王伟冲里面努努嘴，小声地说：这是老孟的公司，以前他每天都到这里来上班。随后，又带他们到了一幢居民楼前，一边用手指着一个单元的窗口交待着：左手第二个窗子就是他家。以前他每天都回到这里，周末的时候，他儿子有时也会回来。我只能告诉你们这些，这也不是什么秘密。但要抓老孟，也只能从这些线索入手了。如果你们愿意，就算帮我做个线人，有什么情况直接和我联系，不要找任何人。刘春和李林几乎是同时举起手，给王伟敬了个礼：大队长，我们记住了，谢谢你。

为了长期驻扎下去，他们在车站附近租了一间平房。接下来，两个人去了一趟万家平安装饰公司。但是让他们感到意外的是，前几天王伟还带他们来过这里，可是现在公司居然关门了。向周围的人一打听，他们才知道，就在昨天这家公司已经停业了。说是公司解散，所有的人都走了。想不到第一条线索就这么断了，他们只好又去问王伟。王伟说老孟应该没有走远，几天前他还和万家平安的人通过电话。

这段时间很多建材商得知老孟出了事，就上门催要货款，但是他们公司的账面上已经没有什么钱了，管事的老于正准备卖房子的时候，突然有人给他们账上打了几十万元，随后老于接到了一个电话，让他还清所有的欠款，然后解散公司，让大家各奔前程。警察判断打来这个电话的人就是老孟。后来追踪电话号码的时候，发现这是个公共电话，就在本市的城乡接合部。后来他们又跟踪过老于，虽然没发现他有什么问题，但是有一点至少可以肯定：老孟就在本市！

两个人听了王伟的话，仿佛在茫茫黑夜中看见了星斗，立时精神了许多。王伟提供的信息让刘春和李林如获至宝，他们兴冲冲地回到出租房里，打开门，就看到了从门缝里塞进来的一封信。信是华子寄来的，她在信中告诉刘春，她怀孕了，已经有三个月了。刘春是瞒着母亲出来的，说是去外地打工，但是母亲根本不同意，说他刚结婚没几天就往外跑算怎么回事，就在小镇里找份工作养家糊口不也行吗？但好在有华子替他打掩护，他说出来也就跑出来了。

刘春把华子的信放在胸前，按捺不住地说：李林，我有儿子了！而李林显然没有他那么兴奋，倒是老气横秋地说：刘春，这回可是苦了华子了。直到这时，刘春才冷静下来，他把信小心地放进信封里，塞到枕头底下：抓到老孟咱就回去，我答应华子要陪她好好过日子。李林没有说话，仰望着天棚自言自语：狗日的老孟，你他妈到底跑到哪儿去了？

十

张桂花怀刘春时，丈夫在一次山洪暴发中被大水卷走了。张桂花拉扯着年幼的刘茹，肚子里还怀着小儿子，呼天天不应，叫地地不灵，张桂花的日子几乎到了世界的末日。在丈夫被洪水冲走的两个月后，刘春出生了。张桂花生产时因难产大出血，但她还是硬撑着睁着一双眼睛，亲眼看着儿子平安落地。也就是这个时候，这个气力早已耗尽的女人还不忘问一句：是男孩儿还是女孩儿？直到护士告诉她是男孩儿时，张桂花才把眼睛闭上。在她的心里，男人比天大。

在这之前，她做好了两手准备，如果生的是女孩儿，她就改嫁，让别的男人来养活她们娘三个，孩子姓啥叫啥也都无所谓了。但如果生下的是男孩儿，她死活也要把孩子拉扯下去。结果，送子娘娘果真送给了她一个男孩儿，也正是这个孩子，彻底改变了张桂花生活的态度和决心。于是，也就有了张桂花以后悲壮的生活。没了丈夫的张桂花当时还算年轻，保媒的人也不算少，但都被张桂花一口回绝了。她每一次都苦口婆心地对媒人说：我儿子刘春是刘家的骨血，这日子不管多苦我也得撑下去。

多少年过去了，含辛茹苦的张桂花终于把两个孩子都拉扯大了。女儿嫁了人，刘春当了兵，这一切都是张桂花感到骄傲的地方。如今，随着儿女们相继长大成人，她那因生活的操劳而弯起的脊背似乎又挺直了起来，晚年生活也变得更有意义了。即使后来，刘春没有在部队提干而是回到家里，她也没有太当回事。在她的观念里，再苦再难的日子，总会有出头的那一天。

刘春从部队上回来，就已经老大不小了，娶妻生子就成了张桂花生活中的头等大事。儿子结了婚，她心里的一块石头也算落了地。华子和刘春结婚的那天晚上，客人都走了之后，张桂花独自看着丈夫的遗像，念叨着：他爸啊，儿子的大事我也张罗完了，我可是替你张罗的。现在咱家就什么事都没有了，哪天阎王爷要是让我走啊，我连眼皮都不会眨一下。

刘春走后不久，华子就发现自己怀孕了，而这也正是张桂花所希望的。现在，华子的肚子里有了儿子的骨血，这也就是说刘家有后了。张桂花欣喜地忙前忙后着，她固执地认为华子怀的就是男孩儿。

怀着孩子的华子时常会思念刘春，新婚的幸福似乎还没有来得及品味，刘春就离开了她。尽管在心里，她是理解刘春的，但她还是希望他能陪在自己身边。华子很清楚，此时在刘春内心最为重要的就是亲手抓住毒贩老孟。当初，自己喜欢上刘春，也正是缘于刘春身上那种认准了不服输的劲儿。所以，她义无反顾地站在了刘春的身边，她要用行动告诉刘春，即便自己不能替他遮风挡雨，也要陪着他一起度过千难万险。虽然，她有些不情愿地放走了新婚的丈夫，但她清楚地知道，那个叫老孟的人一天不被抓到，压在刘春内心的石头就永远落不了地。

刘春走了，偶尔来信也是通告一下他们的进展。再后来，就是这样的信也变得少了。华子知道，茫茫人海，要找到一个人又是谈何容易？她理解刘春，也暗暗地支持着他。每个月的工资一发下来，她只留出基本的生活费，其余的钱都寄给了刘春。前些日子刘春来信说打算买一辆摩托车，她毫不犹豫地向同事借了几千块钱，寄了过去。当她发现自己怀孕后，她的生活就变得牵肠挂肚起来。她一面牵挂肚子里的孩子，一面惦记着漂泊在外的丈夫。每次刘春有信来，张桂花都一脸急迫地问：刘春咋样了，什么时候回来呀？你这都怀孕了，也该让他回来看看你。

华子答应婆婆回信时会叫刘春回来，但她从不曾这样写过。她在信里总是把家里写得风调雨顺，目的就是让刘春踏踏实实地去抓老孟。老孟抓住了，一家人才有团聚的那一天。有时候，她竟会在梦里见到老孟被抓到，刘春和李林喜气洋洋地回到了小镇。刚要喊时，人就从梦中醒来。她静静地躺在那里，望着有些发白的窗户，心里越发地思念刘春。怀孕后，家里的花销陡然增大了。有时钱实在不够用了，她只能去借。亲朋好友借给她钱时总会说上一句：刘春不是出去挣大钱了么，怎么还让你借钱呢？华子听了，并不解释什么，只笑一笑：外面的钱也不好挣，等刘春寄钱回来，我就还给你们。

每次借钱华子都是背着婆婆，她怕婆婆知道了，肯定会逼着刘春回来。尽管她也希望他能回来，可现在还不是时候。再说，即使他人回来了，心回不来又有什么用？华子明白这个道理。她希望刘春如愿以偿地把老孟抓到，然后一身轻松地回来和她过日子。华子觉得以后的生活还长着呢，不在乎眼前的一朝一夕。她对未来的生活充满了理想和渴望。

十一

老孟现在的名字叫张一水，那是他假身份证上的名字。

自认为洗心革面的他很少走出公寓，他每天最高兴的事就是盼着儿子孟星回来。只要到了放学时间，一听到走廊里的脚步声，他便从虚掩的门缝里向外看着。父子二人只隔了两扇门，一条通廊，加起来的直线距离不过是几米远。此时，老孟的心里是踏实的，也是幸福的。孟星只要一回来，老孟的每一根神经都是活跃的，他蹑手蹑脚地在屋子里走着，一边竖起耳朵，仔细地听着隔壁房间里的动静。儿子房间里传来的任何一丝响动，都会牵动着他的心，直到儿子的屋里再也没有任何声响了，他才躺回到床上。躺在床上很久了，他也仍没有一点睡意，眼前不停地闪现着儿子的身影。儿子从小到大时的种种场景，让他感到既辛酸又温馨。总之，他的心情是复杂的。

自从搬到这里后，老孟就买了一架高倍望远镜。他把望远镜架在阳台上，又用窗帘做了遮挡。开始的时候，他每天的大部分时间都躲在阳台的窗帘后面，将望远镜伸向窗帘的缝隙，仔细地观察着楼下的每一个人。很快，狡猾的他就从楼下的人群中发现了公安的便衣。他知道，自己逃跑后，儿子就成了警察跟踪的对象。在这个世界上，只有儿子是他的亲人，他之所以选择和儿子住在一起，在他的潜意识里，他是要保护儿子的。从那以后，他每天的时间差不多都是通过那架望远镜观察着外面的世界。

后来，他又在望远镜里看到了刘春和李林的身影，这两个曾押解过他的年轻的武警战士，给他留下的印象太深了。发现了他们，使得老孟浑身上下的每一根汗毛都竖了起来，当时历险的一幕幕又一次浮现在他的眼前。在此后的一段时间里，他几乎每天都能看到这两张熟悉的面孔，他们有时蹲在树下，有时坐在小超市的门口，看似悠闲，目光却机警地打量着每一个过往的行人。

　　老孟透过望远镜看到，他们也曾经跟踪过儿子孟星。他们不远不近地跟在孟星身后，看着他进了楼，两个人的脚步才停了下来。老孟握着望远镜的手开始有些抖，浑身湿漉漉的，他用手一摸，额头上也满是汗水。他瘫坐在阳台上，闭上了眼睛。他现在是四面楚歌，他不知道这样的日子还会持续多久。更多的时候，他会看着那张假身份证发呆很久，尽管他清楚，张一水这个名字和照片上的面孔，已经与以前的老孟没有任何关系了，但他的心还是悬着。

　　他知道，自己最危险的时候已经过去了，追捕自己的通缉令经过风雨的冲刷，已是了无踪影，但这并不等于警察对他失去了兴趣。外松内紧，办他案子的人一定正紧锣密鼓地制定新的方案，想方设法找寻他的踪迹。报纸上不是也经常报道有许多案子挂了十年二十年后，依然能够成功破获吗？老孟孤独地坐在公寓的阳台上，常常想：这样的日子何时才是个头呢？他没有那么大的智慧能把自己的命运和生活一眼看穿，但他还是想好了眼前的生活——他每天都要和儿子在一起，哪怕只能是看到儿子的身影。

　　由于在城里没有发现老孟的踪迹，刘春和李林就琢磨着要扩大搜寻范围。既然老孟还在山水市，他们就不能在一棵树上吊死地跟踪孟星，而要去远一些的地方寻找，就必须有交通工具。在这之前，刘春写了封信给华子，他说为了寻找老孟，他打算买一辆摩托车。很快，华子就给他寄了一笔钱。

　　刘春和李林买来新摩托的那天，两个人就像重新活了一遍，立马精神许多。摩托车停在小院里，刘春绕着它一圈圈地走，一边搓着手，一边兴奋地说：这下好了，咱们离老孟又近了一步。李林望着这辆红色的摩托车，想到了华子，也想到了老孟。在他的幻觉里，老孟在前面跑，他和刘春驾着摩托车在后面风驰电掣地追，那情形跟美国大片一样。不知为什么，他看见摩托车时，华子的样子一遍遍地在眼前闪过，他的心乱跳个不停。他望一眼那红得耀眼的摩托车，又眯眼看着刘春，慢悠悠地说：刘春，你这辈子可是值了。

然而两个人骑着摩托车，在城郊以及上次老孟逃脱的小镇转了好几天，还是没有发现他的半点踪迹。等他们回到出租屋的时候，看见了房东贴在门上的纸条，上面写得很清楚也很直接，让他们立刻将房租缴清。两个人的表情立时沉重了起来，他们翻遍了身上所有的口袋，也没有找出多余的钱来。其实，他们不用翻兜也知道，他们已经没有钱了。快进城的时候，摩托车就没油了，想加油时才发现身上已经一分钱都没有了，摩托车是被推回来的。

李林把头伸到水龙头底下，让凉水不停地冲着，然后他猛一仰头，水淋淋地站在那，红着眼睛说：班长，咱活人不能让尿憋死，不能这么干等下去了。刘春正闷着头想办法，听了李林的话，抓上衣服说：走，咱现在就是什么都没有了，还有一身力气呢。那天傍晚，他们直接去了山水市火车站的货场。这里经常聚集了一些卖力气的工人，货车一到，人们就拥上去帮人卸货，挣些零钱。现在，他们也将成为其中一员了。

十二

就这样，刘春和李林成了货场的常客，他们一边卖苦力赚钱维持日常开支，一边加大了对山水市周边郊县的搜索，但是却一直毫无收获。那是个星期天，清晨出发之前，他们给摩托车加满了油，又随身带了些吃的，两个人就驾着摩托车冲进了晨曦中。一路上，只要见到人，他们就拿出老孟的通缉令打听。直到天已经黑得不见五指了，两个人仍行驶在路上。

几天来，他们风餐露宿，疲惫不堪。但他们并没有放弃，仍然寻找着。这一次，他们要在天亮前赶到一个叫乌岭的小山村。按照郊区的地图，他们一个村子也不打算放过，每到一处就用笔划掉一个。乌岭就是他们寻访的最后一个目的地。两个人轮流驾着摩托车行驶在山路上。就在李林跨上摩托车时，刘春看着他疲惫的样子劝他：要是累了，咱就先抽支烟再上路。李林看了一眼手表：还有几十公里呢，咱们还是抓紧赶路吧。

摩托车的响声很快就被黑暗吞噬了，不太亮的车灯引领着他们在山间的公路上行进着。单调的行驶让李林的眼皮不停地打架，他腾出一只手来，不停地拍打着自己的脸。刘春的两只手抱着他的腰，脸贴在他的后背上，似乎睡着了。李林很想把车停下来，抽支烟，但为了赶路，他还是打消了这个念头。然而李林做梦也没有想到，就在这时，出事了！摩托车驶向一段坡路的时候，李林恍惚间打了个盹儿，当他再睁开眼睛时，一个急转弯，摩托车已经向岩壁撞了过去，他只来得及大叫一声，接下来，他就什么也不知道了。

李林醒来时，他发现自己躺在床上，头上缠着纱布，正在输液。他睁开眼睛的瞬间，一时不知自己身在何处。他努力地回忆着此前发生的一切，想起了黑夜和山路，最后他的记忆就停留在了高高矗立岩壁上。这时，他忽然大叫了一声：刘春，刘春——他的喊声立刻惊动了医生和护士。李林猛地坐了起来，只感到头痛欲裂。医生赶紧走到他的身边：别动，你的头上刚刚缝了十几针。他忍着疼痛，冲医生说：我的朋友呢？我们是两个人，他在哪儿？医生看着他，一脸冷静地说：你醒了就好，等你稍好些再帮那个人处理后事吧。李林斜着眼睛望着医生，一时没有明白医生说的后事是什么意思，他愣愣地望着围在床边的医生和护士。一个护士轻声地说：昨天晚上是个好心的司机把你们送到医院的，你那个同伴儿送到这儿就不行了，现在在太平间。李林这才明白过来，但他仍不相信地问道：你说什么？你再说一遍，刘春到底怎么了？医生叹了口气：他死了，这回你明白了？李林的面色顿时苍白如纸，两眼直勾勾地望着医生和护士。他似乎一下子就傻了，医生在说什么，他已经听不清了，他的脑子里乱哄哄地响着。医生和护士交换了一下眼神，就离开了病房。不知过了多久，他终于清醒过来，一挥手，拔掉了手背上的输液针头，趔趄着跑了出去。

在冰冷的太平间，李林看到了刘春。刘春浑身是血地躺在那里，似乎在睡觉。他一把抱住刘春，嘴里说着：刘春，咱们走。说着，他把刘春从床上抱了起来。看守太平间的大爷赶忙跑过来：我看你是疯了，这人已经死了，你要把他弄到哪儿去啊？刘春在他的怀里很沉，也很硬。他慢慢地把刘春放回到床上，回过头，冲大爷，又似乎是冲自己说：刘春，你真的是没救了？你真的就要躺在这里了？昨天你还好好的，你还说就是走到天涯海角也要把老孟抓住。这时，大爷把他推到了门外。

门外阳光灿烂，李林在温暖中打了个冷战，脑子就清醒了一些。大爷看着他，指点着：快给你朋友准备后事吧。他缓缓地蹲在太平间的门口，掏出烟。他吸了一口，烟雾在他的眼前慢慢散开了。这时，他就想起了昨天晚上，出事前他真想把摩托车停在路边，吸一口烟。如果，那时他吸了这支烟，也许就不会有事了。但为了赶路，他没有停下车，只是打了个盹儿，车就撞到了崖边上……他蹲在那里开始不停地流泪，一边流泪，一边就想到了华子，想到了刘春的母亲。想到这时，他彻底清醒了。他跑到邮电局给华子发了一封电报。再接下来，他就守在了医院的门口。

天黑了，又亮了。亮了，又黑了。不知过了多久，他终于看到医院的门口的人流里出现了华子和张桂花的身影。他摇摇晃晃地迎过去，叫了一声：阿姨，华子……便再也说不下去了。张桂花一把抓住他的手：刘春到底怎么了？他不是和你出来打工吗，怎么就出事了？李林有气无力地说：刘春他……他死了。他在给华子发电报时并没有说清楚刘春的真实情况，只是在电报里说：刘春出事了。华子这时也吃惊地望着他：李林，你说什么，刘春他……面对华子，李林嗫嚅着：他死了……张桂花听了，大叫一声：孩子，我的孩子啊！华子晃了一下，晕了过去。他一把抱住了华子。

当华子捧着刘春的骨灰盒，一步步走出殡仪馆的时候，已经是两天后的事情了。张桂花走在华子身后，李林和王伟及战友们也紧紧地跟在后面。走出殡仪馆大门时，张桂花突然放声大哭起来，她一边哭一边说：刘春，你走得太急了，我这是白发送黑发人啊。当年你爸就扔下了我，现在你又把我扔下了，你们爷儿俩怎么就这么狠心呀……华子的眼睛红肿着，她的目光一直凝视着骨灰盒上刘春的照片。

那是刘春穿着军装的照片，是在一次立功受奖中拍摄的。他的胸前戴着红花，一脸灿烂地笑着。刘春终于把幸福的微笑，定格在了人生最后的一瞬。回去的路上，华子一直紧紧地抱着骨灰盒，仿佛在小心地抱着熟睡的婴儿。张桂花默默地流着眼泪，她絮絮叨叨着：孩子啊，你怎么就走了，你说说，你这样你对得起谁啊……长途车驶进了山区，又驶进了平原，再往前行驶一段，就到小镇了。

一路上，李林一直没有开口，这几天他一直被一种巨大的过失感压着，压得他几乎喘不上气来。老孟逃跑就是因为自己睡着了，让老孟有了可乘之机。这次，也是因为自己那一个盹儿，让刘春失去了生命。他知道，在华子娘俩面前，自己就是个罪人。这几天，他被自己犯下的罪恶折磨着。刘春曾和他说过的话仿佛就响在耳边：李林，抓不到老孟，我死也不会闭上眼睛……

他忽然从华子的怀里捧起骨灰盒，哽咽着说：让我抱一会儿刘春吧。

他小心地摩挲着骨灰盒，在心里说：刘春，你放心，我李林一定会抓到老孟，让你安心地闭上眼睛。你回家吧，在家好好地等着我。他把心里的话说完了，把骨灰盒又送回到华子手里：华子，回去照顾好刘春的妈妈，我该走了。不抓到老孟，我是不会回小镇的，那样的话，刘春就真的是白死了。说完，他站起来，冲司机喊：停车！

十三

华子的早产是在她和婆婆回到家后。华子伫立在屋子中央，怀里扔紧紧地抱着刘春的骨灰盒。张桂花站在一旁说：华子，你别那么抱着了，都抱了一路了，放下吧，你也该歇歇了。华子搬了个凳子，费力地踩着凳子，想把骨灰盒放在柜子上最显眼的位置上。她托着骨灰盒，刚把它放在柜子上，便叫了一声，从凳子上摔了下来。她捂着肚子喊：妈，我肚子疼得厉害。张桂花抱住华子，一迭声地喊：孩子，你这是怎么了？一股血水已经从华子的裤角里流了出来，张桂花是过来人，立刻知道是出事了。

在离预产期还有一个月的时候，华子就早产下一名男婴。当护士把孩子抱到华子的面前时，华子紧紧地把婴儿抱在了自己的胸前。她直勾勾地看着他，嘴里一遍遍地说：孩子，你没有爸爸了。说完，华子的眼泪便"哗哗"地淌了下来。婴儿似乎是被打扰了，有些不安地扭动着身子。华子小心地安抚着，心里却百感交集，如今刘春离开了她，可她的身边却多了一个孩子，也正是这个娇弱的生命，让她有了一份希望和对未来的念想。

张桂花在看见这个孩子时心情是复杂的，这是儿子刘春留下的骨血，看着孩子酣睡的模样，她竟有些恍惚，仿佛这孩子就是当年的儿子刘春。高兴之余，她很快又陷入到了一种悲哀之中。她生了刘春不久，丈夫就被洪水卷走了，她拉扯着刘春姐俩磕磕绊绊地走到了现在，孤儿寡母的心酸和苦楚只有自己知道。她没有想到，如今的华子又和自己走上了一样的道路。她望着华子，仿佛看见了自己从青春走到年老的时光。

几天之后，华子出院了。从医院回来后，华子似乎已经调整好了自己的心态。现在，看着可爱的孩子，她完全沉浸在做母亲的喜悦里。张桂花却整日地唉声叹气，背着华子不停地抹眼泪。年轻时丈夫离她而去，如今老了，儿子又离开了她，把媳妇和孙子一股脑地推到她的眼前。自从把儿子的骨灰盒接回家后，张桂花一下子就老了十岁，以前浑身是劲儿的她现在总感到胳膊腿哪儿哪儿都沉，沉得她似乎抬不动自己的手脚了。

家里出了这么大的变故，刘春的姐姐和姐夫也回来了一趟。伤心是免不了的，都是一家人。姐姐和姐夫经营的木材厂以前还不错，现在社会发生了很大变化，如今木材的原料一天一个价儿，日子也一天难过一天，他们都快撑不住了。焦头烂额的厂子弄得两口子没有别的闲心了，他们已经一连几个月无法给工人发工资了。现在，家里发了这么大的事，他们也只能匆匆地过来看上一眼，说些安慰的话，流一把热泪，睁开眼睛，还得面对这个现实的世界。生活让他们的心肠变冷变硬了，走出这个院子，他们的表情就换成了另外一副模样。他们已经没有更多的闲心去悲悯亲人，他们还要努力地去拯救自己。

华子的孩子满月之后，不少同事和朋友相继来探望她，看着孩子和华子，人们总要说些同情的话和喜庆的话。两种味道的话夹杂在一起就使气氛变得平淡了许多，来人也把表情控制得很好，然后就犹豫着告辞了。走到门口时，又转过身子，颇有些为难地说：华子，按理说这时提钱的事儿不太好，可我也真是没办法了，我们家老二下岗了，想给他开个小店，华子你看……

不用人家再多说什么，华子就什么都明白了，她把孩子往怀里用力地抱了一下：阿姨，你放心，你的难处我理解，我会想办法的。这样的客人走了一拨，又来了一拨，都是华子借过钱的人。当初借钱也都是为了刘春，每一次跟别人借钱的时候，华子都是背着婆婆张桂花。她觉得这是她和刘春的事，没有必要让老人操心。现在，刘春不在了，一个女人拉扯着孩子，什么时候才能还上这笔钱呢。于是，那些借钱给华子的人就变得不踏实了，找出各种理由婉转地来找华子要钱。

接下来，还有李姐、王大哥等人相继找到门上，张桂花就有了警觉。等来人走时，她就从里屋走出来，嗔怪华子：这事你不该瞒着妈。你给妈说实话，咱到底欠了人家多少钱？华子摇摇头，见实在瞒不过去，只好说：妈，这事你就别操心了。当初我借钱是想着我和刘春一起还，现在刘春不在了，我自己还就是了。张桂花一听急了，跺着脚道：告诉我，到底是多少钱？华子拗不过婆婆，就从抽屉里拿出一个本子：都记在这儿了，大概加起来有两万多吧。张桂花听了，差点一头跌倒。好半天，她才青着脸，颤抖着嘴唇说：天呐，这么多钱，这什么时候才能还上啊。

华子把睡着的孩子小心地放到床上，这才走到张桂花面前：妈，过几天我就去上班了，下课后我可以给学生做家教，我会慢慢地还。妈，你千万别着急。现在刘春不在了，这钱我一个人能还。张桂花听了放声大哭起来，她一边哭一边说：老天爷呀，你让我们的日子可怎么过啊！她走到儿子的骨灰盒前，看着照片上的刘春继续哭诉着：刘春呀，你一直瞒着妈说是出去打工，妈也依了你。可谁知你是去抓什么毒贩子，抓坏人是警察的事儿，你这是何苦啊！扔下孤儿寡母的，以后的日子可怎么过呀。刘春啊刘春，你在天上睁开眼睛，看看我们娘儿几个吧。

两万多的外债对张桂花来说，那就是天文数字。张桂花的天便塌了，地也陷了。

十四

当李林跳下车，眼睁睁地看着长途车卷起一股烟尘，渐行渐远时，他的眼泪不可遏止地流了下来。汽车远去了，他的心也空了。刚才刘春被抱在他的怀里时，他还能感到一丝的慰藉，而此时他的身前身后顿时空荡荡的。这几年来，他和刘春可以说形影不离，他们一起训练，一起执行任务，直到他们一同离开部队，又一同返回山水市。他们从来没有分开过，真的像兄弟一样。可眼下他不得不和战友告别了，他突然感受到了一种巨大的孤独。

回到和刘春曾租住的小屋里后，李林还是没有缓过神来。不觉中，外面的敲门声似乎有一阵了，他摇摇晃晃地打开了门。看到王伟的同时，他也看到了刑侦大队的老沈。看到这两个人，他颇为惊讶：怎么是你们？看着李林发红的眼睛，王伟伸出手，开玩笑地说：我这手都快把门拍烂了。李林的脑子这时似乎也清醒了，立刻警觉地问：老孟有消息了？

王伟看了眼老沈，老沈点点头，按着李林的肩膀让他坐下了，王伟这才说：李林，我们以前就知道你和刘春在寻找老孟，你们的心情我们是理解的。说实话，我们也没把你们的行动太当回事。毕竟你们不是警察，也许你们就是为了赌一口气，凭着三分钟的热情，找不到人也就回去了。谁知道你们竟坚持了这么久，中间还出了意外。说到这儿，王伟指着老沈说：现在沈中队长负责老孟的案子，他说过来看看你，我就把他带来了。

老沈忙热情地握住了李林的手。李林以前见过老沈，但和他并不熟悉，现在听说老沈具体负责老孟的案子，他再也按捺不住了：沈队长，不抓住老孟，我是不会回去的。刘春已经不在了，我要是走了，我对不起他的在天之灵。老沈握住李林的手用了些力气：你以后再也不要没头没脑地乱撞了，那样太危险，也不会有效果。你和刘春的事惊动了专案组，我们商量后，想请你来配合我们的工作，一来了却你和刘春的心愿，二来也是出于对你人身安全的考虑。

看着王伟和老沈，李林犹豫着又问了一遍：你们真的让我参加专案组？老沈纠正道：是配合我们的工作，虽然老孟逃走时有些谣传，但我个人是相信你的。李林动了动嘴唇，似乎有很多的话要说，最后却只是挤出了"谢谢"两个字。说完，他的眼圈就红了。王伟在一旁说：以后有什么事多和沈队联系，别再自己盲目行动了。说完，两个人就告辞了。直到两个人的身影消失，李林才回过身来，这时就有一股力量从他的心底里升了起来。他含着眼泪喃喃地对着天空说：刘春，跟我一起去吧。

过了几天，老沈交给了李林一项新的任务，那就是盯梢孟星。现在，侦查的工作重点仍放在孟星身上。虽然暂时没有发现老孟联系孟星，但只要孟星在，老孟迟早会出现的。李林领了新的任务后，就弄了辆手推车，支起了一个活动烟摊，车上摆满各种香烟。以前他和刘春也跟踪过孟星，但那只是基于他们自己做出的判断，心里一点底也没有。可现在就不一样了，他是在执行任务。这种跟踪虽然单调，但他还是看到了希望。

老孟在望远镜里，又一次看到了李林。这一次，李林的身前多了个活动烟摊，这一切都没有骗过老孟的眼睛。前一阵子，李林和刘春曾在他的眼前消失过一段时间，那时的老孟多少松了一口气。现在，李林又一次出现了，只不过他的身边少了刘春。老孟为自己的准确判断而暗自庆幸，他知道李林他们是不会放弃对孟星的监视的。而自己不与孟星相见，正是对孟星最好的保护，也是自己寻找到的最为安全的方式。

老孟现在每天最大的乐趣就是通过望远镜观察李林，他想从李林的活动迹象中看到一些新动向和新情况。每天早晨，李林就推着手推车准时出现在公寓门口，这时正是孟星上学的时间。李林一直尾随着孟星走进学校大门，然后再慢悠悠地返回公寓门口。直到傍晚时分，他再次等候在学校门口，悄然跟随着孟星再一次返回到公寓。躲在一边盯梢的李林在看到孟星的房间亮起灯后，依然没有离开的意思。直到房间里的灯黑了，他才慢慢地推着车子回到自己租住的小屋。李林知道，自己离开后，便衣警察又开始上岗了。老沈三天两头地会出现在李林面前，扔下十块钱，随便拿起一盒什么烟，一边拆开烟盒，一边小声问：有什么情况吗？李林手里找着零钱，嘴里说着：昨天晚上回来得比平时晚了四十分钟，在门口买了水果。老沈点点头，点着了烟：别急，干咱们这行的千万不能急。

如果事情仍然这么延续下去，似乎就看不到峰回路转了。结果就在那天晚上，孟星和李林双双出事了。

那天入夜的时候，孟星从学校里走出来，径直返回公寓。李林推着他的烟摊儿车不远不近地跟在后面。孟星前脚已经迈进公寓门口了，又想起什么似的转回身，奔向一个卖小吃的摊位。热气腾腾的麻辣烫刺激着人们的肠胃，孟星冲老板娘说了句什么，老板娘就麻利地把煮熟的麻辣烫盛到了快餐盒里。孟星接过餐盒，从书包里掏出了钱夹。李林一边给人拿烟，一边用眼睛瞟着。就在这时，一个瘦高个儿突然从路的一边窜过来，从后面一伸手，抢走了孟星手里的钱夹。

孟星惊得大叫一声，瘦高个儿本想逃走，听见孟星的惊叫，猛地挥起了另一只手。李林清楚地看到，那只手里握着一把匕首。亮光一闪，那把匕首就插进了孟星的大腿。瘦高个儿抛下一句：这回你连追都省了。就撒腿跑了。在这短短的十几秒时间里，所有的人都定格在那里。李林完全是下意识地追了出去。他没有多想、也来不及多想。训练有素的李林很快就追上了瘦高个儿。前面就是一条胡同，很黑，只有胡同口有一盏路灯。瘦高个儿显然对这里的地形很熟悉，他一头钻进了胡同里。

李林和瘦高个儿也就差三两步远。这时，瘦高个儿停下脚步，转过身，气喘着说：兄弟，这事和你没关系，躲远点儿。李林停住脚步，和瘦高个儿对视着，他在等待出手的机会。对于制服眼前这个瘦高个儿他充满了信心，毕竟在部队学了一手擒拿格斗的本领，而且还在支队的比赛中获得过第五名的成绩。短暂的静寂过后，瘦高个儿大喊一声：你看！突然的喊声让李林分了一下神儿，他回头看了一眼，那把匕首就刺了过来。

李林下意识地一个躲闪，匕首还是从他的肋骨上划了过去。他没感觉到疼，只有一种冷嗖嗖的感觉。这时，瘦高个儿又想跑，他伸出腿扫了一下，瘦高个儿跟跄一下，跑了几步，摔倒了。他扑过去，和瘦高个儿扭在一起。他抓住瘦高个儿那只握着匕首的手，向地上一磕，匕首就落到了地上。这时，一群人已经出现在胡同口，两个警察也冲了过来。

　　随后李林被送进了医院。医生在处理伤口的过程中暗自替李林庆幸，如果再刺进去一厘米，就伤到脾脏了。令人意想不到的是，李林竟和腿上缠着绷带的孟星住进了同一间病房。最初的一瞬，李林怔了一下，自己跟踪了孟星这么久，却还从没有与孟星如此亲近地面对面过。他站在门口，冲孟星点了点头。孟星看了他一眼，在床上轻轻地移了一下身子。孟星的脸色有些苍白，刀虽然扎在腿上，却伤到了动脉。此时，已经输过血的孟星躺在那里，正在输液。

　　孟星显然也认出了他，用微弱的声音说：你就是抓小偷的英雄吧？李林笑了笑，躺到床上。一位护士举着输液瓶走进来，她一边将针头小心地扎进李林的手背，一边开着玩笑：你们俩可真有意思，受害者和见义勇为的英雄住到了一起。李林挥挥手：我算什么见义勇为，就是赶巧让我碰上了。忙完手里的活，护士抬起头看着两个人：哎，我说你们俩的家属呢？孟星没有说话，把头扭向一边。李林笑一笑，说：我在这儿没有亲人，再说了，我这点小伤也不用人陪。护士走到孟星的床边：我看你还是学生吧？出了这么大事，怎么也不通知家里人。你刚输完血，可不能随便走动。最好还是通知家里人来照顾你。

　　孟星听到这儿，眼睛突然就湿了。他没有说话，用力地咬紧了嘴唇。这一切都被李林看在了眼里。护士出去后很快又回来了，她站在孟星的床边，看着他小心地说：你的治疗费还没有交呢。孟星说：我的钱夹在派出所，等他们还给我了，我就去交。李林赶紧冲护士说：我的也没交呢，我这儿有。护士说：你的就不用交了，已经有人替你交了。李林忙问：是谁替我交的？是两个先生，其中一个好像姓沈。护士站在孟星的床前喋喋不休地唠叨着：你说你这个学生也是，出了这么大的事儿，家里也不来个人。

　　孟星突然打断了护士的话：我爸出差在外地，家里没有别人了。护士说：那派出所什么时候才能还你钱夹呢？我们医院可是有规定的，没有押金是不可能继续往下治疗的。李林从兜里掏出钱，冲护士说：我这里还有些钱，先替他垫着，也不知道够不够。护士从李林的手里拿过钱，数了数说：这四百八十块钱连他输血的钱都不够，我看只有等派出所还回钱夹再把押金交了。护士说完就走了。孟星望着李林不知说什么好，只是不停地说着谢谢。李林赶忙安慰他说：这没什么，我姓李，咱们住在一起也算是病友了。

十五

张桂花守着家里一大一小两个人，心里愁得要死要活。刘春的突然离去，对她的打击非同小可。她做梦也没有想到，她一生中会摊上这么多的苦难。现在，不光生活没了希望，她还要为现实的艰难愁苦着。作为母亲，她失去了儿子，而华子则失去了丈夫，孙子还没有出世就没了父亲。这是多么悲哀的一个家呀！看到华子，她就想到了自己年轻时的日子，为此她背着华子不知流了多少眼泪。如果仅仅失去儿子刘春，她的心思还不会这么重，真正让她难以承受的是家里欠下的巨额外债。

记得有一次，华子为了安慰她，曾经说过这样的话：妈，你放心，这钱是我和刘春借的，决不会连累您。我一定会想办法还上的，再说了，就是我还不上，还有我儿子呢。听了华子话，张桂花的脑子里顿时轰然一响，她颤抖从华子的怀里抱过孙子，眼泪一串串地落了下来。从此，内心愁苦的张桂花心里又多添了一份心事——自古以来父债子还，天经地义，想着孙子从生下来就没有见过父亲的模样，却要在未来的日子里背下父亲沉重的债务，她的心就一阵疼，像碎了一样。

那天晚上，张桂花走进了华子的房间。她忍了半天还是说了出来：华子，你真不该为刘春借那么多钱。华子看了眼照片上的刘春，低下头哽着声音说：抓住那个逃犯是还刘春一个清白的唯一办法，我得支持他，不能拖他的后腿。听华子这么说，张桂花长长地吁了一口气：那你们也不该瞒我啊！当初我要是知道，说什么也不会让刘春去干那种傻事，结果把自己的命都搭上了，不值啊！咱借的这些钱什么时候才能还到头啊！当年刘春他爸去得早，是我拉扯着一双儿女长大，当时我就发誓，就是饿死也不去借人家一分钱，现在硬是把他们拉扯成人了。

华子说：妈，这些我都知道，为了这个我敬重您。现在刘春不在了，往后我会好好照顾您的，绝不比刘春在的时候差。妈，您就放心吧。张桂花听了华子的这番话，忍不住老泪纵横：华子啊，你新婚的被窝还没有热透呢，丈夫就走了。这一年多来是你在操持这个家，妈心里有数。孩子，你已经够不容易的了，妈不想让你过这种孤儿寡母的日子啊！华子睁大眼睛看着婆婆，半晌才说：妈，你是不是想让我在这个家待了，不想要我了？张桂花站起身，一把抱住华子，凄然地说：华子，妈也舍不得你，可妈不忍心看着你过这种苦日子。华子也抱紧了婆婆，用力抹去脸上的泪水，她清晰、坚定地说：妈，我哪儿也不去。现在，刘春没了，可我还有儿子，我一定会给您养老送终的。

张桂花哗地哭了，再也说不下去了。华子越是这样，张桂花越是下定了一个决心。儿子已经让华子受够了苦，现在儿子不在了，绝不能再让华子受这份罪了。况且，孙子才这么小，就要替这个家背上沉重的债务。作为刘春的母亲，她无论如何不能眼睁睁地看着媳妇和孙子苦撑下去。就在这个时候，把孩子送走的念头迅速在她的脑子里闪了出来。与其说是突然冒出来，还不如说是她早就有了这个心思。

上次送华子去医院生孩子时，守在产房门外的她意外地碰到了一对中年夫妇。那一男一女不停地打量着她，然后那女人就走过去和她搭讪：大娘，是姑娘还是媳妇生孩子呀？张桂花说：是儿媳妇。你们家谁生孩子呀？那女人笑了笑：我们就是过来看看。她起初对女人的回答没有想太多，过了一会儿，她忽然觉得有些不对劲儿，就把目光收了回来，盯着那女人说：这生孩子有什么好看的？女人就热情地把一只手搭在她的手上：大娘，不瞒您说，我们经常到这儿来看看，这里的医生、护士都和我们认识了。实话跟您说吧，我们是想抱个孩子。

张桂花这才认真地把这一男一女重新打量了一遍。女人说：大娘，不用看，我们不是坏人，你看看这个。说着，女人把工作证、身份证和户口本都拿了出来。她怔怔地看着那一堆证件，一时没有明白过来。女人看了身边的男人一眼，叹了口气说：大娘，我们俩年轻那会儿没想过要孩子，可过了三十岁想生了，又一直没有动静，就这么七拖八拖地给耽误了，到医院一检查，才知道是我有问题。看女人说到这儿，那男的已经悄悄地躲开了。

女人的话匣子一打开就收不住了：我叫谢红，在山水市的中学当老师，我们家那口子叫刘冰。他可喜欢孩子了，一看到孩子就迈不动步。后来，我们就商量干脆抱个孩子，我们就到这儿来了。张桂花百思不得其解地看着女人：那你们怎么跑这么远？在山水市多方便。谢红左右看看，压低声音说：我们家那口子怕在家门口有麻烦，低头不见抬头见的，万一以后人家变卦了怎么办。我表姐在这家医院当护士，我们就到这儿碰碰运气，看有没有送孩子的，就是花些钱也行。大娘，您以后帮我们留心点。

　　张桂花不置可否地望着眼前这个叫谢红的女人。女人穿着打扮得看起来很精致，说话、做派也像个老师的样子。正在这时，谢红有些疑惑地问：儿子在哪儿上班啊，他怎么没有过来？提起儿子，张桂花的心里可以说五味俱全。从山水市回来，华子就因为意外的摔跤早产了。她还没有来得及在失去儿子的悲痛中走出来，就又赶上华子生孩子。她被一连串的事件击蒙了，刚才她完全是靠着一种精神的力量支撑自己。谢红在这个时候提到儿子，她的眼泪一下子就流了出来。张桂花无力地靠在椅子上，捂着脸说：看你是个好人，我也实话告诉你，孩子他爸几天前就不在了。谢红叹口气，握住了她的手：大娘，对不起，我不是有意的。

　　也就是在几天前，张桂花专门又去了趟华子生产的那家医院。不知为什么，自从上次和谢红夫妇在医院见过一面，她就再也忘不下他们了。在得知刘春生前欠下那么一大笔债后，她的心里再也装不下任何东西了。她鬼使神差般地又来到了那家医院，来到产房门前。这时正好一个产妇被推了出来。产妇的家属忙凑上去，激动地问这问那。谢红夫妇远远地站在一旁看着眼前的一幕。谢红的眼睛早已经湿了，她的丈夫小声地劝慰着。张桂花恍恍惚惚地走了过去。谢红看见她时惊讶极了：大娘，您怎么过来了？她愣在那里，半晌才明白过来：我没事儿，就是过来看看。她在医院里转了一圈后，走了出去。

十六

　　这天早晨，孙子忽然发起了烧，而华子当时也有点感冒，四肢乏力得站不稳当，张桂华就没让她去，自己带着孩子去了医院。当张桂花抱着孩子走出家门时，把孩子送走的念头便滋生在她的心里。而跨进医院大门的一刻，这个念头就像一株疯长的野草。孩子经过医生的诊断后，正静静地躺在那儿输液，她的心也稍稍安静下来。趁孩子输液的工夫，她去了一趟产房，一眼就看见了谢红夫妇正在往大门口走。

谢红看见张桂花时，怔了一下：大娘，您怎么一大早就到这儿了，是不是孩子病了？张桂花看见谢红手上的拎包，颤着声问：怎么，你们这就要走？孩子要到了吗？谢红神色黯然地说：学校马上就要开学了。我先生是请假陪我过来的，也不能耽搁时间太长。我们现在就回去，等寒假的时候再来。大娘，您多保重，我们得赶长途车了。谢红说完，还冲她招了招手。就在这时，张桂花终于下了决心，冲谢红说了句：你们等等。谢红夫妇停住脚，不解地看着她。张桂花向前走了两步，冲两个人说：我把孙子送给你们，你们要不要？谢红和丈夫同时一愣，吃惊得半晌说不出话来。

张桂花说：我没有说胡话，我孙子就在这儿输液呢，他发烧了。这是小病，没什么大不了的。谢红先回过神儿来，她一把抓住张桂花激动地说：大娘，您说的可是真的？张桂花肯定地点了点头。这时候刘冰颇为冷静地问：我记得您说过您的儿子不在了，可孩子的母亲还在啊！她能答应吗？张桂花说：这你们就不用管了，我是孩子的奶奶，我说了算。你们如果想要，等一会儿就把孩子抱走。不想要，我就再找别人。

大娘，我们要！谢红忙不迭地说。看着谢红夫妇，张桂花缓缓地从兜里拿出孙子的出生证明，递给谢红：这是孩子的出生证明，上户口时用。我们还没来得及给孩子上户口呢。说完，她踉跄走回到孙子的床边。望着孩子，张桂花的眼泪汹涌而出：我的孙子啊，你看奶奶一眼吧。奶奶今天就要把你送人了，奶奶是给你找了个享福的地方，别怪奶奶心狠，奶奶年纪大了，也没几年活头了，在这个世界上也陪不了你多久了。奶奶见不得你以后过苦日子。今天把你送走，也是给你妈一个解脱啊。孙子啊，这辈子咱祖孙可就再也见不着面儿了……

张桂花不知道自己是怎么走回家的，她站在院子里，呆呆地看着迎出来的华子。华子虚弱地说：妈，你这是怎么了？孩子呢？张桂花面无表情地丢下了一句：孩子不在了，他死了。说完，她就再一次昏了过去。华子听了婆婆的话，也差一点晕倒。看见婆婆空着手回来，她就觉得不大对劲儿。孩子从生下来到现在，还从来没有这么长时间地离开过她。婆婆一走，她就再也躺不住了，不停地向外张望。有几次，她想去医院找婆婆和孩子，可她的身体实在是太虚弱了，站得久一些腿就发软。见婆婆晕倒在她的面前，她用尽全身的力气，把婆婆连拖带抱地放到床上。

婆婆一动不动地躺在那儿，华子使劲儿掐着婆婆的人中，一边撕心裂肺地喊：妈，孩子到底怎么了，他在哪儿啊？妈，妈你说话呀……张桂花在华子的千呼万唤中终于慢慢睁开了眼睛，她直愣愣地望着华子，动动嘴，却什么也说不出来。华子见婆婆醒了过来，忙一迭声地问：妈，孩子呢，他怎么了？

张桂花这时完全冷静了下来，她望着华子，一字一顿地说：华子，自从你进这个家门，刘春就对不住你，他不该丢下你一个人去抓什么坏人。如今他不在了，你一个人带着孩子，这日子可怎么过啊！妈也是快不行的人了，说走就要走了。华子，妈是看着你一个人走进这个家的，现在妈更希望看着你一个人清清爽爽地走出去，无牵无挂。你就利利索索地走吧。你为刘春借的那些钱，你不走，他们就会来找你。你还不上，他们还会找我孙子，现在孩子也走了，干干净净地走了。等你走了，就让他们来找我，我哪儿也不去，我就守着这个家，谁来我也不怕。

没等张桂花说完，华子嘶声喊道：妈，你说什么呢？我怎么听不明白啊！我的孩子呢？张桂花喘了几口气：孩子不在了，他高烧得不行，医生说没救了，我就把他搁到野地里了。华子猛地站了起来，冲婆婆喊：妈，我不信。孩子不会死的，不会的！说完，华子疯了似地跑了出去。见华子跑了出去，张桂花摇晃着站起身，冲着华子的背影喊：华子，这回你就自由了。妈知道你的心碎了，可再长好就又是一颗完整的心了。喊完这句话，张桂花只感到胸口一热，鼻子里突然冒出血来，她头一歪，便倒在了床上。

华子在医院里发疯般地寻找着孩子。就在华子焦头烂额地乱冲乱撞时，她意外地碰到了李林的母亲。一大早，张桂花带着孩子来看病时，被在这家医院做大夫的李林母亲一眼认了出来。她很快断定，张桂花怀里抱着的孩子就是刘春的。她给孩子开处方的时候，还和张桂花说了几句话：老姐姐，你要多保重啊！这小家伙还需要你照顾呢。当时，张桂花的心里正乱得很，她答非所问地说：这回就好了，一切都该结束了。看着张桂花匆匆离去的背影，李林的母亲百思不得其解地摇了摇头。

当华子在医院里口口声声让医院还她的儿子时，李林的母亲愣住了。她一把抓住华子，把她带到没人的地方：孩子一早就被他奶奶带来看病了，是肺炎，药也开了，还输了液，怎么说死就死了呢？华子听了，转身就去找输液的护士，护士也说：输完液老太太就抱着孩子走了，走时还好好的。听了护士的话，华子脑子里一片空白。她不停地奔跑着，想找到她的孩子，可哪里又有孩子的影子呢？

直到夜色降临，华子才想起了家，想起了婆婆。这时，她忽然异想天开地认为，也许婆婆只是和她开了个玩笑，悄悄地把孩子藏到了什么地方，这会儿或许婆婆正抱着孩子在家有说有笑呢。想到这儿，脚下发软的她急火火地奔回了家。院子里漆黑一片，没有一丝声响。她推开门，嘴里喊着：妈，儿子，我回来了。等她把灯打开，看到床上的婆婆时，才惊叫起来：妈，你这是怎么了？

十七

那天晚上，老孟亲眼看见儿子就在自己的眼皮底下出事了。老孟放下望远镜，夺门而出。他夹杂在那些看热闹的人群中，向出事地点奔了过去。他在看见儿子的同时，也看到了受伤的李林。看着救护车一路呼啸着把儿子和李林拉走，他却挪不动半步。忽然，老孟像惊醒一般，拦住一辆出租车顺着救护车行驶的方向追了过去。救护车很快就在医院门口停下了。刚开始，老孟并未走近医院，他知道警察随后也会赶过来。他一直躲在一旁静静地观察着，直到夜半时分，警察撤走了，他才悄悄溜进医院，向值班的护士打听情况。知道两个人已脱离危险后，他才离开病房。

走到一楼大厅时，他犹豫着放慢了脚步。他知道儿子银行卡里的钱并不多，住院得花钱，他曾经冒出了给儿子交住院押金的想法。就在他走近交费窗口时，他略一停顿，转身走了出去。老孟知道，这时决不能因小失大，暴露了自己。也许这个时候，正有无数双眼睛盯着自己，盯着儿子。警察们也正想顺着儿子这根藤，摸出他这个瓜来。他犹豫再三，最后还是离开了医院。

那一晚，老孟几乎一夜没有合眼，心里像油煎一般。他在痛苦与自责中辗转反侧，几乎睁着眼睛等到了天明。他在第一时间赶到了银行。就是找到这家银行，他也是花了一番心思的。闹市区里大一些的银行肯定是不能去的，他搭了出租车七拐八绕地在城乡接合部的地方找到了一家小银行。此时他并不太担心自己，现在的他已经是张一水了，有身份证，银行卡的名字也是张一水。谨慎的他并不想让自己留下任何蛛丝马迹，在这一年多的时间里，他给孟星打过几次钱，也都是在这家小银行，从未有过纰漏。于是，他把这家小银行看成了一座安全岛。给孟星的卡里打完了钱，他的心里总算踏实了一些。

在回住处的路上，老孟一直觉得肚子有些疼，他强忍着走上了楼梯，谁知一进门就跌倒在了地板上。他在地上不知折腾了多久，疼痛似乎减轻了一些，但是浑身的力气仿佛被疼痛抽走了一般。忽然，他有些想吐，就趔趄着进了洗手间，冲着马桶干呕了一气，却并没有吐出什么来。这时的老孟意识到自己是生病了，而且病得不轻。直到稍微好了点，他才去了医院。医生给他进行了化验，让他三天以后再过来拿结果。

三天以后，他又去了一趟医院。他拿着化验单找到了医生，医生看了眼单子，又看一眼他：你叫张一水？他冲医生点点头。医生说：有家属陪你来吗？他摇了摇头。医生说：准备住院吧。他吃惊地站起来：医生，我得了什么病？医生看了他一眼，面无表情地说：明天住院时，让你家人来一趟。老孟说：我在这个城市里没有别的亲人，有什么事你就直接跟我说吧。医生，我挺得住。医生翻了翻手中的化验单说：那我就实话对你说了吧，你患了肝癌晚期。

老孟直愣愣地看着医生，半天没有再说话。医生没有去看他的脸，继续说道：也许你早半年发现，情况可能还没有这么糟。他虚弱着声音问：我还能活多久？医生说：那要看你的精神状态和体质情况，保守估计几个月、半年应该没有问题。老孟两腿有点颤抖，说：你确定没有搞错吧？医生见怪不怪地看了他一眼，问：你叫张一水没错吧？他点点头。医生肯定地说：那就没有错。老孟听了，冲医生牵了牵嘴角，似乎是想笑一下，然后就拿着化验单走了出去。医生在他身后喊道：哎，你等一等，我把住院单给你开好，你明天就可以到住院部办手续了。他转过头，冲医生弯了弯腰：不必了。

老孟站在医院门前，一时不知在哪儿。他望着身边往来的人们，仿佛自己和这个世界已经没有任何关系了。迷茫中，他突然就想到了儿子，他开始变得冷静起来。这么多年来，自己不就是想让儿子过上无忧无虑的生活吗？如今自己是这样的下场，从此也许儿子再也不用为他而牵挂了。他藏来躲去的，仿佛也就是为了这个结果。人在绝望的时候换一种心情，生活似乎也就变了另外一个样子。老孟知道，自己就要到人生的最后时刻了。傍晚的时候，他知道儿子就要回来了，他伏在桌子上写了一张纸条，然后顺着门缝塞进了儿子的房间。

孟星从学校回到公寓，一低头，就看到了塞进来的纸条，上面一行熟悉的字体写着：儿子，爸爸要和你吃晚饭。老地方等你。

十八

李林在孟星出院几天后，也拆线出院了。李林出院时，王伟和老沈过来了，住院费也是他们结的，这让李林感到很过意不去。王伟就拍着李林的肩膀说：你是见义勇为的英雄，我们应该奖励你的。两个人把李林带到一个饭店，算是为他接风。吃完饭，李林迫不及待冲两个人问：我的下一步工作还是跟踪孟星吗？老沈看了王伟一眼，点点头：你和孟星经历过这次住院，你们俩也算是朋友了，你跟踪他再合适不过了。李林想了想说：经过这段时间的观察，我发现孟星真的没有和老孟接触过，咱们继续跟踪他还有意义吗？

老沈笑了笑：没有直接的接触，不等于没有接触。有些情况我们已经掌握了一些，只要最后再努力一把，说不定我们很快就能成功了。李林望着老沈和王伟坚定的神情，他的心里也充满了希望。公安机关到底掌握了老孟多少情况，那是他们内部的事情，他是不好多问的，但他还是站起来说：放心吧，我保证完成好任务。老沈通过医院的住院部已经查到了孟星交费的银行卡号，有了这个卡号，他们就会顺藤摸瓜，找到往这个卡上打款的人。他们分析过，给孟星打款的十有八九会是老孟，如果顺着这条线索查下去，老孟很快就会水落石出。

那天李林看到孟星慌慌张张地跑出去的时候，冲他喊了句：孟星，这么晚上哪儿啊？孟星支吾了一声，匆匆地打了一辆车。李林连忙和旁边卖水果的小贩交待了几句，也招手拦了一辆出租车，追了过去。

孟星来到以前经常和父亲吃饭的那家饭店时，整个街道已是华灯初上了。饭店里人头攒动，看起来客人很满。孟星走进去，站在门口环顾左右，然后朝一张台子望过去——父亲的背影出现在他的面前。他的心狂跳着，两只向前迈动的脚似乎已经没了力气。他不知自己是怎样走到父亲身边的，他在后面轻轻叫了声：爸——

父亲转过头，他看到了一张陌生的脸。孟星睁大了眼睛，差点儿叫出声来。这不是自己的邻居吗？他转身想要离开，就听见眼前的人说：儿子，你没有找错人，坐下吧。孟星听到的分明是父亲的声音，他犹豫地望着眼前的这张脸，结结巴巴地说：你、你到底是谁？老孟冲服务员招了招手：人来了，上菜吧，老三样。

当服务员将他最喜欢吃的三道菜摆上来的时候，孟星终于相信，眼前的这个人，就是自己的父亲。老孟望着儿子，有些激动地拍了拍脸，说：爸爸这张脸，是自己做的。孩子，咱们爷儿俩可能是最后一次吃饭了。孟星眼里的泪光变成了泪水。老孟叹深深地叹了口气：一年多了，爸爸没陪你吃过一次饭。来，儿子，咱们今天好好聚一聚。说完，他亲自把红酒倒进儿子的杯里，然后也给自己倒了一杯。

老孟一口气把酒喝了，看着儿子也一口气喝下杯子里的酒，他这才笑了：儿子，快吃菜，这些都是你最爱吃的。孟星的声音有些颤抖地说：爸，警察到处都在抓你呢。老孟吃了几口菜，点点头：我知道。当初我给自己做脸，并没想要永远躲下去，他们迟早会找到我的。爸爸其实早就把结局想到了。儿子啊，爸爸这一生只做了两件大事，一是养了你，另外就是做了一件不该做的事。爸爸以前一直以为不让你过苦日子，让你过上大富大贵的生活才是爱你，现在爸爸才知道错了。但一切都晚了，爸爸注定要为此付出代价。儿子……你为有这样一个父亲感到后悔吗？孟星望着父亲半晌，摇了摇头。

李林透过玻璃窗，很清楚地看到了孟星和那个人。他疑惑不解，却又被两个人的神情举止吸引住了。后来，老孟和孟星从饭店里走出来时，老孟抱住了孟星的肩膀：儿子，爸爸今天要好好地陪陪你。说完，老孟抬手叫了辆出租车。两个人很快就消失在车海人流中。那天晚上，老孟在儿子的房间待了一宿。父子俩不停地说着话，儿子睡着了，老孟仍然没有睡意。他打开台灯，坐在儿子身边，静静地看着他。

看着孟星熟睡的样子，老孟伸出手，轻轻地握住了孟星的手。儿子的手很温暖，他把脸贴向孟星的手，儿子的体温传到他的脸上，一瞬间，他的眼泪滑了下来。老孟目不转睛地看着儿子，轻声地说：儿子，爸爸早晚都会离开你，未来的生活只能靠你自己去走了。爸爸对不住你，是爸爸连累了你，等到明天一切就都好起来了，你就又是你了。虽然，你最近一段时间会难过、伤心，但爸爸相信你，你会走出这阴影的。也许再过几年，你会把爸爸所犯的错误忘了，心里只记着爸爸的好……说到这儿，老孟再也说不下去了。

十九

送走了婆婆张桂花，华子觉得她的世界一下子就黑了。作为一个女人，在这么短的时间内接连失去了三个亲人——丈夫、孩子，还有婆婆，华子仿佛也死了一回。房间墙上的喜字还贴在那里，只是颜色有些不太鲜亮，结婚照上的两个人仍然是相亲相爱的样子。华子的目光扫视着屋里的每一个角落，似乎是在努力地回忆着一切。她把刘春的骨灰盒抱在了怀里，轻轻地抚摸着，眼泪顿时像断了线的珠子，滚落下来。

华子的父母来接她的时候，母亲抱住华子，悲戚地说：孩子，跟妈妈回去吧，你一个人留在这里我们怎么放心得下啊！当初你嫁给刘春，我和你爸没拦你，现在家成了这个样子，我和你爸谁也没有想到。你还年轻，以后的日子还得往下过，听妈的话，跟妈回家，咱们一切重新开始。华子望着母亲，慢慢地说：妈，你说的话我懂，我知道你是为我好，可我现在还有家啊，刘春、儿子，还有婆婆，我不能扔下他们，他们也不能没有我。父亲一边叹着气，一边不停地踱着步子。母亲脸上的表情越发心痛了：华子，我看你真是傻了，你婆婆都说孩子不在了，她还能骗你？要是孩子没有死，你婆婆也不会伤心得撒手归西了。

华子说：我去医院问过了，孩子得的是肺炎，输液后还是好好的，怎么能说没就没了呢？我不相信，我一定要把他找回来。华子母亲说：那孩子也是你婆婆的骨肉，她怎么会骗你呢？华子摇摇头：妈，我就问你一句话，要是我没了，你会去找我吗？华子的话让母亲失声痛哭，她抱住华子：孩子啊，你的命怎么就这么苦啊！

送走父母，华子去了一趟学校，在向校长递交了辞职信后，她请人做了一块牌子，牌子上写着"寻子"两个字，上面还贴了孩子的百日照。孩子是在去医院看病的过程中不见了的，于是华子决定在医院的周围打听孩子的下落。她把寻子牌子立在医院门前的空地上，自己就站在那里，像一棵树，坚定不移地守候着。

可怜天下父母心。华子为寻找孩子，已经在医院门口站了好几天，她举着那块牌子，把希望的目光投向每一个路人。只要有人停下脚步，看一眼牌上的字，她就会一遍遍地说：这是我的孩子，一个月前被奶奶带来看病后，就再也没有回过家……华子像祥林嫂一样向路人念叨着。很快，华子寻子的事就在小镇传开了，那些曾经借钱给华子的人，就不断地来找她：华子啊，没想到你这么难，钱的事儿你放心，有就还，没有就再说。华子看着来人，咬紧牙关，面容坚定地说：放心，只要我还有一口气，我就一定还上你们的钱。那些钱我是替刘春借的，刘春不在了，我会替他还的……

华子的决心感动了人们，她没有想到，她的举动也惊动了一个人。那就是谢红的表姐。谢红的表姐叫张芳，三十多岁的样子。表妹谢红抱走孩子时，她是见过孩子的。当初，表妹和妹夫想到抱孩子时，是她出主意让他们来小镇的。小镇的医院经常有农村人来这里生孩子，农村人还是老观念，都盼着生个儿子，如果生下的是女孩儿，爷爷奶奶就会拍着大腿呼天抢地：老天爷啊，这咋又是个女娃呀，你这是让我们断子绝孙啊！喊完了，叫完了，一家人就嚷嚷着要把孩子送出去。

当张芳出主意让表妹到小镇来抱孩子时，不巧的是，那些日子来医院生孩子的净是些城里人，抱孩子的愿望自然是落了空。看着表妹两口子失望的神情，张芳就建议他们再多停留几天，说不定运气好就会碰上呢。也许是借了张芳的吉言，就在谢红夫妇打算离开小镇的时候，张桂花碰到了他们。表妹谢红抱着孩子回去后，高兴劲自不必说，到现在还三天两头打来电话，向张芳问东问西，张芳俨然成了育儿专家。现在，谢红还向单位请了长假，专心照顾这个孩子。他们已经给孩子起了个名字，叫刘谢男。

张芳经常能在电话里听到刘谢男的笑声或哭声。张芳也是做了母亲的人，她能够感受到表妹一家有了孩子后的快乐和温馨。可这样的日子没几天，她就在医院门口看到了华子。最初的时候，她都会绕着华子走开，她怕看到华子的目光。小镇不大，什么事情都会传得很快，张芳很快就知道了华子一家的故事。华子的丈夫刘春在抓一名逃犯时出车祸死了，后来婆婆也死了，儿子也没了，好端端的一个家只剩下了这个苦命的女人。

小镇的人们一边议论着华子一家，一边就生出许多感慨。也有好事的人胡乱猜测起来，说明明祖孙俩是去医院看病，怎么孩子说没就没了呢？一定是婆婆怕拖累了华子，偷偷把孩子送人……说这话的人还没讲完，女人们就红了眼圈，说华子的婆婆心太狠，再苦再难也不该把孩子送走。张芳在一旁听着，并没有想太多。她也以为华子不过是凭着一腔母爱，也许坚持几天后，也就该干什么就干什么了。一个女人，没了丈夫和孩子，完全就变得了无牵挂，可以毫不分心地开始自己的新生活了。没想到的是，华子像上班一样，每天都坚守在医院门口。华子固执地认为，孩子是在医院里消失的，要想找到孩子，就一定要从医院入手。

张芳的确被华子的固执惊出了一身的冷汗。下班后，医院的门口也冷清了下来，张芳从医院里走出来，看到了仍坚守在那里的华子。张芳往前走了几步，停下来，回头望了一眼华子，看见华子也正在看她。华子突然冲她说：大姐，我认识你。张芳被吓得一惊。华子激动地说：我生孩子的时候，是你把他接到了这个世界上。当时是你告诉我，男孩儿，六斤二两。张芳每天都在接生，她已经记不清自己到底接生了多少个孩子了。华子的话让她感到吃惊，她走回去伏下身子，看了一眼华子面前的那块寻子的牌子，拾起来，递到华子面前：大妹子，别再找了，快回家吧。

华子接过牌子，把它重新放回到地上：大姐，我不会走的，除非找到我的儿子。张芳诧异地看着她：那你就这么一直等下去？华子用手理了一下散乱的头发，语气坚定地说：我婆婆抱着孩子从这个大门进来，又从这个大门走出去，我相信一定有人见过她们。现在，我是活要见人，死要见尸。只要不是亲眼见到，谁的话我也不信。张芳低下头，沉吟片刻说：大妹子，你的事我们都听说了，一家人就剩下你一个了。你还这么年轻，以后的路还很长，你还可以结婚，以后还会有自己的孩子。妹子，你可别再钻牛角尖儿了，你的天地还宽着呢。

华子仔细地打量了张芳一番，这才说：大姐，你也当了母亲吧？一个母亲连自己的孩子都不顾了，那还是母亲吗？这时的张芳一下子就想到了自己的孩子，她还得赶紧回去给孩子做饭呢，想到这儿，她冲华子点点头，匆匆地离开了医院。那天晚上，张芳煲了一锅汤给家人。却不料转身的工夫，砂锅就被孩子打翻了，溅起的汤水烫了孩子的胳膊，幸好伤得不重。但那天晚上，孩子还是因为疼痛一直在哭闹。她把孩子抱在怀里的时候，不知为什么，她的眼前一直晃动着华子的身影，耳边也响着华子的话。

张芳几乎一夜也没睡好。第二天上班，她再一次看到了华子。她沿着路边走进了医院的大门，她怕看到华子的眼睛。整个上午，她一直心不在焉，总是走神儿。中午的时候，她趁护士站里没人，赶紧给表妹谢红打了个电话。谢红在电话里焦急地说：表姐，我正想给你打电话呢，刘谢男拉肚子了，你说是受凉了还是吃得不对劲儿了？张芳在电话里沉默了片刻，才说：表妹，你要的孩子怕是养不成了。电话另一端的谢红陡然提高了声音：表姐，你说什么？孩子怎么了？张芳就在电话里把华子如何坚持寻找孩子的事告诉了谢红。

以前，张芳也在电话里和谢红说过华子到医院里找孩子的事，但谁也没想太多，想着过几天华子失去了耐心，也就不了了之了。现在听了张芳的话，谢红就在电话里哭了起来，她一边哭一边说：表姐，那你说怎么办啊？我不想把谢男还给人家，我也不能没有谢男，他是我的命啊！他要是走了，我也不活了。张芳在电话里叹了口气：那你有没有替人家亲生母亲想一想，你这才养了几天就这么难受，那么她呢？谢红在电话里已经泣不成声了。张芳的心也被谢红搅乱了，她慢慢地放下了电话。张芳回家后，谢红的电话就打了过来，她无助求着表姐：你一定得帮帮我，我不想失去这个孩子。张芳说：你这两天就别打电话了，我的心里很乱，你让我想想。说完，她就挂断了电话。

晚上睡觉时，张芳不时地从梦中醒来，醒来后她就去看身边的女儿。她紧紧地搂住女儿，从头到脚地摸了一遍后，才放下心来。以后，她越来越不敢去看华子的目光了，上班下班也总是躲着华子走。在华子的眼前，她承受着无法言说的压力。终于有一天，她再也忍无可忍了，她在办公室写下谢红的地址和电话，跑下楼，气喘吁吁地来到华子面前。她把那张纸条递到了华子手上，说：去吧，这是地址和电话，你就可以找到你的孩子了。

二十

李林在公安局看到了一段录像，那是银行的监控探头拍下的。镜头里，一个人被清晰地定格在电视屏幕上。那一刻，李林险些惊叫起来。半晌，他才喃喃地说：难道这个人就是老孟？老沈说：我们怀疑老孟整容了，而且还换了身份，现在看来果然如此。他现在的名字叫张一水，汇款给孟星的，就是他……不等老沈说完，李林转身跑了出去，他边跑边说：这个人是孟星的邻居！老沈在李林的身后喊：不用急，他跑不了！

警车迅速地包围了孟星所住的公寓，车顶上的警灯不停地闪着。李林的心几乎跳到了嗓子眼，双手也紧张地攥成了坚硬的拳头。终于，他看见一个陌生的男人不紧不慢地从楼道里走了出来。孟星跟在他的身后。那男人忽然停下脚步，转过身子，面容平静地说：儿子，再见了。爸爸能和你见上一面，吃一顿安心的饭，已经满足了。说罢，他一步步地向李林走了过去。走到李林面前，他伸出了双手，一旁的公安干警给他戴上了手铐。这时候老孟才歪过了头，冲李林笑了一下，笑得意味深长。

警车鸣着警笛驶远了，李林却仍站在那里。此时的他，突然感到了一种巨大的悲恸，他想起了刘春，他的好战友，好兄弟。老孟终于落网了，相信用不了多久，通过他的交代，就会还刘春和李林一个清白。然而刘春却已经不在了。李林泪眼朦胧地望向远方，那是他和刘春曾经的部队所在的方向。忽然，他看见了一只洁白的鸽子，正展扑着翅膀朝那个方向飞了过去。

李林回到部队的时候，老孟被抓的消息早就传到了。在中队部里，中队长邱豪杰和邢指导员不停地感叹：都过去了，一切都过去了。要是刘春还在就好了。两个人说到这里，就湿了眼睛。李林走出军营时，浑身感到一阵轻松。走了很远，他转过身冲军营的方向敬了个礼。这时，他忽然迫切地想念家人，恨不能插上翅膀，一下子飞回去。一路上他想了很多，想到刘春，想到了父母，也想到了华子和她的孩子……

回到租住房时，他一眼就看到了等在门口的华子。华子背对着他，站在一片阴影里。听见声音，华子回过头来。李林吃惊地问：你怎么来了？

作者简介：

石钟山，一九六四年生人，现为武警总部政治部专业作家。著有长篇小说《白雪家园》、《飞越盲区》、《男人没有故乡》、《向北、向北》、《影视场》、《军歌嘹亮》、《玫瑰绽放的年代》、《遍地鬼子》、《大院子女》、《天下兄弟》等多部，中短篇小说集多部，共计五百余万字。根据其小说改编的电视剧有《激情燃烧的岁月》、《军歌嘹亮》、《幸福像花儿一样》、《母亲》、《走出硝烟的男人》、《角儿》、《玫瑰绽放的年代》、《遍地英雄》等。

大建商 /彤子

一　会长

　　任京都虽然没像大多数有钱人那般，富起来后就移民到国外，然后回国发展，再攒一把国人的钱，但他也不喜欢在一个地方老是待着，他有一个癖好，好赌，而且是豪赌。拉斯维加斯、大西洋城、蒙特卡洛和澳门，世界上出名的赌城，都是任京都常去的地方。或输或赢，任京都不会在意结果，他在乎的是赌博带来的那种心跳感。无论输赢，那都是心弦紧绷后的突然放松。唯有坐在赌桌前，任京都才能有一种自身价值得到体现的满足感，输赢的额度越大，满足感就越强烈。

　　澳门是任京都每个周末必去的地方，别人说他嗜赌如命，他却自认为那是不同于常人的一种解压的方法。有钱人的消遣方法很多，有的打高尔夫球，有的泡夜总会，有的世界各地逛奢侈品商场，高雅一点的就收藏文物古玩，功利一点的就与高官周旋投其所好。任京都从不屑于这些富人游戏，虽然女人他也喜欢，名烟名酒名品牌他也买一些，但几十年来，他爱好的重心还是在"赌"上，除了处理盛源公司的事务外，他的精力几乎都用来研究博彩技巧了。

　　有时候，老建筑们喜欢在晚饭后，相约到纱城花园酒店的二楼茶座，包了宏图房，喝茶聊天，叙叙感情，顺道也切磋生意上的心得。通常这些时候，就是任京都大侃赌术赌经和赌故事的最佳时段，不管开始时大家谈的话题与赌差了几万几千里，他都能将话题扯到赌上来。怎样听色子，怎样看牌路，怎样押注，任京都说得一套一套的，声色并茂，激情飞扬。

说完赌场内的事情，就说赌场外的，说某年某月某日，他赢了几百万，回到赌场送的 VIP 套房，梳洗过后才睡下，就有黑帮电话追踪进来了，不一会儿，门外就有可疑的动静，吓得他的小老婆付丽雅蜷缩在被窝内，像抖簸箕般打战。最后总结时，他还不忘抒情一句："唉！付丽雅真不是个能共患难的女人，我看她的表情，要是真有黑帮的人闯进来，她肯定会选择大难临头各自飞的。"

听者们都心照不宣地笑笑，建筑老板们的风流韵事，在界内并不是什么新鲜事儿，年轻时苦捱难熬的，好不容易熬到有点儿家底了，谁还舍得让美好的时光白白流逝？逮着个温香软玉，享一把人生乐趣，在老板们的意识里，最顺理成章、理所当然不过了。

付丽雅原是任京都在缈城大街三十六号富成洗浴中心的技师。所谓技师，就是专门给客人捶骨、按摩或推油的服务员。有一次，任京都谈完生意后，到富成洗浴中心去按摩，刚好叫了付丽雅的号。付丽雅有一双绵软的小手，十个尖尖的手指按在背上，舒坦极了，任京都觉得浑身骨头都酥软了，于是翻身想看清楚这双绵软小手的主人。那时付丽雅正给他按着大腿，没想到任京都会突然翻身，绵软的小手来不及收回来，软绵绵地搭在任京都的胯下。一切有可能发生的，就都发生了。从此，任京都就像离不开赌博一样，也离不开付丽雅的一双绵软小手了。后来，付丽雅给任京都生了个儿子，便顺理成章地成了任京都公开的小老婆，俗称二奶。

当然，并不是所有人都喜欢听任京都吹嘘赌场经验的，董不凡就常嘲笑他，每年都贡献了多少外墙砖给何鸿燊装修葡京？或取笑他，要是将这些钱用来投资房产，到了现在，恐怕碧桂园都没你盛源牛呢！任京都和董不凡一直都是面和心不合的，董不凡的挖苦，任京都装作没听到，哈哈一笑，说："盛源之所以有今天的成绩，还得感谢赌王的大力支持啊！"然后又继续鼓吹赌的事情，鼓吹的过程中，不动声色地挖苦董不凡等人几句："赌了几十年，我鲍鱼燕窝鱼翅样样照吃，女人名车样样不缺，该玩的玩了，该吃的吃了，该享受的都享受了。但你们呢？想当年我们一起去澳门，几个人滚在一间小房间里打地铺，那时就幻想，要能一个人睡一间房，每人都能吃一碗鱼翅，该多好啊！连神仙都比不上了。现在，大家都有钱了，住洋楼，出入豪车，有的生意都做到海外了，但生活却大不如前，女人不敢碰，烟不抽，酒不喝，外出保镖护着，连吃都讲究起什么养生来了，用买鲍鱼燕窝的钱来买我们当年做泥水佬时每餐都吃的萝卜青菜来吃，整日担惊受怕的，日子过得比农民工还苦，这是为什么呢？"

董不凡他们总被他噎得说不出话，是呀！终归到头来，为的是什么呢？任京都最喜欢看到众人哑口无言的样子，敲着水杯哈哈大笑："人生苦短啊！来去不过是个过程，该玩的玩，该吃的吃，该享受的享受，那我就满足了，无遗憾啦！"

话说出来，虽是豪气，但盛源人都知道，任京都暗暗在急。任京都急啊！急缈城建筑业正处于瓶颈状态，急他的身后继承无人。任京都已经连续三届任缈城建筑业协会会长，每次换届竞选时，任京都都想放手让新人上来，他退居幕后，做个太上皇，过些闲云野鹤的逍遥日子，但现实却不容他这样，缈城建筑界，论资历，论威信，论财力，论实力，还有谁比得过他呢？

有人劝他，实在不想做了，就退下来，让任思远顶上吧。任京都早几年就放手让大儿子任思远替他处理盛源的生意，任思远个性沉稳，心思细密，思维活跃，是个不错的年轻人。但任京都心里如装了盏灯般，清清明明的，任思远再有能力，也是经验不足，魄力不够的，而且他还有个致命的弱点，不果断，大事优柔寡断，不敢下决定，这样的个性根本就不足以威慑缈城建筑界的各路英雄。

任京都不停地倒着紫砂壶里的苦丁茶出来喝，卷作一团的苦丁茶，在开水的沸腾下，展开成一张细长的叶子，漂在青青的茶水上，散发出阵阵苦涩的香气。任京都喝了一杯又一杯，苦涩的茶液透过舌头，滑入喉咙，苦后而甘。任京都将茶杯放下，茶桌上放着盛安建筑工程有限公司和汇河建设工程有限公司的资料。任京都先拿起盛安建筑的资料，看了看，在手里拍了拍，放下，又拿起汇河建设的资料，翻开第一页，廖海洋胖乎乎的脸便映入了眼帘。

盛安建筑的郑雄飞和汇河建设的廖海洋，都曾是任京都的徒弟，都曾和任京都一起打拼过天下。任京都永远都忘不了一九八〇年的春天，他当时还是缈城一建木工班的班长。那天中午饭后，任京都和几个木工蹲在木工房里面打扑克牌。绉城人打牌喜欢玩"三公"，即发三张扑克牌，比牌面点数的大小，三张王为最大。

任京都是闲不住的，午间不摸几轮牌，他下午就没有精神干活，做起木工来，像吸了鸦片般，哈欠连连，泪水潺潺，刨木的手也是软的。只要玩过几轮牌，下午干活时，他的精神劲儿就来了，能边刨木头边说牌局，从庄到闲，从大点到小点，滔滔不绝一个下午。后来，和任京都一同当过木工的人，回想起当年做木工的日子，都笑眯眯地对任思远说："那时，我们根本就没担心过有尘肺病的，你阿爸的口水，足以将满木工房的木屑尘灰浇下去了！"

任京都这天手气极其差，下大开小，下庄开闲，气得他将三张扑克牌扭得卷卷曲曲的，像三条瘦长的梅菜，吊在嘴唇上的椰树烟快烧到嘴唇了，也懒得拿下来灭掉。"又是五点，丢那妈！玩一天了，都无上过七点的。撞鬼啦，霉死了！"骂着，回头望一眼，看见有个穿着墨蓝色大中裤，上身只着一件白色汗背心，头戴着一顶破破烂烂的圆顶竹编帽的年轻人，鬼鬼祟祟地在门外探头探脑。

看见圆顶竹编帽，一股浓烈的腥味儿就钻进鼻子了，又是那些疍家佬！任京都扭着手上的牌，忿忿地想。疍家人，即在水上靠捕鱼为生的人，在广东沿海地带，至今仍有很多疍家人散布在各个河海领域，以捕鱼为生。圆顶竹编帽是疍家人在水上捕鱼时，遮阳挡雨的必备工具。有些手巧的疍家女子，还在帽的边沿缝上四面墨绿碎花的纱布帘，太阳旺的时候，就把纱布帘垂下来，遮挡着强烈的阳光。一看见这个戴疍家帽子的年轻人，本来已输得心焦的任京都，更是烦躁，他将被扭得和麻花差不多的扑克牌甩在饭桌上，指着门口问："喂，你鬼鬼祟祟，做么事？"

墨蓝色的大中裤在门口伸展两下，然后果敢地站定了，屋内的光线立刻暗了下来。大家抬头望向这个年轻人，年轻人慢慢地摘下圆顶竹编帽，大家才看清楚，年轻人大概二十来岁，一头浓密的头发，皮肤很白，五官清秀，脸圆圆的，有点儿婴儿肥，一点疍家人的模样也没有。年轻人将帽子挂在门把上，对大家弯了弯腰，笑笑说："大家好，陆经理叫我来寻任班长的。"大家的目光唰地转向任京都，年轻人非常灵醒地转向任京都，又弯了弯腰，笑容可掬地对他说："任班长好，我叫廖长生，电白县水东人。"

任京都鼻子哼哼，不理会廖长生，抓起扑克，招呼大家继续玩牌。发牌时，有人低声说："那人还站着啊！陆经理让过来寻你的，不理不好吧？"

任京都不屑地发着牌说："细皮嫩肉的，一看就不是做木工的料，捱不了三天，必自动走人，不用理他。"说着，摸起刚发下去的牌，才翻开，就瞪了眼，竟然是九点。其余的人纷纷放下手中的牌，最大不过七点。任京都今天第一次赢大满贯了，将整个下午输出去的钱都赢了回来，看来晚上加菜有望了。

"任班长好手气啊！"身后有人说。任京都将钱盘到面前，回头一看，廖长生弯眉弯目，笑容可掬的圆脸凑在眼前。福将啊！好赌的人最信的就是意头和旺气，廖长生这张脸，和弥陀佛差不多，笑起来像极了舞狮时跑在狮子前面，拿着扇子摇头晃脑的大头笑脸佛。福将啊！真是福将！任京都心情大好，抓起一把毛币塞给廖长生，说："下午跟我上文塔吧！"

三十年前的任京都，做梦也没想到，这个整天像弥陀佛一样端着那张胖乎乎的笑脸的廖长生，竟然在三十年后，成了他最大的竞争对手。

最近缈城的新城区水都，土建项目正火热招标中，盛源公司本是缈城本土施工企业中资质最高且最有实力参加招标的，任京都也信心满满地让欧家园放胆投标。欧家园是盛源公司的经营部经理，跟任京都十六年了，一直负责盛源的招投标业务，人灵活，有头脑有手段有干劲，是任京都手下的四大金刚之首。

在缈城，只要是欧家园亲自着手策划的邀标，盛源就必中标不可。所以，缈城的建筑公司，只要听见欧家园的名字就觉得头痛。任京都对欧家园的信任甚于任思远，在水都还处于设计邀标的阶段，他就让欧家园开始活动了，在竞争越来越激烈的市场形势下，先人一步，才能比别人多一分胜算。

缈城招投标中心才将水都新城的一个白金五星酒店的项目公布在网上，欧家园就连夜驾着他的路虎，冲进花园酒店，气急败坏地跑上宏图房找任京都。任京都刚让服务员泡好一壶苦丁茶，时间还很早，董不凡他们还没到，任京都自斟自饮。欧家园将一叠厚厚的材料拍在茶桌上，喘着粗气说："老细（老板的意思），我同阿飞好不容易才安排好了，亦同廖海洋口头协议好的，到围标时，仍按通价给汇河好处费，当时廖海洋也答应得好好的，没想这奸细口蜜腹剑，标都未开投，他就倒戈了，竟然抽身退标了！"

任京都淡定地倒着茶水说："退标就退标，少他一间公司，就拿不到标了么？"

欧家园坐下来，拿起茶杯喝了一口说："老细，你不知道，有几间外来的一级公司突然冒出来了，亦不知道是哪个找回来的，我同阿飞都派人活动过，出到十五万了，对方都不肯松手，明摆着是冲我们来的！"

任京都斟着茶水的手定住了，为了得到这个项目，他在去年就开始私下活动，将相关紧要的领导都邀请到拉斯维加斯，活络过一番手脚的。本来踌躇满志，志在必得的事情，在紧要关头，却杀出几头拦路虎。任京都将汇河公司的简介册一合，廖海洋胖乎乎的笑脸被合起来了。欧家园咬牙切齿道："我都说了，廖海洋这笑脸狐靠不住的。"

任京都将满满一杯苦丁茶倒在茶几上，淡青的茶水顺着茶几的凹槽流了下去，欧家园看着被倒扣着的茶杯，瞳仁在深深的眼眶里，越来越浓黑。任京都用手指蘸了点茶水，在桌子上划着，问："我们还有几成机会？"

欧家园说："七成。"

任京都摇头，说："四成了。"

欧家园差点坐不住，双手紧压着茶桌。任京都说："你只知道廖海洋狡猾，但你还没完全了解他。他最大的一个特点是，能忍，能装，可以忍成龟蛋，装成孙子！"

"明白了！"欧家园站起来，快步走出宏图房。

任京都仍慢条斯理地泡着苦丁茶，廖长生啊廖长生！任京都虽表面平静，内心却翻起五尺浪。在欧家园到来的前一刻，他还想着，这届的建筑业协会会长期满后，就真的完全退居二线，要么扶廖长生上来，要么扶郑雄飞。在任京都的心里，更倾向的是廖长生，毕竟从资历从实力甚至从名望上，廖长生都稍胜郑雄飞。唯一让任京都迟疑不定的是，廖长生这个人，城府太深了，太会笑了，也太没骨头了。

绀城建筑业协会是任京都等老建筑一手成立的，十几年风风雨雨走过来，虽成不了多大的气候，但在绀城也是响当当的，有骨有架、敢说敢为亦敢当的。任京都担心，这个已形成了他的风格的协会，到了廖长生的手上，会丢掉了脊梁骨，会成为某些部门的传声筒。

欧家园的电话很快就进来了，果然不出任京都所料，这突然杀出来的几间外来的一级公司，都是廖海洋从外面找回来介入投标的。欧家园愤怒地说："老细，姓廖的摆明了是食碗面，翻碗底（吃里扒外的意思），我们亦不用对他客气。"

任京都虽已有了心理准备，但心还是隐隐痛的。缈城只有十七间本土施工企业，每一间企业的老板，不是一起打拼过的工友，就是多年同行兼老友，作为缈城建筑业协会的会长，他最不愿意看见的，就是会员内部内讧，这不仅是商业竞争，相互倒戈，这还是骨肉相残啊！日后缈城的建筑史，会怎样评价他呢？

要在平常，利字当头，对于久经商海的任京都来说，别说兄弟了，即使父子也没有情面可言。但这次，他却放弃了一贯的作风，对欧家园说："我们亦退标，让廖长生一个人搞去！"

欧家园急了："老细，连装修，几个亿的工程啊！"

任京都说："虽然注很大，但没胜算的注，押了白押！"

欧家园以为自己听错了，任京都好赌，越高难度的赌注他赌劲越足，今次还没响钟喊停，他就退注了，这完全不是他的风格啊！但任京都根本不理会他的追问，说："就按我说的去办得了。"

挂了电话，任京都靠在椅子上，歇了一会儿，又打电话给郑雄飞，让他控制住欧家园。他知道，以欧家园的性格，绝不会善罢甘休的，如果不及时制止，廖长生即使中了标，也吃不到好果子。郑雄飞也被任京都弄得云里雾里，前期光铺垫都去了近百万的工程，竟说退出就退出了。郑雄飞从在盛源打工到出来独立门户，十年来一直和任京都密切拍档着，亦从未见过任京都押注以后，才撤注不赌的。不过，郑雄飞也熟知任京都，没经过深思熟虑的事情，他不会特地打电话来吩咐的，于是也不问了，直接驱车去找欧家园。

欧家园和郑雄飞都是后来才跟任京都的，他们虽然都很了解任京都的脾性，但他们却不知道，在更早前，在他们还穿着开裆裤，拽着母亲的衣角要吃喝的时候，任京都已欠了廖长生一条命了。

那时，廖长生还是廖长生，他还没将名字改为廖海洋。任京都常常在酒后跟人吹嘘，说自己是个大难不死，有后福的人。若不是那年，从几十米高的文塔掉下来亦死不了，他亦没有胆量离开缈城一建，出来独立成户，最后称霸缈城建筑界的。当年任京都在缈城一建当木工班班组长时，曾经失足从几十米高的文塔掉了下来，但却意外地掉到离文塔三米远的水塘里，任京都从水塘里爬出来时，除了喝了几口脏水，皮肤有点损伤外，并没受什么大伤。众人围着一身泥水，已吓得连站都站不稳的任京都，啧啧称奇，都说任京都命大，是贵人相，日后定能大富大贵的。任京都抬头望着高高屹立的文塔，突然将身上脏兮兮的泥水满布的汗背心掀了下来，往地上一扔，吼了一句："丢那妈，老子就不信，老子一辈子只是个木工班的班组长！"

事故后第二天，任京都回到绺城一建就打了辞职报告。当年绺城一建仍属事业单位，能捧个事业单位的铁饭碗不容易，加上任京都的母亲任烟华是绺城一建的老财务，在绺城建筑界有一定的影响力，绺城一建的总经理陆永安收到任京都的辞职报告后，认为任京都不过是受惊吓过度，心内有气，一时冲动才辞职的，于是便召开管理层会议，商讨任京都的去留问题。后来，大家一致认为，任京都不过是不满意当前现状，发一把牢骚罢了。会后，任京都被调到绺城一建的质安科，当质安科的副科长。

从一个木工带班，一下子跃升为质安科副科长，这是任京都始料不及的，任烟华从旁也给他施压，用年纪尚幼的任思远来当亲情牌，任京都不得不投降，又乖乖地在绺城一建待了几年。任京都这些事，都是人所共知的，唯有一事，任京都一直都隐在心里，没向外人道说过。那次他从文塔掉下来时，他清晰地感觉到身体是直线下坠的，他听着风声在耳边尖叫着，以为这次肯定死定了。没想到，在快要坠地时，突然有什么东西把他一推，他就"扑通"一声，掉进深深的水塘里了。

当任京都从水塘里爬上来，缓过神来之后，去寻那个推了他一把的人，却找不着。一个老木工告诉任京都，当他掉下来时，刚好廖长生在文塔的二层做事，他听到上面突来的声响，想都没想，就将手中的木架往外一推。任京都摸摸腰间淤青了的一大块，想来木架就推在这个位置上的了。任京都在文塔工地上，四处找寻廖长生，却怎样也找不到。后来，他才知道，当时他下落的冲力太大，廖长生那一推，虽然救了他一命，但廖长生双手的手腕却被冲得关节脱开。在众人都围着水塘将任京都救上来时，廖长生却静悄悄地离开工地，一个人到医院去包扎了。

事情过去了二十多年，任京都虽然没当面感谢过廖长生，廖长生亦从来没提过这事，但在任京都的心里，却一直默认着，廖长生就是他的救命恩人，不仅是救命恩人，还是命中贵人。这份情，藏了二十几年，任京都都想着，要还的，要报的。

二　常务副会长

廖长生在改名字之前，还是绵城一建的普通员工廖长生，改名字之后，便变为绵城三建的经理廖海洋了。

廖海洋曾是电白县一中的理科尖子生，面临高考时，他踌躇满志，班主任也对他寄予厚望。但当他填好志愿，报名参加高考时，却被通知不能参加考试，原因是他的成分问题，他家有亲人在海外。廖海洋抱着书本离开校园时，班主任看着他低垂着的背影，忍不住失声痛哭，这是他最得意的门生，可惜生不逢时。廖海洋高考不成，就进入了电白建筑队当了学徒，通过他的勤奋和聪慧，很快，就考取了技术员证，成为电白建筑队的技术人员。

当年来绵城，廖海洋是作为技术工支援过来的。绵城建委将廖海洋下派到绵城一建时，这个外来的高材生立马引起绵城一建的内部恐慌，陆永安立刻召开管理层会议，商量如何安置这个外来的技术支援。后来，大家采取了董不凡的意见：再有本事的技术人员，来到新的环境，也是重新开始的，得从底层做起，先用一段时间熟悉绵城的建筑环境再因能力而用。

廖海洋得知被安排到木工班去跟任京都打下手时，并没有愤怒或沮丧，相反，他暗里得意，不敢重用他，证明绵城一建内，并没一个有魄力的人在管理，他的机会很快就会来的。廖海洋善于藏拙，逢人就扬一张笑脸迎上去，遇官就哈腰点头，极尽奉承。他本是圆脸，皮肤白里透红的，又有点婴儿肥，笑起来，喜气洋洋的，像个慈眉善目的弥陀佛，绵城人都叫他"笑脸佛"。但绵城建筑界内，不少人私下喊他"笑脸狐"。

廖海洋性情温和，不急不躁的，天大的事情，砸到他的脚趾上了，他也不愠不火地处理，从不暴跳，亦不骂粗，低声细语的，修养好得像个还未出闺房的黄花闺女般。跟在任京都的班组里，做了几年下手，工地里里外外，无人不喜欢这个笑弥陀的，大家都亲热地唤他"笑生"。后来，廖海洋和任京都一同被调回绵城一建质安科，任京都成了质安科的副科长，他是科长助理。

被调回绵城一建后，廖海洋才发现，当年的暗里得意，得意得太早了。之前在工地跟任京都做木工，廖海洋以为他不过是个好赌之徒，不会有什么建树的。没想到，任京都回到绵城一建，就大刀阔斧地进行改革了，他大胆地将原来质安科里的各种条例规范都取消了，自行制定一套新的规范，亦不管质安科科长罗建成的反对，一意孤行地下令实施了。任京都的魄力让廖海洋感到压力重重，隐隐地，他感觉到任京都不是池中物，到底是助任京都腾空一跃还是将他压在池里？廖海洋思绪万千，一时间，他无法判断怎样做才更有利于自身的发展。

任京都的改革，引起绷城一建的骚动，不满之声绵不绝耳，绷城建委不得不派人下来调解。调解人叫任珠基，绷城建委行政科主任，从事人事管理工作十几年了，在处理人事关系和调解人事矛盾方面，有经验有办法。任珠基到绷城一建，第一个找的人不是任京都，而是廖海洋。他带廖海洋到绷江码头，站在堤围高处，指着江水滔滔远去的方向，对廖海洋说："长生啊！你到绷城都好几年了，有没有想过，调回电白去？"

江水滔滔而去的方向，正是廖海洋来的方向。廖海洋心里一颤，此时，到处喊着要改革开放，听说深圳那边，城市建设已经如火如荼了，廖海洋何等聪明？当然晓得，绷城比电白更有广阔的发展前景，好不容易才在绷城扎下了根，廖海洋当然不愿意再回电白。

任珠基见廖海洋保持沉默，便猜出他的心思了，笑着问："这几年让你这个技术员在工地上做散工，觉得委屈了吧？"

廖海洋一脸笑容地哈着腰说："我相信政府不会掩埋璞玉的。我更相信任主任您是个识玉之人。"

任珠基回头看了廖海洋好一会儿，才问："任京都为人率直，做事鲁莽，你是个既有技术，又有经验，心思谨密的人，作为助理，你应该提醒他，注意一下影响，尽量少犯错误！"

眼前这个调解员，虽然是一副秉公办事的样子，但语言里却一点儿批评任京都的意思也没有，人说同姓三分亲，现虽然不知道任珠基和任京都到底是什么关系，但也是藤瓜相连的了，顺着他的意思准没错的。廖海洋虽仍哈腰笑脸，但肠子已兜了好几圈，他抓定主意，便滔滔不绝地向任珠基诉说自己的难处，又指出原绷城一建质安科各种规范条例的墨守成规、不科学、不合理、不符合社会发展的各种弊端，并大肆赞扬了一番任京都的干劲，说他力排众议，推陈出新，所推的改革，正迎合了当前社会的发展趋势，能顺应时代的发展，是个有胆识、果敢、有时势判断力、有魄力和实力的难得人才，政府应大量重用这样的人才。改革，定能让缈城建筑界创造一个前所未有的繁华时代的。

廖海洋说话虽温温吞吞，但有条有理，温吞中夹着激昂的肯定和赞赏，又非常清晰地将未来改革开放后，缈城的整个改革场面，形象深刻地用语言刻画在任珠基的面前，听得任珠基热血澎湃，当下就决定，一定支持任京都改革。

廖海洋拦着兴冲冲的任珠基，说："任主任，当年商鞅变法，受了多大的阻力啊！要不是秦孝公力推力挺，早就被旧贵族们害死了。"

任珠基愣了一下，回头盯着廖海洋，廖海洋一收招牌式的笑容，说："而且，商鞅还是死在自己制定的刑法下的。"

任珠基一把捏着廖海洋胖乎乎的手，这手软绵绵，湿润润的，像软玉一般，谁能猜想得到，这双手竟然一直在工地上刨木块啊？任珠基激动地说："长生，你提醒得好，提醒得好！你真是个人才，是缈城建筑界的福将啊！你说说，我该怎样做？"

廖海洋说："找老财务！"

任珠基恍然大悟，拍着大腿说："对啊！我差点忘了这位老姐姐了！"

在任珠基的力推下，任京都的改革得以顺利推行，他对工地安全和施工质量的重点把控，很快就取得了效果，缈城新建的文峰路、新华路、侨苑大厦、友谊大厦，全都申报了省优工程，并先后获得了省优工程项目的美誉。缈城一建一下子享誉周边城市的建筑界，不少周边城市的建筑同行，自发组队到缈城一建来学习取经。任京都名声大振，立刻转副为正，正式负责缈城一建的质安科。任京都乘风直上，鼓动陆永安大胆承接业务，继续扩张缈城一建的影响力。

由于推动缈城城市建设改革有功，任珠基很快就得到了缈城市委的重视，扶摇直上，从建委主任到城乡建设局局长到缈城市副市长，缈城建设的发展有多快，他的仕途就有多畅顺。任珠基坚信，自己的官运突然亨通，离不开任京都和廖海洋两个年轻人，他负责缈城的城市规划和建设，明了缈城建筑界的弊端所在，这时，缈城只有缈城一建、缈城二建和缈城三建三家建筑公司，体制内养着的，全都是一批使惯了老爷子脾气的大爷们，除了缈城一建有任京都等冲劲十足、赌劲十足的年轻人在折腾，显得有点生气外，另外两间建筑公司都是死气沉沉，了无生色的。

廖海洋读懂了任珠基的心思，千里马常有，伯乐难求，像任珠基这样，用心赏识新人，敢力排众议，大胆改革创新的领导很少，所以，在任珠基主管城乡建设局时，他紧抓机会，先到党校完成了大学本科的学业，然后考取了工程师证。八十年代末九十年代初，在缈城建筑界能拥有工程师职称的人，可谓凤毛麟角，廖海洋虽然职位没有任京都高，但职称比他高，所以工资也比任京都高了一截。

有一次任京都领了工资后，拍着廖海洋的肩膀，笑着说："还是知识改变未来啊！看来我都要考个证才行。"廖海洋圆坨坨的胖脸笑起来，像个用发酵过的面粉捏起来的笑弥陀，喜庆吉祥得很，任京都忍不住捏捏他的胖脸说："等有机会过澳门，一定要带你一同去。"任京都揣了工资，又去找人赌钱了，廖海洋摸摸被捏过的脸，看着任京都高大的背影，却似有鱼刺在喉咙里，怎样咽口水，喉咙壁都是火辣辣的痛。

那天，廖海洋提了果篮去找任珠基。任珠基正在花园里的鱼池边喂鱼，看见廖海洋来了，高兴地放下鱼食，拍拍手招呼廖海洋过去。数十条草鱼在青绿的池水里游来游去，活泼，肥美。廖海洋哈下腰，赞道："任局养得一池好鱼啊！"

任珠基笑着说："哎！天生农民命么！当知青下乡那几年，养猪养鱼养鸡，种田种菜又种树，村长吩咐我做什么，我就能做什么，样样都是拿上手就做得来的，连干了一辈子农活的老农都比不过，大家都笑我，虽是城里长的，但却是农民的胚。现在人老了，都闲不下来，有块空闲地了，就想着养些鱼和鸡，亦种点蔬菜，等以后退休了，好打发时间。"

廖海洋笑呵呵地说："任局你正是壮年，离退休还早呢！"

任珠基带着他，又参观了鸡舍和菜圃，在花园前后兜兜转转了一整圈，才恍然大悟地拍拍脑袋说："你看我，光顾着说种菜，都忽略客人了。长生啊！找我有话就直说，别像我们这些老人家这样，悠悠闲闲地转几圈，都转不上主题啊！"

廖海洋抓抓腮帮，思考了一会儿，才温吞地说："小玲生了对龙凤胎，我想请任局你帮忙起名字。"

"好事啊！"任珠基呵呵笑道，"一会抓两只母鸡回去给小玲补补身子，不得了，一生得两，还是龙凤胎，长生啊！你的运气来了。"

廖海洋的腰哈得更弯了，笑着答："可不是么！我都认为，自己不是个差运气的人呢！"

任珠基何等聪明，问："在一建憋了几年，觉得委屈了？"

廖海洋说："我让算命先生给看过相了，说是长生二字阻了运气。"

任珠基一笑："年轻人，名字要改，机会亦要抓啊！"

廖海洋忙弓腰点头，说："任局，何巨发刚调到混凝土公司去了，三建现在群龙无首。"

任珠基笑着拍拍廖海洋的肩，说："可惜啊！这腰老直不起来。"又指着果篮说，"果篮我收下了。孩子们的名字，我想好了给你电话。"然后又亲自钻进鸡舍里，抓了几只大肥鸡，让廖海洋带回去。

三十年来，任京都像卡在喉咙里的刺般，时不时扎得廖海洋喉咙发炎，寝食难安。廖海洋对任京都的嫉妒是一种暗疾，是长年累月在任京都的光芒下委曲求全，继而滋生的情绪。几十年来的合作和竞争，他们都对对方了如指掌，有意无意中，两人都不自觉地较量着。

廖海洋从缈城一建升调到缈城三建做经理时，任京都也正式成为缈城一建的经理。两人虽然职位相当，但在实力上，缈城三建远差于缈城一建。廖海洋在缈城三建的几年里，励精图治，极力改革，也做了几个比较有影响力的工程，将缈城三建的知名度和实力都提升了一个层次，但相对于正处于财大气粗、如日中天的缈城一建，三建所有的努力，都似水落海绵，有形而无声。

除了在事业上的比较，在生活上，两人也不自觉地比较起来。廖海洋得知，任京都竟在缈城城区中心买了一块地，盖了一栋三层半的别墅，他亦在城东新区，圈了一块地，干脆盖了栋七层高的带电梯上落的商品楼，又将在水东的兄弟和母亲都接了过来，一家人都住在商品楼里。

任京都牛气哄哄地学港台人玩起了音响，天天叫上一群人在他的别墅里扭开八个喇叭的大音响，震天动地地吼"对你爱爱爱不完"，"天地悠悠过客匆匆潮起又潮落"，一群人如群魔乱舞，在音响的超强震动下，扭腰摇首，兴奋不已。廖海洋觉得这种闹心的疯玩，根本就不高雅，也显不出富有。他不动声色的，让人从香港买回来七台空调，七层的商品楼都装一台。那时空调还是个稀罕物，普通人家根本用不起。这种进口空调是个大块头，排气机像鼓风机一般，发动起来，像野兽般嗷嗷大叫，只要七台巨大的空调一起开动了，那么城东新区的轰隆之声，就盖过城中心八个喇叭的音响发出来的巨大鸣叫。

玩音响不够过瘾，任京都就去泡夜总会，那时卡拉OK都是新鲜物，夜总会简直就是外太空来的，偌大的缈城只有缈城宾馆有一间叫花皇宫的夜总会，里面摇曳着一批花枝招展的姑娘。花皇宫有一个大大的表演厅，每晚都有几个妖冶的女人穿着性感地在台上领唱，搔首弄姿，引得台下密麻麻的跳舞喝酒的客人们，高声呼叫，口哨声不断。任京都不屑在大厅停留，花皇宫只有六间包间，每次来，花皇宫的经理会立刻给他打开总统包间。总统包间的大门一打开，里面立刻就繁花盛放了，除了内里装修得花团锦簇外，坐在里面等着的姑娘们更是百花争艳。大门一开，姑娘们齐刷刷地站起来，向任京都弯腰，一片雪白的波涛汹涌，莺声细语此起彼伏："任老板，晚上好！"

有跟任京都从花皇宫出来的人吹嘘："我们任老板去的都是什么地方？啧啧！喝的都是什么酒？啧啧啧！里面都是些什么姑娘？啧啧啧啧！每晚都花几多钱？啧啧！哪那是花钱？是烧钱！啧啧啧！这才是有钱人的生活，啧啧啧啧！"

花皇宫的总统包间只有一间，廖海洋不想和任京都明斗，他眉头一皱，计上心头，干脆将缈城三建大厦的顶层，装修成豪华私人会所，装上最好的音响，配备最高档的洋酒，还特地到广州找公关公司，高薪请回几个身材样貌都一流的公关小姐，让她们随时恭候在会所里。这个私家会所一出现，顿时引起缈城的轰动，谁不想凑一回新鲜的？于是缈城的权贵们趋之若鹜。

这时候就有人告诉廖海洋，任京都在花皇宫签下的生意，只有三成是签给缈城一建的，其余七成都转给他的亲信马超去做了。廖海洋听后，虽面不改色，但内心却翻滚起来了，这些年在三建，虽然有很多赚钱的机会，但他却一直都不敢放开手脚来干，主要还是没有培育出一个像马超一样忠心于任京都的亲信啊！看来，现在比的不是豪华夜总会了，比的是谁的亲信更忠心。

廖海洋便开始留意身边的人。渐渐地，一个叫陆灿辉的年轻人进入了廖海洋的视线。陆灿辉是缈城公安局的干员，也长了张白胖的脸，唇红齿白，鼻直口方，一双眼睛如猎鹰般烁烁有光。此人当兵出身，处事干净利落，果敢，有判断力，行动迅速，最关键一点，他通晓官场公关，对缈城政府管理层的所有人的性格特征都了如指掌。

廖海洋和陆灿辉一拍即合，陆灿辉立刻从公安局辞职出来，成立了一个建筑队。短短几年间，廖海洋打着缈城三建的招牌，通过陆灿辉的周旋配合，在私人会所里签下了不少工程。到了九十年代末，国企体制改革，任京都率先持股脱离缈城一建，成立了缈城一建一分公司。任京都这一率先举动，又引起缈城建筑界的轰动，许多有胆识的同行也纷纷效仿，脱离单位，以分公司的名义带着建筑队单干。

廖海洋却没有跟风，他觉得这是一次很好的机会，此时任珠基已经是缈城市副市长了，主管着缈城的城乡建设和规划。廖海洋抓住机会，给任珠基打了请示，要求调回缈城一建，又推荐陆灿辉进缈城三建接替自己的位置。请示很快就得到了批准。廖海洋踌躇满志地回到缈城一建，他满以为，这样控制着缈城最大最有影响力的两间建筑公司，缈城建筑界迟早会是他廖氏天下。但廖海洋万万没想到，缈城一建还有一个董不凡。

廖海洋才回缈城一建，董不凡就以廖海洋超生为由，阻止廖海洋进入缈城一建股东会。廖海洋不能像在缈城三建那样呼风唤雨，便私底下从缈城一建转工程给陆灿辉做，但他做梦也没想到，已经毛羽长成的陆灿辉，也起了独吞的野心，廖海洋转过去的工程，全像羊入虎口，有进没出了。

当廖海洋醒悟过来时，一切都迟了，他既不能公开追讨，也不敢私下威逼，一个从外地过来的过江龙，哪斗得过这只从本地公安干线锻炼出来的猛虎啊？廖海洋在缈城一建艰难地支撑了两年，眼看把控缈城一建的希望渺茫了，于是也成立了缈城一建三分公司，开始独自承接业务。但他最终还是迟了一步，在他成立缈城一建三分公司时，任京都已经大肆张扬地成立盛源建筑公司，以一个独立的私人的公司名义，光明正大地承接生意了。

廖海洋坐在新盖的办公大楼里面，望着窗外的蓝天白云，一时感慨万千。汇河建设工程公司虽然已是一级企业，拥有独立的办公大楼了，但又是以第二的身份晋级的。廖海洋不抽烟，平时爱泡普洱茶，和朋友们聊聊天，谈谈生意。今日，廖海洋没有邀请朋友过来，只一个人，慢慢地斟着红褐色的普洱茶。其实，他真的不想和任京都斗了，真的不想斗了，步入五十岁以后，廖海洋便开始觉得疲累，心力交瘁的感觉，想歇。可是，现实却逼着他，要作最后一搏。

虽然这几年任京都仍在建筑界呼风唤雨，蹦来跳去的，但廖海洋心里清楚，任京都也想退了。廖海洋曾幻想过，当任京都退下去后，他就能跃至首位，摆脱三十年来铁打的"二奶"命。但很快，他就意识到，幻想永远都只是幻想。绵城建筑界永远都是绵城的，这群平日相见时互相恭维着、吹捧着的所谓老同行老朋友们，其实都各怀鬼胎，他们都不会同意让一个外来的"水东佬"来领导自己的。

七年前，任京都在他五十五岁寿宴上，公开宣布届满后，就不再做绵城建筑业协会的会长了。廖海洋暗暗松了口气，以为终于可以不用当这个吃力不讨好的所谓的常务副会长了，以为终于可以名正言顺地在会长的位置上，坐几年。没想，到了届满，新一轮投票，结果仍是任京都。看着显示屏上，任京都的名字后面密密麻麻的"正"字，廖海洋像被重锤击中了，耳里"嗡嗡"鸣响。

即使任京都百般推辞，但大家却众口一词，说什么德高望重，非你其谁等鬼话。廖海洋心里像被百年陈醋腌制过一样，酸得冒泡了，但面上仍然得端着弥陀佛般憨厚可掬的笑脸，虚假地捏造出许多华丽而肉麻的词语。

连续三届常务副会长，永远都带着一个"副"字，廖海洋能不憋屈吗？今年，任京都六十二了，他的退意非常坚定，廖海洋想借这机会作最后一搏。然而关键时刻，绵城二建和盛安建筑突然冒了出来，竟和盛源公司联手抢占水都新城的工程。绵城二建去年才被一个从未做过建筑的房产商收购了，房产商叫刘昊天，很年轻，三十出头的小伙子，穿一身阿玛尼服装，束一条爱马仕皮带，挎着一台单反佳能 MARK3，一台全进口的奥迪 Q7 和一台明黄色的张扬得惹火的牧马人交替着开，车速快得不是跑的，是飙的。十足富二代的样子。

刘昊天收购绵城二建后，请了绵城建筑界的老板们在金太阳酒店吃饭，大家纷纷举杯祝贺，称赞刘昊天年轻有为。廖海洋虽然也随众祝贺，但心里早已将这个讲究穿着打扮的年轻人评估一番了。有哪个搞建筑的会那么清闲，整天拿台单反相机四处拍照的？这年轻人明摆着是家里怕他闲出祸来，特地买间不值钱的破公司给他折腾的。

廖海洋全没将刘昊天当作威胁，他要提防的是盛安建筑的郑雄飞。郑雄飞是任京都一手调教出来的，做事作风都有任京都的影子，也是敢赌敢拼之人，但他豪气之外，相对于任京都，又多了一份韧性和忍耐。任京都在任珠基时代后，就不屑与官场打交道，即使很重要的工程，需要和权贵们打交道时也是象征性地出来，吃顿饭，陪喝两杯酒，其他的事情都交给手下的四大金刚去完成了。而郑雄飞则不然，郑雄飞的兄长位处缈城政府高层，他本人也很善于在官场周旋，通晓管理，别看他整天都拿着高尔夫球杆，在云海高尔夫球场上挥杆练腰力，但他盛安的工程仍是一宗又一宗地接回来，业务蒸蒸日上，大有旭日东升之势。

水都新城的规划蓝图才出来，廖海洋就开始活动了，他动用了三十年来积累的所有人脉，花钱不说，连老脸皮都贴上了，好不容易才将关键人物都搞定了。廖海洋盯上的是在新城的白金五星级酒店新金太阳酒店工程，在运作围标时，廖海洋才知道，任京都亦在打新金太阳的主意，而且欧家园已经和郑雄飞、刘昊天达成共识了，三家公司联手，另各邀三间二级施工企业回来，一齐围标。

欧家园还担心十二间公司围标不保险，为达到十足把握，他还亲自到汇河公司来，明码实价地邀请廖海洋一齐围标。一般情况下，像这样的操纵围标，本地同行都不好推托的，推托了就是阻了兄弟发财。廖海洋不能推辞，唯有表面答应欧家园。欧家园走后，廖海洋像被烧得火红的铁锅烤着，又干又燥又烫。放弃竞标么？那么之前所有的投资和努力都打水漂了。不放弃竞标么？同行们会怎么评价自己？汇河公司还得在缈城立足的啊！廖海洋苦思冥想，一个人待在公司的办公室里面，坐到日落，待到天黑。三十年来尔虞我诈，钩心斗角，机关用尽了，斗来斗去，都摆脱不了这个做"阿二"的命运啊！廖海洋实在需要借兴建水都新城这次机会，将"二奶"的命运彻底改变。

可廖海洋万没想到，任京都竟然会退标。当廖振宇兴高采烈地把这所谓的好消息带回来时，廖海洋望着大儿子圆圆的有点儿婴儿肥的笑脸，就像望着一堵穿越不过的墙壁，觉得窒息。廖海洋的预测是任京都一定会强势抢标的，特别是欧家园，这个高鼻梁深眼眶的年轻人心狠手辣得很，他们一贯都是铁腕的做法，从未退缩过的。任京都这次突然抽标离开，而且还将郑雄飞的四个标都一起带离了。很不正常啊！廖海洋心里寒了寒。

廖振宇是值得开心的，一直以来在欧家园的强压下，他从未接过大工程，这次盛源和盛安两间大公司的退标，无疑给了他一次在父亲面前立功的好机会。年轻人光洁的脸上，掩饰不了即将成功的喜悦。廖海洋突然有一种冲动，想将儿子拉进怀内，紧紧地，搂着他，告诉他："儿子，商场上，你所见的并不都如你所想的那样简单！"

但廖海洋还是理智地控制情绪，拉廖振宇坐下来，然后从茶盆上拿出一个杯子，倒盖在茶几上，问廖振宇："你看这像什么？"

廖振宇摸不清父亲的心思，凝神盯着杯子看了半天，说："像个半弧。"

"还像什么？"廖海洋问。

廖振宇又侧着脑袋观察了半天，说："像个拱门。"

廖海洋点点头，将杯子翻转过来，斟上一杯浓褐的普洱茶，指着茶问："你看见这杯水，假如不知道它是茶的情况下，你第一时间会猜它是什么味道？"

廖振宇想也不想说："是苦味，凉茶的苦味。"

廖海洋又点点头，拿起杯子说："这明明是一个杯子，你从侧面看它，它就是一个弧形，或者一个拱门；这看上去像很苦的液体，尝起来却是普洱茶。你说，这说明了什么？"

廖振宇眼光闪了闪，立刻意会到父亲的意思了，脸蛋刹地红了。廖海洋忍着想安抚儿子的冲动，问："盛源和盛安都退标了，下一步你打算怎样做？"

廖振宇一扬脑袋说："我们花了那么多钱，才邀回来几间大公司帮忙，不管盛源和盛安有什么阴谋，我们都不能放弃啊！爸爸！"

这孩子还是求功心切。廖海洋心里叹了口气，挥挥手说："就按你的想法去做吧！出去吧！"

看着儿子走出办公室，廖海洋抿一口普洱茶，觉得真的有点儿苦凉茶的味道了。他很想给章小玲打个电话，让她提醒儿子，凡事一定要看清全部看清内部才能行动，但转念一想，也罢了，不让他们兄弟俩吃吃亏，日后他们怎样和任思远抗衡？

三 秘书长

刘建军做建筑业协会的秘书长，实在有点情非得已。

绨城建筑业协会在绨城建委的支持下成立时，刘建军还在绨城设计院当院长，那时绨城设计院正逢体制改革，设计院内的高工们都各怀鬼胎，谁都想分一杯羹，但谁也不愿意多出一分股份钱。这样的化整为零，无论怎样划分，每一个人都觉得自己是吃亏的一方，大家都暗里比较，私下埋怨。又恰好，设计院因应纳所得税的问题，与绱城地税局产生分歧，设计院正忙着收集证据准备起诉绱城地税局。设计院的股东们意见有分歧，有人支持起诉，有人表示民与官斗，只有输的份儿，是白费心机。刘建军正处于压力重重、焦头烂额的阶段，这时建筑业协会又来掺一腿，邀他做秘书长。刘建军自觉无精力胜任，推辞了几次，最后，老市长任珠基亲自登门拜访，刘建军才不得不接下秘书长这个职务。

任珠基向刘建军保证，只需他当一届秘书长就行了，将建筑业协会领上路后，往后是立着走路还是爬着走路，全看这帮"泥水佬"的造化了。任珠基还明确表示，之所以一定要请刘建军做这个秘书长，主要还是平衡任、廖两人的关系。任珠基认为任京都比较强势，做事张扬，不计后果；廖海洋虽对人平和，但性格阴柔，城府较深，希望刘建军能在两者意见不合或产生冲突时，站在中立一方，从侧面提醒他们，建筑业协会是一个整体，任何意见都必须通过协会协商，达成共识后，才能作下一步的推行。刘建军答应任珠基只做一届，第一届届满之后，他就全身而退，还专心搞他的设计院。但刘建军怎样也没想到，这个秘书长一做，就贴上了身，根本退不下去。

处理完设计院和地税局的案子后，设计院的几大股东就解体了，眼见人心溃散，设计院挽救无望，刘建军便辞去院长职务，和朋友合作成立了一间审图公司。审图公司逐渐上了轨道后，刘建军的心也静了。每天清早，刘建军都会到星悦酒家去喝早茶，星悦酒家的桂林房是他的长包房。七点半，刘建军走进桂林房，任珠基、陆灿辉和何巨发肯定已在里面等着了，他们一起看报纸，喝早茶，吃早点，直到八点半，才各自离开，该上班的上班，该回单位的回单位，该去公园遛遛步的遛遛步去。这样的格局，直至何巨发东窗事发后才被打破。

负责桂林房的服务员阿珍看见刘建军来了，打开房门笑着说："军哥，今日精神不错哟！"

阿珍戴着明晃晃的大耳环，笑起来，大耳环一摇一晃的，特别招人喜欢，刘建军就喜欢这样的喜气，忍不住捏一下阿珍胖乎乎的下巴，说："嘴巴真甜。"阿珍的大耳环摇得更厉害了。

陆灿辉在房间里翻着缈城日报，讥讽说："刘院春心不老嘛！"

"你这小子！"刘建军坐下来，拿起一张报纸问，"有什么新闻？"

陆灿辉翻翻眼睛说："新金太阳酒店第一轮邀标不成功，需要重新邀标，算不算新闻？"

任京都和廖海洋在水都新城区争标的事情，刘建军早有耳闻，两虎相争，必有一伤，但杀敌一千，自损八百，这回任、廖两人正面冲突，肯定是矛盾重重的，刘建军早已有心理准备，又要做一次"和事佬"的。但这回竟然是邀标不成功，而并不是两者斗个你死我活，这样的结果大出刘建军的意外，不由问："为他们量身定做的标，也会失的么？到底是么回事？"

陆灿辉深不可测地一笑，指指任珠基说："他干外甥今次反常了，突然罢局，不玩了。现在欧家园肯定气得拍台骂丢那妈。"

任珠基虽已白花苍苍，但气色还十分红润，一笑，声若洪钟地说："小欧当然生气啦！他的奖金和业绩挂钩的，几个亿的工程，眼看就要到手了，老细突然说撤牌，他白白丢了上百万的啊！"

刘建军呆了呆，这完全不是任京都的作风嘛！赌徒哪有下注不赌的？刘建军第一个反应就是：难道任京都也学廖海洋了？不再直来直去，玩起欲擒故纵啦？想到这里，便说："老任准备在第二轮邀标时，杀回马枪么？"

陆灿辉又翻翻眼睛说："他还有杀回马枪的拼劲么？我看老任是准备解鞍歇马了！"

刘建军将目光望向任珠基，在缈城，最了解任京都的人，除了廖海洋就是任珠基了。任珠基吃着阿珍送上来的素菜面，含糊不清地说："看来协会的格局真的要变了。"

刘建军何等聪明，这几年任京都几乎都不理建筑业协会的事务，终日在世界各大赌城里流连，他的去意非常明显。刘建军想到自己一个搞设计的，担了建筑业协会秘书长的重担这么多年，也是倦得很了，忽然对任京都有种天涯同路人的感觉，不由叹气说："早该变了，现在是年轻人的天下，我们这些老鬼，真不该挡了年轻人的道。"

任珠基歇下筷子说："不挡道，但亦要找个能继续开道的人啊！建军，明年就换届了，你这个秘书长，任务重啊！"

刘建军苦笑一下，真的任务重啊！到底谁来当这个会长？谁来当这个秘书长？还有，任、廖两人放在水都新城区的葫芦，到底在卖什么药？接下来，自己这个秘书长又该怎么做？

阿珍将他要的鱼片瘦肉粥端了上来，两个大耳环晃了晃，说："军哥，厨师说今日给你煮的粥里面，额外放了秘密材料的，让你尝清楚些哦！"

刘建军舀一口吃了，陆灿辉笑着说："放砒霜了？"

刘建军望着阿珍笑眯眯地说："好材料呢，替我谢谢厨师！"

四　理事长

接到刘建军的电话时，冯二马正在董不凡的办公室里喝茶，董不凡在水都新城区的新楼盘"卧龙榭"准备开盘，冯二马想跟他谈谈监理的事情。刘建军在电话约他谈明年建筑业协会换届选举的事情，冯二马不由向正往玉石滤嘴里塞雪茄的董不凡瞟了一眼。

董不凡慢条斯理地点着了雪茄，吸一口，吐出淡白色的烟圈，偌大的办公室里顿时烟香四溢。好烟就是好烟，冯二马放下电话，吸吸鼻子。他不抽烟，但对这么芳香的烟味，也不反感。董不凡从茶盆里夹出两个汝瓷杯，放一个在冯二马面前，问："理事长，马上要换届了，人选定下来了吗？"

冯二马摇头说："还没定。"

董不凡一笑："老任精力还旺盛得很！"

冯二马拿起茶杯说："有哪个领导连任超过三届的？"

董不凡点点头，又吸了一口雪茄，说："你也快四十了吧？还没找到适合的？"

冯二马红着脸低下头，婚姻是冯二马最不想谈的事情，可董不凡偏要往这上面烧一把火，这老狐狸！

也不知算不算年少气盛，冯二马的第一段婚姻是从夜总会开始的。刚大学毕业不久，南下广东在纱城一建立稳了脚的冯二马，多少有点得意，每天下班后，总喜欢和三五个同事到花皇宫的大厅去喝酒，顺便也跳跳舞、唱唱歌。花皇宫大厅的领舞是个身材妖娆得似蛇妖一样的女子，她披着长长的染得金黄的头发，穿着一身贴身的镶着闪片的短装皮衣，白得耀眼的玉腿上套一双同样闪亮的高筒靴，围着大厅中间的钢管蛇鳗般扭来扭去，上窜下跳的，一对鼓鼓的乳房，似欲飞的鸽子，也上窜下跳着，跳得围观的男人们喉干舌燥，双眼冒火，嚎叫不断。蛇妖般的女子烈焰般的红唇，似烟熏过的眼睛，还有拿抱柱时那迷乱性感的表情，一下子将未经过男女之事的冯二马击倒了，冯二马发疯般迷上了"蛇妖"。

陆永安和董不凡知道冯二马和"蛇妖"的事情后，都竭力阻止，他们私下约冯二马谈心，让他找个正经人家的女子，切莫迷恋风月场所。为了阻止冯二马和"蛇妖"的爱情，董不凡和陆永安还专门安排了冯二马到绱城一建质安科的老科长罗建成的家里打麻将。客人还没进门，罗建成就安排他二十岁的女儿坐在一旁看书。

麻将打了几圈，董不凡便开始劝冯二马，找妻子一定要找身家清白、贤惠淑德的女子，最好是本地姑娘，本地姑娘稳重、踏实、少花花肚肠，能笃定在婚姻家庭里。冯二马抓着麻将牌，看都没看就甩了出去，说："哪有那么好的事情，我们外来的'捞仔'，打一份牛工，哪个本地人愿意把女儿嫁给我啊？"

董不凡心照不宣地和罗建成互递了个眼色，罗建成领会，招呼女儿过来："阿珊，我们打麻将口渴了，给我们倒杯水来！"

阿珊忙放下手中的言情小说，站起来去倒水了。冯二马立刻明白，这轮麻将并不是一般的娱乐麻将了，和鸿门宴差不多，都是意在别处。

罗建成是冯二马的上司，也是老师傅了，老师傅一番好意，不嫌自己是个外来工，想将正值妙龄的女儿嫁给自己，冯二马既感激又紧张，心里一阵慌乱，脸蛋也"刹"地红了，摸了的麻将也忘了看，甩手就扔了出去。董不凡捡了牌，将麻将一推，笑着说："吃了，小冯，你包了！"

冯二马站起来掏钱，恰好阿珊捧着茶杯走了过来，滚烫的茶水冒着热气，冯二马低下头，脸红耳热的，飞快地接过茶杯，说声"谢谢"。阿珊一笑，说："不用谢！"冯二马抬头，回报一个友善的笑容，没想眼睛碰上了两片大大地咧开的灰白色的嘴唇，嘴唇里面两排参差不齐的四环素牙狰狞地往外露着，一张干瘦得像发霉后再风干的腐竹般黄黄绿绿的脸皮，皱巴巴地贴在两块凸起的尖尖的颧骨上，两撇疏淡得几乎看不见的眉毛下，一对泛着黄豆色的鱼泡眼凸了出来。虽然鱼泡眼是盛着笑意的，可这怎么能和"蛇妖"烟熏过一般的朦胧的水汪汪的大眼睛比啊！

阿珊示好的笑容，却使冯二马浑身寒战，鸡皮疙瘩遍布了全身，还有没有长得比这更有特色更接近人类始祖的？冯二马深呼吸了几口气，才镇静下来，装一副若无其事的样子坐下，继续摸牌。罗建成非常热情地招呼他喝茶，吃阿珊送上来的水果，冯二马纹丝不动，坚定不移地坐在座位上，腰板挺直直的，除了目不斜视外，还下定决心，渴死了也不喝一口茶水，饿死了也不吃一块苹果。

受了这回麻将宴的刺激，冯二马对"蛇妖"的爱更被激发了。打完麻将，他就直奔"蛇妖"的住处。"蛇妖"正对着镜子用灰金色的眼影扫着眼眶，冯二马激动地将"蛇妖"搂在怀里，情意绵绵地说："亲爱的，嫁给我吧，让我照顾你一辈子！"

"蛇妖"举着眼影扫子，呆呆地望了镜子半天，才回过神来，一抛扫子，尖叫一声，跳起来，一下便扎在冯二马的怀里，抱着他的脸蛋疯了般吻了起来。冯二马哪受得了这蛇鳗一般柔软饱满的身体？立刻就被俘虏了，忘情地回应着"蛇妖"。

激情过后，"蛇妖"将汗津津的脸蛋贴着冯二马的胸膛，柔声问："真的要娶我？"

冯二马还沉浸在刚才的幸福里，想也不想地回答："真的，非你不娶！"

"蛇妖"温柔而委屈地嘟着红唇说："可我是黑哥的人啊！黑哥不会放过你的！"

一股热流冲上脑门，冯二马豪情万丈地拍着胸口说："黑哥算什么？现在你是我女人了，我明天就去跟黑哥摊牌！"

"蛇妖"一双忧郁的大眼睛看着冯二马，冯二马英雄气概更炽了，拍拍她的小脸说："放心，我能摆平的！"

回到家里，冯二马才晓得后怕，黑哥是缈城最大的黑社会大哥，那时港产片正流行着，什么黑社会什么飞仔什么赌王什么古惑仔，是当时年轻人最喜欢挂在口头的名词，冯二马一个打工仔，拿什么去摆平黑哥呢？冯二马擦擦额上的虚汗，软绵绵地靠在沙发上，这次真是充英雄充过头了。但答应了的事情，亦不能提起裤子就不认人啊！冯二马整夜辗转难眠，想了一夜，也想不出好法子来。

还未等冯二马去找黑哥，黑哥就已经找上门了，门铃声很有礼貌地响着，冯二马黑着眼圈去开门。大门一开，冯二马的嘴巴就张得圆圆的，可以塞下整个鸭蛋了。手臂粗得像树干一样的黑哥笑眯眯地站在门口，臂上的肌肉鼓得像个铅球，上身只套了一件白色的汗衫，一条墨青的龙纹在汗衫后面，隐隐约约地透出张牙舞爪的狂狠。黑哥的背后还站着两个眉清目秀的小伙子，都笑眯眯的。

冯二马感觉到龙阴森森的眼神和锐利的爪子，不由往后一缩身子，黑哥一手撑在门角上，胳肢窝里露出一撮浓密的腋毛，刺鼻的汗味顿时钻入冯二马的鼻孔里，冯二马的脑海"嗡"地一响，完了，牛皮吹破了，真的完了。

黑哥另一只手捏着冯二马的下巴，左右摇着，吹着气说："死捞仔，敢上我女人？"

冯二马抖着声音说："我……我不知道你讲什么？"

"装傻扮懵了？拖出来！"黑哥一喝，他背后的小伙子立刻分开，转身一拖，披头散发的"蛇妖"就被拖至冯二马的面前了。

冯二马瞥了"蛇妖"一眼，"蛇妖"还穿着睡衣，想必是在睡梦中被人提起来的，原本垂直的金黄的秀发像鸡窝般堆在头上，一双大眼睛已经被打成真正的烟熏色了，红肿的眼眶里还滚着泪水，嘴唇又肿又紫，泪眼汪汪可怜兮兮地望着冯二马。昨晚还百般恩爱，今日就对目凄然，想起"蛇妖"平日可爱的笑容，性感的眼神，昨夜才拍着胸膛牛气哄哄地答应过她，一定会摆平黑哥的，男人说话岂能儿戏？想到这里，冯二马一挺腰板，直视着黑哥说："现在她是我女人了！"话音才落，数个砂锅般的拳头就迎了上来，冯二马应声倒在地上，拳头雨点般追了上去。

与黑哥的冤仇，最终还是任珠基给摆平了。虽然董不凡和陆永安等人都极力劝冯二马，事情摆平了，也对得起"蛇妖"了，千万不要和欢场女子太过较真，冯二马的父母更是剧烈反对，但为了当初的承诺，冯二马还是顶着巨大的压力，和"蛇妖"结婚了。

不出大家所料，冯二马和"蛇妖"的婚姻很快就出现了危机，"蛇妖"习惯了灯红酒绿的生活，和冯二马结婚后，待在家里无所事事，便念起当年的纸醉金迷，起初还瞒着冯二马偷偷去酒吧喝酒跳舞，被冯二马发现后，非但不肯收敛，还越演越烈，干脆公开天天晚上出入欢场，夜夜喝得醉醺醺地回家。冯二马多次跟"蛇妖"沟通，希望她把心收回来，对家庭对女儿尽心一点，蛇妖哪听得进去？非但不愧疚，还借了酒意，撕打抓咬冯二马，骂他没有本事，打一份不痒不痛的牛工，何时她才能过上少奶奶的日子啊？

和"蛇妖"婚后的那几年，冯二马觉得自己就是一个笑话。每天上班，他都将留长的头发梳到额前，遮挡着晚上被"蛇妖"打伤抓伤的额头和眼角，几个年纪差不多的同事便打趣他："二马，昨晚又跟你老婆学扭钢管舞了？""别不好意思了，看，都摔得眼青脸肿了！""钢管舞哪是那么容易学的？腰悠着点哟！"冯二马窘得整天都低着头走路，每次只要迎面有人走过来，他都恨不得在地下找条缝隙钻进去。

冯二马和"蛇妖"的婚姻维持了六年，最终"蛇妖"还是等不及当少奶奶，抛下冯二马和只有六岁的女儿，跟一个有可能让她当少奶奶的男人走了。离婚后，冯二马辞职离开缈城一建，和朋友合作开了营造监理公司。七年来，冯二马把全部精力都放在了公司上，功夫不负有心人，营造监理公司业务蒸蒸日上，不少人才都主动投奔过来，冯二马的名气也越来越大，现在营造监理公司已成为缈城业务量最多信誉最好的监理公司了。

董不凡瞄了冯二马一眼，笑着说："小冯啊！选会长和选老婆一样，要选最合适的，而不是最爱的！"冯二马的脸蛋"刷"地红了，他挺不喜欢自己容易脸红这个毛病的，只要心里稍稍有点不安，情绪有点儿波动，脸部皮下血细胞就扩张，白脸一下子变成红脸。这些年在商场上跌打滚爬，他也锤炼得油腔滑调，百毒不侵的了，可脸皮还是不争气，他唯有自我安慰：容易脸红是生理反应，没法克制。董不凡的话里有骨，但话中有理，老狐狸就是老狐狸，不动声色就抓住了要害。

"现在难是难在，我们怎样才知道谁是最合适的？"冯二马望着董不凡。

董不凡又吐了个烟圈，跷起二郎腿说："奥巴马都是竞选出来的。"

冯二马说："竞选？"

建筑业协会理事会为了选会长的事情，大会小会开过很多次了，到底选谁？如何选？理事会成员争论了很多次，有人提出轮任制，即让十八间建筑施工企业的负责人轮流坐庄当会长，每人当一年，既公平又能解决届届评选的难题；也有人提出，按资历和公司实力选会长，谁在缈城建筑界最能呼风唤雨得民心的，就由谁来做，但这样的人选似乎除了任京都以外无人能当，廖海洋又不乐意了；更有人说，看谁和政府相关部门领导的关系更好一点就由谁来做，毕竟协会是企业与政府沟通的平台。

理事会上众说纷纭，各执己见，互不相让，都认为自己构思出来的方法是最无懈可击的，会议召集了几次，都是热腾腾地来气冲冲地散，也没能找出一个能平衡大家意见的方法。刘建军头疼，冯二马也头疼，大家都有自己的公司，都有忙不完的事情，总不能一天到晚都围着协会的事情转么。

可建筑业协会是他们建筑同仁齐心协力成立的，当初成立时，缈城建筑界多震撼啊！市长亲自到成立大会现场致辞祝贺，缈城日报大篇幅报道，大家都对建筑业协会的未来，满抱着希望，充满了信心。建筑业协会就似是缈城建筑界共同授精的一个蛋，大家都用心呵护着这个蛋，张着翅膀保护着它，尽管捂了十几年，蛋仍然是蛋，它没有孵出小鸡，有可能已经捂成臭蛋了，但大家都不想放弃，不愿意放弃，这是一代建筑人的心血，是大家意愿扭成一股，团结在一起的象征，是一个时代建设者心有所依的精神家园啊！所以，他们宁愿继续捂、继续捂，只要不放弃，就肯定有一天，有一只真正的母鸡出现，创造奇迹。

竟没人提出过，用竞选的方式来解决会长的人选问题，冯二马兴奋起来脸更红了，忍不住问："竞选能行吗？"

董不凡自信满满地说："以价定位，必成！"

冯二马一拍大腿，站了起来。董不凡不紧不慢地拉过放在茶桌上的合同，在上面签了名，然后递给冯二马，说："工地那边，你派个有责任心的监理过去跟着，我老了，现在最听不得坏事情。"

冯二马接过合同，说："这是当然的，你的楼盘我都会亲自跟的。"

董不凡缩在缥缈的烟雾里，点了点头。冯二马知道他的习惯，他又要思考什么棘手事了，于是放轻脚步慢慢往门外退。董不凡从烟雾中拖出长长的声音说："别拖了，给冯凤找个好后妈，贤惠的女人能旺夫！"冯二马讪讪地应诺着。"还有，不能让老任知道这主意是我出的。"董不凡说完，靠在椅背上，闭目养神。

五　监事长

令刘昊天最烦恼的事情莫过于别人总爱拿他富二代的身份说事，不管他做了多大努力，在设计领域已小有成就，人们还是喜欢将这些努力和成绩跟他父亲联系起来，都会不屑地说："切，有么了不起的？还不是背后有个有钱的老爸撑着？"

刘昊天认为自身并没什么恶习，飙车、旅游、摄影和攀岩，这些都是他在墨尔本大学读书时就有的爱好，他认为激情和爱好，不能算作是年轻人的毛病。而且，澳大利亚很多年轻人都有差不多的爱好。在澳大利亚时，刘昊天玩得比现在还厉害，他经常和同学们一起玩风帆，一起滑浪，一起潜水，一起蹦极，尽情地与大自然亲密接触，自由自在得像只随意飞翔的小鸟。

但当他回到中国后，这些兴趣和玩耍，便成了人们声讨纨绔子弟证据，刘昊天逐渐觉得有一根无形的绳子，悄悄地向他围拢过来，令他不敢再肆意地在宽广的大海上滑翔，不敢再从几百米高的峭壁上呼啸而下。刘昊天觉得自己像一只刚游上海滩的海龟，海滩上的阳光实在太刺眼了，海滩上的沙子实在太戳人了，唯有老老实实地将在大海里舒展惯的四肢和脑袋都缩起来，老老实实地待在貌似坚固的龟壳里，时不时也探一个贼贼的龟头出来，用惶恐的龟眼偷窥一下海岸上的情况，又赶紧把龟头缩进龟壳里，紧紧地把四肢抱成团。

海龟上岸的日子不好受啊！整天缩头缩脑的日子更不好受啊！待在龟壳里不敢放胆爬行，那何年何月才能找到适合下蛋的沙窝啊？多少次，刘昊天都想撇开这个累人的龟壳，放开四肢，大胆地往前行走，但他的父亲却总会在关键时刻提醒他："你现在正在一片炽热的阳光笼罩下生存着，假若你抛弃龟壳的保护，赤身裸体地在沙滩上爬行，你势必会被阳光蒸干、晒死的。"

刘昊天望着广袤无边的大海，多想抱着陪伴他多年的滑板，一起冲进汹涌着的碧波里，与它心无旁骛地一起呐喊一起呼叫一起激涌。但他的双脚还是被细白干燥的沙子严严密密地吸裹着，每次艰难地移开一步，父亲的混浊沉重的咳嗽声，便警钟般，"咳咔"一声。刘昊天脚如铅坠，口干舌苦，父亲说："想要得到，先得放弃。忍得了，守得住，放得下，你在商场上便能无往不胜。"

刘昊天记得小时候，父亲生意不忙时，在家喜欢练毛笔字，他写得最多的便是"忍"字。那时候刘昊天不懂，为什么父亲总写那个扭来扭去的字呢？那么多的点，像极了一个爱哭的小女生，一点也不漂亮，难看死了。后来再大一点，有外出旅游的资格了，他便发现，每一个旅游景点，只要有书法字画或刺绣书签卖的地方，都会有书墨写的、刺绣绣的、书签上印的"忍"字。

等他到澳大利亚读书时，他才发现，原来小时候还是太粗心了，只要有中国人居住的地方，有卖中国货的地方，都能找到带"忍"字的字画或饰物。

父亲硬生生地将刘昊天从灼热的沙滩上拉回家，让他站在条案前。刘昊天紧紧抱着滑板，看着父亲调墨铺纸，蘸墨运笔，气势磅礴地"唰唰"几笔，又一个笔力浑厚的"忍"字跃于雪白的宣纸上。父亲落好款，放下笔，又盖上章，轻轻地吹了几口气，将墨吹干后，拍拍他的肩，说："昊天，这是中国人的规则，你没可能一辈子都活在澳大利亚的，一定要戒急用忍。"滑板刷地滑到地上，刘昊天觉得那根无形的绳子，越收越紧了。

绳子收得再紧，也不能完全放弃自我。尽管很多看似张狂奢侈的爱好，刘昊天都少玩了，但他仍保持着对旅游和摄影的热爱，他上班开奥迪Q7，有空闲就喜欢开着那台明黄色的牧马人在山谷在沟壑在丛林中穿奔驰，他无法放弃那种从大自然中穿越而出的快感，这是一种能感知生命脉搏律动的享受。无论父亲怎样叮嘱，让他莫张扬，要低调，刘昊天都不愿意完全失去血液里就滚烫着的速度与激情。

刘昊天认为，有追求有梦想有爱好有激情有速度有越野，这才是年轻。年轻，是肆意飞扬的，是活力的，不应该被禁锢。刘昊天知道有很多人不屑他的行为，说他不好好帮父亲经营生意，终日背个单反，开着牧马人，招摇过市，实在太招摇了。不屑之余，还不忘哼哼几句："还不是有个有钱的老爸？哼，这些富二代！"听到这样的评价，刘昊天委屈极了，知晓刘昊天底细的人都知道，回国这几年，刘昊天都没在他父亲的公司工作，他一直在广州经营自己的设计公司，成绩很不俗的。这两年，刘昊天父亲的身体状况差下去了，他才不得不回缈城来接手的，但他更愿意在属于自己的设计空间里面，随意放飞自己的想象。

回到缈城后，刘昊天并没像其他人一般，先到父亲的公司了解公司的情况，而是开着牧马人，像一道黄亮的闪电在缈城划过。缈城大街上，行驶着各种各样的豪车名车，有奥迪有别克有奔驰有宝马有保时捷，但车款都大同小异，都是一般的轿车或四驱，都是中规中矩的黑红蓝。突然一台黄得耀眼的JEEP呼啸着从黑红蓝中奔驰而过，吓得满城的黑红蓝都停下来，瞪着明黄色绝尘而去，然后，缈城骚动了，这就像给一锅温热的水加了一道猛火，水一下子就滚烫了，沸腾了。缈城人互相打听，才知道这是绿湖实业有限公司的老板、缈城有名的房产大亨刘宇华的独子刘昊天的爱车，于是缈城人释然了，都长长地舒口气，相互对视一眼，又镇静自若地发动黑红蓝的引擎，暗暗地吐一句："怪不得，刘宇华的儿子，海归派的！"

刘昊天没理会这些嘘声，直接开车来到水都新城区，这里已经有工程动工了。工地被一列单薄的围墙圈着，围墙的墙体刷着未来水都的宣传图画，色彩鲜艳，气势磅礴，活脱脱一个现代化大都市的蓝图。工地内，一架架漆着黄漆的桩机像针管般，稳稳地扎在被拆迁得荒芜破落的土地上，隆隆地发出沉重地鸣响。

刘昊天将单反相机挂在脖子上，跳下车，一个戴着蓝色安全帽的建筑工人走过来，问："老细，有事么？"

刘昊天笑笑，指指工地，向前走了几步，托起单反相机，咔嚓咔嚓拍了几张，工人急了，追在背后说："老细、老细，使不得的，你不能乱拍！"

刘昊天对着焦距说："没乱拍，我只想弄些建设前和建设后对比的照片。"

工人擦着汗说："老细，等搞好后，你怎样拍都行，不过现在就不行！"

刘昊天又迅速按了几下快门，回头对工人眨眨眼睛："为什么啊？"

工人垮着嘴说："你还是别拍了，如果你是什么记者的，拍了不该拍的，我这份工就没啦！"

刘昊天拍拍工人的肩问："你在这做什么事的？"

工人说他是看管工地的。见刘昊天还继续拍，工人急了，拉着刘昊天的衣袖，哀求道："老细，求下你啦！别拍了，我老细知道了，肯定炒我鱿鱼的。"

刘昊天放下相机，昂头望着一望无际、空空的、满堆瓦砾的工地，眼前这个工地开工得也早了些吧？绿湖实业在水都也投资了水都绿湖水榭、绿湖戴维斯酒店、绿湖空中花园等项目，但报建手续仍在审批中，绿湖实业仍未找到合适的建筑商来承包工程，到底是谁那么快速度，首先占据了水都第一桩？

刘昊天四周睃了一圈，都没有看见有承建商的标识，就问："大哥，你们这里还没有挂牌么，就能动工啦？"

工人撇撇嘴，不理会他，盘手蹲在围墙的一角，翻起眼睛望着工地。有意思了，这显然是一个秘密，该工人是受过告诫的。刘昊天回到车上，拿出一条芙蓉王，递给工人，笑着说："抽烟么？大哥！"工人将脸别开，刘昊天又将香烟往他前面递了递，说："也是别人送我的，我不抽烟，放着也是放着，你拿着，大哥！"

工人的眼睛亮了亮，伸手想接，但马上又缩回去，说："你想收买我啊？"刘昊天也蹲下来，面对着工人，工人黝黑的脸"唰"地红了："我不会上当的！"

刘昊天拍拍他的肩，说："大哥，我不是记者，你不用担心，烟你尽管拿去抽，你不想告诉我，我不问就是了。"说完，又按按工人的肩，站起来，走回车里去。

他刚发动车子，那工人拿着香烟站起来，大声说："我们是同一个老板的。"

刘昊天发动引擎的手定住了，戒急用忍当然重要，但先发制人也是无往不胜的关键，先机先机，把握先机，就掌握了主动权。速度与激情，这才是刘昊天的风格。谁说富二代没有过人之处的？刘昊天一拉引擎，如风驰电掣般飙离了工地。

成立一间有资质的建筑公司，时间上已来不及了，刘昊天看上了缈城二建。刘昊天看上缈城二建是有理由的，首先，此时缈城二建内部股东们意见不合，正在闹分裂；其次，缈城二建这几年因为没有一个得力的领导人管理，管理模式因陈守旧，导致公司业务量大跌，濒临倒闭；最后，缈城二建有一级施工企业承包资质，公司储备着大批有资质有经验的老工程师和建造师，还有独立的办公大楼，在缈城享有一定的江湖地位。此时收购缈城二建最合适不过了，恰好缈城二建的负责人陈万成也在四处打听买主，刘昊天和他一拍即合，很快就拍板了。

缈城二建只需要承包好绿湖实业的所有工程就够了，买下缈城二建，绿湖实业是一石二鸟，不但不用担心寻找承建商的问题，而且还能为绿湖公司合理简化了很多税费的问题。刘宇华非常欣赏儿子的这一决策，他干脆撒手，退居二线，公司的事情都由刘昊天来掌握。

刘昊天喜欢挑战，特别是在商场上的挑战，他觉得，越棘手的交易，越能挑起他的战斗欲，就像在大海里滑浪一样，无风无浪，波澜不惊的大海，滑起浪来一点挑战性也没有，根本就不刺激。刘昊天喜欢难度。可现在让他头疼的，却是缈城二建本身在建筑业协会担任监事长职位。

所谓监事，就是监督建筑业协会的各种职能和行为规范，管理建筑业协会日常事务的意思。刘昊天收购了缈城二建后，便顺理成章地成为缈城建筑业协会的监事长，平常除了经常会收到一些会员企业对协会或会长的不满意见要处理外，他还得负责建筑业协会的财务监督工作。每个季度末，建筑业协会的出纳就会拿着大叠贴得工工整整的发票来找他签名，发票的背面都盖着红印子，他就要在红印子里签名，一张发票签一个名。尽管刘昊天已经将"昊天"两个字写得有多草就多草，有多简单就多简单，但一叠发票签下来，手腕都累酸了。

如果只是签一下名字，也没有什么，最多手腕酸一点，要命的是，这些发票都是没经过他这个监事长就开回来的，全都是些面额一千几百块的毛票，这样的单子，要是在绿湖实业，刘昊天根本就不屑去签，随便一个部门经理签个名就是了，但这是协会啊！刘昊天想，签就签吧，即使要负责，一年下来也不过十来二十万的样子，还签得起。最令人头疼的是，协会内部的纷争。

在刘昊天的眼里，一年二十万的开支，对于每个会员都是身家千万以上的协会来说，其实算不了什么，九牛一毛，小数目。可这些身家千万的会员却都不是一样的看法，每次开会都为了诸如协会的经费等小问题争论不休。每次开会，刘昊天都静静地坐在角落里听那些建筑大亨们争论，争论如何解决越来越严峻的协会经费问题，争论如何设置防护网保护本地施工企业等问题。刘昊天心里暗暗发笑，任京都在威利斯在星际在金沙在葡京押两三注就够协会整年的开支了，只要其中一人慷慨一些，出点钱就能解决的事情，竟也要开会商量那么多次，浪费的时间，难道时间不也是钱么？真不值！

如果不是亲眼所见，刘昊天怎样也不相信，这些平日呼风唤雨的建筑商，竟然真能为了这点鸡毛蒜皮的，根本就不是事儿的事争得跟猴子屁股一样，老脸胀得又红又黑，有的脾气躁点的，还拍案而起。

当刘建军来电话咨询他的意见时，刘昊天立马表态，赞成冯二马的竞投会长的方法，他一手拿着电话，另一只手抚着办公桌旁的那棵碧翠莹润，饱满可爱的金钱树，刚抽出来的金钱树树叶微微上翻着，肥嘟嘟的，翠得能透得进光。刘昊天摘下一块嫩叶，放在鼻子里闻了闻，说："巧妇难为无米之炊，现在协会缺的肯定不是会长人选，而是缺少雄厚的经济基础的支撑。我想，钱够了，事情都好办了！"

刘建军说："我和小冯也谈过这个问题，我们都认为，舍得出钱竞投会长位置的，料必也有能力和办法去搞好协会的。你说，我们竞投的价格，多少钱起标适宜？"

刘昊天想了想，说："起码五十万吧！"

六　房产商

董不凡这个名字，在缈城只要抖一抖，缈城就得摇晃一下。缈城人在谈论房子，谈论开发商时，自觉或不自觉的，都能绕到董不凡的名字上。说到董不凡，缈城人先咬一下舌尖，然后嘘一口咸咸腥腥的湿气，噤声五秒钟，才缩缩脖子说："这人啊！真是不凡，土地主啊！"

在缈城，只有任京都能不屑董不凡。腾龙集团投资开发的工地，绝不会挂着盛源建设工程有限公司的牌子的，这是缈城的一个畸状。任京都和董不凡决裂，还是在缈城一建的时候。那时任京都负责缈城一建的质安科，董不凡负责行政科，本来这两个部门的负责人应该是相安无事的，事情发生在任京都要进入缈城一建董事会的前夕。

在缈城一建逐渐风雨尽握的任京都，对权力的欲望也越来越炽，为了进入缈城一建的股东会，他便请了董不凡、罗建成和正在缈城三建的廖海洋一起到澳门"见世面"。那次是他们第一次到澳门，申请递了几个月，才被批下来。初到澳门，他们立刻就被这个资本主义国家殖民着的、灯光迷离、衣香魅影、博彩声声的小岛迷住了。

他们几个如土鳖一般，下身穿着宽阔的大中裤，上身一件白色的汗衫背心，脚下跥一双人字拖，拐着八字步在新马路逛来逛去。葡式建筑色彩鲜艳，造型独特，常常能令这几个做建筑的行业专家发出如乡下人进城见到新鲜事物般惊奇的啧啧声。四个人你追我赶，一路跑着，在大三巴下摆出一些东歪西倒的古灵精怪的姿态留影。最后，他们又豪情万丈地进入如刀刃般屹立的葡京赌场。

俄罗斯转盘，百家乐，百丽机，骰宝赌大小，扑克买点数，七乐彩选号等，各式各样新奇刺激的赌博玩法立即将他们轰晕了。在任京都的鼓动下，他们都将身上的人民币拿出来，去兑换了筹码。他们带了不少钱过来，如果在缈城，这些钱能够一个五口之家富足地过上一年。但当钱兑换成筹码后，钱就不是钱了，只是一个个标着数额的圆圆的块件。四人揣着筹码，分头散开，各寻感兴趣的赌种下注。可还没等他们玩到尽兴，葡京的表演台上还未开始上演香艳刺激的节目，这群纱城建筑界的老大们就输得光溜溜的，灰溜溜的，垂头丧气地走了出来。

出了葡京，夜也深了，葡京顶上的大灯像刀子般扫着冷白的强光，董不凡抬头望着扫来扫去的强光，叹了口气说："被砍一脖子血了！"

廖海洋有点担心地摸摸大中裤的口袋，圆脸皱成一团，叽咕："只剩几张散纸（毛币的意思）了，今晚看来要露宿街头啦！"

大家立刻都将大中裤口袋都翻转了，搜了半天，把所有的钱都凑起来，也不到一百块。一百块，在澳门连一个像样子的旅馆都住不上啊！四个人你眼瞪我眼。此时，肚子还凑热闹般，"咕咕"地响起来了，海风吹来，吹得四人浑身寒嗖嗖的。

廖海洋摸摸裸露的肩膀，跳着脚问："怎么办？"

任京都一挥手说："别的都不管了，先填饱肚子再说。"

于是四人找了一间小小的馄饨铺子，每人吃了一碗馄饨。吃完馄饨出来，肚子不饿了，但困意却上来了。他们找了一个门面窄得像威化饼干一样的小旅馆，一问价格，一个房间要一百二十块，数数手上剩下的毛币，刚能付零头。

罗建成脾气较火爆，又蹦又跳地骂起来，他先骂任京都不事先规划好，害大家流浪街头，又骂澳门是个鬼地方，物价高得离谱的，要在纱城，一块钱能吃一碗大的馄饨，还加青菜的，十五块钱可以住一晚旅馆了。任京都理亏，任由罗建成骂，廖海洋则比较中庸，靠在灯柱上不说话。

这时候，董不凡慢慢地解开卡在大中裤上的皮带，大中裤里面竟然还缝着一个小小的口袋，他伸手在小口袋里摸了半天，才摸出了两张皱巴巴的百元钞，大家眼前一亮，都笑起来："老董你还留一手啊？"

董不凡瘪着嘴说："我老婆听讲澳门的金子便宜，叫带个戒指返去的！"大家听了，都惭愧地低下头。

任京都却接过钞票，豪爽地说："不用这样，下次我过来，保证给嫂子带只大大的金戒指回去。"

两百元，只能住一间房间。房间里只有两张窄窄的小床，上面铺着白色的被子。他们将小床拼起来，横着躺在床上，脚还是凌空的，于是干脆将床推一边，把被子床单都拉到地上，打起地铺。四个大男人，赤着膀子，一溜地躺在地上。刚吃完馄饨时，都很想睡觉，但这时都睡不着，脑海里都闪动着在新马路在八佰伴在大三巴在葡京的情景。

任京都是最兴奋的，他滔滔不绝地谈起刚才在赌场内的精彩片段，说本来已经押中了几注的，赢了好几千，后来都是收不了手，又将输回去了，他讪讪地说："如果那两注犹豫的不押上去，旺气就不会输掉的，后来几注，念着是小的，却不敢押上去，结果真的开小了，丢那妈，要是押了，今晚就请你们都吃鲍鱼鱼翅！"

"鲍鱼鱼翅？"其余三人都来了精神，撑起身子问，"是什么来的？"

任京都一副回味的样子："鲍鱼嘛！肉厚，嫩滑，有弹性，有嚼劲，据说含丰富的蛋白质的；鱼翅跟粉丝似的，但透明些，吃起来又香又滑，都是海味中的极品。"

"哦，像粉丝一样！"三个人偏着头想象了一下，粉丝，很普通嘛！在绱城，粉丝是最常见的食品了，绱城早餐和宵夜都有三丝炒米粉的，其中主料就是粉丝，饭桌上还有粉丝虾米煲、粉丝蒸节瓜环、粉丝炒木耳等等，婚嫁的宴席上有道叫"白发齐眉"的必备的菜，就是用粉丝做的。所以，粉丝唤不起大家的兴趣。

"那么鲍鱼是长么样子的？"三人又问。

任京都似笑非笑地望大家一眼，压低声音，神秘地说："这东西好，椭圆形的，长得皱皱的，又肥又厚，中间一道黄白色！"

"那是么样子嘛？"三人急了。

任京都眼睛一转，诡异地一笑说："女人下边的样子么！据说是吃什么就补什么，这东西女人吃了，最滋补下边了！"

"哈哈哈！"四人大笑起来，似乎眼前就晃着一个个被滋补得又肥又厚的女性的下体了。廖海洋还打趣董不凡："不用担心买不到金戒指回去嫂子会生气了，剩下的钱，都买了鲍鱼回去，保证嫂子爱死你了！"

董不凡揪着任京都追问："老实交代，你送过鲍鱼给几多女人食过？"

任京都板着脸一本正经说："不多不多，就三五个！"

其他人立刻哗然，又追问："是怎样的姑娘？"

任京都似回味般想了一会儿，才憧憬丛丛地说："其中有个江苏的，真不错，细皮白肉，眼长鼻直，腰软屁股圆，做起那个事来，那个水劲……"他没有说下去，却已将另外三个男人引得浮想联翩了，都将手反剪在脑袋后，眼睛盯着剥落的天花板想象。

罗建成不由叹道："不知几时，我们才可以吃上鲍鱼鱼翅呢？"

董不凡和廖海洋也附和道："是呀！要是日后我们有钱了，就都天天都吃鲍鱼鱼翅！"

四人都吧嗒着嘴，好似真的是吃着鲍鱼鱼翅了。

回到缈城之后，任京都却怎样也没想到，他上下工作，努力了大半年，最终还是没能通过缈城一建的股东大会，未能如愿进入缈城一建的董事会。前期所有的心血都打水漂去了，任京都怎肯服输？他私下打听，竟打听到一个让他无法接受的消息——在最后决议是否让任京都进入缈城一建董事会的股东会上，关键时刻董不凡竟然倒戈，狠狠地阴了他一招，以任京都生活不检点，作风不端正为由，反对任京都进入董事会。

陆永安立刻向廖海洋和罗建成问话，廖海洋当时并没表态，但罗建成心直口快，一问就将在澳门那晚的事情都抖了出来。那时，包养小情人是大事情，要早几年，恐怕要坐牢呢！现在虽然不用坐牢，但却影响极坏，缈城一建股东会上的投票意见立刻一边倒，任京都从热门人选霎时间变成了零票出局。

任京都那个气啊！自此之后，他持股离职，成立公司单干，发誓永不和董不凡有合作关系。现在，虽然他们都会隔三差四地到花园酒店坐一坐，喝茶聊天，但缈城人都知道，这对曾在缈城叱咤风云的人物，实是面和心不合，即使喝茶聊天，也尽是相互挖苦讥讽的。

击败最棘手的劲敌后，董不凡在缈城一建如鱼得水，在廖海洋转回缈城一建之前，他已经将缈城一建牢牢掌握了。廖海洋调回缈城一建后，也想进入缈城一建的董事会，但也被董不凡以他超生为由拒于门外，之后不久，廖海洋也离开了缈城一建单干。任、廖两人离开缈城一建后，并没离开老本行，继续干建筑，那段时间处处都搞城市建设，建筑业非常红火，只要是做建筑的包工头，都不愁没工程做，任、廖两人于是迅速成为缈城的风流人物。

董不凡内敛，不轻易决定一件事，但一经决定，他又是个行动果敢迅速的人。董不凡搞房地产开发，全属偶然。一次洽谈厂房工程的机会，董不凡认识了红星制锁厂的老板刘华宇，在生意谈成，设宴庆祝时，多喝了两杯的刘宇华瞪着红红的眼睛告诉董不凡，他现在正在收购缈城城郊的缈山公园。

董不凡不解了，缈山公园不就是几座破山岗和数条深山沟么？有什么值得收购的？刘宇华抱着他的肩，压低声音神秘地说："凡哥，你就有所不知了，别看缈城政府到处开发搞城建，但政府是空的，他们缺钱，缺钱怎么办？怎样才来钱快？"

董不凡一惊，不禁呼道："卖地？"

"嘘！"刘华宇制止他讲下去，说："现在的地烂便宜了，多买几块地没什么不好的，最起码，能做个土地主么！"

董不凡连连点头，是呀！按现在的城市发展速度，将来的地皮肯定能升值的，反正闲余的钱放在银行里也不一定保值，还不如买几块地实在。董不凡不敢像刘华宇一样，只盯着城郊的荒山野岭收购，他比较保守，认为钱应该花在最大可能得到回报的地方，他将眼光投向了城区附近暂时闲置的土地。

缈城的东南西北面都被水田围着，再远一点就是缈江的沙滩和缈山公园的群山了，那时还没有云东海街道办，城西北一带都属于缈山公园的，刘华宇已经盘踞在那一带了。董不凡到处相地，倾尽所有，购买了大部分在中心城区附近的闲置土地，那时水田地根本就不值钱，各村委会都乐意将一年收不了两千斤谷子的水田都卖给董不凡。就这样，董不凡不动声色地控制了缈城中心城区附近的大部分土地。

几年之后，缈城政府要拓阔缈城大街和附近的新华路、文峰路等，为了加快城市建设的步伐，缈城政府不得不又从董不凡的手里高价回购之前卖出去的部分土地。董不凡狠狠地赚了一笔钱后，并没就此收手，他又盯上了旧城区的一些即将要拆建的老民房和集资楼，开始大片大片地收购。

此时，缈城城区已经有商品楼和小区出现了，那些住在集资楼的人们都迫不及待地想从里面里搬出来，住到商品楼或干脆搬进小区里，即使董不凡在收购他们的集资楼时，价钱出得并不理想，但人们也都不在意，甚至还有人认为董不凡是傻子，收购那么多破房烂楼干么用？住又住不了，租也值不了几个钱。但董不凡不在乎，他慢条斯理地一步步部署着自己的收购计划，很快就将缈城的西南面和东北面的旧城区都收购过来了。

董不凡的大量收购，引起了任京都和廖海洋的注意，两人合力游说陆永安，一定要防着董不凡，小心他将缈城一建的钱都转出去买地了。陆永安不敢掉以轻心，在任、廖两人的协助下，通过股东会重新掌控了缈城一建的话语权。但这一切都迟了，董不凡早已经毛羽丰满，他也效仿任京都和廖海洋，持股离职，成立了腾龙房产开发有限公司。

随着城市建设的迅速发展和后来房产业的大热，董不凡的腾龙房产开发有限公司很快就升级为腾龙集团，和刘宇华的绿湖实业一东一西，一里一外，成为盘踞在缈城的两条房产大鳄，几乎主宰了缈城百分之四十的土地资源。从缈城城区到缈城城郊，数处拔地而起的高楼大厦组成的大楼盘，几乎都是这两家房产公司开发投资的，到了二〇〇四年，中国房产业产生了一次质的飞跃，大热而起，董不凡和刘宇华率先超过了嚣张了很多年的任京都和廖海洋，跃居缈城富豪榜的前列。

现在望遍缈城，何处不是腾龙集团开发的楼盘？董不凡站在缈城最高的腾龙大酒店的最顶楼，俯视着继续往外扩张发展着的缈城。缈江浩浩，绕城而过，缈山葱葱，联屏而立，这大好河山啊！吸着浓香的雪茄，站在高处，董不凡没有任何激动和自豪感，相反，一种无奈的情绪困扰着他。这些年来，生意越做越大，这困扰就越来越重。董不凡已经低调内敛得几乎将自己隐入微尘里了，但几十年来的所有经历，就像才发生的一般，都在眼前一一展现。

董不凡还记得小时候和任京都一起光屁股到缈江边摸鱼的情景，那时他们还是三四年级的样子，整天拖着一条皱巴巴似梅菜般的黑布中裤，赤裸着上身在江边跑。即使只是一条又破又旧又丑的中裤，对于他们来说都是金贵的，他们舍不得泡在江水里弄湿，弄湿了，不但没得换，他们的阿妈肯定会操起木棍就痛殴一顿的。

那时真饿，饿得慌慌的，他们又正是长身体的时候，肚子像永远也填不饱似的，永远都是空空的，口水不停地往肚子里咽，也咽不饱空得发酸发虚的胃。只要看到能放进嘴里吃的，胃就自动冒泡了，咽下去的口水，又酸又苦，更饿了。任京都比董不凡大一岁，个头也高大些，他常拍着胸膛对董不凡说："跟哥来，哥带你去找好吃的。"

董不凡自小就瘦弱，在街上任何一个小孩都敢欺负他，因为太瘦了，瘦得浑身都是一圈圈的骨架，街上的孩子们都喊他"钢筋"，看见他来，都推一下他，或在他身上留下一拳，然后叫着："钢筋、钢筋，钢筋排骨来啰！"

只有任京都不欺负他，看见小朋友们欺负他，还上来保护他。没人愿意跟董不凡玩，任京都愿意，他经常带着董不凡来到缈江边上，在沙滩的浅水处挖沙蚬摸河蚌。运气好的时候，还能捉到一两条小鱼。任京都捉鱼摸蚌的技术比董不凡高，通常挖一中午的沙蚬，董不凡还没挖到一口袋，任京都就已经将黑布中裤的两个大口袋都装满了。回家时，任京都总是大方地从口袋里摸一把沙蚬出来，塞进董不凡的裤袋里，然后说："多吃点，长点肉。"

他们挖到的江鲜都舍不得立刻煮了吃，都小心翼翼地藏在裤袋里拿回家，阿妈用蚬肉蚌肉煮一窝稀稀的粥，再放点野菜，就是一家人的晚餐了。粥水在肚子里，经不起饱，一泡尿后，肚子又空空的。所以，董不凡最怕尿尿，晚上从不起来夜尿，他害怕一泡尿后，肚子空了，又饿得肠子痛。为了忍尿，他都是蜷缩着身子，双手握拳紧紧地护着胃睡的，即使到了现在，他还保持着双拳紧握，护胃蜷身睡觉的习惯。

饥饿是非常可怕的，是不堪回首的。但童年的时光还是值得回首的多。董不凡还记得有一次，任京都的运气非常好，除了挖到不少沙蚬外，还额外地捉到了一条不算小的福寿鱼，在谁都饿绿了眼睛的年代，还能在浅水处捉到这么大的鱼儿，是天大的运气，任京都高兴得又呼又叫，手舞足蹈的。

董不凡看着鳞光闪闪的福寿鱼，嘴里似乎已经尝到了鱼的鲜美了，忍不住咕隆一下咽了一口口水，他好恨自己，怎么就没有那样的运气呢？可能是他吞口水的声音太大声了，任京都听得声响后，他抬头望了望董不凡，见他的喉结还"骨碌骨碌"地上下滑动着，于是大方地拍拍他的肩说："走，我们去找些柴枝返来，烤鱼吃！"

那天的福寿鱼到底有没有烤熟？到底是任京都吃了头部还是董不凡吃了尾部？董不凡都不记得了，但烤福寿鱼的焦香的鲜美的味道，却永远停留在董不凡的记忆里。那是董不凡这辈子吃过的最美味的鱼。

电话在这时响了，是儿子董腾龙从美国打回来的电话。董不凡有一儿一女，儿子董腾龙很早就入了美国国籍，成为美国公民后，他又在美国那边找了个妻子，现在夫妻俩在美国经营连锁超市，生意也做得不错。女儿董起凤是情人小黑给生的，快高中毕业了，高中毕业后，董不凡也准备把她送到美国。董不凡夫妇在几年前也申请了去美国的绿卡，待董起凤也到美国后，他们一家就都是美国公民了。最令董不凡头疼的是，要不要也给小黑申请绿卡呢？

儿子打来电话并不是找他谈绿卡的，董腾龙在电话里，开口就喊："爸爸，有麻烦啦！"董不凡听到儿子说这句话，浑身的鸡皮疙瘩就起来了，肯定又不是好事。果然，董腾龙又找他要钱来了。电话里，董腾龙絮絮叨叨地跟董不凡说在美国做生意有多困难，美国的市场管理制度非常完善严谨，在美国华人区的华人又都精得像鬼一样，想在他们身上赚钱，难啊！

董不凡静静地听着儿子说话，思绪又起来了，任京都像脸谱一样，在眼前扫来扫去，他几乎都听不见董腾龙说什么了，随口答道："让你阿妈存钱给你吧，以后钱的事情就不用找我说了。"董腾龙"哦哦"地应着，挂电话之前，还非常沉重地说："美国人的钱，真没中国人的钱好赚，做生意，还是在中国好！"

挂了电话，董不凡站在落地玻璃窗前良久，直至雪茄都快烧尽了，他才发现。他又怎么不清楚在家千日好，出门一日难。谁不知道，在自己的地方肯定比在别人的城市要容易发展的，可是，这里还能是他董不凡的地方吗？自收购第一块地皮开始，董不凡就很清楚自己在干什么，他更清楚，一旦走上了这条路，就永远也回不了头。这些年，董不凡都在修身养性，韬光养晦，甚至节食养生，一别往时的风光日子，隐在家里反思过去。但思考了这么多年，他都找不到往回走的路。

放舍不下，又如何能回到过去？任京都常常讥讽他："当年不是为了天天吃上鲍鱼鱼翅才做起房地产的么？如今是怎的了？有钱了反倒嚼起粗茶淡饭了？还嫌小时候饿不够？"董不凡虽是表面反驳任京都不懂养生，但心里还是挺羡慕他，到了这个年纪，还那样有冲劲有赌劲有吃劲有色劲，还那样热衷于享受挑战所带来的心跳感。从人生的某种意义上来说，他自认的确已经输给了任京都。

绉江的对面，桩机声隆隆，又一个新的绉城要在绉江的另一边拔地而起了。董不凡推开窗户，隆隆的轰鸣借着北风传了过来，大大小小的楼盘、商厦、社区、校园、市场等，都盘踞在江的那一边，热火朝天地开发着，有些高高的塔吊已经迫不及待地挥动起长长的塔臂了。这是多有生命力的建筑啊！董不凡隐隐觉得，又一个新时代要来了，但这个时代，还是属于他董不凡的吗？

董不凡是个善于思考的人，他明白，合理的分配是最大部分的利润应归生产者拥有的，他的成功，不过是靠了一点儿运气，把握住了某种机制上的缺陷，而这运气带来的巨额利润，始终是建立在运气与泡沫之上的，当这种机制发生转变时，他的运气将会消失，脚下的泡沫势必破碎，社会秩序终归会向一个更完整更合理更理想的方向发展的。

去美国生活过一段时间后，董不凡就受不了了，撇下妻儿飞回国来，别人劝他，钱是赚不完的，也该歇歇了。董不凡都是浅笑一下，他心里通透，自己怎么能习惯美国那个地方呢？在那里，根本没有人认识董不凡，董不凡的名字不但不响当当，美国政府不会对他特别关照，美国人民似乎都不买有钱人的账的，看见黄皮肤黑眼睛的，一样用瞧"东亚病夫"的傲慢眼神来蔑视。如流浪狗般活在异国他乡，存在瑞士银行里的钱再多，也不过是数字游戏啊！

开弓没有回头箭，尽管董不凡如丧家犬般当了美国公民，尽管他有多不愿意在一个陌生的国度当三等居民，尽管他也忘不了他的身份，忘不了他的童年，更舍弃不了脚下这片生他养他又由他一手开发建设的土地，但他最终都必须舍弃，必须逃离。这是董不凡早已准备了但又无法接受的一个结局。

董不凡在水都新城区还有最后一个项目——腾龙大酒店，这是他留在绵城的最后寄望，他想，这项目还是找任京都来做，这是他们各自单干后的第一次合作，也很可能是最后一次合作。

七 不是尾声

第二轮开标，结果出乎大家的意料。新金太阳酒店的主体工程的中标人，竟然是绵城二建。

这个结果在绵城建筑界炸开了锅，大家纷纷猜测，第一轮投标时，盛源、盛安和绵城二建曾一度合作围标，会不会这又是任京都利用绵城二建击败廖海洋的部署？建筑界众说纷纭，都认为这肯定是任京都背后操纵大盘的又一胜利。这样的猜测马上让人们不再目瞪口呆，连欧家园、郑雄飞，甚至任思远都以为，这是任京都私下和刘昊天的交易。

只有任京都一个人心若明镜，新金太阳酒店从邀标开始，几经波折，他都稳坐钓鱼台，静观其变，他甚至计划好，待汇河公司中标后，立刻就给廖海洋打电话祝贺，顺带请廖海洋一起去澳门玩一圈，好好地祝贺祝贺。任京都也和大家的心思是一样的，在绵城，只要他任京都不去争，还有谁能与廖海洋争锋的？只要盛源退出，新金太阳酒店这个工程非汇河莫属，任京都欠廖海洋的救命之情，也就还了。

任京都抹了一把汗，心"突突"地跳，纱城二建在他心目中一直都是尾大不掉的景气，他从没下过一注是赌纱城二建会脱胎换骨脱颖而出的。汗水"滴滴答答"地流下来了，任思远带回来的消息更让任京都感到惊慌害怕，刚参加完纱城建筑业协会换届竞选的任思远垂头丧气地走进来，任京都双手撑在酸枝椅背上，臀部离开了椅子。在召开换届竞选大会之前，任京都已从刘建军那里得知，暂时起投价是五十万，他既然坚决不去竞争会长这位置了，就避嫌不出席竞投大会。

但从心底里，任京都还是舍不得会长这个位置旁落的，既然廖海洋先不仁暗箱操标，他任京都也不用再犹豫谁来继任的问题了，他本想扶郑雄飞上位的，但郑雄飞和欧家园等人认为由任思远当会长更有说服力，他们都表示愿意合力扶持任思远，让盛源一脉继续盘踞纱城建筑界的王者地位。为了保证竞投夺标，任京都还专门让欧家园跟任思远一起出席竞投，他给任思远的竞标上限是二百五十万，但私下却暗示欧家园，将上限调至五百万。

任京都太了解纱城建筑界这伙"泥水佬"了，他们都是半路洗脚上田的农民出身，没多大的远见，都非常看重眼前利益的，没谁舍得花那么多钱去竞投一个似乎只有个虚名的会长位置？而且，现时的建筑行业微利得很，很多建筑公司都是依赖着前些年攒下来的老本钱维持着的。盛源以外，除了汇河公司，还有哪间建筑公司能一下子拿五百万出来的？

廖海洋这人任京都清楚，别说五百万，五十万都能割掉他的肉，这个人不但是只"笑脸狐"，还是只"铁公鸡"，要他拿五百万出来竞投一个破会长，简直是天方夜谭。任京都也曾考虑过纱城二建，刘华宇财大气粗，钱当然不是问题，但绿湖实业主营的是房产和旅业，纱城二建不过是他拿来避税的一个工具而已，根本没有竞争会长位置的必要。

但是当任思远和欧家园两人一前一后，垂头丧气地走进来的那一刻，任京都忽然对自己策划下的这一注失去了自信，他努力撑着上半身，讪讪地笑："五百万也买不到一个会长来当当？"

任思远低了头，站在办公桌前面，欧家园脸色绯红地坐下来，语速飞快地说："老细，别说五百万了，阿飞最后都出到六百五十万了。"

任京都问："阿飞呢？"

欧家园说："他留下来继续开理事会议，我和思远就先返来跟你说一声。"

"哪个这么豪气？竟然舍得出七百万？"任京都挖了儿子一眼，说："坐下，垂头丧气的，不就一个会长么？至于吗？"

任思远乖乖地坐下来，任京都见他满脸憔悴沮丧的样子，心中不忍，又安慰说："你还后生，日后机会还多！"

任思远撇一下嘴说："刘昊天亦同我差不多大啊！"

"刘昊天？"任京都万万没有想到又是绱城二建，这是他认为最不可能参与竞投的一个。任京都一下子跌坐在酸枝椅上，喃喃道："我怎么就没想过他呢？"

"我们谁都没想到！"欧家园说，"这个靓仔，全没将他阿爸的钱当钱了，投起标来，像玩似的。"

任思远埋怨道："人家阿爸不控制他使钱，人家当然是想怎样投就怎样投啊！"说着又快速地挖了父亲一眼。

任京都脸一黑，压着即将爆发的怒火，挥挥手说："你出去一下。"

等任思远走后，任京都一下握住了欧家园的手。欧家园吓了一跳，任京都的手是冰冷的，原本似猎鹰般的眼睛，已失去了凌凌的精光。老板老了！欧家园的心里突地冒出了这个信号，冷汗也飙了出来。

任京都握紧他的手，像握住了救命稻草一般，他喘着气问："你也觉得，思远不是刘昊天的对手？"

欧家园想了想，点了点头。

任京都不服败，追问："那廖振宇廖振东兄弟呢？阿飞呢？你呢？"任京都一口气将心目中的有所建树的年轻人都数了出来，满眼期盼地望着欧家园。

欧家园看着任京都越来越深的皱纹，忽然对这个自己跟了十几年的老板产生了怜惜的情绪，他叹了一口气道："老细，我同阿飞只学到你的表，入不了你的里，思远、廖家兄弟，还有其他建筑老细的第二代，都太乖了，太听话了，他们没有刘昊天的野性，都没有主见，都不敢赌啊！"

任京都像个泄气的气球，跌坐在酸枝椅上。

凝滞的气氛被郑雄飞的电话打破了，郑雄飞给任京都报告理事会的结果，他说，新会长一上位就立刻烧火了，要整改建筑业协会原有的管理模式，重薪聘请原绱城二建的总经理陈万成为协会常务秘书长，负责整改和协会的日常事务。郑雄飞还说，新会长干劲十足，陆续推行了一系列的新政，设置了"筑英"建筑基金，该基金专门用来培育新一代建筑英才的，新会长还提出了设立建筑工人劳动保障金制度，一定要确保在缈城从事建筑行业的建筑工人劳有所得，确保缈城大建设的和谐顺利地过渡。

郑雄飞压低声音说："老细，坐镇竞投现场的领导们，都赞成了刘昊天的改革，他们对这个新会长，很欣赏啊！"

任京都挂了电话，瘫痪在椅子里，久久回不过神来。刘昊天提出的所有措施，都是他任内就想到了的，他也曾想过推行，但又耽于压力和年龄的逐渐老去，不想再折腾了。没想到，这个三十出头的年轻人，这个从不被他看好的"富二代"，竟然有这样的眼光和魄力，真是一代新人胜旧人啊！

任京都望着欧家园，喃喃地说："这个后生，太野了！"

欧家园深深的眼眶陷入高高的鼻梁下，眼珠越来越黑，冒起一层阴郁，说："是野，太似你了，老细！"

任京都看着欧家园的背影，忽然觉得偌大的办公室空空的，一股莫名的害怕空袭而来，平生好赌，赌了一生的缈城建筑王，最后一注竟输在一个和他很相似的年轻人身上，或说，是输在一个更意气风发、斗志昂扬的"任京都"身上。人啊！最斗不过的，还是自己！

任京都忽然想起，很久没有约董不凡去花园酒店喝茶了。他刚拿起电话，董不凡的电话就进来了……

作者简介：

彤子，女，原名蔡玉燕，广东佛山三水人。广东省作协会员，佛山市作协理事。迄今已在国内各文学期刊发表有小说七十余万字，有作品被选刊转载。出版有长篇小说《南洋红头巾》《缈城建筑档案》《陈家祠》，小说集《平底锅的爱情》《高不过一棵庄稼》等。

高屋建瓴 /彤子

一

自从何永发被"双规"以后，林汝华就全权负责质、安监双站的事务，待遇和职权都往上提了提，虽然平常里大家都还喊他"林站长"，但私下里已经有许多改口，叫"林局"了。局里主管建工和安、质监的副局一位，仍然空缺着，私底下大家都觉得，这位置是给林汝华留着的。

林汝华表面很平静，似乎根本不受这些虚浮的称呼所干扰，但心里却又喜又忧。喜的是，何永发已经银铛入狱，少了一个最强劲的对手，升局级干部指日可待。忧的是，虽现时他已两站在握，但仍是正科级待遇，更要命的是，上面竟然将骆红冰调到安监站来了，而且，还是正科的。

也不知道这女人使了什么招儿，朱英才对她格外关爱。别看骆红冰长得娇娇柔柔，弱不禁风的样子，她可是何永发的前女友，何永发入狱还不到五年，骆红冰已经从一个小小的职员爬到副站长的位置了。这女人平时不声不响，但其城府和手段，绝不容忽视的。

安监站的工作是繁琐的、令人恼怒的。最近水都新城区那边就出了几宗事故，让林汝华烦不胜烦。上头的指令像十八道金牌一般，下发了一个又一个，要求安监站一定要严查工地，生产安全问题不容小觑。林汝华将一份与墙体剥落有关的调查命令丢在办公桌上，仰头闭目。水都新城区的新金太阳酒店工地，刚发生了一起火灾事故，事故还在调查当中，专家组和媒体到工地调查，竟又发现酒店的墙体有多个片面出现裂缝，大面积剥落，渗漏严重。这新金太阳酒店还没竣工验收呢！林汝华烦得将架在鼻梁上的黑框眼镜往上托了几次。

水都新城区安全监管的责任人是骆红冰，林汝华几次拿起电话，想将骆红冰叫过来训斥一翻，但想想又忍了下去。敌不动我不动，骆红冰此时无疑是林汝华的头号劲敌，绝不能因泄一时的心头之愤，而将自己处于被动位置。骆红冰的性格，林汝华自信还比较了解的，她属于那种遇强则强，遇弱则弱的女人。

此时，虽说林汝华烦躁不安，但骆红冰是水都新区这一片的主要负责人，更是热锅上的蚂蚁，乱作一团了。以骆红冰的个性，要是林汝华此时还对她横鼻子竖眼睛，多加斥责和施压，她非但不会就此软下去，自暴自弃，相反，会拧着一股劲，削尖了脑门地想办法搞手段，把事情平息下去的，反正她就是那种撞了南墙也不会服软回头的女人。一方面林汝华被新金太阳酒店工地上发生的一连串的事故搞得焦头烂额，烦不胜烦，但另一方面心里还是滋滋地偷乐的。要是这两个事故收不了局，平息不下去，那么，上面肯定会问责的，问责起来，第一责任人肯定是骆红冰。历来上头处理此等事故，都是只要找到了直接问责对象，就不会再深入追究的，都害怕顺藤摸瓜，拔根带泥，招惹出更大的干涉。

为官多年，林汝华深谙道中术法，骆红冰不过是从外城来缈城打混的过界鸟，林汝华早就将她的来历打听得一清二楚，她原是缈城一建质安主任陈建设的前女友，当年大学毕业，追随男朋友到缈城来打工的，后结识了当时的安监站站长何永发，便飞鸟别枝，移情别恋。何永发已经入狱五年，再肥大的百足之虫，只要死了五年，它的足脚都不可能不僵的。像骆红冰这样，根本没任何背景和后台辅助的过界鸟，古往今来都是替罪羊的最佳人选，到时候，只要把新金太阳酒店工地上接连发生的两个事故的主要责任人锁定在骆红冰身上，就算骆红冰再能言善辩，也不可能翻云覆雨、调转乾坤。这样，就可以在不声不吭中，顺理成章地除掉头号敌人了。

因此，林汝华还是觉得，首要任务并不是如何想办法去帮骆红冰平息事故、解决问题，而是要用尽一切方法，将上头问责的目标，神不知鬼不觉地全部转移到骆红冰的身上。

车子穿过灰尘蒙蒙的施工大道后，前面的车窗已经蒙上厚厚一层灰白。骆红冰按下按键，前车窗喷出两道水流，雨刮摆动着，眼前的景物又逐渐清晰。骆红冰望着巍巍耸立着的新金太阳酒店，好一栋设计新颖、金碧辉煌的建筑物啊！设计报建时，骆红冰看到图纸，就给甲方提议，要将新金太阳酒店项目申报省双优工程。新金太阳酒店项目的甲方是景海实业，景海实业的老板是刘华宇，而承建新金太阳酒店项目的乙方是缈城二建，缈城二建的老板是刘昊天，刘华宇与刘昊天是父子关系。明里，景海实业和缈城二建分别是独立的法人，并无实际的关联，但背地里，缈城人所共知，他们是上阵父子兵，一个负责开发，一个负责建筑，中间流转的税收，就神不知鬼不觉地避去了。

其实，哪有神不知鬼不觉的？只要懂一点儿税务知识的人都知道，但这是合理避税，谁让我们国家的税法有空子呢？而且，缈城税务部门根本不会去查这两间公司的账。税务部门只敢查核小微企业，至于大中型企业嘛，很多地方税务部门还求他们，千万别全额上报哇！报三分之一就好了，剩下的，留给明年再报。为什么会这样呢？地方税务部门也是苦不堪言，上面给下来的指标，永远都是向上增长的，要是明年经济不景气，税收不达标怎么办？一不达标质疑就如泰山压顶般压了下来，一不小心就乌纱不保。

为了保顶上乌纱手中饭碗，地方税务部门唯有自己想办法解决。像景海实业这样的大企业，一直是缈城地税的纳税大户、中坚企业，要是它倒下了，那么，明年的税收缺口怎么办？因此，明知景海实业和缈城二建之间肯定有猫腻，但税务部门不可能因小失大，只要不是万不得已，他们也不会去动景海实业和缈城二建的账的。

骆红冰提议将新金太阳酒店项目申报省双优，刘华宇笑眯眯地望着在一旁捣弄着单反相机的儿子刘昊天说："骆站长，你的提议很好，昊天，你觉得呢？"这时，刘昊天已经是缈城建筑业协会的会长了，很多事务刘华宇都放手给他决定。刘昊天翻起眼睛望了望骆红冰，突然托起单反，对着骆红冰"咔嚓"一声。骆红冰顿时脸热，这人怎么这样？虽知他的会长位置是用钱买回来的，但亦没想到他竟这样轻浮，真是纨绔子弟！

刘昊天似乎看出骆红冰的心思，笑了笑，将单反转向窗外，一边"咔嚓咔嚓"地拍着照，一边说："双优目标太大。"骆红冰没想到这个纨绔子弟竟这样不给面子，顿时脸色煞白。还是刘华宇老奸巨猾，忙上前圆场说："骆站长，你是聪明人，我明白人面前不说假话，景海做自己的实业，二建搞自己的建筑，都是实打实的，并不想树大招风。搞双优工程，的确与景海和二建的实际情况不太吻合，水都新城区这边，还有很多项目正在开发，董不凡的腾龙大酒店不是已经给盛洋建设做了么？"

刘华宇只说到点上就没有说下去，骆红冰哪里听不明白呢？他是暗示骆红冰，搞这种表面功夫的事情，为什么不去找盛洋建设这种实力雄厚财大气粗的建筑企业去做，而非要找他们？

做建筑的人都明白，只要工地与什么省优、市优、示范或文明工地等沾上边了，接下来就是无穷无尽的参观、学习、示范、检查，什么专家组什么省级、市级的检查团、安全生产协会等，就像过江鲫一样，游来一群又一群。应付他们，可不是真的把工地搞干净利落就可以的，还得费尽心思招呼这些专家组检查团，喝酒吃饭是小支出，还得塞红包呢，不塞红包就塞不住这些人的嘴，套不牢他们手中的笔。

但这也是小支出而已。工地最不愿意的还是一浪接一浪、接二连三的巡查，你说做工地，哪有处处都那么完美的？他们一来巡查，就必须要应付，工人都不能正常上班，都装模作样地按双优标准倒腾，还害怕给他们查出些什么毛病出来，那就麻烦大了！要是巡查时与不巡查时，都按双优标准来做，那成本投入就是个天文数字。自建筑行业市场化后，建筑业就沦落成微利行业，根本支付不起双优标准的投入。刘华宇在房产业打滚了那么多年，哪能不晓得利弊？他说话绵里藏针，骆红冰虽然心中有气，但也无可奈何。

骆红冰没有马上下车，她望着外面的新金太阳酒店，发了一会呆。到缈城已有十年时间了，这十年里，她跌打滚爬，好不容易才混到今天这个位置。骆红冰心里清楚，此时正是生死攸关之际，要是她能把刚发生在新金太阳酒店项目的两件事故处理好，平复了外界舆论，平息了由此给缈城建设局带来的负面影响，局领导肯定会对她这个年轻能干的新实力另眼相看。要是处理不好，局领导无法向上级部门交代，就肯定会拿她开刀，做替罪羊的。

骆红冰调入安监站不久后，就当上了副站长，这让站里很多人都眼红，凭什么呢？她不过是长得有几分姿色，又比较会笑罢了。关于骆红冰自何永发入狱之后，为上位而出卖色相，色贿高层领导的流言蜚语传得到处都是，对于这些流言蜚语，骆红冰都表现得不置可否，谁让她是个美女呢？又那么能干，升职好像坐直升机一样，能不招人羡嫉吗？

骆红冰自认为是个幸运儿，当副站长不久后，缈城政府就计划将原先烂尾了的折扣品牌项目规划用地改建为水都新城区，规划指示下来后，局领导都非常重视，局长朱英才特地找骆红冰谈话，他让骆红冰全权负责水都新城区的所有开发项目的安全监督，还语重心长地对骆红冰说："小骆啊！新一届市委市政府的领导对新城区寄予了厚望，局里的领导班子也对你寄予厚望，你负责这个片区，一定要谨小慎微，负责到底，千万不能出一丁点的意外。大家都看好你，相信你的。"骆红冰当时听了朱局的鼓励，心里激动万分，暗暗为自己鼓劲加油，一定要做出成绩来，不让领导们失望，让那些眼红的小人们无话可说。

水都新城区全面动工后，骆红冰马上去找刘华宇父子，像水都新城区这么大的新城建设，大大小小的建设项目就有十多个了，要是连一个像样儿的双优工地也没有一个，实在是说不过去。

骆红冰很想展现自己，但若自己管核的片区，连优良工地也出不了一个，又何来展现呢？骆红冰先找刘华宇父子而不去找董不凡和上官京都，骆红冰是有想法的，毕竟刘昊天刚当上缈城建筑业协会的会长，正在风头上，意气风发，骆红冰以为，这个正处于上升趋势的新会长，也如自己一般，正挖尽心思想表现一番的，却没想出师不利，"双优"两字才提出来，就给刘家父子毫不留情地驳回去了。

人都是有弱点的，骆红冰也不例外。自从被刘家父子拒绝后，骆红冰就特别反感新金太阳酒店这个工地，每到季度检查或安全大检查，需要抽检工地时，骆红冰都毫不犹豫地选择新金太阳酒店，既然刘家父子这么不识抬举，就让他们尝尝骆氏的手段。

抽检了几次后，承包这个工程的包工头朱五毛就招架不住了，腆着脸来找骆红冰，礼品红包送完又塞，骆红冰明知他是刘家父子的说将，当然不领情，甩手就把那些LV包、宝来皮带全扔了回去，把朱五毛羞辱得脑袋耷拉在胸口，根根头发滑溜溜地倒竖着，慌乱地往后退。

骆红冰看着朱五毛节节败退时，心中是非常解恨的，刘家父子也有办不到的事情了吧？如此反复几次之后，骆红冰发现，原来对她呵护有加的朱局，遇见她时竟然冷眉以对。骆红冰暗暗感到不妙，私下一打听，才知道又中了刘家父子的圈套。

原来朱五毛和朱局是同一个村子里出来的，两人有着千丝万缕分割不清的关系。原来刘家父子拒绝了骆红冰的提议后，他们就预测到骆红冰会对新金太阳酒店项目不友善，于是在选择施工队时，他们特地对每个施工队都仔细摸底，最终，他们选择了与朱局关系复杂的朱五毛。

骆红冰再有通天的手段，也不敢得罪顶头上司。刘家父子这一招用得实在狠，骆红冰自知初出茅庐，斗不过这对财雄势大的父子，更不能得罪局里的最高领导朱局，权衡利弊之后，骆红冰还是不动声色地偃旗息鼓，不再刁难新金太阳酒店工地。平常例检都使手下安子去，即使是不得不去的季检或安全大检查，她也是循例走走过场，安子交回来的安检报告，她几乎都是大致浏览一下就签名了。她想，这样朱局应该没意见了吧？果然，朱局又对她笑脸相迎了，有几次还暗示骆红冰，她有竞争副处的资格。

骆红冰之前还抱侥幸，只要新城区不出什么大意外，特别是新金太阳酒店，要是顺利完工，那么，仕途通畅的日子就不远了，但没想到，怕什么就来什么，常常去检查的工地，都检查不出什么问题来，唯有这个不能够去检查的工地，刚发生火灾事故烧死了两条人命，接着又发生墙体剥落事故。

本来墙体剥落也不是什么大的问题，责令施工方重新整改就是了，恼人就恼在，这墙体剥落得不是时候，非要在火灾事故发生之后，大批媒体大批专家都盯着的时候。真是屋漏偏逢连夜雨。现在上头已经下了死命令，一定要在期限内查清起火原因，安抚好死者家属，并无论如何都要查出墙体大面积脱落的原因，给媒体给大众一个完美的答复。

骆红冰因这两宗事故，烦恼得几晚都睡不着觉。如果只要起火原因，还容易交代清楚。工地的木工柳大个违规操作机床，且还私自带外人回工地，在木工房里行苟且之事，导致火灾，这是人为事故。开始接到噩耗连夜赶来的柳大个家属还不依不饶的，扯着警察和记者，不停地咒骂施工和管理方，大声鸣冤，当警方从烧得七零八落的废墟里掏出了两具还抱在一起但都烧糊焦了的尸体后，起火的真相就大白了。家属们看到这两具烧焦后还连在一起的尸体后，哭闹声渐渐消细下去了，乖乖地听从警方的安排，鱼贯离开工地。

只要死者家属不闹，事情就好办多了，目送着警察和家属走远，骆红冰才狠狠地松了口气。没想就在这关键的时刻，被包裹得金碧辉煌的金太阳酒店大楼里面，突然传来"轰隆"一声巨响，惊得骆红冰等人半天缓不过神来。待他们缓过神来跑进大楼时，那些专家记者们的照相机已经"唰唰唰"地，按下了快门。骆红冰痛苦地闭上眼睛，那一刻，她真有种天要亡我的感觉，舌头上冒出了一层厚厚的苦涩的舌苔。

回想起出事那天的失控场面，骆红冰的脑袋就痛，有个尖锐的声响在脑袋里面"嗡嗡"地叫着，她将脑袋搁在方向盘上，闭上眼睛，努力不再去想那天的事情。

两声敲车窗的声音打断了骆红冰的回忆，她抬起头，刘昊天弯着腰在车外，看见她抬头，笑着摇了摇手中的单反，尼康的，玩摄影的人都喜欢用尼康或佳能，玩摄影不就是玩镜头么？对这个含着金钥匙出生的钻石王老五，骆红冰有着普遍的认识，他曾在澳洲留学过，兴趣爱好很多，譬如蹦极、滑浪、风帆、潜水等，回国后由于受到父亲刘华宇的限制，这些极限运动就少玩了，开始迷上了赛车和摄影。绵城人经常能在绵城大道上看见一台明黄色的牧马人似闪电般穿城而过，那坐在牧马人里面的就是刘昊天。

骆红冰放下车窗，刘昊天探头进来，笑眯眯地问："能坐一下骆站长的车么？"

骆红冰打开车门，说："只怕委屈了刘会长您！我这可是破车子。"

"再破的车子，只要你这个美女站长坐里面了，它的档次就高好几个层次了。"刘昊天还是笑微微的，嘴唇咧开，露出洁白整齐的牙齿。

不得不承认，这个新贵不仅有钱，还高大帅气，是现在网上流行说的高富帅的杰出代表。看他这么春风得意，一点也没有被起火事故和墙体事故影响到情绪嘛。骆红冰在心里哼了哼，这些富二代，仗着家里有几个钱，连人命都不放在眼里了。

刘昊天似看出骆红冰心里想什么，把单反递到骆红冰面前，上下翻着图片给骆红冰看，说："骆站长，并不是苦大仇深就能解决问题的，你先看看这些。"

骆红冰瞟一眼相机里的图片，全都是一些钢筋、沙石、混凝土的图片，还有一些是火灾后现场的图片和墙体剥落后的图片，这都有什么特别呢？骆红冰不解地看着刘昊天，这些照片早就被媒体曝光了，现在骆红冰一见到这些图片，脑袋就疼。

刘昊天调皮地使使眼色说："你再看清楚一点。我刚上楼上看过了，上面很多楼层的墙体都开了裂缝，起了墙泡，有的楼板竟然还渗漏了。"

骆红冰撇一撇嘴，心想，这还不是你自己的工程么？管成这个样子，还好意思说。

刘昊天又往下翻了几张，指给骆红冰看，骆红冰低头看了看，是几个工人在施工时的一系列连贯的图片。刘昊天说："我们的工人在施工上是没有问题的。"

"哦？"骆红冰接过相机，仔细地看了几遍，的确，从图片上，工人在施工上都是按规程按程序去做的，并没看出施工操作有什么问题。如果不是施工操作不当的问题，哪会是什么原因呢？骆红冰瞪着眼睛看着刘昊天。

刘昊天又咧开嘴，露出好看的牙齿笑了，说："酒店是我父亲的，工程是我的，骆站长，此时此刻我比你更着急。走，我们去查查混凝土的来源去。"说着伸手过来拿相机。

骆红冰猛地将相机往怀里一压，冷静地说："不，我应该给质监发一个函。"

刘昊天伸出的手，停住了，半天才回过神来，又很无所谓地一笑："这当官的心思就是多，肠子要比普通人多几个弯。真想不明白，你那么能干漂亮的女子，做什么不好？非要去当官！"骆红冰白他一眼，他命好，有个叫刘华宇的亿万富翁老爸，他当然不用当官，当官容易么？骆红冰想起这些年来的折腾和委屈，鼻子酸酸的。如果还有更好的路，她能是这样的选择么？

二

周玉成做梦也没想到，麻烦会在这个时候找上门。按他的想法，无惊无险地度过这两年就退休了，安全着陆是他最期待的。明明是两宗安全生产事故，怎么突然拐了弯，转了方向，就成了质量问题事故呢？

周玉成拿着安监站发过来的关于新金太阳酒店工程项目施工材料质量存疑的询问函，握着文件的手不停地抖着，捏着文件的手指指节都发白了。骆红冰这个女人，真能折腾，为了推卸责任，竟然连这样的死招都想出来了。

在机关里混了几十年，周玉成始终处于波澜不惊的状态，在这个副科的位置上，他都坐了整整十年有多，眼看着身边的同事们一个个高升，又一个个落马，如惊涛骇浪中的鱼虾，在大起大落中不能控制不能抽身，他曾经庆幸自己只在质监站这个小池里，平平稳稳地游弋。虽然是小吏，但也是官。周玉成想，为官多年，的确没有做过什么政绩，没什么出色的作为，但总算混了过来，只要剩下这两年不出什么问题，他就可以每月拿着国家发的优厚的俸禄，过逍遥自在的日子了。没想到，临近收尾，骆红冰这女人竟甩了这么个棘手的难题过来，明摆着是不让他好好退休嘛！

周玉成越想越气，双手握着询问函，不停地揉着，一会儿就揉成一团，随手往桌面上一扔。当了几十年公务员，周玉成太知道官道上的窍门了，很多看似棘手敏感的事件，放着放着便凉了淡了，等到下一个更有新闻噱头的事件出来后，媒体就忘了前事，上级就不再追究了。这样的事情看多了，经历多了，周玉成相信，这回也如法炮制就行了，一成不变的体制下只会重复机械的事故和结果，骆红冰不过是一个初涉官场的雏鸟，还轮不到她振羽拍翼呢！

周玉成驾车来到"大红袍"茶庄，林汝华和尤志辉已经在等着了，林汝华将香烟往烟灰缸里弹了弹，说："年纪大了，就摆架子啦！总迟到。"

周玉成"丢"的一声，骂了句粗口："摆屁，领导你就别取笑我啦！都是安监那边烦过来的。"

林汝华笑笑说："骆红冰那份报告我看过了，她说得也有道理，是我让她给你发函的。"

周玉成接过尤志辉递过来的香烟，点了，吸一口，眯着眼睛说："林站，你别美女面前，两碗水不端平啊！"

林汝华摆摆手说："老周，我和你做同事，十五年怕有了吧？严格来说，你还是我师傅呢！我做人是怎样的，你又不是不知道。但这次，骆站长出的报告，质疑得有理有据，还附有图片，我要是不转给你处理一下，那就说不过去了，老周啊！你亦要体谅一下我的难处啊！"

周玉成不吭声了，顶头上司都这样说话了，自己若再摆老架子，就说不过去了。官场上的规矩，往往是官大一级压死人，既然是林汝华专门让骆红冰发过来的函，那就不能说不理了。

周玉成低头盯着烟灰缸，烟灰缸上沾满了烟灰，两个吸了一半就被摁灭了的烟头，歪歪扭扭地躺在里面，像两条死虫。做了那么多年的质监，周玉成怎会不知现时的建筑工地上，问题最大的是施工质量和施工材料。但这其中有太多的门门道道，千丝百缕，纠缠不清。周玉成对这些问题和关系早就看到麻木了，此时的他只想着明哲保身，并不想牵涉更多的麻烦。

但这些内心的想法是不能够直接和林汝华讲的，他也知道，林汝华亦急着想甩掉这个包袱，好趁这几年人事调动大，抓着机会升局级。

林汝华哪会看不出周玉成心中的小九九？和尤志辉对望一眼，笑道："老周，你就放心吧，我不会为难你的，你只要应付一下小骆就是了，毕竟人家这么认真负责，我们不能伤了她的热情嘛！"

周玉成苦笑一下，应付一下，应付一下，现在什么事情不是应付一下的？上面下来的安全大检查，还有很多莫名其妙出台的条文法规，哪样不是上头发文下面应付的？所谓的上有政策下有对策。这几年，周玉成几乎成了单位的"白领"。在机关里，所谓"白领"专指那些快退休的老干部，单位基本上不再安排他们干活，只留一个办公室给他们，让他们坐着拿白领工资等待退休。自"白领"以来，林汝华几乎都没找过什么事情麻烦周玉成，质监站除了周玉成，还有另一个年轻的副站长石毅，质监的大小事务，基本都是石毅处理的，周玉成也乐得清闲。林汝华这个时候却将他弄了出来，这不是明摆着是要他来扛缸么？虽然平日他前一个"老周"后一个"老周"地叫着，表面很尊重的样子，但关键时刻，推出来垫背的，还是拿他这个"老周"啊！

林汝华看看手表，周玉成瞥一下，好家伙，之前戴的还是金壳镶钻的劳力士，现在换成一般的欧米茄了，自网曝"表哥"、"表叔"、"表爷爷"后，各级部门大官小吏都人人自危，出门不穿名牌衣服，开会不抽天价烟，巡查不戴名牌手表。林汝华尴尬地笑笑，将衣袖捋下来，盖着手表，说："陈建设怎么还没到呢？死哪里混去了？"

尤志辉说："说不定正神经兮兮地跟踪着骆红冰呢！"

林汝华一笑："也不知道这个女人有什么好？这么多男人为她着迷。"他将手按在尤志辉的肩上，笑着说："听讲最近你老板总是和她在一起呢，不会也中毒了吧？"

尤志辉耸耸肩："难说了，英雄难过美人关，何况我们老板不是英雄，是风流人物呢！"

周玉成恼了："靠，都等半天了，还三缺一，这麻将还打不打的？"

林汝华安慰说："老周，少安毋躁，少安毋躁！"正说着，就看见陈建设的车子驶进"大红袍"的停车场了。

陈建设走进"大红袍"，见三人都还坐在茶水席前抽烟，看样子之前有过不愉快，气氛比较沉闷，于是笑笑说："我不来，你们就没乐子了啊！"

尤志辉说："看你停车都停半天，中午没午睡，抱女朋友耍了么？"

陈建设将黑框眼镜拿下来，抽张纸巾擦了擦，虽然他现在已经是缈城一建质安科的科长了，但这个擦眼镜的习惯还是没有改掉。陈建设再戴上眼镜才说："抱屁。中午被董不凡捉去灌酒了，顺便被他训了一大顿。"

林汝华问："腾龙大酒店那边出问题了？"

在林汝华的意识里，董不凡这么个鼎鼎有名的大房产商，不会无缘无故找像陈建设这种小喽啰喝酒的，虽然现在陈建设负责腾龙大酒店这个工程，但这个工程却是董不凡交给盛洋建设工程有限公司的老板上官京都做的。也不知道董不凡和上官京都这两个都从缈城一建出来，已经死对头了几十年的老家伙，为什么忽然之间就关系和谐了，达成了共识。

将工程挂给缈城一建做，这无疑是白给缈城一建分利润么！按理，若是一般的业务往来，董不凡肯定会找上官京都的，除非上官京都这个过惯了天马行空日子的老家伙又突发奇想，飞到拉斯维加斯去赌钱了，要不，董不凡绝不会降低身份请陈建设喝酒的。当然，还有另一种可能，就是在这个风口浪尖的关键时刻，腾龙大酒店出问题了。

翻开缈城建筑史，里面记录得很清楚，在二〇〇六、二〇〇七年，董不凡在缈江边盖了轰动一时的"腾龙阁"高尚住宅群，当年，缈城人谁个不想住进"腾龙阁"的？但后来因为建筑群超出了防洪线，"腾龙阁"被逼拆除，为此，不知多少在"腾龙阁"买了房产的业主，站在远处看着"腾龙阁"轰然倒下而痛哭流泪。

原本缈城人都以为，经此一事后董不凡肯定会一蹶不振的，没想到，董不凡在海外转悠了两年之后，摇身一变，变成了一个外商，回来投资房地产，而且一并收购了原本摇摇欲坠的腾龙地产有限公司，借壳翻身，公司一下子就变成了腾龙集团，董不凡不仅从一般商人变成外商，还从一个纯粹的房地产开发商变成一个集房产、饮食、娱乐、旅业等一体的集团公司老总，可谓一飞冲天，从里到外，发生了质的变化。

这几年间，腾龙集团在缈城的影响是有目共睹的，缈城旧城改造的东西两区，分别竖起的几个大的楼盘如"起凤豪苑"、"江南雅筑"、"缈城居"等，都是腾龙集团开发的，另外，刚建成的在缈江边的开放式大浴场和缈城最豪华的洗浴中心"腾龙城"，都是董不凡的。董不凡到底有多少钱？即使连周玉成这些看着董不凡发家的老干部，都很难算得清楚。反正，大家心里明白，这个打着外商幌子的缈城人，存在瑞士银行里的钱任他挥霍几辈子都挥霍不完。

不过，这两年，也不知道是不是人老了，害怕了折腾，腾龙集团竟然安静了下来，除了已开发的物业继续正常经营外，董不凡只盖了一座腾龙大酒店，酒店的规模也和新金太阳酒店一样，按白金五星的标准来建的。董不凡和刘华宇是盘踞在缈城的两大房产大亨，这两座在水都新城区同时立起来的大酒店，首尾呼应着，任何知根知底的缈城人看到了，都有种心照不宣的感觉。

陈建设点点头说："林局，你猜对了！"

林汝华装作生气地说："你乱叫什么？"陈建设伸伸舌头说："是我错，嘴漏，嘴漏。"说着装模作样地打了打脸颊，说："不是腾龙大酒店那边出问题了，是董不凡怕出问题。哎！真是人老了咯！"

林汝华不经意地将目光扫了扫周玉成，问："好端端的，腾龙大酒店能出什么问题？董不凡是不是杞人忧天？"

陈建设坐下来，将麻将牌往麻将机里一推，说："所以我说他杞人忧天啊！听说他以前不像现在这样胆小的，我听前一辈的人说，他以前做事都很有手段的，就是这几年啊！好像修身养性、韬光养晦了呢！"

周玉成推了两把麻将，突然问："董不凡都问你些什么了？"

陈建设叼起一根香烟，说："还不是一些工地上管理的情况，我猜他是被新金太阳那边的事情吓破了胆啦！哦对了，他呀！还啰里啰唆地叮嘱我，一定要把好物料进出工地的关口，奇怪了，竟然让我换混凝土供货商了。这些材料不都是经过检验合格后才进场的么？难道之前那家混凝土公司还敢不按标准配比混凝土啊？合同白纸黑字写着的呢！哎！我看他是人老了，瞻前顾后的就多了，怕晚节不保么！"陈建设说得兴奋，抓起一张三筒就吃了。

林汝华心里"咯噔"一下，眼光瞥向周玉成，周玉成脸色暗黑暗黑的，他忽然留意到，原来林汝华、尤志辉和陈建设三人，都一色地戴着黑框眼镜，自己怎么会被三个眼镜仔包围着呢？周玉成心里跳了跳，不等陈建设起牌，就一推麻将，站起来说："不打了，要去工地。"

林汝华马上站起来追了出去，陈建设莫名其妙地望着两个领导，这是怎么了？尤志辉将香烟塞进裤袋，捶了他一拳说："还不快跟上去？领导要到我们两家的工地检查了。"

"为什么？麻将不打啦？"

"靠，还不是你这张臭嘴和你前女友那股死犟劲？"

陈建设愣了愣，怎么又和红冰扯上关系了？

三

谢汉津还在给项目负责人开安全会议，林汝华的电话就进来了。一般情况下，开会时他是不会接电话的，但在他要挂掉电话时，一眼瞥见是林汝华的来电，林汝华明知这个时候他在开会的，怎么还会打电话进来呢？谢汉津说声稍等一下，便拿着电话走出会议室。

骆红冰坐在会议桌的正中，刚才大家还在为各自项目的安全生产问题争论不休，此时都哑了声音，都望着她，会议室内寂静一片。

骆红冰清了清喉咙说："反正，就三点。一、所有作业人员必须持证上岗，下次季检的时候，我不希望还检查到有人是无证违规操作的，没证的，你们回去马上叫他们去培训中心报名；二、施工人员不能连续加班，疲累操作，加班时间不能超出四小时，你们这些项目负责人一定要担起责任，新金太阳那边已经倒下一个叫铁耙手的了，我不要再听到有人因加班入院的；三、所有项目负责人、施工员、安全员都必须每天到岗巡查工地，严格监控好进出工地的材料，发现有不合格的材料，必须要马上阻止进入，并立刻上报。都明白了吗？"

项目负责人们稀稀拉拉地回答："明白了。"

骆红冰说声"散会"，这些项目负责人们互相打着趣说着粗口走出会议室，还有几个拿着安全生产报告书赖在会议室等着，待人走得差不多了，便围上来找骆红冰签名。骆红冰拿起几份报告书，看了看，其中有腾龙大酒店的。她抬头望了望，腾龙大酒店的项目负责人陈建设并没有来，来的是他的副手关家华。骆红冰挑挑眉毛问："陈建设呢？"关家华说："陈经理临时被董总叫了过去，所以来不了。"

骆红冰心里哼哼，这几年虽然陈建设升职加薪了，按理要经常到建设局的，但骆红冰却很少能碰上他，骆红冰清楚，他是有意避开自己的。骆红冰心里叹了口气，人在不断得到的时候亦在不断失去。事过境迁之后，物是人非。

听说，有次周玉成还给陈建设介绍女朋友，但陈建设拒绝了，虽然周玉成不过是不经意的一句埋怨，说陈建设不识抬举，但骆红冰心里清楚，只要她一日未婚，陈建设是不会先娶的，理工男最难能可贵的便是一根筋。在与陈建设的感情上，骆红冰一直觉得亏欠了他，因此在对待腾龙大酒店工地的问题上，也显得宽容。她接过关家华递过来的报告书，粗略地浏览了一下便签了名。

待骆红冰签完名走出会议室，才发现谢汉津已经不在办公室了，问助手安子，安子说林站有急事找他，让他去一趟新金太阳酒店。骆红冰心里咯噔一下，水都新城区片一直是她负责的，林汝华怎么不先跟她打声招呼就过去了呢？

骆红冰马上给谢汉津打电话，谢汉津说他正在开车，具体情况他也不清楚，但听说周玉成也在现场，现在正雷霆大发的。骆红冰放下电话，拿了车钥匙，但又放下了。周玉成在现场，不用说，肯定是因为那份质疑新金太阳酒店施工材料不合格的函了，周玉成临近退休，正是最惜啬羽毛的时候，一点儿麻烦也不愿意沾，这会儿骆红冰给他这么个难题，他还不恨死骆红冰么？现在过去等于火上浇油，还是冷一冷好些。

谢汉津来到新金太阳酒店工地，自从媒体曝光发生在这里的火灾事故和墙体剥离事件后，工地便被勒令停工了。工地的负责人朱五毛现在还被监控着，工人们暂时无事可做，都聚在工棚里打牌。谢汉津沿着楼梯一直往上走，发现两边抹了砂浆的墙壁，的确很多地方都鼓起来了，像被充了气一样，有些地方还开裂了，裂缝四周湿湿的，像是渗漏了。刚完工的工程，出现这种现象是很不应该的。

由于以往骆红冰很少过来这里检查，都由她的助手安子过来例检，安子不过一个基层职员，例检只是例行巡一下罢了，可能每次都只是在工地里转一转就被尤志辉等人拉去打麻将了，哪还能检查出个一二三来？

谢汉津扳着手指点了点，这栋大厦建了一年多，他好像还是刚动工时来过一次，虽然全市的工地那么多，他一个总工不可能经常过来，但也不至于从开工到竣工亦只来过一次的，真要问责起来，他也难辞其咎。

谢汉津停下来，仔细查看，很奇怪，不仅埋了水管的四周出现这种潮湿渗漏的现象，没埋水管的位置也如此。谢汉津伸手摸了摸，手指捏了捏，挺腻稠的。这是什么原因呢？

走到第四层，眼前就是一片狼藉了，这就是前些日子，在媒体云集的关键时刻，墙体轰然脱落的楼层了，地上铺满了厚厚的水泥灰。周玉成正对着尤志辉大呼小叫："这是怎么搞的？绉城二建也搞出这样的工程么？"他怒喝着，又细数了一顿，说以前的绉城二建多辉煌啊！拿过市优省优，几十年前就承担了很多很大型很牛的工程了，也没有发生过这样窝囊的事故的，这次不仅出事故，还一出就出两个，竟还搭上人命了。这是怎样管理的？尤志辉耷拉着脑袋，一句话也不敢回顶。

谢汉津挺瞧不起周玉成的，这个时候骂尤志辉有什么作用呢？事情不发生也发生了，现在找出事故发生的源头，阻止事故影响面的扩大化才是最关键的。他蹲下来，拿了几块湿湿的沙灰，放进工具袋里。林汝华制止了周玉成的咆哮，走过来，也蹲下来问："怎么样？真的是泥沙上出了问题吗？"

谢汉津从工具袋里掏出一把放大镜，拾起一块水泥沙块，眯着眼睛看了半天，摇头说："这很难判断，必须拿去化验才知道。"

周玉成气呼呼地说："还化验个屁？一看就知道了，肯定是水管没埋好，看，都渗漏成什么样了？"说着用手指着天花上一块块湿湿的地方。看来他是急着把责任推到安全生产施工上去了。

谢汉津心里冷哼，淡淡地说："现在水管还没通水的，哪来的渗漏？"这话一出，现场所有人都愣住了，周玉成长满老人斑的脸一阵红一阵白的，尖腮帮抖个不止。

还是林汝华老到，拉着谢汉津走到一边，压低声音说："这工地虽然是挂着绉城二建的，但实际施工的是朱五毛，朱局的意思是，只解决已发生的问题。"话说得很明显了，只能解决已经发生了掩盖不了的问题，绝不能再引发新的问题。

谢汉津用脚尖辗着地上的水泥块，轻轻一辗，水泥块就粉碎了，明摆着，是水泥砂浆里面出了问题嘛！包括顶板的浇灌混凝土，才建成就开裂，问题多了大了。

林汝华向尤志辉打个眼色，尤志辉立刻走过来，拉着谢汉津往下走，走到拐弯处，谢汉津便觉得有一块硬硬的东西戳了一下腋下，他反手一抓，便抓到了一扎还捆绑着的人民币。他的冷汗"嗖"地冒了出来，觉得手中的人民币比烙铁还烫。

要是平时，他肯定毫不客气地将钱掷回去的，但这次，却是林汝华授意的，而且，林汝华授意之前，还先提了朱局。他若不收，就是不给朱局和林汝华的面子了，两个都是顶头上司，都不能得罪。谢汉津握着人民币的手慢慢软下来，扎得紧紧的钱币一下便跌入了工具袋。

谢汉津抹一把汗，回头对尤志辉笑笑说："我不过是一个技术总工。其他忙，实在帮不上。"

尤志辉推推眼镜，胖脸笑得肉乎乎的，很理解地拍拍他的肩说："兄弟心里明白就好了！"

谢汉津回头望了望，林汝华揽着周玉成的肩不知在说什么，陈建设倒像个没事人，站在窗前低头踢着水泥沙块。

尤志辉没有跟下来，谢汉津走出大楼，走进阳光下，却仍不住打了个寒战。不远处便是前些日子起火的木工房了，谢汉津走过去，满地都是凝固了的七零八落的脚印，可以想象，当初救火时，场面是多么的混乱啊！地上还掉满了破鞋烂桶和烧剩的木材废料，谢汉津弯腰捡起几块烧焦了的木材，在手上拍了拍，放进工具袋，又循着火灾现场走了几圈，之前有人来祭拜过，在火灾现场的外围，还插着一圈烧完了的香烛棍儿，地上铺满了纸钱和素食。死的是一男一女，男的是木工房里工作的木工，叫柳大个，女的是附近洗头房的洗头妹。据说，事情过去那么多天了，洗头妹的家人还没出现，可能也是无法找寻的了，注定了又是一个无主孤魂。

谢汉津长叹了一口气，建筑行业本是高危行业，要是在管理上不严格监控，问题肯定会随即跟来。骆红冰有野心，所以很想在这方面找到突破口表现；林汝华想升官，必须要码着上级，老谋深算；周玉成临近退休，一心想完美收官，巴不得大事化小小事化了。各有各的难处，各有各的道理，而三方的焦点都在这栋停工了的新金太阳酒店上。谢汉津很奇怪，发生了这么多的事情，刘华宇父子怎么不见哼一声呢？几乎全都交给项目经理尤志辉来处理了。是他们为富不仁还是另有下招？谢汉津转了几圈，不觉转到了一台混凝土搅拌机前，混凝土搅拌机出口处，还凝结着不少混凝土块，谢汉津灵光一闪，快步上前，拿出锤子，敲了几块混凝土块，放进工具袋。

"你是谁？干么事的？"身后突然响起了一个声音，谢汉津回身，看见一个额头宽宽一字浓眉的帅小伙。谢汉津说："我是建设局的。"

帅小伙怀疑地瞧了瞧谢汉津，摇头说："我没见过你。这里都停工了，你还是快点走吧！"

谢汉津从包里掏出工作证，抱歉地笑笑说："不好意思，小兄弟，我出来得匆忙，忘了戴工作证。"

帅小伙这才不怀疑，伸手指在鼻孔里抠了抠问："你敲这些混凝土块干么事用？"

谢汉津不答他，反问："你是混凝土工么？叫什么名字。"

帅小伙哼哼说："没名字，大家都叫我沙尘扬。"

听这名字就知道是混凝土工了，谢汉津笑笑说："这么说，这栋大厦的所有混凝土都是经你手搅拌出来的了？"

沙尘扬脸一黑："混凝土班组几十人呢！"

谢汉津一愣，按理说，一般混凝土工听到这样的发问，都会很自豪地回答是的，并滔滔不绝地夸赞自己的能耐，但眼前这个帅气的混凝土工所表现出来的状态，和常人正常反应很不相符，难道……

林汝华和周玉成他们都还在上面，谢汉津不敢过问太多，也不敢再耽误时间，要是他们下来碰见他还在和这个混凝土工交谈的话，这个帅小伙恐怕就有不必要的麻烦了。谢汉津冷静下来，说："我想在你这里拿点儿沙子，可以吗？"沙尘扬弯腰用塑料袋装了一袋沙子，丢给谢汉津。谢汉津将沙子放进工具袋，急急离开了。

四

尤志辉对刘昊天是有意见的。事故都发生了那么长时间了，他都好像事不关己一样，整天背着个单反，似闲魂野鬼般，到处招摇，最近听说和安监站的副站长骆红冰走得还挺近的，好多人跟他说过，经常在新金太阳酒店工地和缈江边的沙场看见这两人的身影。当然，他俩一个未娶一个未嫁，又郎才女貌的，发展男女关系也不是不可以，但是，这种关系千不该万不该，在这个敏感时段发展啊！一个是事故发生工地的承建商，一个是事故发生工地的安监主要责任人，两者都是这两起事故的关键，身份敏感，此时又同出同进的，这就不得不让人产生很多联想了。甚至在"大红袍"打麻将时，周玉成已经肆无忌惮地直说："小尤啊！我现在是食你的糊，说不定你老板现在正在食我们美女站长的糊呢！"

绗城是个小地方，只要刮一阵风，就能吹得满城乌烟瘴气的。周玉成恃着有一官半职，辈分大，说话就不顾不忌，可这样的话听进尤志辉和陈建设的耳朵里，就似沾着辣椒粉的锐子，锐了进耳道，烫得他们的耳道又辣又痛。

尤志辉心里清楚，像周玉成这样的在机关里待了几十年的所谓的老臣子，实际是老油条老无赖了，又贪婪又小气又怕死又记仇，像这样的小人是千万得罪不起的。看着周玉成一支紧着一支地从自己和陈建设的烟盒里掏烟，撅着嘴贪婪地吸着，尤志辉觉得这个烟雾围绕着的老王八蛋，实在可恶极了。他实在不明白，刘昊天为什么会和骆红冰搭上的？还私下将墙体剥落的照片给了骆红冰。这个女人较真要强内行谁个不知啊？尾巴到了她的手中，她哪有不揪出来看个清楚的道理？

现在好了，招惹了这个女人，这个女人非扯着质监这边一起算账，这就让周玉成这条老蜈蚣摇头摆尾起来了。一方面，他害怕真在质监这方面出了问题，会牵连到自己，就拼命压着问题不给引发；另一方面他又认为这是能从中大捞一把的大好时机，连骗带恐的，总拿打麻将的机会来敲诈。

尤志辉已经将所有人和事都一一跟刘昊天汇报过，分析过，他希望刘昊天能够理解，并有所收敛，少点儿和骆红冰往来。可是，刘昊天只是呵呵一笑，让他继续好好跟进新金太阳酒店的事情，特别是对累病了住院的钢筋工铁耙手和烧死了的木工柳大个家属的安抚工作，千万要赔着小心，半点儿不能出错，其他的事情，天要下雨娘要嫁人，随它去了。

尤志辉心不在焉地打着牌，到底甩了多少个绝张的牌出去了，他也不知道，只听见耳边周玉成又呵呵的得意的奸笑，看来这老杂种又快糊牌了。

对于刘昊天的淡定，尤志辉是自愧不如的，这个海归的老板，作风一直与众不同，他会出什么牌，谁也猜想不到，就连在绗城叱咤风云了几十年的建筑大鳄上官京都，都在竞选会长上输给了他。虽然绗城建筑界明里大家都不说什么，但私下却议论纷纷，缈城建筑的日后，肯定是这个年轻人的天下。

尤志辉是随缈城二建一起卖给刘昊天的，当年，谁也没想到，缈城二建才中了新金太阳酒店的标，刘昊天便将缈城二建买了过去，他这一招用得够绝的，开发商是他老子刘华宇，他可谓双重赚钱了。

这两年，刘昊天的确带着缈城二建打了几次漂亮的仗，开始大家都以为，缈城二建不过是刘华宇买给他的海归儿子玩儿的，这总比他每天都去冲浪蹦极不着调儿好，但没想到，刘昊天在广州竟然还有一间做得不错的设计公司，他现在是设计、施工一起搞，还搞得有声有色。广州有好几个数亿的大工程，都给他接下来了。最近，他还频频跑上海，说不定过一段时间，公司就要抽拨一批工程师到上海去了。

缈城传统的老建筑，如盛洋、海河、盛安、一建等，现在都在努力地向外扩张生意，但都是往比缈城经济落后的山区发展，很少会往广州、深圳或上海等国际化大都会挤的。这其中原因有三，一是大城市里大的建筑企业也多，盛洋、海河这些建筑企业进去未必能占据优势。二是这些传统建筑企业的老板，人脉多限于缈城本地或周边城市，在大城市里，人脉关系也显不出优势。三是最关键的，是工程造价跟不上人工费用，即是在缈城做建筑的人工成本远远低于大城市里的人工成本，传统建筑企业进军大城市，利润空间几乎为零。但这三点困难，在刘昊天这里就成不了困难，别看他平时只是拿着单反到处转，像什么事情都不在乎的样子，但那些生意好像都是专门为他打造的，说声过来就过来了。缈城二建的员工们都把刘昊天当神一样膜拜，都说刘昊天有魔力附身的。当然，尤志辉不相信这是魔力附身，刘昊天毕竟在海外学了那么多年设计，和他一同回国的同学们，哪个不是领域里的龙凤？而且，在收购缈城二建之前，他的设计公司已在广州站稳了脚，服务了不少房产企业，这无疑给他积累了一定的稳固的资源。当然，最重要的还是刘昊天本身的能力和人格魅力。

尤志辉在缈城二建当了十多年的项目经理，之前跟着老总戚宏远闯天下，戚宏远是从当年的建委调到缈城二建的，本来就觉得当缈城二建总经理，有点儿娘不疼爹不爱的感觉，加上习惯了之前在机关的那一套，年纪也大了，难免就有些因陈守旧、瞻前顾后、缩手缩脚的。因此，缈城二建那些年都是在同一条水平线上发展的，既没大起也没大落。尤志辉就是用了前十多年的时间，读书考证，终于考上了高工，成为一个有经验有学历有证件的项目负责人。

但是他真正把才华用到实处，还是刘昊天给的机会。前几年，董不凡也给过尤志辉一次机会的，当年"腾龙阁"发生排栅坍塌事故，项目经理肖守权被抓起来了，董不凡特地登门拜访尤志辉，高薪请尤志辉帮他管理"腾龙阁"，尤志辉经不住高薪的诱惑，曾经一度离开过绲城二建。后来，"腾龙阁"被炸了，尤志辉又不得不回到绲城二建。这些都是过去的事情，虽是发生过，但都成为过眼云烟了。刘昊天却给了尤志辉实实在在的机会。

林汝华已经出了整改通知了，限令新金太阳酒店在四个月内所有墙体全部返工整改完毕。尤志辉算了算，这五个月内，还横跨着一个春节，工地上的工人一年到头就只有春节可以歇一歇回家过年的，一般工地都给工人放假二十至三十天。而且春节后就入春，梅雨季节啊！这么一算，就只剩下两三个月时间可以整改。

三十六层十多万方的建筑，怎么可能两三个月内能整改完毕呢？尤志辉把难题向刘昊天说了，刘昊天却说："不急，过了梅雨天再返工。"尤志辉哪能不急？其实也不是尤志辉急，既然老板都不急，不害怕亏本进去了，他一个打工的，急什么呢？可是，建设局那边急着呢，只要一天不把楼体整改完毕，局里一天就不能将上级压下来的问责圆满过去，更不能重新邀请专家和记者到新金太阳酒店来参观报道，平息舆论。

刘昊天似乎一眼便看出尤志辉的顾虑，一笑说："问题已经出来了，关键是在找出诱发事件的原因，而不是急于遮掩。这样过于草率地在裂缝上面多抹一层沙灰，能真正解决问题么？只怕过不了半年，就会出更大的事故了。"

作为一个高级工程师，这么简单的问题尤志辉哪里不懂啊？但关键还是在于相关部门急于掩盖，粉饰太平么！刘昊天将手中的单反转了几下，说："要不这样吧，你先让人整改一层，让他们看看效果，他们就会明白的。"尤志辉实在摸不透老板的心思，泡过洋水的，就是与众不同。他唯有应了出去。

尤志辉胡乱打着麻将，今天他几乎都是输的，原本胀鼓鼓的钱包，此时已经瘪下去了，对面的林汝华和周玉成都笑得快看不见眼睛了。尤志辉搓着麻将说："最后一圈了，再输下去，我连烟钱也没有了。"

林汝华呵呵笑着说："好好，最后一圈，最后一圈。"此时他们的口袋都鼓鼓的，赢得心满意足了。

尤志辉瞥一眼大家，说："我们已经将一层整改完毕了，什么时候领导们组队来指导指导？"

林汝华和周玉成的脸色同时一黑，林汝华停下手问："不是让你们全栋整改么？怎么才改了一层？"

尤志辉摊摊手说："我们刘老板说，让各位领导先检查过了，再进行下一步整改也不迟。"

林汝华和周玉成对望一眼，朱五毛虽然已经被释放出来了，但他暂时还不能负责新金太阳酒店项目的管理，朱局已经一而再再而三地吩咐，务必要尽快让朱五毛重新掌管工地。林汝华和周玉成得到了朱局的暗示，都想快点把事情蒙过去，巴结巴结顶头上司，没想刘昊天仗着家大势大，根本不吃这一套，林汝华面对着这个海归的富二代，真有点老鼠拉乌龟，无从下手的感觉。

但毕竟麻将台上还有陈建设，心里即使有想法，他也不能太直白地表现出来，唯有甩一张白板出去，说："怕只怕，再拖下去，我们和你们的刘老板都要，哎！白板！"

尤志辉叫声："碰！林站真是胆识过人，没露过面的白板也敢冲。"

林汝华的脸红一阵白一阵，给尤志辉降了白板，要是尾牌摸中了和牌，那么他就要全包这一圈牌了。大家紧紧盯着尤志辉摸在尾牌上的那只胖胖的手，那手又白又滑，肤若凝脂，简直可以和美女的玉手媲美。只见尤志辉拇指、食指和中指一起捏着尾牌，拇指朝上，缓慢地捏了几下，大家看着尤志辉黑框眼镜后面，突地闪出一道贼亮的光芒，林汝华一惊，完了，真的中和牌了，这轮可得要包几大千了。

但尾牌在尤志辉的手指间拿捏了半天都没打下来，周玉成等得不耐烦了，咕噜说："是和就开牌，不是就发牌，玩么事高深？"

尤志辉一笑，缓缓将尾牌放在牌阵的尾部，挑起一张一筒打了出去。林汝华松了口气，陈建设不满地说："不是和牌，也停那么长时间？"

尤志辉笑着说："最近啊！老是犯糊涂，算不清方向，算不透牌路了！"

大家又甩了几轮牌，都没谁能成牌，林汝华越打越觉得浑身不对劲，思绪无法集中，干脆推了牌说："今天不打了。还有事要忙呢！"

尤志辉伸伸懒腰，夸张地打了个哈欠说："成，反正我也输不起了。"

陈建设捶了他一下说:"一会忙么事?要是没事忙,一起去腾龙城捶骨!"

尤志辉摇摇头,翻眼睛看着正忙着将钱塞进口袋的林汝华和周玉成,提醒说:"两位站长,抓紧时间安排一下呀!"

林汝华装没听见,黑着脸,塞了钱就往外走,周玉成老奸巨猾,装模作样地问:"安排什么啊?局里最近很忙,省安协下来检查呢!"

尤志辉无所谓地耸耸肩说:"那好吧,就让省安协的来我们现场也检查检查吧!"

林汝华本来已经走到门口的,听得尤志辉这样说,脸黑得像马上要下大暴雨了,回头瞪一眼周玉成,说:"还磨蹭么事?你不坐我的车回去么?"

周玉成倒不急,笑嘿嘿地凑近尤志辉,低声说:"小尤,不要忘了,那天你给过什么谢汉津。"

尤志辉说:"周站,你们的困难,我哪不体谅呢?可我也是给人打工的,也是身不由己啊!"

周玉成盯着他一会儿,然后意味深长地按了按他的肩,才跟着林汝华走了出去。

陈建设见两个站长都走了,问:"去不去?"

尤志辉摇摇头说:"么心情都没了,夹心饼干,两难呢!"

陈建设摊摊手说:"可不是!走,放松放松嘛!"说着不由分说拖着尤志辉往外走。

虽然他俩都是被挂靠单位的项目经理,但两家挂靠单位都比较特殊,陈建设要面对的是董不凡和上官京都,尤志辉要面对的是刘昊天和朱英才,两人所面对的都是非常难缠的角色,要是稍有差池,肯定引火烧身的。虽然一直都努力装着平静,但尤志辉的心里还是忐忑不安,特别是最后周玉成的一句话,说得他胆战心惊。不怕贼来偷,最怕贼惦记。虽然,贿赂谢汉津是有林汝华的授意,可谁来作证呢?周玉成?陈建设?尤志辉像被千百只虫子抓挠着,很不是滋味,这些人都是自私狡猾的小人,关键时刻不落井下石已经很好了,更别奢望他们能两肋插刀。

尤志辉思前想后,都无法理清刘昊天到底想干什么?按理,出事工地是缈城二建责任管理的工地,最急切地巴望将问题解决的应该是刘昊天才合情合理的,但他却似是有意拖延,他的葫芦里到底卖的是什么药?其次,自古贫不与富斗，富不与官争，他这样明目张胆地和两站叫板，实是很不明智的，商人都是以利益为中心的，尤志辉怎么衡量，都觉得刘昊天这样做，是百害无一利的。

腾龙城建在海滨大浴场侧面，四层高，外墙通体银白色，冷峻而高贵，里面装修得金碧辉煌，这也是董不凡的物业，是渺城最高级的休闲会所，渺城人常说："腾龙城里起凤凰。"可以想象其中的活色生香。平常若不是要接到领导或生意场上的朋友，尤志辉和陈建设等人是根本不舍得进出这样的场所的。

才走进去，一股清凉的夹着淡淡花香的微风扑脸而来，两个穿着绣着金色凤凰旗袍的迎宾小姐婀娜多姿地走了过来，轻轻接过陈、尤两人手上的皮包，一边帮忙递给营业台里站着的服务生，一边甜甜地问："两位是净洗呢还是洗全套？"

尤志辉刚想说净洗，陈建设就抢着说："洗全套！"

尤志辉吸了口气，虽然刚才陈建设是赢了几千块，但洗全套是2888元一位的啊！尤志辉印象当中，陈建设不是那种爱装阔绰逞能的人，今天到底是动了哪根神经呢？他狐疑地望着陈建设说："我身上可是一分钱也没有的。"

陈建设笑着捶了他一下说："放心，不需要你一分钱。"

说话间，两个美丽的迎宾小姐已经将拖鞋拿到他们前面，并蹲下为他们解鞋带了。换上拖鞋后，尤志辉似做梦般，被一名迎宾小姐引着，走进内间，拐了几个弯，迎宾小姐停了下来，温声细语地问："两位是分开房间还是合用双人套房？"

陈建设说："合用吧！"

迎宾小姐又温声细语地答："好的！请问先生有没有熟悉的技师？"

陈建设色迷迷地挑起领他的迎宾小姐的下巴，问："技师有你温柔吗？"

迎宾小姐还是温声细语地说："我们这里做全套的技师都是身材一流服务一流的！"

陈建设挥挥手说："去给我们叫两个身材最好皮肤最好性情最温柔的来。"

"是！"两个迎宾小姐低眉顺眼地答了一声，便翩然走了出去。

尤志辉忍不住问："丢那妈！你在这里玩过全套啦？"

陈建设神秘地一笑说："当然，真是神仙般的享受。这里的妞，妈的，个个都神仙下凡般，美得你眨不了眼！"

尤志辉不自在起来了，平常他来这里都是招待领导的，都是领导洗全套，他一般都在大厅坐着等埋单，偶尔也净洗一下，然后捶一下骨，如此而已。现在居然能享受领导级的服务了，他的体内像有千百条虫子在爬，痒得很。不由问："洗全套，都有些什么服务？"

陈建设眨眨眼睛说："你想要什么服务她们就给你什么样的服务！都乖着呢！"

陈建设这么一说，尤志辉的身体更痒了，好像已经钻进骨头的痒，真恨不得马上就逮一个温婉柔软的美女来服务服务。

正想着，两个只穿着绣了金边凤凰的比基尼，身材玲珑浮凸的绝色美女推门而进。尤志辉一看，脑海"嗡"的一声，就空白一片了，眼前似乎只剩下两只金色的凤凰在飞来飞去，他再也控制不住身体内的痒痒，双手一伸，准确无误地向两只凤凰抓去……

刘昊天要求尤志辉把新金太阳酒店已整改完毕的楼层开放给监管部门来检查，并授意尤志辉安排几个混凝土工和抹灰工人在现场演示。

开放楼层让监管部门检查尤志辉能理解，但为什么要安排工人在现场演示呢？尤志辉怎么想也不明白，刘昊天低头调着手中的单反，笑道："你按我安排的去做就是了，保管出不了事情。"

尤志辉将信将疑，问："要是他们不肯来呢？"

刘昊天翻起眼望他一眼，说："骆红冰会让他们来的。"

尤志辉心想，看来老板和骆站长的恋情，八九不离十了，谁晓得这两个绝顶聪明的人会出些什么招数呢？他也是个聪明人，知道问下去也不会问出什么来的，于是点点头走了出去。

朱五毛不肯出面叫人，尤志辉才感到这个挂着的所谓的项目经理真的不好当，在工地上，从来都只有包工头是爷，其他管理人员都是孙子，工人们只会买发工资给他们的包工头的账，其他人他们才不管你们是高官还是贵族，不听你的就不听你的。

尤志辉已经极其细心，在物色演示人选之前，他都暗里了解过工地里一些表现得比较拔尖的技能工的情况，在火灾发生的后一天，绗城建设技能培训中心和建设局合作举办了一场八大工种技能比赛，本来新金太阳工地也有八个表现比较突出的技能工报了名，准备参加比赛的，但因在比赛的前一晚，工地发生了火灾，造成两人死亡，几个准备参加比赛的工人中又有一个因病住院不能参加。接踵而来的事故，让剩下的几个技能工都错失了参赛的机会。

住院的技能工叫刘小山，外号铁耙手，是一名钢筋工，据说一直身体都棒棒的，憨厚耿直非常乐意帮人，在工人当中威望极高，现在已经确诊为贲门癌晚期，生命垂危。

对于铁耙手，尤志辉是有印象的，一个又高又壮，铁塔般的汉子，一双大手像老树的丫杈张开着，拇指粗的钢筋在他手下一折，就能弯成270度，威武得很，但他人很随和，整天笑嘻嘻的。像这样的汉子，也扛不住长年工地劳作的艰辛，倒下了，可以想象，这对其他工人来说，是多么巨大的打击。生命无常，建筑工人的生命更加无常，谁也不能摸估，今天能平平安安地在工地上班，明天却不知还能不能从密密匝匝的钢筋水泥里爬起来。

尤志辉亲自将报了参赛的余下几个工人叫到工地会议室，几个工人陆陆续续来了，砌筑工胡贱生来得最早，来了就坐在会议台的最边上，拿起会议台上的矿泉水，不停地抠着瓶子上的塑料纸。尤志辉让他坐前面一点，他连看都不看一眼尤志辉，屁股像抹了502一样，粘在凳子上，挪也不挪一下。接下来进来的分别是沙尘扬、张结实和诗人，尤志辉点了点人名，远远便见胖得圆球一般的牛应发滚着过来了。

尤志辉是认得牛应发的，他们住在同一个小区同一栋楼，牛应发的防水涂料能做进新金太阳酒店工地，尤志辉功不可没。只是尤志辉做梦也没想到，牛应发怎么说也是当老板的人，怎么他也凑热闹参加那个什么技能比赛呢？

牛应发喘着粗气，来到会议室，抱歉地向大家弓了弓腰，说："不好意思，我来迟了。"

尤志辉摇摇头，还有一个叫王五哥的抹灰工没来呢。

诗人举起一双与建筑工人不相称的白皙细嫩的手，瞧了瞧说："王五哥是不会来的了。"

尤志辉愣了愣，不由将眼镜框往鼻梁上托了托，这次演示，最重要的部分就是抹灰了，刘昊天再三吩咐，无论如何，都必须用最好的技能工来演示整个操作过程，万万不能让来参观检查的专家和领导看到，整个操作过程有任何瑕疵。

尤志辉搓着手，不知如何是好。王五哥的个性他也了解过，这人的脾性和铁耙手刚好相反，是个又硬又臭的角色，在工地里，除了铁耙手，几乎没人愿意和他做朋友的，像这样的工人，说了不来就不来的，不管你使什么方法。尤志辉一点儿底气亦没有，凑近牛应发，低声问："老牛，给想想办法么！"

牛应发才喘过气来，指着外面堆放着的几包防水涂料问："几时才给我结算啊？工人们都等着出粮哇！"

尤志辉哭笑不得，这头胖牛最晓得哭穷了。但现在是求人，总要低声下气一点么。于是就说："这事情办妥了，老板就高兴了，老板高兴了，事情就好办了。"

牛应发小眼睛溜溜，拉着尤志辉走到一边，低声说："有个叫陈大抹子的领班，是王五哥师傅呢！我猜缈城没几个做抹灰的手艺能超过他！"

"真的那么牛？"

"高手通常都藏在民间里的。"牛应发又向尤志辉挤挤眼睛。

尤志辉感激地按了按他圆鼓鼓的肩，决定亲自去请陈大抹子。

五

暂时，关德福在缈城建筑界的地位是无人可撼的，即使是如上官京都或董不凡这些身家过亿富可敌国的大老板，在关德福面前，也不得不欠一欠腰，谦卑而尊敬地叫一声："关师傅！"是的，这个"师傅"的称号，关德福当之无愧，上官京都、顾如海和董不凡等这些如今盘踞在缈城叱咤风云的大建商，当年都曾跟过关德福当徒弟。

关德福年轻时脾气特别暴躁，徒弟们稍微做得有点不顺心意，他就会暴跳如雷，大声斥骂，要是犯的错误大了，他还会操起木棍，狠狠地往徒弟的小腿肚子甩过去。所以，他带出来的徒弟，没有谁做事敢不谨慎的。也因了如此，徒弟们都学到了一门过硬的手艺，养成谨慎细微韧性十足的好品性。在后来独立发展的岁月里，他们都因这门手艺和好品性而出类拔萃，成为了缈城建筑界的佼佼者。

这些佼佼者们在成功之后，回想当徒弟的岁月，关师傅青筋突起，暴跳如雷的形象虽然还生动地呈现，但都忘记了小腿肚子上的伤痕，只觉得那段青涩艰辛的学徒岁月是那么难能可贵，那个比他们年长不了几岁的关师傅，即使暴跳如雷满嘴粗话，也是可爱可敬的。

在这批徒弟当中，与关德福关系最好的应数顾如海。即使现在生意忙碌，顾如海也不忘隔三岔五地请关德福吃饭，打打小麻将，有时候还专门请关德福出山，给海河建设的员工上一上质安课，每到中秋或春节，顾如海都雷打不动地提着礼物登门拜访。退休后，关德福的脾气稍稍收敛了，也常常在独坐的时候，回想当初，总觉世事人情，如梦如戏，变幻不定，就更加珍惜现在还能拥有的师徒情意，对缈城建筑界的人和事，更是关注。每当他听到他缈城建筑界有什么事故出现，他都异常紧张关切，都会不请自去工地了解一番，然后根据他多年来从事质安管理的经验结合近年新出台的新法规新技能新产品的使用状况，写一份研究报告到建设管理部门。当然，他的热心并不是每次都能引起管理者的重视，很多时候，递呈上去的报告都如石沉大海，没了音信。但关德福已能控制情绪，不再放在心上，仍初心不改继续关注，继续反映意见。

由于要写报告，要结合当前实际，关德福是个严谨的人，他绝不会仅凭经验就草草做出结论的，所以，每当建筑领域有什么新的法律法规或新产品新工艺出来，他都第一时间关注，非读透弄明不可，因此他的实践水平和学术水平，也得到了非常大的提高，在缈城建筑界，只要有探究不出的问题，都可以去找关德福，他肯定能在最短的时间内给出最有说服力的答案。

关德福的专业水平实在无可置疑，所以，在他退休后缈城一建仍高薪返聘他负责质安科工作，但关德福返聘了两年后就不想再做了。这些年缈城的建筑状况越来越糟糕，关德福既不能蒙蔽着良心去做事，亦无力扭转整个建筑市场的大势，唯有坚决辞职，眼不见为净么！但他辞得了日常工作，却辞不了他在缈城建筑界的名气，现在，他仍属于省建筑业协会和省安全生产协会的专家成员，他的名字仍列在缈城建筑专家库名册的最前面。关德福几次去找负责编制和管理专家库的谢雄伟，要求将他的名字拿下来，让更年轻更有魄力和才干的人才上去。但身高还不到关德福下巴的谢雄伟，却高高地扬起下巴，嬉皮笑脸地说："关老啊！有的位置是上去了就不能下来的，要把你拿下来，除非局里正式发文，并给我预备一个能说服众人的代表人物，再说哈！"

关德福挺讨厌这个谢矮子的，当年谢矮子进入缈城一建时，他就极力反对，他认为这个矮子虽个子不高，但两眼贼光浮动，绝对不是个正直的人，这样的人是绝不能搞建筑的。但是，缈城一建领导层并没听取他的意见，他们认为关德福太过极端，而且，聘请谢雄伟不过是负责工地的资料编制而已，并不是让他负责主体施工，只要他能做得了资料就行了，其他并不重要。

果然，谢矮子在缈城一建当了几年资料员后，突地跳槽出去，自己成立资料编制公司，通过他的才智和手段，很快就垄断了缈城建筑界所有的资料和档案工程，其他公司想自聘资料员也不行，因为非谢雄伟公司编制的资料，是绝对不能过建设局报建和建工管理这两关的。缈城一建领导层到了后来，受到谢矮子的牵制后，才后悔当初没听关德福的劝告，只能苦叹，养虎为患。

年过七十后，关德福觉得背在身上的"专家"两字越来越沉重。按理说，他可以逍遥自在，乐享晚年的了，但他却觉责任越来越大。自从那天听顾如海说了发生在新金太阳酒店工地的事故后，关德福的心情就不能平复了。

事故发生到今，都过去一个多月了，事故原因还没查明。关德福做了几十年建筑，心如镜明，这哪是查不清楚事故原因啊？这分明是不能查明么！每每想到这些发生在建筑界内遮蔽着天的黑手，关德福就忍不住气得拍案而起，满额青筋凸显。

但顾如海却将他按下来，温声细语地说："都成了事实，你气也没用。"

关德福忿忿地说："想当年，我们搞泥水，都是一砖一瓦实实在在地干的，哪敢在材料上在施工上动一下手脚啊！你看看，我们做的缈城大街，三十多年过去了，还没凹过一个洞的，我们做的缈城酒楼，至今还实实在在驻在城中央，一点亦不落伍。现在这些人，怎么连底线都没了？为省几个钱，连人命亦不顾了。"

顾如海白白胖胖的脸上浮着浅浅的笑容，他也是搞建筑的，他是缈城建筑业协会的常务副会长，而他的海河建设工程有限公司资质已是一级，和上官京都的盛洋建设工程有限公司、刘昊天的缈城二建呈鼎立之势，稳居在缈城建筑界佼佼者的行列，在整个建筑生产过程中，发生的安全事故或质量事故，他多多少少也脱离不了干系。

之前刘昊天找他商量过，希望能通过建筑业协会的努力，改变一下缈城的建筑现状。顾如海当时也没表态，市场经济下，打的都是价格战，监管部门不仅监管不力，还与各个建筑项目根须并联，这样的前提下，即使缈城建筑业协会内部会员企业都能恪守自身，但也难保在其他环节有纰漏。刘昊天和关德福都是有想法有操守有能耐的人才，但这样的人才毕竟是少之又少的罕生物，他们细微的力量并不足以撼动积重难返的缈城建筑。

关德福如能猜透顾如海的心思，他就不会一辈子都只是个技能高超的老工程师了，而是一个能翻云覆雨的建筑大鳄。他一根筋地以为，顾如海的沉默与其他建筑商的不择手段是有一丘之貉的嫌疑的，虽然顾如海很尊重他，也不过是淡薄的师生情谊而已，和上千万甚至上亿的庞大的利润相比，根本微不足道，他外号"笑脸狐"，此时别看他笑嘿嘿的，转过背去，又不知道会要些什么手段了。

回想起他的几个得意门徒，关德福不由长叹，经过三十年的大浪淘沙后，缈城俨然已成了他们的天下，他也很欣慰看到徒弟们的名成利就，但建筑毕竟是关系到国计民生、百年基业、两百多万的缈城人安居乐业的大事情，他们怎可以为一己之私、蝇头小利而置广厦万千不顾？关德福越想越气愤，但他也不好在顾如海面前再啰嗦什么，唯有把手按在紫砂茶杯上，按得青筋暴起。

新金太阳酒店一层工程的竣工演示，关德福也以专家组组长的名义被邀请了。这天早上，他早早就来到了水都新城，他以为他是最早到来的一个，没想到才走进新金太阳酒店，就看见谢汉津背着一个鼓囊囊的工具袋，蹲在一墙角，用刀子刮着什么。

谢汉津五十不到，但已是头发花白，满脸皱纹，和比他年长了十多岁但保养得体的周玉成比，乍眼一看，还觉着他谢汉津要年长些。任何地方任何部门，搞技术的都比搞管理的费心劳力，关德福看着专注地刮着墙沙的谢汉津，又想起了那些曾经的拼搏过的岁月，不由"哎"的一声长叹。

谢汉津听到叹息，停下手，抬头看见关德福，覆盖着尘土的黑脸笑了笑，沙粒从褶皱里抖了下来，他问："关老，你也来这么早？自己开车来的么？"

关德福点了点头。

谢汉津拍拍身上的尘土说："让局里派人开车去接你么！这么大年纪了，还让你费心，跑来跑去的。"

关德福说，他还能跑得动，就不劳民伤财了。说着，指了指谢汉津脚下的一堆沙灰，问："都查出些什么呢？"

谢汉津小心翼翼地将一捧沙灰捧起，递到关德福前面，说："我刚想去找你呢！不想你就来了，关老，你看看，这些沙灰有什么问题么？"

关德福只瞥一眼，就看出这些混着水泥的沙子形状不对。谢汉津似乎在他的眼中读出了问题，抹一下额头的冷汗说："骆站长让我在演示之前，一定要将所有供材的材质弄个清楚明白，并做一份检验报告给她。"

关德福"嗯"地应了声，看来这个叫骆红冰的小女孩，想破釜沉舟。

要是这宗墙体剥离事故查出来的主因是建材质量问题的话，那么，主要责任就是负责质监的周玉成，骆红冰不仅能起死回生，说不定还能仕途通畅。

谢汉津问："关老，懂一点建筑常识的都能看出问题所在啊！外面堆放着的沙子就能说明一切了，可我这个报告该怎样写呢？"

关德福四周看看，看见一个角落斜摆着一把锤子，就大步上前，拿起锤子，走到一处渗漏严重的墙体前面，举起锤子，用力捶了下去。谢汉津吓得跑过来，夺过锤子说："关老，您老人家歇着，这种粗活，还是我来做吧！"说着，抢起锤子，"砰砰砰"地砸了下去，

剥落的墙体顿时灰沙四溅，不一会儿，墙体的沙灰已经剥落了一大堆，裸露出混凝土里面包裹着的钢筋。

关德福扇开灰尘，走过来，弯腰眯眼看了一会，回头对谢汉津笑笑说："有带相机么？赶紧将这些废钢筋都拍了照回去。"

谢汉津忙从工具袋里拿出相机，对着开缺的墙体拍了几张。

关德福叹了口气说："这些孙子，哪里是在盖房子啊？简直是在挖坟墓么！"

谢汉津不由打了个寒战，这栋号称白金五星级的新金太阳酒店，从动工到出事，前后不过一年多时间，但裹在混凝土里面的钢筋，竟然都被氧化锈蚀了，而且，这些钢筋即使是锈蚀了鼓胀了，但凭肉眼一看，就能看出它粗细，这样细小的钢筋截面，肯定不达标的。只凭这个小小的缺口，整座大楼墙体大面积渗漏剥离脱离的答案已经找到了。浇灌这栋大楼的混凝土和墙体涂抹的预拌砂浆肯定是大量地用了工地禁用的海沙，而且，这些海沙是没经过任何处理的，含氯成分比较高。国家禁止海沙用于道路、桥梁、军用、民

用、商品房与公共设施工程建设已经很多年了，因为海沙含有天然盐分，具有很强的腐蚀性。用海沙搅拌的水泥，不到五年就会把钢筋锈蚀掉。使用海沙搅拌混凝土，浇灌建筑物，混凝土中的钢筋会慢慢被海沙渗透出来的盐分腐蚀氧化，造成预应力下降，强度、硬度与承受力下降，将严重影响建筑物的使用寿命。使用海沙粉刷的墙面和地面，会产生严重的潮湿现象，遇到东南风或梅雨季节，墙体会渗出大量的水珠与水滴，而且，海沙中的盐分不管怎么浸泡，其盐分都是无法冲洗掉的。

　　谢汉津拉着关德福走出在建酒店，不远处一处开阔的场地上，高高地堆着两堆沙子，他们走过去，谢汉津拨开沙子的表层，黄黄的沙子里面，竟掺杂着一个个显眼的白点，谢汉津捡起几个大点儿的白点，放在手心递给关德福看，关德福点点头说："不错，这些都是贝壳尸体，河沙是不会有这些贝壳的。"

　　谢汉津将白点收进工具箱，叹了口气说："骆站长和刘昊天分明是已经知道了内里乾坤的，我就想不明白，他们为什么一定要做这个演示呢？"

　　关德福想了想，就明白了，骆红冰为什么一定要请他这个耿直正气的老专家出山，为什么一定要安排这场演示，为什么一定要将这场演示安排得大张旗鼓隆重异常，但又明确不允许媒体记者介入？她的确是聪明过人啊！

　　要想想，这工地的实际承包人是朱五毛，朱五毛和建设局的上层领导们关系复杂，就好像连根树一般，拔了他，必定会使上层关系伤根动土的，骆红冰不过是一个小小的副站长，小胳膊小腿扳不过老胳膊老腿，仅仅打一份施工材料不达标的质量报告上去，说不定真相还来不及大白于天下，她骆红冰就给整得锒铛入狱了。唯有通过演示，将真相含蓄地告知上层领导，给领导们敲一记响亮的警钟，但又不至于被媒体披露事件真相，顾全了领导们的颜面和官位。骆红冰这个小丫头，的确是个人才啊！

　　谢汉津看见关德福微微点头的样子，便知道他已经将整个事情估摸通透了，就试探地问："关老，下一步我该怎样做呢？"

　　关德福看他一眼，说："将你所看到的所查到的，都写出来就是了。"

　　谢汉津有点为难地动了动嘴唇，没有说话。

　　关德福毕竟是混了几十年的老建筑，一看就晓得他有难言之隐，拍一拍他的肩，笑道："老弟，一世的英明，可别让小小的老鼠屎给沾污了。"

谢汉津尴尬得满脸通红，说："像我们这种中层人员，和夹心饼差不多，关老啊！我是两边都不能得罪的。"

关德福哈哈大笑："不想得罪，总有不得罪的做法么！"

说话间，一台明黄色的牧马人像闪电般拐进了工地，不一会儿，他们就看见刘昊天和骆红冰同时从车上跳了下来，骆红冰只穿着牛仔裤T恤，跳下车时，还不忘往后一扬长发，目光坚定，步伐灵敏，走在她旁边的刘昊天也是修长潇洒。关德福不由叹道："真是金童玉女啊！"

谢汉津望他一眼，不说话，看好的，都说是郎才女貌、金童玉女的结合，很般配，不看好就说是官商勾结、狼狈为奸了。

建设局所有部门负责人都被要求来参观这场演示，骆红冰和刘昊天到达后，其他部门的负责人也陆续到来了，现在只剩下分管建设部分的副市长和建设局的朱局长仍未出现。到场人员都叽叽咕咕的，大家分明已经看到了被砸开的墙体和被拨开了的沙堆，都议论纷纷着，朱五毛像被打蔫了的秋茄，勾着脑袋蹲在墙角，倒是负责抹灰技能演示的陈大抹子，显得踌躇满志，成竹在胸，拿着巨大的灰抹子，笔直地站在一桶搅拌好的预拌砂浆前面。

林汝华和周玉成都铁黑着脸，在人群外围站着，冷眼看着这些议论纷纷的人们，有几个年轻点经验不是很足的部门负责人，还非常敬业地围着关德福请教，问的问题也很尖锐，才浇灌年把，为什么这些混凝土里面的钢筋全都生锈了？这么细的钢筋，用在这么高层的建筑上，危害性大么？为什么这些墙体会渗漏剥落的？是什么原因造成的？

关德福此时根本不理会林汝华和周玉成等人的眼色，声如洪钟，响亮地回答："因为施工用的混凝土里大量含有了海沙，而海沙里含有氯、碱等大量对钢筋起腐蚀作用的化合物，钢筋被腐蚀后，就会产生膨胀，导致墙体开裂，而渗漏的现象，就更不用多说了，含盐分过高的预拌砂浆抹过的墙面，怎么可能干透呢？不能干透，里面的混凝土又开裂了，那就形成了渗漏，这就是为什么墙体里面都没有安装水管的地方，都滴水的原因了。"

关德福越解释得清楚详细，林汝华和周玉成的脸越是黑如墨酱。林汝华咳嗽一声，对周玉成打了个眼色，就走了出去。周玉成领悟，走上前，拉着关德福说："关老，你都说了这么久了，渴了吧？我们去工地办公室边喝茶边等人么。"

关德福生气地甩开周玉成的手，怒道："老关我不说话，喉咙更烧得难受。你想喝，自己去喝啊！扯我干么事？"

周玉成被拒，有点儿下不了台，回头找尤志辉求助，无奈尤志辉站在刘昊天身边，像柱子一样，动也不动，看来是得到了刘昊天的授意了。

周玉成心中大怒，这姓刘的为了帮姓骆的小妖精推卸责任，不惜拿他老爸的物业来做代价，这栋白金五星的大酒店，投入至少上亿，兔崽子真够狠的。

争执恼怒间，林汝华已经走进来了，他清了清喉咙，大声说："大家都散了吧，演示也不必再做了，刚才我给电话武市长和朱局他们了，他们说市里突然有个特别会议，所以都不能来了。这里的情况我都一一跟领导们汇报了，他们都很关心和重视这件事，指示我和骆站长、周站长，继续调查研究。"

等了半天，结果领导不来了，大家不免有些猜疑，少不了又议论纷纷，林汝华见大家不愿散去，恼了，吆喝道："除了看演示，你们都没事干了么？"大家才纷纷攘攘地走了。

待众人走了后，林汝华走到骆红冰身边，低声说："朱局叫你马上去见他！"

关德福看见情形不对，思谋着赶紧回去做一份研究报告出来，没想周玉成又拉着他说："关老，现在可以喝茶了么？"

关德福气得老脸胀红，说："老关不渴！"

离开工地之前，关德福还回头看了看骆红冰和谢汉津，敢用蚂蚁之力去撼大树的他们，将要面临的是福还是祸呢？对着灰尘滚滚的工地，关德福觉得，自己真的老了。

六

朱英才在宽大的大班台后面，来回踱着步子，大班台再大，也不过丈内方圆，四五步，就从这边走到那边，转身回去，又四五步，便从那边走到这边。朱英才从不吸烟，嘴巴寡淡时就嚼茶叶，有时是把泡开的茶叶吞在嘴里嚼，茶叶清香，带一丝丝苦涩，涩后而甘；有时则是随手在茶罐里掏几片茶叶直接拍进嘴里咬，茶叶香浓，甘苦，但这通常是十分焦躁、紧急，无法静心泡茶时才会做的。大班台上搁着一个开了盖子的深蓝色的茶罐，茶罐里面金色的包装纸已经撕开了，几片茶叶凌乱地散在茶罐四周，这是一盒顶级的金骏眉。

来求办事的人员，都晓得朱局长不爱抽烟爱吃茶，因此，送礼都投其所好，陈年普洱、大红袍、金骏眉、黄山毛尖、天山雪菊、香莲茶……凡是与茶叶搭得上关系的都往他的家里或办公室送。

茶叶有分贵贱，有的茶叶可能每斤只需三五十块，但有的茶叶却是上万一两，差别大了去，学问也大了去，这些道理，送茶的人懂，收茶的朱英才更懂。所以，一般有人提着包装精美高雅的茶盒登门拜访时，朱英才都会热情接待。

办公室里放了一张老树根雕成的大茶几，茶几四周摆着八张树桩般的圆凳子，一套从景德镇带回来的紫砂茶具，古朴淡雅。朱英才还专门请绡城最出名的画家赖三笔画了四条条幅挂在茶几后面，条幅是水墨写意画，画的全是高山流水煮茶品茗寒夜客来的内容，很有点高远脱俗的意味。因此，走进朱英才办公室的人，都会适时地送上奉承，竖着手指说："朱局真是大雅之人！"朱英才就"呵呵"地笑起来，热情地拉来者到茶几前坐下，亲自动手洗茶沏茶，来者便及时将精美的茶盒送上。

朱英才接过茶盒，并不先看包装，而是将茶盒放置鼻子上，闭上眼睛，深深地吸一口，吐纳之间如宝蟾吸收天地灵气，神圣而庄重。茶叶的好坏，包装上并不能判断出来，味道才是最真实的。朱英才最相信自己的鼻子和舌头，所以，当他隔着茶盒，嗅到一股悠远清冽的茶香时，便晓得这是一盒上好的茶叶了，他不仅能在一嗅之间嗅出茶的好坏，还能准确无误地判断出茶的品种，心中便迅速地对这盒茶叶做出估价。

嗅出好茶，他会郑重其事地打开一旁立着的黄花梨茶柜，将茶小心翼翼地放进去，又郑重其事地锁上。若嗅出只是一般的茶叶，他便脸无表情地把茶叶搁在一旁的茶缸里。因此，送茶的人将茶叶送出后，最关注的便是朱局长会将茶叶放在哪里？要是锁进茶柜，那么，所求的事情便能有眉目，若是丢进茶缸里，那么，事情十有八九是办不成的了，得赶紧补两盒上等好茶过来。

朱英才一般将茶叶锁进茶柜后，心情就会大好，他热情地泡好茶，请来者一起品尝，若来者能迎合他的喜好，说些与茶文化有关的话，或显得对茶有独到研究，在滔滔不绝的同时，适当地奉承几句朱局长真是见多识广博学多才极有君子之风的话，朱英才就会兴奋起来，脸颊红润，印堂放光，一杯接一杯地给来者倒茶，说到忘情时，朱英才的手就会不自觉地伸向茶壶，用食指和中指轻轻掂起两片茶叶，放进嘴里慢慢地嚼起来。

来者看到他的手指伸进茶壶时，说话的语调就会降了下来，眼珠定在茶壶上不转，心里都会琢磨一个疑问：他还会用这茶壶里的茶叶再泡茶么？

很显然，朱局长是个有文化有品位的人，他大情大性，不拘小节，提起烧好的开水，继续往茶壶里倒水。

通常这个时点，已经将诉求讲清楚的，都会巧妙地找借口，全身而退，唯有那些语言功夫略差的，表达不清楚，仍得硬着头皮坐在树桩上，苦着脸喝朱局长递过来的手指茶，眼睁睁地看着他又一次再一次地把手指伸进茶壶……

朱英才不仅开心时爱嚼茶，烦恼的时候也要嚼茶。早上上班后，朱英才还没走出过办公室，他已经将自己锁在办公室里快一天了。除了上班时，和门卫点头打了招呼，又在上电梯时与安监站的安子碰了个照面。安子是个嘴唇上方才长出微黄色胡子的羞涩小伙子，看见朱英才，慌得满脸涨红，低头似蚊子叫般叫了声"朱局"，然后就像犯了错误的小媳妇般一直低着头，电梯的整个上升过程中，都没再跟朱英才说话，待电梯到了他要去的楼层，才似逃一般地低着头急急地走出了电梯。在电梯关合的一瞬间，朱英才望着安子的背影，便想，帅强则将弱，这种胆小如鼠的人即使再混十年八年，都没法超越骆红冰。

朱英才不由想起当年骆红冰应聘公务员考试时的情景，他作为面试的主考官，坐在上方，看着骆红冰从容淡定地走过来，虽然前面已经面试过好几个人了，这几个人都准备充分，对答也得体，但他们在气势上就和骆红冰有差别，朱英才觉得，这个正对答如流、侃侃而谈的小姑娘，虽然是站在下首位置，但却似和朱英才等考官坐在同一水平线上，让人无法俯视。

虽然也有收过何永发送来的顶级大红袍，但朱英才自觉招收骆红冰时，是一点儿私心也没有的，他直觉，局里缺的就是这样有精神气的年轻人，所以毫不犹豫地在意见表上给了优评。在后来骆红冰的几次提拔中，朱英才都不由自主地流露出对骆红冰的偏爱，可以说，骆红冰仕途的顺利，朱英才在无意间成了最大的功臣，以致一些与骆红冰竞争岗位败下来的人，眼红至极，谣言便在朱、骆两人间四起。

朱英才不是没听说过一些他与骆红冰之间的流言蜚语，甚至市委领导似乎也收到了风声，特地打电话来提醒朱英才，要和下级关系保持距离。朱英才也懒得解释，只哈哈大笑说："一派胡言。"但朱英才做梦也没想到，自己对骆红冰的偏爱，竟然是养虎为患。

那天骆红冰给他递呈了对新金太阳酒店工地施工材料质量的质疑报告函后，朱英才的心就开始虚了，他叫朱五毛到家里来亲自审问。朱五毛是他的亲侄子，朱英才家里兄弟众多，他是家里的幺弟，朱五毛是他大哥的儿子，虽然两人年龄相差不过五六岁，但他却是朱五毛名副其实的小叔子。朱五毛从小就敬畏这个小叔子，所以，当朱英才眉毛一耸，他的脚就软了，扑通一下，跪了下来，拉着朱英才的手袖哭着说："幺叔啊！我不想坐牢啊！你得救救我。"

听侄儿这么一说，朱英才的心便裂了破了碎了，不用说，肯定是朱五毛这个不争气的，为了贪一点儿小利，违规用了不该用的材料了。他气得一脚端开朱五毛，转身在桌子上抓起一把干茶叶往嘴里塞，茶叶干巴巴的，硌得他的舌头发胀发痛。

朱五毛连滚带爬过来，扇着自己耳光说："幺叔，是我该死，是我贪心，但我也是被人骗的，你看在我阿娘的面上，无论如何也要救救我啊！"

提到朱五毛的阿娘，朱英才嚼着茶叶的牙齿便软了下去。朱英才的阿娘在朱英才出生不久后就去世了，他的童年和少年时代，全靠朱五毛的阿娘即他的大嫂照顾着。朱英才还记得，那年朱五毛刚出世不久，他看见大嫂用一对鼓胀胀的奶子给朱五毛喂奶，六岁的朱英才一下子就震住了，眼珠子盯在嫂子的奶子上转不开。

大嫂是个开朗人，"咯咯"笑着，一手将朱英才揽入怀里，说："乖乖我可怜的小叔儿，该喝娘奶时没得喝，嫂嫂给你一口娘奶喝，喝了你就是嫂的儿。"

朱英才挣扎了几下，但很快就被酥酥的奶香味熏得晕晕的，软趴在大嫂的怀里。嫂子麻利地将没被朱五毛吸吮过的奶子塞进朱英才的嘴里，朱英才猛地一吸，一股温热糯甜的人奶便充盈了他的口腔。

从此以后，大嫂对朱英才真如亲儿般格外关照，朱英才对这大嫂也是十分依赖。后来，朱英才以优异的成绩考上了南方的一间有名的理工大学，大嫂又力排众议，坚决将家里值钱的东西都变卖了，供朱英才上大学。后来，朱英才在仕途上顺风顺水，他也按部就班地完成了结婚生子升官发财的步骤，但都不忘记报答大嫂的恩情。逢年过节，不管妻子意见有多大，他都坚决先回老家探望了哥嫂后，再去岳父岳母家。

朱五毛读书一直不行，所以，初中毕业后便出来社会混了，没想后来竟然混了点样儿出来，带着一批工人到处承包工程。自从朱五毛成了包工头后，朱英才回乡下后，便常听到大嫂的唉声叹气，她说朱五毛在外承包工程，责任大，风险大，还常收不到工程款，压力大得很。

朱英才当然能听出大嫂的言下之意，就是让他多关照一下朱五毛了。朱英才想，大嫂的恩情是一定要报的，就算是一般亲戚，也该在允许的范围内帮一把的。况且朱五毛的的确确是在靠本事接工程做，也有了一定的成绩，纱城这几年开发项目那么多，给别人做是做，给朱五毛做也是做，只要朱五毛是踏踏实实地干，干出点成绩来，别人就算知道朱五毛是他的侄子，那也无话可说。

但官场风险多，暗礁密，为了谨慎起见，在带朱五毛来纱城之前，朱英才就再三叮嘱朱五毛，无论如何也不能向任何人透露他们俩的关系。

朱五毛闪着小眼睛，朱英才说什么都点着头满嘴答应，朱英才看着他梳得油光闪亮的头发，又好气又好笑，敲一下他的脑门骂："你怎么一点儿也不像你娘呀？"

朱五毛嘿嘿笑说："我随爹么！"

提起老大嫂，朱英才一阵心酸，他和朱五毛离开朱家村时，老大嫂扶着拐杖，送了一程又一程。朱英才忍不住频频回头，大嫂子老了，能见一年就少一年，朱英才是再也回不到钻进大嫂怀里喝奶的年代了。当年为了照顾他，大嫂子生了朱五毛后就去做了结扎，现在朱五毛是老大嫂唯一的希望和寄托。

朱英才将茶叶嚼得糊奄奄的，狠狠地吐在垃圾桶里。朱五毛趴在地上，哭得口水鼻涕到处都是。朱英才指着他骂："当初骆红冰去检查你的工地时，你跑来告状说她专门刁难你，我还以为真的是她的问题，没想到，你是恶人先告状，有问题的是人是你！你呀你！让我怎样说你好？"他气得抓起一只紫砂茶缸，看了看又放下，说："就是因为我在这个位置上，你就更不得胡作非为。你赚的钱还少么？非得去做那些黑交易？"

朱五毛无奈地抬起头，望着走来走去的小叔，朱英才的训骂他是不敢当面驳斥的，但心里却不服气：你朱英才现在不是名成利就了么？香茶靓茶堆得满屋都是了，还不是来者不拒么？

朱英才骂了一会儿，见朱五毛可怜兮兮地跪在地上，又心软了，放温和声音说："起来坐吧！幺叔是为你着急。你新金太阳酒店工地的施工材料，用的都是哪几家供货商的？现在，我们只能把问题的重心向供货商那边推去了！"

朱英才本是想，工地施工材料如水泥、河沙和钢筋等物料，都是有特定供货商的，他们供货入工地时，都会拿着合格证明书的。到时候，只要朱五毛一口咬定了，他对所进物料的情况是一概不知的，根本不知道材料里面混了次货，那么，他就可以从责任承担方变成受害方，朱英才就能想办法让他免于被追责。

但是，朱五毛随后说出来的人名却让朱英才目瞪口呆。朱五毛说："工地上百分之八十以上的供料，几乎都是董不凡的。"说着，朱五毛从带来的黑皮包里翻出一堆文件材料，推到朱英才面前。

朱英才翻了翻，白脸变黑又再变紫，没想到，董不凡的商业王国涉及的面竟如此广如此琐碎，不仅房产、旅业、娱乐业，甚至连沙场、水泥厂等，只要有利可图的领域，董不凡都大包大揽了。

朱英才铁青着脸，将文件扔在一边，朱五毛一边收拾着材料，一边说："当初我也是有疑问的，当我问过其他工地，其他工地也都在用董不凡的材料！特别是沙子，缈城哪个工地的沙子不是从董不凡的沙场进的？我敢不从他那里进货么？这不明摆着和董不凡作对么？幺叔你不过是一局之长，管的不过是衙内之事，人家董不凡背后撑着的，全都是动动手指头就能将你扳下来的如来大佛啊！"

朱英才烦躁地挥手，让朱五毛离开。朱五毛灰溜溜地夹着黑皮包走了，朱英才呆坐在沙发上，不停地往嘴里塞茶叶。

回到办公室后，骆红冰还特地打电话来提醒，今早在新金太阳酒店工地有一场现场技能演示，请他参加。骆红冰的用意再清楚不过了，质监的不作为，是导致这起墙体剥落事故的直接原因，她想让领导们亲临现场，用事实来说服大家。

可是，能让领导们到现场去么？董不凡和绺城及绺城以外的高层领导们的关系都纠缠不清的，那一年政府迫于压力，不得不炸毁了董不凡建在绺江边上的"腾龙阁"时，朱英才还没坐正，只是负责建工和安、质监两站的副局长，虽没直接得知全部内幕，但也听到了一点消息，据说炸"腾龙阁"前，就有高层领导帮助董不凡到美国去了。两年后，董不凡的腾龙房产有限公司又借了外资企业的尸，以腾龙集团的名义重新在绺城盘踞，绺城政府给予腾龙集团的优惠和利好，是其他集团公司不能企及的，但其他公司也无可奈何，谁让自己不是外资企业呢？

因此，腾龙集团在短短几年间，呈现出腾飞发展之势，竟然连水泥、沙子、钢筋等领域都涉足了。向来，沙场都是黑帮人士才敢涉足的，董不凡竟然连沙也挖了，可以想象，他的背后，黑手白手，都撑得满满的。这样的角色，朱英才一个小小的局长，又怎敢与之对抗？

又嚼了几把干茶叶之后，朱英才终于稳定了思绪，坐下来，给市委主管建设领域的领导打了个电话，领导听到董不凡的名字后，也沉默了，半晌才做出指示："无论如何也不能让事件再扩大化，必须马上扑灭。今日的演示，就地取消，至于怎样向参观人员解释，你自己琢磨着说吧！"领导在挂电话前，还意味深长地对朱英才说："英才啊！这些年来你这么无私地力挺骆红冰，说她是个可造之材，可你的这员爱将，却不让你这个统帅省心啊！得想办法让她老老实实的。"

怎样才能让骆红冰老老实实的？朱英才放下电话，漫不经心地将茶叶一片一片地往嘴里塞，脑海里面迅速地将骆红冰进入建设局以来的点点滴滴梳理了一遍。这个女子还是太年轻了，把问题都想得太理想主义，她还有一个致命的缺点，就是欲望太强了，用绺城话说，是官心重了。像这种有能力又有欲求的人才，要是强硬对待，很有可能她会成长为最强劲的对手，朱英才当然不愿意多一个强劲的对手了。不能强硬对待，只能怀柔处置了。

朱英才捏着茶叶的手停了下来，一丝笑容浮上嘴角，以林汝华的魄力和干劲，做到两站站长已经是到顶了，局里完全可以棋行险着，逐步同化，将骆红冰置换为利益点和利害点都一样的同路人。

朱英才主意一定，立刻又给市委主管建设领域的领导打电话，领导一接电话就笑："英才啊！可想好办法了么？"

朱英才说:"领导,我还想再力挺骆红冰一次。所谓舍得,要有舍才有得啊……"

于是,朱英才不紧不慢地将准备同化骆红冰的想法跟领导说了,分管领导听完后,沉吟了一会儿,朱英才见领导犹豫不决,又举例子说:"领导啊!要是鞭打一条野狗,一不小心就可能被狗咬了,要是用肥肉来喂野狗呢?久而久之,野狗就失去了野性和战斗力,就变成了家狗、哈巴狗……"

朱英才还没说完,分管领导就哈哈大笑起来,说:"行啦行啦!我明白你的意思了,市委和组织部这边由我来沟通,但是英才,你可得要给我保证,这是一条能变成家狗的野狗啊!这肥肉打出去,可不能白打的!"

"放心吧!领导,保证一打一个准。"

朱英才挂了电话,正想给骆红冰电话,恰好林汝华的电话打进来了。朱英才心情极好,指示林汝华,立刻取消演示,另外,让骆红冰火速过来见他。

七

骆红冰从局长室里走出来进电梯出电梯一直走到阳光下,人都是恍恍惚惚的,每走一步,如踏棉花。秋日的阳光洒下来,四周空旷透明得有点儿不真实。刚才在局长室里的情景,又一幕幕地在脑海里重演。

才进局长室,朱英才迎上来的便是一张笑脸,而且又开柜拿好茶又烧开水的,热情得不得了,举手不打笑脸人,何况这笑脸人是顶头上司?骆红冰预备了的气势,立时崩解,谨慎地斜并着腿坐下来。

接下来的全程对话中,朱英才一句责备的话也没有,只是充分肯定了她这几年来在安监站所做出的成绩,其中还特别提到了水都新城片区,虽然中间出现了一点小瑕疵,但总体来说,新城区的日新月异,安全发展,离不开骆红冰和她下属们的共同努力,而且,在处置新金太阳酒店工地的事件中,骆红冰的表现也是积极细致得体的,深得上级领导们的赞赏,现在局里的人事调动频繁,有很多位置还空着,骆红冰是上级部门极其看重的培育对象等等。

从水都新城区赶回来的路上,骆红冰就预备了会被局领导责骂的,她都想好了和局领导据理力争的言辞。没想到,现实版的朱英才和想象版的朱英才竟然是完全不一样的,她只想好了驳斥责骂的言辞,却没想过如何感激谢恩领导的再次宽容和扶持。朱英才说了很多，骆红冰惶惶不安地看着朱英才厚厚的嘴唇左右蠕动着，看着他右手的食指和中指伸进泡开的茶壶里，夹出两片茶叶往嘴里送，她将腰身坐得直直的，双手撑在两膝盖上，半点不敢挪动。朱英才给她倒的茶水，她连碰都不敢碰，呼吸也较平时放轻了，生怕影响到领导的发言。

听领导的话意，非但没有拿她问责的意思，相反，领导还有要提拔她的倾向。骆红冰既惶惶不安，又暗暗惊喜，朱英才的为人她懂，没有差不多的把握，他是不会这样透露消息的，现在局里空缺着的，就是当初朱英才坐着的主管建工和安、质监的副局长一职。

骆红冰的心如鹿在乱跳，在进入局长室之前，骆红冰是连做梦也不敢想这个位置的，虽然她已是科级待遇，但对外还是副站长职务，要是能一跃升为副局长，虽说待遇上是顺理成章的，但职务上就是越级飞跃了，这可是天大的利好啊！

有了朱英才的暗示，骆红冰就忍不住浮想联翩了，她迷迷糊糊地走出了局长室，一直走到阳光之下也想不起来，刚才是怎样和局长对答的，她只记得，朱英才最后吩咐，一定要让刘昊天做好火灾事故死者家属的赔偿和安抚工作，另外，还有个叫铁耙手的因劳累住了院的，也要安抚一番。朱英才这样吩咐，无非是确信了传言中的骆红冰与刘昊天的关系，相信她一定能说服刘昊天的。她也自信能说服刘昊天，刘昊天不过是一个商人，利益最大化才是他的根本目标，他这么积极配合调查，目的也不过是想制造一个黑洞出来，要挟相关部门，不要为了保全乌纱而将所有的责任推向施工方。朱英才是那种脸嫩心老狡猾异常的人，骆红冰知道他在叫她到他办公室前，肯定已经想好了如何处置这次墙体剥落事故的方法了，她现在只需要顺着他的安排，按部就班地等待升职就行了。

骆红冰长长舒了口气，这些天她都和刘昊天去码头调查各个沙场的情况，但调查的结果都让她心里发虚，冷汗直流。沙场上堆放着的沙子是所有问题的关键，但这些沙子背后所撑着的后台，更是关键中的关键。

昨晚陈建设专门找骆红冰谈了一次，这是他们分手这些年来，他第一次主动找她。陈建设并没太多儿女情长，开门见山让她立刻取消所有调查行动。陈建设意味深长地说："适时收手，你或许能平步青云，但继续偏执下去，恐怕是以卵碰石，一败涂地。"

当时骆红冰还挺不屑的，认为陈建设在恐吓自己，心里很不服气，本想在今天的演示中，杀一灭威棒出来的，没想到，领导如何是她此等三流角色能随便指点的？说不来就不来，说取消就取消，这里的游戏规则，是他们定的，他们说了才算。骆红冰又想起了陈建设的话，这个时候，她才明白了陈建设说的全部，看来陈建设当了腾龙大酒店的项目经理后，在董不凡的调教下，变聪明了很多。

骆红冰一路往前走，没有回头。她不知道，朱英才的一双眼睛，像鹰眼般锐利地盯着她，看着她走进电梯，合上电梯门时，朱英才的脸上又浮起了一丝诡异的笑容，他立刻给市委主管建设的领导发了一条信息，信息只有三个字："贵妇犬"。领导很快就回信息了，只有一个字："好!"

关德福抱着厚厚的研究报告去找谢汉津，谢汉津看完这份权威性和可行性都极强的报告书后，只给关德福五个字："去找刘昊天!"

关德福不解，太阳穴的青筋突了突，谢汉津说："这份报告要是到了骆红冰手上，肯定会如泥牛入海。"

关德福"啊"的一声，惊异地望着谢汉津，这两个月来，他都闭关，全副身心都放在这份报告书上，没想到，才过去短短两个月，就变天换日了？两个月前的演示会上，他还看见骆红冰和刘昊天一起到现场，亲密无间的样子呢。

谢汉津无奈地一笑："我们的骆站长，恐怕就要升副局长了，哪有时间理会你这个报告？"

"那这两宗事故怎么处理？"关德福顿时明白，但仍忍不住问。

谢汉津摊摊手说："缈城二建做得很好，已经将死者的家属安抚得妥妥当当的，家属不闹，其他人还会操这热心么？至于墙体开裂这件事，难道你不知道吗？周玉成被撤职了，说是撤职，其实是提前退休么。"

关德福还揪着问："那媒体呢？就不跟踪啦？"

谢汉津苦笑："半月前，在市工业园区那边，有间陶瓷厂在凌晨起大火，烧死了十几个人，现在媒体的注意力都集中在那边了，哪还有人关注这小小的墙体剥落啊？"

关德福在脑海里搜索了一下，的确好像在网上看到过这么一起新闻，因为当时他的注意力都在做报告书上，就没有过多关注，既然谢汉津这样说了，再去找骆红冰也是徒劳的。

关德福唯有将报告书放回车内，开车去缈城二建。但刘昊天这天并不在公司，接待关德福的是尤志辉，关德福是在缈城二建门口碰到尤志辉的。尤志辉非常热情地迎上来，问："什么风将关老您吹到我们二建来的？"

关德福蛮喜欢这个待人和气的年轻人，说："人老了，就爱四处去拜访下老友，现在，二建还有几个老友在的？"

尤志辉主动接过关德福手里的资料，一边将关德福往公司引一边说："该退休的都退休了，是没剩几个老建筑啦！对了，关老，听我们刘总说，年底建协准备搞一场非常特别的晚会，晚会主题是要给像您这样的为我们缈城建筑界贡献了几十年的老建筑老行专颁发终身成就奖呢，刘总说，到时市委领导都来参加的。"

关德福从事建筑行业几十年，可以说，一辈子的精力和血汗都用在建筑事业上，但几十年来，除了在电视上，看见人家搞电影搞文学搞科研的都颁这样那样的奖项，他却从未得到过什么奖赏和名誉，虽然，省安全生产协会将他列为专家，也不过是形式地走走过场而已。刘昊天当上缈城建协的会长后，能第一时间想到他们这些老建筑们，可以看出，这年轻人有情有义。

人始终都有弱点的，特别是人老了，就更需要荣誉感和认同感。听到尤志辉这么一说，关德福就兴奋起来，他是个不晓得掩藏自己的人，见尤志辉这么热情，就跟他"呱啦呱啦"地说了起来。

尤志辉非常耐心地跟他聊了一上午，直到缈城二建的员工都下班了，关德福才惊觉一上午过去了，才记得问："怎么不见刘总？"

尤志辉笑着说："刘总到上海去了，短时间内不回来的，关老您有什么事吩咐我去做就是了。"

关德福将所有资料和报告都交给尤志辉，说："也不是什么大事情，不过是关于新金太阳酒店的一些资料和报告，麻烦你帮我交给刘总吧！"

尤志辉说："关老您放心，刘总回来后，我第一时间交给他。"

晚会是在年关前举办的，关德福很早就收到邀请函了，他对这场晚会是充满信心的。当晚，他早早就梳洗好，提前到晚会现场，很多和他差不多年纪的老建筑都到场了，老友们见面，要说的话儿实在太多了，大家七嘴八舌地说着近些年来绺城建筑界的变化，有赞赏也有批判，大家也回忆起几十年前的建筑生涯，再想到今日置身在如此豪华的大酒店内，受冕享誉，不由唏嘘一遍。

有人则叹道："还是年轻一代有本心啊！还记得我们。"

"就是，现在到处都在搞开发，都忙得转不过身来了，建协记着我们这些老鬼，难得啊！"

"唉！可惜这都是民间社团组织自发的活动，要我说，我觉得这奖应该由政府给我们颁发才对！"

"算了，指望这些部门有本心？活了七十几年人了，还没看透活透么？"

老建筑们你一句我一句，既感触又无奈。关德福在一旁听着，心里是百般滋味，在这群老建筑中，他算是一直都没与建筑线脱离的，对于建筑行业里的各种怪诞的现象，既看得清楚但却想不明白。本来他是揣着一颗潮热膨胀的心过来参加晚会的，但听到老友们的议论，一颗潮热的心渐渐冷却了下来，他不由自主地想到了那份举证详细明了、论据充足中肯的《关于新金太阳酒店墙体剥落原因调查报告书》，报告书送给刘昊天已经有两个月时间了，为什么到现在还一点儿消息也没有呢？难道刘昊天也和骆红冰一样，被收买了吗？一阵失落感袭来，关德福觉得自己老了，真的老了。

过了一会儿，音乐响起来了，关德福抬头望向布置得花团锦簇的舞台，舞台上挂着一张巨大的银幕，银幕里翻动滚播着三十多年来绺城城市变化的图片，只看见绺城从一个只有一条街道三条小巷的小镇圩，一步步发展成为今日高楼林立的大都市，图片记录着这个城市翻天覆地的变迁，这是绺城人多么值得骄傲的改变啊！但关德福却看得泪水盈眶，他在图片里，竟找不到一个戴着安全帽，脸色黝黑，指节粗大的建筑工人。他们呢？这些最该被记录的人，都在哪里了？

关德福记得几个月前，他为了写报告，曾到谢雄伟的专家档案库收集资料，无意间，他还瞥见谢雄伟的档案柜里，堆放着一摞厚厚的绺城建筑工人信息登记资料，他当时还想，这个谢矮子，还真不怕麻烦，连农民工的资料都记录清楚，归档了啊？这些人流动性那么大，有记录存档的必要么？此时，关德福才觉得自己当时的想法是那么自私鄙俗，只要是为这座城市建设付出过一份力、流过一滴汗的劳动者，这座城市都应该记住他们，不管他们停留在这里还是瞬间即逝。不是谢雄伟做得琐碎，而是他自己这七十多年，都没活明白啊！

想着想着，关德福像被逐渐掏空一般，一点点往椅子里缩去。进入晚会现场的人越来越越多，似有无数声音在会场里回荡着，这期间，似乎有人过来跟他热情地握手，有人特地给他打招呼问好，还有祝贺他的，后来，还似乎有"哗啦啦"的掌声响起，关德福窝在椅子里，目光一直注视着舞台，但却什么景象也没有进入他的视线内，他的眼里，是一张张戴着安全帽、黝黑的挂满汗水的建筑工人的脸。耳边好像有人大声地宣布："有请建设局骆红冰副局长，代表建设局讲话。"

跟着又是一阵"哗啦啦"的掌声，骆红冰真的成副局长了，关德福猛地甩了甩头，看清楚台上的骆红冰，她的长发剪短了，显得很干练的样子，一身正规的套装，端姿作势地捧着一份文稿读着："现在，缈城新区水都新城的建设已经如火如荼全面开展了，相信在我们的互为监督共同努力下，不日水都新城将高屋建瓴，缈城向国际大都市城市又大大地迈进了一步，缈城人民的明天会更加辉煌。"

"高屋建瓴"四个字，刺得关德福的心一阵揪紧，他又想起了那份报告，想起了那栋剥落得面目全非的大酒店，想起了不了了之的事故处理结果，心中的惆怅更甚，那时，还是秋日融融，那个从明黄色的牧马人上跳下来，长发一扬，目光坚定的女子，还雄心勃勃地要用事实来说明一切，但只几个月时间，她就从一个敢于逆流的女子，变成一个满嘴胡言的机关机器了，这到底是什么样的力量能使一个人改变得如此之快？

关德福长叹一声，扶着椅背站起来，摇摇晃晃地往外走，尤志辉忙走过来，扶着他问："关老，上洗手间么？"

关德福摇头说："回去了。""马上颁奖了！"

"不领了！"关德福回头望了尤志辉一眼，老人的眼里黯淡无光，失落、失意、失望也失了心。看着老人蹒跚着走远的背影，尤志辉实在不忍，他追前几步，伸手上去想扶，他还有很多说话要跟老人说说的，但伸出的手，又垂了下去。

关德福摇摇晃晃地往前走了几步，脚下似被什么绊着了，身体一歪就倒了下去……

会场内顿时乱了阵势，人们都往这边跑来，骆红冰也无法将发言稿继续读下去了，这个呼声极高的"绱城建筑界终身成就奖"因为关德福的倒下而无法颁发出去。

尤志辉很长一段时间都处在深度的自责当中，那天，他已经伸出了手的，假如那天他扶一下关德福，老人家或许就不会倒下，当时他却选择了把手垂下，因为那时，他瞥见了陈建设笑容满脸地从侧面闪了出来。

尤志辉"咕"地吞了一口口水，在这个瞬间，他看到的不是关德福的倒下，而是两只展翅飞舞的金凤凰。

作者简介：

彤子，女，原名蔡玉燕，广东佛山三水人。广东省作协会员，佛山市作协理事。迄今已在国内各文学期刊发表有小说七十余万字，有作品被选刊转载。出版有长篇小说《南洋红头巾》《绱城建筑档案》《陈家祠》，小说集《平底锅的爱情》《高不过一棵庄稼》等。

玫瑰在上 /央歌儿

一

"看来，死人是一定要的！"坦丁用一个倒装句斩钉截铁地强调了死人之必要。"必须得死几个人！人总是要死的！我发现你这人该下狠手的时候总优柔寡断，这是不是跟你温不吞的性格有关啊？"他用力地挤挤眼睛，仿佛要证明里面还有没有眼球。

坦丁的及肩长发乱蓬蓬的，似乎有意模仿欧洲古代的刽子手，肩膀直接扛着脑袋，中间少了脖子这个环节。他的脸很圆，四周高中间低，特好觉得那张面孔像只柿子的俯视图，鼻子是蒂。

特好想说，以我的性格早他妈的杀人了，连你都不留。谦虚是有限度的，他决定温柔地反驳一下，"我并不觉得一定要死人……"

柿子蒂抽动了一下，接着又抽动了一下。坦丁的眼睛快速眨巴几个来回后，目光炯炯。经过一段接触，特好已经摸准了他的表情含义。坦丁现在的意思是说：你懂个屌？是听你的还是听我的？

特好觉得再被他盯一会，那个即将死去的人就是自己。"那就死一个人吧。"他敷衍着。

"一个不够！"坦丁不耐烦了，"还留着周令儒和白喜春干什么呢？让他俩都死！在这个世界上，永远演绎不完又永远叫人牵肠挂肚的主题是什么？就是爱与死！这两个人就是爱与死的总和。他们爱得苦大仇深又爱得难解难分，他们的死代表一种美好事物的破碎。我这只是建议啊，你可以参考，不一定就照这个路子写，我觉得可以在结尾那儿把两个人一块搞死，这之前，先把他们的爱情戏做足，直达高潮——哎，我可不是让脱裤子啊，在情字上下功夫，高潮之后急转直下，嚓，让观众的心跌入谷底，爱恨交织，五味杂陈，冷水泼头怀里抱着冰。我靠，你就把观众眼泪"哗哗"往下煽吧！谁家的毛巾一拧，出水，那，我们这个戏就成功了一大半。"

"我认为在文艺作品里，最容易最不负责任的写法就是置人物于死地。"

坦丁不耐烦地说："特好，你现在是编剧。在小说里，死绝不是最高境界，在诗歌里也不是，但在电视剧里是！因为比死更高的境界影像没法表达！是不是特好？"

特好是写小说的，用原名郝云发表作品将近十年，一直平平淡淡的。后来好友魏君改用笔名"魏了啥"发表作品，名声直奔月球而去，人红起来想低调都不行，放个屁都能导致人气急升。这令特好深受启发，他感到自己的名字的确太正常了，没创意，不像艺术家。特好当时还叫朋友们帮着想了一大堆稀奇古怪的笔名，但稀奇古怪，特好不喜欢，毕竟自己是个纯文学作家，不能太花里胡哨了，让人以为是在网络里混的呢。他坚持笔名里要有一个"好"字，以示对血缘的纪念。不如干脆就叫"好"？朋友说不好，书面就罢了，口头上没法称呼，中国话里，只有叫心爱的人或长辈叫晚辈才用单字。逢着个年轻女编辑打电话，喂，你是好儿吗？搞得多暧昧啊。叫"好色"怎么样？朋友兴奋地问，特好骂他不吐象牙。

朋友严肃地说："食色，性也，世人不好色，怎么繁衍生息啊？再说色字的英语谐音是长官的意思，好权好色，不正体现男性雄风吗！"

另一个朋友帮腔说，"我看好色挺好。哦，对了，挺好，怎么样？"

其他人全笑，说像给壮阳药做广告，有曾经阳痿的嫌疑。特好说："那就叫特好吧！"

特好特别得意。用"特好"当笔名延长了语言技巧，模糊性强。"这是特好的小说《XXXX》"、"作家特好"……据说有一次市级文学奖项的评奖，在评到特好的小说时，评委会主任满嘴特好特好地，真真假假，把评委们弄得云山雾罩，他们很难从那些芜杂的语意中辨析出哪句是说作品特好哪句是说作者特好。但笔名的模糊性是有缺陷的，至少他无法弄清楚坦丁最后一句话的意思是"这样是不是特别好？"还是"你认为呢，特好？"想一想，他觉得也没必要弄得太清楚，月朦胧鸟朦胧吧，就在一天半以前，坦丁还对他讲，"咱们这个戏啊，就走韩剧那种路线——弘扬传统文化，在情字上下功夫，哪个人物都有缺点，但哪个人物都不是坏人，让观众从他们身上寻找到自己的影子。千万不要搞血腥了，一会死个人，一会死个人的，审查不好过不说，那血乎拉的东西，观众其实也不爱看。"

特好想憋住但还是说了，"靠，就你嘴大，今天一样，明天一样。我说坦丁，你出宏观大方向就行了，具体落实到人头上的事由我来干。"

"不不不，你是领导，思想行动全归你出，谁死谁活你说了算！"坦丁笑着拍拍特好的肩膀，好像授予他一把尚方宝剑。特好明白这套，人家拍你肩膀就是暗示你是下属。

这时，特好的手机响了。一个编辑打来的，告诉特好，他的那个小长篇终审时被主编给毙了，因为写性的地方太多。下半身又惹祸了。编辑无奈地说："我倒是很喜欢你的小说，有一种独特的味道，我跟主编介绍过，说这是特好的稿子，主编也说不错，但不敢给你发。"

特好马上又意识到自己笔名的缺陷，容易产生歧义，即使人家夸奖你特好，真实性也非常可疑。他又不好意思问编辑。

"你觉得我那小说里边写性的地方多吗？"小说里是有几个地方写到性，但特好认为笔墨并不多，而且也不恶劣，床上那点事谁不知道？网上文章写得多细啊，好像每个字都在射精。自己这算个鸟啊！

编辑不好意思地说："可惜我说得不算啊！这篇小说你要是自洁一下，发表肯定不成问题！"

合上手机，特好跟坦丁诉苦："靠，我的一个小长篇给毙了，说写性。其实就有那么几处上床的，可是根本没掏家伙，连叫床声都没有怎么叫写性？法律上还得叫'强奸未遂'呢！"

坦丁笑得直拍大腿："没掏家伙也有强奸动机啊！写咱这戏你可得记住，离床半厘米远，上衣把第二个扣解开时就得刹住笔了。就咱这个剧本，吻戏也别多了，虽然生活中一男一女在一起难免啊……就像你说的掏家伙了，但这种场面真要拍出来，上到镜头里还真不好看。你看韩剧就拍得干净，两人都结婚生子了可换个裤子还互相背着呢！谁看谁都觉得假，可大家还都爱看。"

"你不是不喜欢韩剧嘛，怎么这几天又韩剧不离口了？"

坦丁有些不好意思，"原来我是真看不下去韩剧，节奏比京剧还慢。都是被老婆感染的，她的朋友们也都爱韩剧，有时，看到兴头上了还打电话讨论讨论，就跟男人看足球似的。所以我努力地看了几集，别说，还真看上瘾了。"他自责地"啧"了一声，"刚开始看的时候特觉得对不起高雅艺术。"坦丁在进电视台以前是诗人，在一个文学杂志社当副主编。

"我老婆也爱看韩剧，前妻。越看越觉得韩国男人可爱。"特好知道坦丁是赫赫有名的妻管炎，忙替他下了个台阶。

"那天我就琢磨，韩剧为什么这么受中国人的欢迎？除了细腻之外，里面人文的东西太值得思考了，原来被我们丢掉的中国传统文化道德在人家韩国发扬光大了！所以我们会边看边羡慕边感叹边怀旧，这收视率不高才怪了！咱这个戏也要在人文方面深入挖掘。"

"问题是我现在没时间研究韩剧。我说，你是不是把各方人士都拢来，谈谈本子的事，光你说也不行，到时别人那样一说，你又要我那样改，我折腾得起吗？"

"是、是！我早想这事了，但现在不是都忙着市里这个文化节嘛，都抓不着影。完了以后咱们碰一下子。"坦丁满口答应着。

两人一起下楼。特好走到门口时，坦丁又叫住他，脸上带着怜香惜玉的表情。"特好，我一哥们儿在大刊当主编，北京的，你要愿意就把小长篇发给他也成。"

"多谢多谢，我先把里面的儿童不宜删删。"

"其实也没必要。纸面读物管治得没那么严，既然连工具都没掏还能比木子美邪乎？那都是编辑找借口。如果没猜错的话，那个编辑肯定说特喜欢你的东西，因为你的东西跟别人的不一样，他是竭尽全力给你往上送审但终审的时候给毙了。是不是这么说的？一猜就是！我在刊物的时候也这样，还不是怕文学青年们受刺激！祖国的文学幼苗本来就十分稀少了。"

"我也猜到了，如果他真喜欢，自然会让我删的。我回家马上就把小说发到你信箱里。"

"可有个条件，"坦丁把手放在特好肩上，"你把本子里那个没卵巴家伙的名字改了，马上改！"

"不改！"

"妈的，改了！"

"不改！"特好"嘎嘎"笑着上了的士。坦丁指着车屁股，血盆大口在蠕动。

电视剧大纲第四次修改时，出于报复，特好将坦丁的原名赐给了剧本里一个性残疾的家伙。

二

这个深夜，特好为如何搞死周令儒和白喜春而陷入苦恼。各种各样的招数都用到了，洪水、瘟疫、下毒、战乱、监狱、跳崖……他们就是不死！

别以为作家就是自己作品的上帝，笔下的人物也有自己的命，当他的生命力强过作家的驾驭能力后，他不会再听任何人的使唤、任意妄为，浪迹天涯，连上帝都不知道他将葬身何时何处。此时，作家只能狗仔队一样跟在他左右，挖掘些独家报道，却无法替他决定命运。周令儒白喜春命就硬，至少在这个夜晚特好拼不过他们。

电脑里显示的时间是一点过五分，特好知道这时间比北京时间快十一分钟。显示屏上"周令儒"和"白喜春"两个名字被绝望地放大成"小初"字号，加粗，在黑夜里刺得特好眼睛生疼。他想在这两个名字上再加上大红叉，可不知道怎么找到这个符号。他拉开床头柜，由于用力过猛，台灯刷地灭了。借着电脑的光，特好重新插上插座。在床头柜和床的空隙间，他找到了一管口红，是两年多以前的前妻留下的。特好早看见了，但他懒得捡，想不到此时却派上了用场。用水冲掉口红金属套的灰，打开，口红几乎没用过，仍保留着弧线优美的尖儿。特好在周令儒白喜春的名字上划了两个叉，口红不是正宗的红，偏粉，但他还是感觉到一丝快意，好像看见两人被五花大绑押赴刑场。关掉电脑，饱受冤屈的周令儒白喜春消失在黑暗中。两个粗大的、脂粉气浓郁的红叉空捞捞地挂在电脑上，像被鬼魂金蝉脱壳之后遗留下来的人间躯壳。特好苦笑一下：我这不是有病吗？

卫生间响起"哗哗"的流水声。不用看表，特好就知道现在是夜里两点，正负时差不超过十分钟。楼上这家是去年春节后搬进来的，此前装修了三个月，每天那惨绝人寰的电锯声几乎把特好逼疯了。好不容易忍受到这户人家搬进来，"哗哗"的流水声替代了电锯声。卫生间的隔音不好，楼上一流水，特好就觉得自己的卫生间里有人在洗澡。他跟前妻离婚，用水也是其中的分歧之一。他们都爱水，但方式不同，特好爱水就千方百计地节约它，前妻爱水是力求物尽其用。前妻说特好的前生是在沙漠里渴死的，特好说我的前生就是你来世的下场。每次前妻进卫生间或厨房的时候，特好都提心吊胆，无法静下心来写东西，不时去察看一下，不时出手关掉水龙头。即使知道前妻去会见情人，特好都不会如此紧张。为了表明自己不是心疼水费，他会对前妻的节水行为给予物质或金钱上的奖励。所以，每当夫妻发生重大纠葛时，特好家的用水量就急剧升高。水声，就是前妻吹响的战斗号角。

特好判断，楼上的业主肯定是女的，而且是夜间重体力劳动者，不然的话，哪个正常人也不会天天半夜两点洗澡，而且还非得铺张地在浴缸里洗。现在，特好从楼上的水声里已经能听出不同的内容：洗澡、洗衣服、投拖布、清洗浴盆、水在空流……

他起身小便，然后用洗衣机淘汰下来的水冲了厕所，这一切声音都被楼上的流水声淹没了。特好用手摸摸四壁，都是干的。他一直期待楼上漏水把自己家也泡得乌七八糟的那一天，这样他就有理由讹那个 XX 一大笔钱。捐给福利院也好。"哗哗哗"，这声音比白喜春的不死还让人愤怒。

特好踮高脚尖，努力使头部更接近天棚，他清了一下嗓子，大声喊道："白喜春，我 XXX！"

楼上的水声突然停了。扑通——肯定是那块肉扎进了浴缸。咕咕咕——下水管响，一些不堪污染的水流走了。

该睡的时候不睡就会造成辗转反侧的结果。特好觉得身子翻到左面就碰见周令儒，翻到右面就是白喜春，仰面朝天就看见楼上女业主的脚丫子。还是想白喜春好点，可爱的精灵。他把身体翻到右面。

三

两年前，特好出版了一部长篇小说《故园风雨》，小说中主人公的原型是民国时期的一代名医骆仲祥。明州市第二医院的前身就是骆仲祥开办的私立医院，抗战胜利后，骆仲祥全家移居巴西的圣保罗，并成为当地颇有威望的爱国侨领，七十年代中期，病逝于巴西。向特好提供素材的是骆仲祥的一个侄孙。

为了迎接二〇〇五年九月明州市建市一百周年，市电视台想策划一部能反映城市波澜壮阔历史的电视连续剧，《故园风雨》有幸被选中了，这样，作家特好也"沦落"（一提写电视剧，特好的大脑里就浮现这两个字）为编剧。

在从事职业写作以前，特好有双重身份，白天在学校里为人师表，晚上他的工作跟上帝所做的工作相类似（那时他是这么以为的），说要有光就有了，说嫁祸谁就嫁祸谁，说让谁成为王谁就被万众景仰了。于是，他不顾周围人的反对，毅然把工作辞了。职业作家这碗饭不是好端的，辞职后的一大段时间，特好竟写不出东西来了，心中非常恐慌。一个朋友用三个短句概括了他这段写作生活：和文学发情，用力过猛，疲软。今年初，好运光顾到特好头上，市电视台买去了《故园风雨》的电视改编权，虽然版权费不高，但也相当于教师年薪的两倍多。而且，他担任该剧的编剧，稿费是一集一万，总共二十集。特好见过多少作家默默无闻若干年，但因一部电影或电视便声名鹊起，赚得盆满钵满，想不到自己也幸运地位列其中了。编剧特好不疲软了，精神持续亢奋、勃起。

一个当过编剧的作家朋友建议特好只卖版权，他说编剧不是人干的活。特好马上想起一个以拍三级片出道的香港当红影星，鼻涕一把泪一把教育年轻女孩们千万别走"脱星"之路。特好对朋友感慨道："先堕落一把再从良吧！"

在骨子里，作家是不大瞧得起编剧的，尤其是电视剧编剧，不就是个技术工人嘛。所以说，好的作家可以成为好编剧，但好编剧成不了好作家。听说熟手编剧有的一天可以写一万多字，而小说家不行，特好最多曾一天写过七千字，结果把力气都耗尽了，接下来的三天连一个字也没写出来。由此看来，作家跟编剧的区别就是手工艺术跟流水线的区别。接过编剧的活儿，特好嘴上没说，心里在想，让你们开开眼界，看看作家是怎么样写电视剧的！

特好的剧本大纲第二稿一出来，果然叫电视剧制作中心的"技术工人"们开眼界了，说就没见过这么烂的东东。他们为这"烂东东"会诊时，共同操着京片子，话语又糙又刻毒，好像是来参加口臭比赛的。特好做记录。本来他是想做出一个谦虚的姿态，把"行家"们的意见记下来以供借鉴，谁想到是整理了一堆自己的黑材料。谈笑间，特好几天几夜的劳作灰飞烟灭。针对七十多条建议，特好手抖得厉害，还有一大堆没记下来，曾数次上过文学选刊的资深文学青年特好深感委屈，在制片人坦丁过来安慰他时，他几乎流下眼泪。他百感交集地说："我被他们轮奸了！"

坦丁眨巴眼睛打量他，"见到你不阳痿都不错了，谁有兴致轮奸你啊？我说特好，我特能理解你的心情，我写诗那会儿，也特他妈的自恋，被编辑改一个字就感到多大亵渎似的。但你现在是编剧，虽然剧本是你一个人写，但导演要用你的本子来导，演员要用你的台词来讲，台里也要根据你的本子来投钱或拉钱，所以，你现在是在跟一个团队合作，对吧？重要的是摆平心态！你记住了，在电视剧没开拍以前，你就是众矢之的，这不是看你眼眶子发青，每个编剧都得承受这种压力！"

"他们的语言我也受不了，不是平等讨论问题的语言，别以为我舌战不过他们，作家都当了，什么词儿没有？"特好既愤愤不平，又好像因高人一等的身份不屑与俗人一般见识似的。等话说完了以后，他又觉得一个真正自信的人不应该这么说话，还是心里发虚。

"那你不把词儿都用上？该唇枪舌剑的时候绝不能退缩，不是比教养的时候，要让他们知道你有料，可以跟他们对攻！特好，咱都是哥们，我不客气地说一句，现在端什么架子也别端作家的架子，特不招人待见。"

虽然知道坦丁说的是实话，但特好心中还是很反感，"不管怎么说，一个好作家可以成为一个好编剧，但一个好编剧却成不了一个好作家！"

"你这话前半句是说对了，后半句是作家们的自欺欺人，你问问，哪个好编剧想转过头来当作家的。一个好编剧一年赚多少钱？一个好作家一年赚多少钱？人家能对你本子挑那么多毛病，说明是认真看了的，诊病么，直言不讳最好。比如，大夫检查出你有艾滋病……"

"谁有艾滋病啊？拿你自己打比方！"

"行，检查出我有。大夫是直截了当地告诉你好，还是拐弯抹角地让你猜哑谜好呢？"

坦丁假装瞅瞅四周，悄声说："对了，你 HIV 阳性这事我会保密的。"

"靠，我让你也艾滋！"特好往手心里吐了口唾沫，抹到坦丁嘴唇上。

坦丁发出杀猪般的嚎叫。

夜里，编剧特好给作家特好作耐心细致的思想工作：放下面子——唉，其实也不能叫面子，一层真皮罢了，也不就你一个人长，人人都长的东西不值得金贵。国内多少教授、干部、艺术家到国外不是照样洗盘子？当编剧总比洗盘子要好。为了雄厚稳定的经济基础，为了将来高枕无忧地写作，为了一举成名，为了……歌里不是唱过嘛，没有人能随随便便成功。真的，特好，要擅于融入集体中。如果把作品比作房子，那小说是私宅，自己想怎么装修就怎么装修，弄成个棺材样的也没人管。而剧本是集体宿舍，装修的时候要把方方面面的意见考虑到。求求你，特好，就像一口泔水缸那样虚怀若谷吧！

四

周令儒和白喜春是小说《故园风雨》里两个虚构的人物，因为没有禁区和忌讳，这两个人物写得特别出彩，风头比一号男主人公还劲。大家在讨论剧本大纲时，也都觉得这两个人物的戏要加多一些，干脆把白喜春提升为女一号，周令儒为男二号。

"哗哗"的水声冲进特好的梦里，他一跃坐起。屋里还黑着，水声停止了。特好看看表，才凌晨四点半。他意识到做了个梦。自打当编剧以来，他的神经像前线的士兵那样绷紧着，疲倦又脆弱，窗帘的"沙沙"声都能把他吵醒。

特好冲了杯咖啡，坐到电脑前。

天亮的时候，他终于找到了置周令儒白喜春于死地的方法。特好。

大纲第五遍修改完成。

坦丁被老婆叫醒接特好的电话，应该是在床上接的。

"喂，谁呀？"由于瞌睡，坦丁的声音娇滴滴的。

特好想笑，他猛然想起从没见过坦丁的喉结，是啊，这家伙没脖子，长了喉结也没地方安排。特好用粗哑而低沉的嗓音说："我——把——他——们——弄——死——了！"

"啊？谁呀？"坦丁完全清醒了。

"周令儒和白喜春死了。"

"你这王八蛋，吓了我一跳！你也犯不着这么早把他们弄死啊，我后半夜才睡。"坦丁的声音里重新注入了男子汉雄风，他打了个哈欠，"说说，怎么死的？"

"我让这个白喜春跟周令儒坐军用飞机去上海，在……"

"等等，空难？"

"对，在飞机上有场戏特好，你听，我给……"

"打住打住，不用念了。设想不错，徐志摩就是那么死的。可特好啊，你要知道这飞机颠一下子咱得颠出去多少钱啊？这肯定不行，咱拍不起！"

"用电脑特技嘛！"

"电脑特技可费钱啦！起码你还得找个解放前那种老飞机吧？你没接触过影视不知道啊，拍什么洪水、空难、异形啊，最费钱了，咱这电视剧成本低，经不起这么败家。老黄不得吃了我啊！"老黄是副台长，挂名该电视剧的总制片人，主管这部戏的。

特好遭到沉重打击，怎么做也不是。

"特好啊，我看还是不叫他们死好，生离就行，但必须把他们搞得特别凄惨，生不如死。让观众恨导演骂编剧，呼呼往电视台写信，要求改成大团圆结尾。你一定能行，特好。"

这不变态吗？编剧真不是人干的事，时间长了，人都得成虐待狂或受虐狂。

"我不行了。"特好茫然地说。

"男人，怎么能随便说'不行'呢！"

《故园风雨》剧本大纲第六次修改。

开讨论会的时候，特好从家里带来了一盒高档茶叶，别人送的，听说在茶行里买要一千多元钱一两。见到电视台的行家们，特好不计前嫌地和他们热情地打招呼，本来他准备了一些貌似调侃实则为夸奖的话说给他们听，但自己想想都肉麻就免了。

特好一直想把茶叶拿出来，可捕捉不着拿出来的机会。本来，他应该一进门就大喇喇地把茶叶往桌上一扔，"同志们，尝尝这种茶叶，味道确实不一样。"如果有人能够拿起茶叶盒看，他就再补充上一句："茶行里卖一千多块钱一两呢！"这时，一位小姐送进来一箱矿泉水。这也是个机会，只要特好喊住小姐，拿出茶叶让她去泡就 OK 了。可小姐把水放在门口就走了，很多人拿起矿泉水喝了起来。特好放弃了往外拿茶叶的念头。精神一松弛下来，马上他就讨厌自己了，堂堂一个作家，硬性巴结他们干什么？写这个破剧本，不仅坏了笔头，还坏了品性，把小说家的那点定力全赔进去了。

根据行家们的建议，在结尾处，周令儒回家乡看望病重的母亲，路上，遇见国民党军队，被抓去当了兵。而此时，已经怀孕的白喜春在苦苦等待情人的归来。大家把结尾的画面都想好了：一只大雁几经徘徊，哀叫不绝，最后飞向远方。

多么弱智啊，比俗不可耐还肤浅、荒唐、幼稚、恶劣、傻 X 朝天！特好暗骂。但想到心爱的白喜春落得这样的结局，他眼中差点涌出悲伤的泪水。更令他惊讶的是，他发现自己陶醉在这悲伤里了，胸口疼得喜气洋洋。自打写剧本以来，特好就没有这么高兴过，他觉得"行家"们也都变得文质彬彬的，虽然还都是京腔京韵，可完全没有了第一次讨论时的油滑、粗俗。他边满面笑容地接受大家的批评，边用烟头偷偷烧身边坦丁的头发，而且口才也恢复自如，不时把大家逗笑了。

坦丁的头发被特好在中间烧出一条沟，看上去，像在后脑上挂了一条布娃娃的黑裤子。他自己浑然不觉，兴致勃勃地讲着。"白喜春的最后一个镜头，要祥和宁静，表现中国妇女的恬退隐忍，怀中的骨肉使她的等待充满底气。特好，你在写剧本的时候，要埋下伏笔，周令儒是被抓到台湾了。这就紧扣了两岸统一的大主题。骨肉亲情是割不断的！啊！这部影片不仅要弘扬传统的回归，人性的回归，啊，也要宣传台湾回归，啊，回归的问题，香港回归，澳门回归……"

没等坦丁的话说完，大家全笑趴了，"跟香港澳门回归能扣上什么关系？"

"总做报告，顺嘴了。其实也不牵强，都是回归嘛。"坦丁不好意思地笑了，"总之，大家把心都回归到咱这电视剧上，啊！时不我待啊！"

轮到特好发言。特好谈了下对人物性格的定位，命运走向，他也算个善谈的人，不过只限于瞎侃的时候，公众场合或谈正经事时大脑就习惯性空白。说两分钟没词了。大家以为他卡壳了，静待了几分钟。

"没了？"坦丁问。

"没了。"特好小声回答，一副心中有愧的样子。

坦丁来气了，"都说以前你们三中的学生成绩不好，就连你这样的人也能在那儿当老师，这成绩能他妈的好吗？"

特好笑了，"所以我就不再误人子弟了。"

《故园风雨》剧本大纲定稿了。

坦丁主动说会替特好要第二部分稿费。特好心里挺急，拿到手的钱才算自己的，但见坦丁这么主动，嘴就软了，"不急，你要是顺便呢就给我催一催。"

五

特好按前所未有的速度开始码字，他要三天出一集。

根据合同规定，剧本每集的字数不得少于一万四千字。特好喜欢频繁点击工具栏查看字数，每写够一千四百字，他就得意地想，又是一千块钱到手了。虽然写剧本没容易到像朋友说的那样边聊天边可以敲出万把字来，可毕竟有大纲，只往里填肉就行了，而且特好本来就擅长写对话，所以还是比写小说进度要快得多。特好摸出个规律来，编剧本要敢于俗。电视剧要求三分钟一个伏笔五分钟一个悬念十分钟一个小高潮每集必有一次大高潮，结尾处还要想办法勾引观众看下一集。这就要求编剧必须不断地制造巧合，不断地节外生枝，不断地让人物发生误会。为了使这些"不断"能够不断吸引眼球，编剧们只好充当恶人，玩点失忆、残疾、失踪、兄妹相恋、误杀亲生父亲之类的残酷。

写小说哪有脸这么恶俗啊？

电话铃响了。看来电显示是女作家嘉妤的号码。写剧本以后，特好轻易不接电话，没时间。今天的进度已经完成了三分之二以上，有理由让自己休息一下。他拿起电话。

"活着哪？"嘉妤依旧风风火火地问。

"生不如死啊！"

"昨天，《明州日报》的几个记者吃了个饭，看见小天使了！"

"小天使"是嘉妤对明州市风头正劲的女作家沈瑰丽的背后称呼。

"那个冰清玉洁，那个不食人间烟火哟！好像才从天上掉下来的纯种小天使，弄得稍有一点责任心的男人啊，都奋不顾身地要去拯救她。哼，哪儿承想是个戴着婚戒的生过孩子的天使！其实谁不知道啊，心中没有恶鬼的人能当作家？"嘉妤气冲冲地说。

对沈瑰丽的风头，特好是有些嫉妒的，所以时常拿她的"天使"性格说事。现在，他的心态不同寻常地好，似乎已成了文学圈以外的人，无论里面多热闹他都不受打扰。超脱出来的感觉妙极了。一个作家，难道因为当了编剧而克服了人性的某些弱点？

"你不会也学着当天使？"特好逗嘉好。

"我还用学？装天使谁不会啊！"

特好还想继续逗她。"那不对啊，当众随地大小便你不会？但你干不出来！"

嘉好顿了一下，"也对啊，做不出来，那就等于不会。让你这么一说我都有点绝望了。不过，话又说回来了，要是我愣充天使准把人给吓跑了。"

"不会，效果也能不错。"

"别安慰我了，天天照镜子，长着这么有特点的大暴牙自己又不是看不出来。每次开会咱都躲到别人用余光瞅不到的地方，免得人家做噩梦。"

特好笑了。嘉好的确长得不好看，大暴牙，嘴有点合不上。但她这点好，敢于拿自己的缺点开涮。实际上，这种倚丑卖丑收到的效果甚至要比沈瑰丽的倚"小"卖小要好，嘉好给大家留下的印象是胸无城府的，大气的，心理极其健康的。

"好了，不耽误你宝贵时间了，我把网上的一篇文章发给你了，说电视剧八大俗的，你看看，别全占上！"

特好打开邮箱，看嘉好给他发过来的文章《谈国产电视剧的八大俗》。逐一对照，特好发现自己的剧本把这八大俗全占了。心情一落千丈，竟一个字也想不出来了。

特好给坦丁打电话想谈谈八大俗。坦丁没在家。

特好咬紧牙关又坐到电脑跟前。当他刚从八大俗的狂轰滥炸中恢复过来，电话铃响了。坦丁的手机。

"你马上下楼！"他命令特好。

"我穿着睡衣呢，你上来吧！"

"下来，快！"

特好换好衣服下楼了。打开单元的大门，他被车灯光晃得睁不开眼睛。他眯缝着眼睛摸到坦丁的车跟前，开门上车。

一团肉乎乎亮光光的东西映入眼帘。肉团动了。

特好努力让自己相信这团东西是坦丁的脑袋。他大笑着抚摸肉团说："你摘掉假发更可爱了！"

坦丁愤怒地拨开他的手。"特好，我他妈的跟你断交。你知不知道，我老婆为这事要跟我离婚了！"

特好假装委屈地说："你不是还有好几个假发套吗？再说这样多酷啊！"见坦丁脑后的两道肉梗儿好玩，特好又抚摸了一下。

坦丁说："别美，你的稿费别想要了，赔偿我做精神损失费！"他的眼睛瞪得又圆又亮，若配上以前的长头发整个就是一个猫头鹰。

特好冲褪毛老猫头鹰作揖。

坦丁打了个哈欠，"今天老黄又找我了，说能不能让你加点商战戏？"

"加商战？骆仲祥是个名医啊，跟谁搞商战啊？要是把这个电视剧弄成包罗万象的大杂烩，好不了。我现在已经把电视剧的八大俗全占上了，再加个商战，我操……"

"操谁都没用。你以为这些话我跟老黄没说？但老黄对我有底火，我说多了他更拧着来。唉，特好，别以为只你一个人遭轮奸，我被轮奸的次数多着哪。诗人本来应该是世界上最牛逼的人，可诗人要是最牛逼了领导怎么办啊？咱还是得把最牛逼的事让给领导去做。有时，你辛辛苦苦花两三年时间做的选题，上面一句话就给否了。我找谁哭啊？台里的事复杂着呢，别以为是我找你茬儿……"

"你说哪儿去了。他让加咱就加呗，没问题！"特好努力把口吻放轻松了。

"商战你能行啊？"

"放心！"特好坚定地拍拍坦丁的肩膀，似乎信心十足。

特好下了车，坦丁在车上向他作揖了。车灯里，他的光头显得挺悲壮的。

六

第二天上午，特好去书店搬回了六大本厚厚的书，都是和骆仲祥同时代的中外大企业家的传记。然后，他就把自己浸泡在企业家们的掘金故事里，做了一大堆摘抄。一连几天，他都做着类似的梦：他在一个大会议室里签合同，合同是用英文写的，他一个字也不认识，一个英语单词也写不出来。旁边的一个人告诉他只写"确认"就行，他问英语的"确认"还是汉语的"确认"，那人说必须用英语。特好不会英语的"确认"，那人说，圣约翰大学毕业的怎么能不会？再说你从银行或柜员机上取钱，一定要输入"确认"的。

梦里的特好怎么也想不起那个单词是什么鸟模样了。

学过点弗洛伊德的特好自我解析梦境，知道这是焦虑导致的。

剧本的前五集拿出来了。

特好把剧本传给坦丁的两个小时以后，接到了坦丁的电话。

"商战加得还可以吧？"特好问。

坦丁沮丧地说："我看出来了，你写的不是骆仲祥，是荣毅仁。"

这家伙眼光真毒。

特好的底气一下子就没了，竟然情不自禁地冲电话里的坦丁鞠了个躬，"没错，略微借鉴。你怎么看出来的？"

"我靠，我是谁啊？这么着吧，我先让老黄看看，他发完话你再往下写吧，要不又白忙活。"

两天过去，老黄那边还没发话。特好急了，他跟老黄拖不起，交稿不及时，电视台要扣稿费的。特好打电话给坦丁，坦丁说他会马上催老黄。

这两天特好虽然没写剧本，也不敢闲着，看碟。从好莱坞大片到韩剧，国产的也撩两眼。以前看碟都是当休闲娱乐，但现在是专业人士了，得看门道，庖丁解牛般地分析。有兴趣的事若当成任务来完成时，乐趣就近乎没有了。他要看人家是怎么衔接的，怎么埋线的，这个人物出来有什么作用，这地方如果自己写会是什么样的……本来是一顿美味的饺子，只管大吞大嚼就行了，可是他必须把饺子分解成肉馅、皮、食油、蔬菜、调味料来一一品评，很累，很乏味。看到精妙处，他特别自卑，觉着自己一辈子也搞不出这么好的东东；看到拙劣处，他又信心百倍地想，这破玩意儿也能拍成电视剧！

前妻来了电话。"喂，是我。"离婚后，前妻再也没叫过特好的名字，也不报自己的名字，好像生怕互相间再扯上关联。"我给你邮箱里发了一篇文章，你给修改一下，找个报纸给发了，是我们主任家小孩写的。"

"我哪有时间管这些事啊！"特好烦了，他不甘心总被她使唤。

"你天天也不用上班……"

"不上班也没闲着！"

"这是我们主任孩子的！"前妻的声音有些焦虑。

"你们主任不是知道我们离了吗！"特好对她这种破车好揽债的行为早就痛恨至极。

"那他找我也没法拒绝啊！我最后一次求你。"

"关键是我现在没时间，"特好把语速放慢，以便前妻受折磨更久些，"我在给电视台搞个电视剧，要得特别急。"

"是吗？"前妻挺感兴趣，"签合同了？"

"早签了，钱都到手一大半了。"

"多少钱？"前妻是个会计，对公私两方的账目都十分在意。特好辞去公职，导致家庭的账面长期空虚，这也是离婚的理由之一。尽管前妻没说出口。

特好用极其平淡的口吻回答："我是新手，稿费给的不高，不算版权费，每集是一万块。"

他听见前妻长长的一声喘息。

"发达了，祝贺你！剧本里没我们家人吧？"

特好跟前岳母的关系恶劣，他曾在某篇小说中塑造了一个泼妇形象，原型就是岳母。

"如果你强烈要求，现加上去也来得及。"

"卑鄙文人！"前妻高傲地挂断电话。

特好和前妻没有孩子，是和平分手的，双方谁也不恨谁，谁也不挂念谁。尽管在电话里拒绝了前妻，可特好还是打开了邮箱。

这只是一篇中学生的普通作文。绝够不上发表的水准。现在有些家长望子成龙到失去理性的地步，用尽各种方法揠苗助长，其实对孩子是百害而无一利。特好的侄子作文不错，但特好只鼓励他自由投稿，从没帮忙找过编辑。为这事，嫂子还挺不乐意的。

特好删除了前妻的邮件。他的大脑和目光需要精品的刺激。

终于等到坦丁的电话。他说老黄觉得剧本不如小说好。

特好真火了，他觉得此时不火都不叫男人。"他不是使劲叫嚣要脱离原著吗？现在改得面目全非了，商战也加进去了，他又说没小说好了！我早说过弄成大杂烩肯定完蛋！"

说心里话，写出的这几集剧本，因是集体智慧的结晶，特好自己也不喜欢，总觉得隔阂。好像看一个继承了自己的姓氏但 DNA 可疑的儿子。

"我也没办法。不过，你也别不高兴，我跟老黄有一点看法近似，的确没小说写得好。"

"不能那么比较，小说是成品，里面的情绪氛围心理全有了。剧本是半成品，得经过演员的演绎，音乐、画面的配合才能成为成品呢！"

"你说得倒是没错。但剧本里的人物不丰满，政治色彩太浓，形象非常生硬。"

"比如说？比如说？"特好语调激愤。

"比如说好像第三集……等等，我先看看是哪个镜头？就是3-28，骆仲祥的这段讲话我看完了觉得很反感。他其实只是一个敦厚善良关心民生疾苦的知识分子，拙于言敏于行，就像小说里的那样。你看你这段写的，不符合身份呀，我靠，如果再往人堆里撒几把传单，就整个是《红色恋人》里的张国荣。骆仲祥把医生这个职业看得无比神圣啊，城里边闹着瘟疫呢，这种时刻，骆仲祥能撇下垂死挣扎的老百姓而去长篇大论地痛斥军阀？类似这样的地方不少！这样，明天，咱们和老黄见个面，具体的到时再谈。还有哇，明天把笔记本电脑带上，最好弄个数码录音机。老黄有个毛病，说完的话，转身就不记得了。"

放下电话，特好想杀人。精神病就是这么得的，他想。

七

和老黄见面这天，特好没带什么数码录音机，一是没有，二是觉得带了没用，他说完话就忘，你还能拿着录音机跟他对质？那岂不把一次合作变成了官司？特好还是带上了手提电脑，本来也觉着用不上，可坦丁既然说了，那就带上吧。活得真累。

特好在饭店的包间里等了将近一个小时，老黄、坦丁和电视剧中心的几个人才陆续到了。老黄是个作曲家，歌唱得好，是台里有名的麦霸，只要拿起麦克风就不撒手。他跟特好握过手后，立刻打开卡拉OK高歌了一曲《在那桃花盛开的地方》。大家热烈鼓掌，一致夸赞台座的歌艺又大有进展。

唱罢一曲，老黄意犹未尽，坐下来跟特好交谈时，手里还握着麦克风，有随时唱的意思。

"黄台真不愧是音乐家……绕梁三日啊！"特好好不容易寻找到一个贴切文雅的词。他看见坦丁偷偷地眨巴了两下眼睛。

老黄对特好的夸奖很受用，"哎，作家的语言就是跟别人不一样。我这人只要唱上歌，就觉得这日子跟神仙似的。他们这些人知道，开会的时候，我在麦克风前面不会讲话，心情紧张，怕条件反射唱出来。"

大家都笑。老黄还想唱一曲，这时菜上来了。老黄这才恋恋不舍地放下麦克风。

特好在桌子底下踢了坦丁一脚。

"黄台，特好想听听您对本子的意见。"

"对音乐我是内行，对剧本应该蔡主任（坦丁）是内行，多听听他的意见。"老黄指指坦丁。

坦丁把脑袋埋在手掌里，"黄台，我到桌子底下吃去了？"

老黄笑了。"我谈点直觉。第四集第五集我感到写塌下去了，过于沉闷，缺乏亮点。作曲家也会犯这种毛病。""你听这段，"他打开麦克风，清唱了一段曲调，"你再听这段。"他又唱了一段曲调，问："哪个旋律美？"

特好哪里判断得清？他觉得哪段旋律都不美，可不知老黄的意思，他也不敢乱讲。幸亏坦丁旁边的一个人帮他解了围，"后一段好！"

老黄兴奋地一挥拳头，"就是嘛！前面那个是塌下来的，后面那个是顶上去的！这是一个青年作曲家写的歌，拿给我征求意见，经我一修改，气势马上出来了！对不对？你那剧本给我印象最深的是第三集，具体哪一段我忘了，写得非常好，哦，就是主人公痛斥军阀那场戏，语言掷地有声，把骆仲祥的高风亮节，大雪压青松青松挺且直的革命精神一下子体现出来了！我看这一段是全剧的一个冲高点！"

特好幸灾乐祸地看了坦丁一眼。坦丁秃头闪亮，嘴里塞满了食物。

特好谦虚地说："黄台，我还是想听您多谈些缺点。"他几乎想去打开手提电脑，可又觉着过于正式，跟气氛不符，就算了。

"总的说来还不错，比小说的结构要好，就是里面……哎，小蔡，你不认为人物的年纪偏大吗？尤其女演员，还得年轻漂亮的吸引观众。我实话实说，老太婆的戏演得再好，我也不爱看，女过三十天过午嘛，哪个女性爱好者不喜欢青春靓丽的？韩剧为什么大家都喜欢看，演员漂亮，音乐配得也不错，我们家老太婆为了看韩剧连饭都不给我做呀，还刺激我说她十分想见宋承宪。"见大家都乐了，老黄很得意，"对不对？我说的是大实话嘛！"

有人建议为台座的大实话干杯。全体起立。

坦丁举着酒杯附和道："对，我们来个高潮吧，男的全进，女的进一半。"

说得也太双关了，全桌人爆发一阵大笑。

老黄假装埋怨道："小蔡，你挑起高潮就行了，人家进多少那是你管的事吗？我老黄就不管！"

"都姓黄，你能管吗！"坦丁借着酒劲说。老黄笑着拍拍他的秃头。大家重新落座。

特好觉得应该乘着东风问下稿费的事。

老黄兴奋地说："特好啊，你现在是著名作家了，连市长市委书记都知道你的名字喽。咱们这部电视剧是宣传部亲自抓的！我们……等下！"《小白杨》的音乐响起，老黄一跃而起，"一棵呀小白杨……"

特好问："咱这个戏是老黄作曲？"

坦丁反问："你希望由他来作曲啊？"

特好跟坦丁复杂地对视了一眼，都不知该说什么，一个喝了口酒，另一个吃了口菜。

《小白杨》结束，老黄的兴致继续大发作，又清唱了一首由自己谱曲的歌。

"我刚才讲到哪儿了？"老黄坐下问特好和坦丁，两人都忘了。

坦丁说："再重新起头吧！"

似有千言万语，老黄酝酿了一下："特好，这个，我是说啊，我们这些人要齐心协力，众志成城，对不对？这个电视剧的目标就是奔央视，即使上不了一套黄（黄金时段），我们也要保证八套黄，保八争一！我们还要用最先进的营销手段把这部戏炒火，如果能通过这部戏把明州的旅游和招商引资带动起来，特好！"老黄站起身郑重地呼唤，特好吓了一大跳，心提着，生怕接下来，老黄像日本人那样来一个九十度大鞠躬说，拜托了。

"当然，"老黄拍拍特好的肩膀，拿起麦克风，"这是非分要求了，别当成负担。"

趁他还没开始唱，坦丁插话，"黄台，您一说要加商战，特好马上去书店买了三十多本商业方面的书籍进行研究。"

特好明白，这家伙会做人，既夸了他，又当面证实了加商战是老黄的主意。

老黄感叹道："敬业啊！真是……送战友，踏征程，默默无语……"老黄把"两眼泪"猛然转向特好，脸对脸，凝视得情深意切。弄得特好为自己的面容不够姣美而万分歉疚。

坦丁冲特好一笑，"我就说不能在饭店谈本子，你看，哪有时间谈啊！"

"你既然知道，还他妈让我带手提电脑？"

"那装得多像作家啊！"

"哎，对了，"特好像刚想起来似的，"我的大纲稿费是不是跟老黄提提？"

坦丁用手点着他，"靠，别憋出病来，肯定在心里惦记老半天了吧？戏演得假模假式的！我来的时候已经跟老黄说了。"

"他怎么说？"

老黄唱完了，坦丁示意特好鼓掌。特好赶紧补拍了几巴掌。

坦丁提起稿费的事，老黄满口答应，说明天上班就批，叫特好放心。

八

特好回到家中已经半夜十一点多了。酒喝得不少，但他不敢睡，还得把今天的字敲出来。当作家的时候，他从未这么用功过，人都有惰性，想歇着就替自己找理由。现在是前有钞票诱惑，后有合同紧逼，他不敢偷懒。一想到比喜马拉雅还高的字儿山要爬，特好简直不寒而栗。他是属于上班族型的作家，基本都在白天写作，熬夜写东西的时候极少。非常时期就不能太讲究劳逸结合了。

满脑袋里都是老黄的歌声，其他什么也想不起来。

特好冲了杯浓咖啡。他机械地堆了几百字，怎么瞅怎么平庸，甚至恶俗。连自己都没法尊重这些字。咖啡劲终于上来了，特好的兴奋慢慢积聚，人一兴奋就特容易自信，他想起好多韩剧的台词也很平庸、肤浅、重复，但这并没有影响整个剧的魅力，相反倒让人觉得贴近生活，人间烟火气浓。有统计显示，人一生中说的话有百分之九十以上是废话。这样一想，字就写得顺畅多了，"唰唰"地。

高潮到了。特好写得热泪盈眶。一位艺术史学家说，被文艺作品弄哭是审美能力高超的表现。他真想打电话给坦丁，让这家伙听听自己的哽咽。擦眼泪的时候，特好不小心瞥到了电脑右下角的时间显示，顿时，好像气球被扎，高涨的情绪一下子泄没了。

楼上的水马上要开始流了。

电脑处于焦虑的屏保状态。一只三维小球变幻着颜色和形态，在黑暗中飘浮,像穿越时空的天外来客。特好知道唯一的方法是等待水声过去之后再写。这不成了单口相声里那个等着楼上扔靴子的老先生了吗?和前妻结婚后,他变得对水声(水龙头打开的声音)十分敏感,楼上这位夜间工作者又使他出现了强迫症症状。

果然,楼上的水"哗哗"开流。

特好穿起衣服,下了楼。瞅着四周无人,特好按了单元大门五〇一室的对讲器。

没人应。再按。再按。再按。

"谁呀?"

果然,是个女的。声音不动听,有点抖,显然是刚从浴缸里出来。应该围着浴巾吧,特好想。

"谁呀?"

听不出口音。特好屏住呼吸。直到里面传来挂听筒的声音,他才轻轻关上单元大门,上楼了。

回到屋里后,特好穿着外衣在洗手间里站了一会,楼上有水浪波动的声音。那位还没洗完。

工作量完成了大半,特好写不下去了,但还睡不着,精神持续迷乱、亢奋。他索性打开 DVD 看新借来的一部韩剧。这是坦丁推荐给他的。

楼上早归于了安静,特好一看表已经是凌晨三点多了,他穿上外衣,下楼。仔细察看周围。看了又看。按响五〇一。又按了一下,这回,他没等有什么动静就悄悄往楼上走。上到二楼时,他听见对讲器里响起一个气急败坏的女高音。看来那是个没有男主人的家。我们这对孤男寡女搭配在一起也住的是复式房,特好调侃地想。

进了屋,特好心情不错,又狂扫了三千多字。看来,只要肯自暴自弃,一天万把字进度也不是没有可能。今天——不,已经是昨天了——的工作量超额完成。

九

剧本的第八集已经写完了,可特好还没收到电视台的稿费。他给坦丁打电话。

"我催老黄好几次了，他都答应挺好，谁知道怎么还没给你批啊！要不你自己问问他？写多少了？发我邮箱里看看。"

要是著名作家，他们敢这么敷衍吗？特好来气了。

"倒是写不少了，可要是拿不到大纲的稿费，我绝对不会再往下写了，时间是你们自己耽误的，怪不着我！"

"唉，那就随你吧，我也没办法。跟电视台办事就这样，办多了你就知道了，都是这个部门给你推到那个部门，领导层层签字。说实话，拖欠个一年半载的情况有，但说不给的还没发生过，这么大个电视台不可能蒙骗你那点稿费，又不是从私人腰包里掏，都公家的钱！这样吧，你再问问老黄，到时看怎么办……"

听坦丁这么一说，特好觉得弄太僵也不好，就把语气缓和了下来，"等会儿，我上网的时候把新写的给你发过去。"

特好打了一会腹稿，想怎么跟老黄开口。打电话，老黄没在办公室。手机关机。特好觉得心里委屈，要自己的钱还有什么羞于开口的，理直气壮地要就是了，这种畏畏缩缩的心态真丢人现眼。谁比谁低一等吗？他找出合同又仔细看了一遍，发现有许多不严谨的地方，实属霸王条款，里面对自己——甲方的义务规定多，权利主张少，如交稿日期、字数、修改等诸多方面如达不到制片方的标准要扣多少酬金都规定得十分详细。而乙方——制片方则义务少，权利多，只是规定了他们如果某个期限内不付稿酬，合同自动中止，但却没规定无故不付稿酬或拖欠稿酬的处罚办法。后来特好才知道，一般的电视剧稿酬付款步骤都很细化，完成几集付一次稿酬。而自己的合同，只分三批付款，大纲写完付一次，剧本全部通过后付一次，开拍前付最后的款项。

在签这份合同以前，特好从未和影视圈打过交道，虽然也听说过不少编剧因拿不到稿酬而打官司的事，但他认为跟正规的电视台合作，稿酬应该没有问题，所以签合同时也没较真，急急忙忙就签字了，生怕落笔晚了，肥差让别人抢去。别以为作家能把人情世故刻画得淋漓尽致就都是人精，落实自己的事情时，他们可能比谁都盲目，甚至弱智，满腔的浪漫主义情怀。

老黄终于接了电话，他好像很忙的样子，听筒里很嘈杂，特好知道自己又选择了错误的时间。

特好刚报上自己的名字，老黄就说："特好，我晚上给你打电话，现在太忙。对不起啊！"

等不到老黄的电话，特好什么也干不下去，内心荒凉。他觉得自己比农民工还惨，农民工属于弱势群体，打官司还可以有法律援助，社会各方的声援也强烈。而作家打官司，多数人会认为你炒作。他想自己太生不逢时，在教师工资最低的时候入了教育界，又在教师职业大热，作家走向边缘的时候退出教育界，当了职业作家。总结前半生，自己似乎尽在为吃力不讨好的事而努力着，选择方向总跟公共标准拧着来。

文人一悲愤了就有奋笔疾书的冲动。一个血泪饱满的标题《我是影视圈里的农民工》浮现在脑海。这个标题加重了特好的心酸。他想如果电视台不给他稿费，他就找文联，文联不管用他就找宣传部，宣传部再不好使他就把这篇文章贴到网上去，然后就到法院打官司。这是他第一次考虑索要稿费的细节，越想越觉着这工程之繁复浩大自己之弱小卑微。当编剧真不是人干的事。

楼上的女人洗完了澡，脚步到了卧室。床在"吱嘎"作响。

一个多小时后，特好停止了《我是影视圈里的农民工》的构思，穿上衣服，下了楼。这是他第四次按五〇一。按完后，他用纸巾擦了擦按钮，以免落上指痕。特好决定这是最后一次按五〇一，他认为女人也许会报案，再者这个行为也太阴暗，一旦暴露，不仅是名誉扫地的问题，说不定会落个性骚扰之类的罪名。特好把脚步拾得极轻，连感应灯都没惊动。家里的门锁上了好多润滑油，开合几乎没声响。这样，他神不知鬼不觉地进了自己家。

楼上的地板窸窸窣窣地响，那一定是穿着毛毛绒绒拖鞋的脚在来回踱步。特好的思维跟着拖鞋踱了几个来回，便怀着幸灾乐祸之情睡着了。

一个声响把特好惊醒了。好像是什么东西掉到地上。应该是她把它捡起来了。拖鞋的踱步越来越焦躁，有如一只被困在水泥夹层里的老鼠在寻找出路。特好又想到了昨天没完成的工作量和索要稿费的细节，大脑完全清醒了，身体也极不情愿地撑了起来。

楼上轻微的响动一直没停止，跟以往不同。

特好只睡了三个小时就醒了。最近一段时间，可能是压力大睡眠少，心情老是处于焦躁和烦乱之中，只要一睁开眼睛就看见一座大山压过来。

他强迫自己喝了杯牛奶。无聊地等到了八点二十，特好才出门。他去电视台找老黄。

一路上，特好针对可能发生的情况一一罗列对策，原则是尽量不要搞僵，但如果必要也别怕搞僵。

正是上班的高峰时间，公车里面非常拥挤。特好刚下车，手机就响了。

一个女孩子恭敬的声音，"是特作家吗？"

特作家，特好差点笑出声，以为是哪个文学女青年。"我是特好。"

"哦，我是电视台财务部的小王……"

"哎，你好你好！"特好像听到老友久违的声音。

"特好老师，您的稿费下来了，麻烦您给我一个工商行或建行的账号，存折的账号，明天我给您汇过去。"

"我现在正好在电视台附近办事，我顺便去领一下也行，省得你明天还特意去银行。"特好装着为对方着想的样子。

"没关系的，反正明天我也是要去银行。"

明天也行。特好答应回家以后给她账号。

特好的心情陡然兴奋起来。早听说老黄这人不错，没坏心眼儿，绝对的性情中人。坦丁就更不用提了，那对自己有知遇之恩，《故园风雨》就是他推荐给电视台的。不管以后电视剧拍出来如何，这些人都是哥们。他想起自己昨天近似于癫狂的愤怒，多可笑啊，用莫须有的小人的假想去设计人家，弄得自己也倍受折磨。

特好提前一站地下车，拐进超市，洋洋洒洒地选了一推车食品。

看到单元大门上的对讲器五〇一按钮，特好心有戚戚焉。一个无人疼爱的单身女人，也许她唯一的乐趣就是在溶解着蓝色浴盐的热水里放松片刻，享受一下在人那里享受不到的温柔；也许她是为躲避某个凶恶的男人而来到明州的；也许她还有一个可爱的女儿不得不留在娘家，她要拼命赚钱养活她。

经过这样一想，楼上女人的面孔有了改变。旧的那套面孔有点苍老、凶恶，盗版于特好原来学校的办公室主任。新的这套面孔有了小家碧玉的气息，比较惹人怜爱。这让特好有种同是天涯沦落人的感觉。

进了屋，特好马上就给坦丁发了电邮，还附言叫他对剧本多提意见。他又找出银行存折，要给王小姐打电话。手机上有她的号码。

特好发现自己的手机已经跟人私奔了。他记得下车的时候被人狠狠挤了一下。SIM卡里存了一百多个电话号码。这意味着，他将暂时或永远和一些人失去联络。得到稿费的好心情一下子被败坏掉了。我们所依赖的一切是多么脆弱，他想，电脑某次病毒也许叫你几个月的心血付诸东流；放在银行里的钱能防住小偷却防不住黑客；合同签完了却发现遭遇了霸王条款；最知心的朋友用你的隐私写成了一本书……

十

丢手机的第二天，特好去移动通信公司办理SIM卡，顺便买了个手机。回到家，看见电话显示了好几个来电。他先打给嘉好。

"怎么回事，家里电话没人接，手机关机？"嘉好大声抱怨。

"手机丢了。"

"我差点给你前妻打电话，还以为你……怎么回事呢！"

"还好，即没中风也没心脏脱落。放心吧！有事啊？"

以前，嘉好曾谈到单身的可怜下场，之一就是中风或心脏病发作时没人帮着拨打120。

"作协让我通知你，XXX（台湾著名作家）大概后天要来，作协约我们几个青年作家聚一聚。"

特好苦笑说："我哪有时间啊！忙得焦头烂额，真不想写这破玩意了，不是人干的事！"

嘉好说："别站着说话不嫌腰疼了，我们还抢不上槽呢！"

现在的作家都认识到了影视的重要性，即得名又得利，谁不想把版权卖出去？所以，自打涉足影视之后，特好竭力保持低调，尽量把编剧的艰难与尴尬讲给同行们，宁遭人贬低也别遭人艳羡。人越往高处走时越要这样，不能别人说你长得像天鹅，你自己就作飘飘欲仙状，飞上去了好，飞不上去让人笑掉大牙。要在以往，他削尖了脑袋也要去见著名作家XXX的，虽然也知道见一面并不能得到什么实际利益，但见着了还是高兴，说明受重视。作家也是有虚荣心的。可现在特好没有要见XXX的欲望，他觉得只要字儿好，名气够响，谁都不用巴结。这就是底气啊，特好沾沾自喜地想，坦丁说得真对，好编剧谁还想回头当好作家，自己才迈出文学圈半步就修炼得宠辱不惊了。

有个来电号码特好看着很眼熟，打过去一问才知是电视台财务部。小王抱怨说他给的存折账号不对，特好拿出存折又对了一遍，没错。小王提醒可能是存折该换新的了，说那样的话只能下星期一再给他汇钱了。特好虚情假意地说不着急。

银行里排着大长队，只有两个窗口为存款额或存折余额在一万以下的客户提供服务。事事出麻烦，特好感到心焦，一个下午恐怕又要白白浪费了。这个年代，除了某人的遗体告别仪式和银行之外，还有哪里需要排队？为存款或存款余额在一万元以上客户服务的两个窗口很清闲，特好走到其中一个窗口，把存折递了进去，"换个折！"

职员接过折在电脑上验了一下，彬彬有礼地一指左边，"先生，对不起，请您到3号4号窗口那边排队。"

"那边排那么多人，你们这边闲着，能不能方便一下顾客啊？你这儿为什么不能办？"特好又把存折扔进了弧形金属凹槽里。

"先生，没办法，您存折上的存款额是一万元以下的，我这边办不了，电脑打不出来。"

"在你们看来，只有一万元以上的客户才尊贵，我们这些小客户的时间不值得珍惜是不是？你们不是说顾客是上帝吗？看来上帝也分三六九等！"特好的质问引来许多声援。

职员就是不吭声。她长着秀气的娃娃脸。

特好进一步紧逼，"你们分行的投诉电话是多少？"

职员半天才吐出一个号码。

打通电话，特好大发雷霆，并声称自己是记者，如果这家银行的服务质量再得不到提高，他就弄到报纸上去。接线员让特好留下姓名，他报了真姓大名。

保安警惕地盯着特好。电棍里的电，一触即发。

窗口里出现一个穿黑西服的人。他低声冲一个职员说了什么，那个职员示意特好到六号窗口办理。

后脚还未踏出银行的大门，特好就已经为刚才的行为感到羞愧了。发什么癫啊，这就是秩序，即使不合理也要遵守。在商业社会里，人一定是分三六九等的，既然你觉得花一百元钱不能住五星级大酒店是合理的，为什么不能忍受四十分钟的排队之苦？还假冒记者！你算干什么吃的啊，四处指手画脚，谁给你的特权！表面是打抱不平，实际上是自尊与神经极其脆弱的征兆。

走到楼下，又看见单元大门上的五〇一。特好的面前出现一个清秀的女孩面孔，她委屈、胆怯，眼神像受惊的小鹿。他把她和银行的女孩弄混了。特好一直往楼上走。五〇一的门口放着一个擦鞋垫，门上面还贴着个倒"福"。"福"上是只猫眼。会不会有一只小鹿般惊恐的眼睛在盯着他？特好本想停留，但他继续往上走，直到七楼，才又返回。那个擦鞋垫很干净。

多好的电影素材：一男一女，楼上楼下，年龄相当，郎才女貌，欢喜冤家，相互折磨，最后，当然，有情人终成眷属——不成也可以，主题回归到"理解、宽容"。结尾是男主人公把一朵玫瑰花放在了女主人公的门口。题目就叫《玫瑰在上》。他越来越喜欢生活中这种戏剧性的冲突，特好。

十一

又是坦丁的电话，真他妈烦！

这家伙一张嘴就说："特好，不行啊！"

"男人别随便说不行！"特好用坦丁曾说过的话回敬道。

"真是不行，怎么越写越没味了？"

"怎么叫有味啊？"特好明显不高兴。

"人物个性没刻画出来，模糊一团，谁是谁都可以，谁不是谁也行。结构更乱套，好像想到哪儿写到哪儿。本来吧，小说里你的对话很有特点，可剧本里没发挥出来啊！我不是告诉你个方法吗，每写完一组对话，你都像演员似的叨咕一遍，上口不上口一下子就能感觉出来。再一个，对话要简短，最好别超过一百五十个字，懂吧？……"

特好打断他，"好像没谁这么规定吧，好多著名戏剧里的人物对话都蛮长的，朗诵下来要三四分钟！还有电影《女人香》里艾尔帕西诺最后的那段讲话，也差不多五分钟！"其实，特好也没为这些对话掐过表。

坦丁急了，"要不说你外行呢！有这么比的吗？在剧场里，导演、演员是主动者，他们说什么说多长时间观众只能被动承受着。像《等待戈多》，就那么几个人等啊等啊，讲啊讲啊的，她能成为戏剧经典，但绝对拍不了电视剧！咱这电视剧是给坐在自家沙发上的男女老少们看的，自主权在他们手里，你有两句台词不中听，他们就接着打麻将或遥控到别的台去了！啊！所以说镜头得转得快，你要说想玩个抒情的，或崇高的，镜头老在一个人身上或一个地方晃，容易产生视觉疲劳，那收视率窟嚓就掉到底了！"

"坦丁，我现在已经找不到感觉了。"为了表现自己还能听得进去意见，特好努力平缓语气，"你说结构乱套，这个我没感觉出来吗？怨我呀？大纲你们已经通过了，然后又叫我往里加商战，明摆着，这必然要对情节和结构做调整，难免伤筋动骨。再说结构是全局性的，你应该把整个剧本看完才可以评价，现在可好，我写一点你看一点，这不行那不行的，弄得我六神无主……"

"我也不想这样，你要是前几集就上电了，我愿意……啊，我有病吗？"

"疑人不用，用人不疑！"

坦丁的声音高了，"特好，我要再说下去可就伤你自尊了。我把这么大一个戏交给一个从未写过电视剧的人，你以为我能百分百放心？编剧遍地都是，不是非请你不可，知道吧？无非想哥们齐心协力干点事业，另外也是肥水不流外人田。你演砸了，咱俩谁脸上都无光。你要嫌我多事，我也可以闷到二十集写完以后再看，那时重返工，麻烦的是你！知道吧？早晚你得先过我这关的！"

特好不想跟坦丁闹僵，也不敢，还有那么多稿费没拿到手呢。"上纲上线的，至于吗？我刚他妈发点小牢骚，你就来上脾气了，让不让人活了！现在一听你的电话，我心直翻个儿。"

"瞧你这点承受能力，不像干大事的人，就事论事，怎么还把什么用人不疑疑人不用那些玩意搬出来了？我能不跟你急？"坦丁把语气也缓和了下来。

"哥，我错了。咱俩就别内耗了，只是麻烦你提意见的时候具体点，有操作性的，别大概可能总的说，最好具体落实到某某镜头上。你要知道，指点江山容易，上下嘴皮一动，我这打江山难啊，拿下哪个山头都是硬仗。"

"我靠，意思是你比我有实干精神呗？"坦丁又恢复了以往的调侃。

特好"嘿嘿"一笑，"我可没这么坦率。"

坦丁现打开电脑，就无数个"比如说"进行点评，评得特好后脖梗发凉心灵颤抖，他恨不得此时变成个妇女或学龄前儿童，冲着坦丁"哇哇"大哭。

他打断坦丁，"这样吧，还是让老黄也看看，把你们俩的意见综合一下，别到时候我照你的意见改完了，他又说那样好。"特好本应该举"痛斥军阀"的例子刺激坦丁，但他已经没兴致举例说明了。

"老黄还能有我的眼光准？不是说瞧不起他，毕竟是作曲的，对电视剧不内行（坦丁读成 xing）。咱俩的话哪儿说哪儿了啊，老黄人不错，没坏心眼，但只能做锦上添花的事，需要承担责任的时候，他保证撇得一清二白。这戏真演砸了，反正还得我兜着。"

特好不死心，他真是不想改："我要是照你的意见改了，他又看不中怎么办？"

"老黄最好对付了，这部戏只要由他作曲，即使现在有一万条意见，到时也烟消云散了。"

"那、那时间这么紧……"

"没事，你晚个十天半拉月的，还能真扣你稿费啊！我们这么大一电视台，至于嘛？这事我给你顶着！"

"越改我越没信心。那天看了篇文章，讲电视剧八大俗，我看我写的剧本全占上了。"

"电视剧本来就不是拍给文化精英看的。俗，不见得是坏东西，俗就是时尚，是至少百分之五十以上普罗大众乐于接受的模式。好莱坞最讲模式，可全世界都喜欢他们的东西。我写诗那阵子，刻意不俗，说话生怕让人听明白，记得开市文代会的时候，我穿双拖鞋参加大会的，脚丫子还特臭，现在想起来都觉着恶心。我儿子要这样，我非抽他嘴巴子！人生，就是逐渐从俗的过程。咱这个戏如果做不到既叫好又叫座，那宁可要高收视率的俗不可耐，也不求低收视率的阳春白雪。"

到了晚饭时间，特好肚子饿，可就是不想吃。他搬了把椅子坐到阳台上。太阳已落下大半，白昼和夜晚暧昧地交织，颇似他的心境。

"哎，哎，这回好了，我这小灵通有时信号不好。"空中传过一个女高音。

特好绷紧了神经。玫瑰在上。

"……唔、好的，你也保重啊，BYE！"

"BYE"有个优美的下滑，惆怅、沮丧、欲言又止，像即将逝去的明媚白昼。

玫瑰在上。多好的小说。特好怀念起写小说时孤寂、自我、悠闲的生活。他坐在电脑前想把这个小说开个头。一个多小时过去，显示屏上只有"玫瑰在上"四个字，特好痛苦地发现，自己不会写小说了。

武功废了。

十二

特好最烦改稿子，伤筋动骨地改造都不如重写一篇省劲。以前写小说时，他写得慢，但力求质量，极少修改，基本上是落下最后一字就可以发出去了。

特好听见那些字儿哭泣的声音。字字皆辛苦啊！他后悔没听朋友的劝告，只卖版权，不当编剧，照现在这样下去，一年甚至两年，他的精力都要赔在这个剧本上，似乎多赚了点钱，可把自己写小说的本事也废了。最重要的是，写剧本无法获得上帝般的感受，而是窝囊，受气，低贱，连自己都瞧不起自己。

经过一个星期的愚公移山运动，特好将写完的前八集修改了一遍。蜕皮一般艰难。他的嘴角一直左右开弓地烂着，火走一经，他从小就有这毛病。纵向也不太平，痔疮又发作了。他自嘲不是干大事的人，一有压力便上下关口一齐烂。

特好困在家里好几天改稿子，终于有了出门透口气的时间。他长了个心眼，没忙着把稿子发给坦丁，而是先到柜员机上查询一下大纲稿费到没到。结果发现电视台只给汇来一半的稿费，他打电话问财务部小王，小王说上面批多少钱她就汇多少钱，具体情况也不清楚。特好给老黄打电话，老黄没在，去香港了。

特好招手叫了辆的士。下了车，他直奔坦丁的办公室。

"瞧你们这么大电视台办的恶心事，稿费也有按揭的？真他妈无赖！坦丁，咱哥们是哥们，但公事还得公办！"特好气冲冲地说。

"你嘴巴丫咋又烂了？认识这么多年，我都不知道你嘴不烂是什么模样。"坦丁关切地盯着特好，像个慈祥的老妈妈。显然，这种场面他司空见惯。

特好想一拳把坦丁的脸砸成柿饼。

"我跟你说，你这还算不错呢，有的稿费得拖一年！"

"这就是'我们这么大电视台'（模仿坦丁的口吻）干的事？"

坦丁给特好拿了瓶矿泉水："给是肯定能给，或早或晚嘛，有什么可怕的！"

要不以前听说搞影视的没好东西，这回真领教了。特好觉着不能再文质彬彬地和"这么大电视台"周旋了，他要揭竿而起。

"老那的电话是多少？"

老那是电视台大台长，《故园风雨》的总策划人。

特好按坦丁说的号码拨过去。没人接。一连打了三遍。

坦丁夺过电话，按免提，拨了个手机号码。

"那台呀？我是坦丁……"

"哎，说。"那边有些嘈杂。

《故园风雨》的编剧已经把剧本写到十集了，但大纲稿费才只拿到一半，他现在在我这儿讨论本子呢，看能不能顺便把另一半稿费拿到？"

"这事找老黄！"

"黄台去香港了。"

"那就让他等几天吧。"那台有些不耐烦。

"那台，是这么回事，特好啊，就是那个编剧……"

"我知道！"

"他没工作，自由作家，靠写作为生，还得供房子贷款，他老婆得尿毒症马上要换肾，生活非常困难，看看能不能……"

"特好的老婆是尿毒症啊？应该很年轻吧？"那台的声音饱含同情。

特好照坦丁的屁股踢了一脚。

"是、是，正等钱用！"

"唉，真够不幸的！你跟他解释一下好不好？因为我回到台里得下午了。哎呀，这个特好够有病的，家庭负担这么重，还当什么自由作家！"那台显然不知这边用的是免提。

等坦丁放下电话，特好骂道："你嘴多他妈损吧！"

"嗨，反正都离婚了！"

特好要回家，坦丁要去别处，说可以捎他一段路。电梯里，一个标致的女人操着浓浓的港台腔跟坦丁说笑，肯定是主持人。特好发现，在电视台里，专业人士们通常只有两种口音，操纯正京片子说话的一般是幕后工作人员，操港台腔的肯定是娱乐节目主持人。

望着女主持人的背影，特好问坦丁："她肯定是娱乐节目主持人，我猜得没错吧？"

坦丁用港台腔调侃道："你怎么'酱紫'呢，她是明州电视台的当家花旦喔！你装B！"

特好没好意思说自己从不看明州电视台的节目。

坦丁的座驾是辆二手现代车，挺气派的。特好由衷地羡慕一番。

"这算什么啊，你看人家那车，"坦丁指指旁边的一辆宝马，"我们台一个美女主持的，小B崽子刚分到台里两年就他妈开上这车了，肯定是让人包了！"

宝马车闪着高贵的光芒，特好惊叹了几声。

坦丁讲了个关于女主持人的黄段子。他口才好，把特好逗得大笑起来。

汽车在一个宾馆门口停下了。

特好稀里糊涂地被坦丁推下车。

"你要干什么？"

"你就别问了，美差！管保有吃有喝，还能挣钱。"

"我可值不了什么钱！"

坦丁轻蔑地说："这点我还看不出来？都不值刚才的油钱。"

原来，餐厅里正在拍电视剧。

导演让坦丁客串一个向政府官员行贿的商人，只有一句台词：对对对，刘局长，你说得真是太对了！特好客串一个和女配角勾勾搭搭的色狼，没台词，但需要对女配角动手动脚。

坦丁占不着便宜难受，非要跟特好换个角色，"马导，他长期寡居，不太适合这个角色。"

特好不换，"鳏夫才能演出如狼似虎的劲儿来呢！"

马导也不同意换，他认为特好没长出商人的样儿来。这句话让特好耿耿于怀。商人什么样儿？难道自己没有财旺之相？

马导向特好补充道："你嘴边的两个大泡长得太好了，来个特写，保证出彩。"

女配角有点岁数了（按娱乐工业的标准衡量），至少三十出头。坦丁跟她认识，两人还拥抱了一秒钟。

"特好，这是著名演员柳芭，近年拍的几部戏都特有影响，即将大腕了。"

女配角大咧咧地笑了。

"这位是著名编剧和作家特好，他的电视剧是我们台最大的一笔投资，准备上央视。你们马上要相好了，握个手吧！"坦丁强行把两人的手扯到一起。

人生真是逐渐从俗的过程。八十年代中期，特好还在明州师大读书时，就认识了在杂志社当编辑的坦丁，那时的坦丁愤世嫉俗，激扬文字，谁都不尿。物极必反，现在的坦丁人变得随和了，逮谁捧谁，有时在特好看来简直到了"行骗"的地步。不过，遭到吹捧的时候，他心里还是很舒适的。

开拍。

一对男女（特好和女配角）在吃饭。两盘菜冒着热气。

马导："嫖客，你别光忙活吃，手脚动弹动弹！"

半天，特好才意识到自己就是"嫖客"，但一见到镜头，手脚就不会动弹了。女配角看来有些经验，她主动给特好夹了一口菜，特好借势摸摸她的手。他感到浑身僵硬。

导演哭笑不得地说："那是嫖客吗？那是工兵在排除炸弹！"他亲自给特好演示了一遍。

女配角还算漂亮。她染了一头金发。身上滴着雨露的玫瑰花。横陈在淡蓝色泡沫之上的玉腿。还有……特好尽量往淫秽上想。

特好好不容易把手脚使唤到位了，可面目可憎，好像急于结束一次心脏绞痛。经调教后，他努力培养表情，可能是太逼真了，女配角一触到他的眼睛，"扑哧"就笑场了，其中最饱满的一颗口水射到他的脸上。

经过七次 NG，两人总算找到了老校友的感觉，导演没发话"开始"就忙活上了，把周围人都逗笑了，劝特好先按捺一下。坦丁先上场。由于还在镜头里，特好还得继续动手动脚。

出于习惯性动作，坦丁摩挲几下头发。

停。

马导喊："老蔡，你脑袋上一根毛没有老摸索啥啊？重来！"

坦丁虽然在影视圈鬼混十多年串过若干场戏，可比特好强不了多少，一句台词的戏足足拍了六次。

临分手时，坦丁问特好："明白我为什么拉你来串戏了吧？"

特好笑着说："想告诉我干什么都不容易，是这意思吧？"

十三

特好终于拿到了剧本大纲的全额稿费，看到柜员机显示屏上的七个数字（包括小数点后两位），心中充满内疚，好像这些钱是前妻的抚恤金。他感到窝囊。合同上分明写着，剧本大纲通过后三天内，稿费必须到账，电视台硬是无赖地拖了一个多月，若不编出个生活潦倒妻子患尿毒症的谎话，恐怕现在还拿不到稿费。作家的尊严简直一钱不值。剧本写完之后，还编个什么惊天大谎索要稿费呢？靠，不能再惯着他们，那就上法院！反正他绝不会再把自己贬得一派穷酸。

气愤归气愤，不管怎么说，钱到了腰包里，特好的心情还是晴朗许多，写作速度也比以前大大加快。坦丁虽然也不时地对剧本挑三拣四，但特好已经找到了应对他的有效办法。坦丁诗人出身，最看重的就是语言，他尤其喜欢莎士比亚和王尔德等人华丽的戏剧台词。老黄看歌词看惯了，更追求台词的朗朗上口。特好还发现，坦丁老黄们的意见你要是照单全收也没好，有些话是他们为显示内行而信马由缰说的，说完以后他们自己记不记得只能由苍天作证了。所以，特好基本上不做伤筋动骨的改造了，着重给台词美容，结构修改则小打小闹。一白遮百丑。看剧本跟看女人没太大分别。

当然，坦丁的眼光还是一如既往地雪亮，如果某集仅做了台词上的修改，他就会骂特好：靠，光洗脸不洗屁股就叫搞个人卫生了？

剧本写到后几集时，特好脸皮的厚度和柔韧度都逐渐加强。坦丁骂，他也骂："靠，脸蛋是给观众看的，屁股是给评论家看的。越招评论家骂的戏越火。"

这天，坦丁叫特好来电视台一趟，说有要事相商。一路上，特好就在想这"要事"究竟能是个什么事，准备换编剧？增加一个编剧？电视剧拍不了了？

特好下了公车，准备过马路。

"情人，大情人！"一个女人在后边喊。

特好回头想见识一下谁这么脸大。那个女人满嘴情人相好地冲到他跟前。好眼熟。

"老相好，不认识了？我是柳芭。"

特好认出来，是被自己"性骚扰"过的女配角。

两人热情握手。边走边说。

"您在电视台当编剧？"

"不是，是给电视台写个本子。坦丁让我过来的。"

"我也是去电视台办事。听坦丁老师说您写的书特别好，都叫什么名，我去书店买。"

特好告诉了书名，然后又谦虚地说："如果时间非常富裕又不爱打麻将就看看，当消遣了。"

柳芭急切地纠正："哪里啊，我一定抽时间拜读，学习学习。我还不知道怎么称呼你呢！"

"我笔名是特好。"

"是什么？"

"特好。特好就是我的笔名。"

"这笔名真是绝了，特别好啊！找人算过吗？"

"没有，就自己起的。我要是有你这么好听的名字就不用笔名了。"

"柳芭也是艺名。我原名土，掉渣！"

"我们同病相怜。"

越说越贴近，两人在人行天桥上互留电话号码。特好突然闪出一个念头，如果她就是住在楼上的那朵小玫瑰该多有戏剧性啊！他想问她住什么地方，又怕她误以为自己居心不良，就没敢问。

柳芭显得很兴奋，看见一条正在嬉戏的小狗，她亲热地抱起小狗吻了吻，好半天不愿放下。特好像宠爱妻子的丈夫站在一旁微笑地看着，放纵她发作的母性。

到电视台大门口时，两人简直有点难舍难分了，相约电话联系。

十四

坦丁把特好带到台长办公室。老黄也在。

特好心里"咔嗒"一下。不是杯酒释兵权吧？

那台长以前和特好见过面。握过手之后，那台关切地问："你爱人现在怎么样？"

特好愣了一下，猛然记起自己还有一个"患尿毒症的妻子"，他装着感激的样子回答："还好。谢谢啊。"

"如果治疗费数额十分巨大，用不用我们电视台派记者进行跟踪报道，向社会呼吁啊？你别不好意思提。"

"不用不用，"特好冷汗下来了，"如果有需要，我再来麻烦您。"

老黄不知怎么回事，插嘴问出了什么事。

坦丁满脸同情地说："唉，特好家里有点事。那台，时间也挺紧的，你跟特好说说吧？"

特好恨不得把他砸出个尿毒症来。

那台把身体往前倾了倾，"特好，我听小蔡说剧本已经完成大半了，这是不小的成就啊！咱们这个戏，从市委市政府到宣传部文联作协都非常关注，甚至已经列入明年市文化建设的一个重点。但是呢……"那台点着一支烟抽了一口，特好的心被呛得透不过气来。"但是呢……"那台找烟灰缸，坦丁给递了过去。"政府拨款是有限的，我们还要拉一些民间资本进来。"

天啊，不是让我去拉投资吧？特好心想。

"峰城去过吧？"那台问特好。

"去过两次。"

"哦，那应该了解不少。那儿的景色相当不错。可不可以把一部分戏改到峰城去啊？"

特好下意识地去看坦丁，虽然知道看了也没用。坦丁把眼睛早移到了别处。

"是这样，峰城那边一个企业家有意投资我们这部戏，但也希望我们能在戏中宣传一下他的家乡。那是个挺大的企业啊，生产出口家居产品，听说明年股票就能上市。特好，你放心，这个修改的时间我们会给你让出来！顺延。还可以去峰城体验几天，叫当地的史志专家给你讲讲故事，找些灵感。怎么样？"

晚上，特好的心情特别不好。他又翻出合同看了一遍，只见上面明晃晃写着：甲方有义务根据乙方的要求对剧本进行修改……不知又要有多少字打水漂。那些曾给予他巨大安慰的字，现在一看到就恶心，头晕，分不清它们的美丑。都说写两三个剧本就可以让人成为富翁，可照这样写下去，即使成为富翁，也是病蔫蔫的富翁，那还不如做个健健康康的乞丐。

给坦丁打了无数个电话都没接，现在轮到他躲特好了。在电视台的时候，特好跟老那还没谈完，坦丁就先告退了，大概是怕被特好的苦水吐一身吧。

有电话。是个女人。"喂，请问特好老师在吗？"

"我就是。您是哪位？"

"是你的老情人，嘻嘻！柳芭！"

"哎，你好你好，你好柳芭！"特好显得分外惊喜，他发现自己絮絮叨叨的问候中，有种居高临下的快感。柳芭一定有求于他。

"没事，我随便打个电话。打扰你写作了吧？"

听筒里的背景音乐是舒伯特的《小夜曲》，钢琴独奏。

特好笑着说："没有，正闲极难忍呢！"

"我从电视台一回来，就买你的书去了，但我家旁边的书店没有，看来你的书好火啊，都脱销了，唉，只好哪天去图书中心买喽。"

"别，我的书不值得浪费你宝贵的时间。"

"你越劝我还非得看不可了。"

"可惜我手里也没书了，要不给你寄一本。"

"我自己买显得心多诚啊！得给我报销车费！"

"你买书那天的车费和饭费我全报销，一定要打的士啊，公车的我可不给报！"

他们的对白突飞猛进到打情骂俏阶段。

"我非坐公车。"

"不行。"

"偏坐！"

"听点话好不好？"

"不好。"

背景音乐换成了《秋日私语》。

一条玉腿横在特好眼前。

"那请你把这个怜香惜玉的机会让给我吧，我去挤公车买一本送你。"

"嘻嘻……"

《海边的阿狄丽亚》。错了个音符。

"谁在弹钢琴？"

"我呗！"

"我还以为是理查德·克莱德曼呢。"

"失望了？"

"是太荣幸了！太美妙了！"特好在说后一个感叹句时，尽量将烟熏火燎的嗓子调出点磁性来。

一双玉手。他摸过的。当时人多，来不及细细品味。想不起来有没有戴戒指。话筒埋在她丝丝润滑的秀发里，睡衣是V字领的，脖子像玉……玉兔……玉某某……玉观音……特好的脑袋里一穷二白，除了"玉"之外，几乎没有别的形容词。

"你就是会说话，我怎么会有克莱德曼弹得好。我才到钢琴六级。"

"所以说，你比他强多了，听说他弹的那些曲子难度仅是钢琴四级。最重要的，我不是克莱德曼的拥趸，但肯定是女性崇拜者。"

"哎哟，嘻嘻……"

接下来，他们用合计不超过四十字的篇幅对自己做了简介，竟有大半是对称的。都有教育工作经历，同进了影视圈，爱好艺术，一个孤男一个寡女，年龄相当，男才女貌，活泼与沉稳。

不知不觉，两人聊了一个多小时。放下电话好久，特好都无法自拔。女人分好多种用途，比如有的只适合做朋友，有的只适合上床。像柳芭这种扑面而来的女人，勾到手应该不会太费劲。特好算着柳芭的命：肤浅、热情、有亲和力，心比天高心机却离地面不远，擅于把握机遇但不太会把握分寸和方法，给男人做朋友的概率小做情人的概率高，而且还不是铁妞，偶尔填个空的那种。

想想，如果把刚才的对白当成某电视剧的台词，那是多么做作多么肉麻啊，可又是多么感性多么放松啊。电视剧要的就应该是这种感觉，浅显而家常，让人用胃就能看明白，只要灯光、音乐以及演员的脸蛋到位，即使蠢话听起来也深情款款。

峰城的事怎么办？

几乎在和坦丁开口讲话的同时，特好便毫不费力地决定要继续把剧本写下去。

"你好像给我打了一火车电话？又怎么了？"坦丁显得十分不耐烦。

特好有些不好意思。他跟坦丁虽然能称得上朋友，但更主要的是工作上的关系。谁当上司都不会喜欢牢骚满腹的下属。自己的发泄要适可而止。

特好用轻松的语气说："没怎么，又好了。当时老那叫我改本子，心里挺烦的，现在突然好了，想通了，让改就改吧。"

"谁给你灌了一脑袋醍醐？"

是自己，还是柳芭？

"晚饭吃的糨糊。"

"想通就对了，加个峰城有什么难的，不是没脱离地球吗？把骆夫人或白喜春的家乡搞到峰城！实在不行就再抻出个人物。活人有让尿憋死的，编剧有让情节憋死的吗？"

"你说得可真轻松，再抻出个人物来，结构不动？线索不动？我现在才知道，编剧就是个小力巴，让人吆五喝六的。"特好的气又压抑不住了。

"你这觉悟还是没提高上来。谁一生下来就当爷？都得从当孙子开始，一点一点熬成爷儿！别急，只要写上两三个叫座的电视剧，你也可以一言九鼎的。"

十五

坦丁说这几天就要和老那去趟峰城，希望特好也跟着去，多了解一些当地的风土人情。

峰城离明州大约三百公里，是个地级市，除了两个清代留下的老城门（即那台长所说的"古建筑群"）以外，其他的跟中国同等级别城市毫无二致，灰蒙蒙的天空，乱糟糟的市场，高分贝的街道，火柴盒式的楼房……特好以前去过峰城，没留下什么印象（也没必要有什么印象）。他能爽快地答应坦丁去峰城，小部分为了剧本，大部分为了柳芭。他想带柳芭一起去。

特好和柳芭有了第一次通话后，又几度在深夜煲电话粥，平均通话时间在一个半小时以上。黑夜，魔力下凡，感觉及理智统统浸在一种酸性物质里，坚硬的变得柔软，清晰的变得暧昧。特好总结，在深夜煲电话粥的异性通常离发生桃色事件的床只剩半步了。他甚至为柳芭将在《故园风雨》里要扮演何种角色而开始操心了。

"总有一天，我会为你量身定做写一部戏。"特好用坚定的语气对柳芭说，眼前却闪过一串靓丽女子的形象。

"别让我等得太老了！"柳芭撒娇地说。

为了让柳芭了解自己的成就，特好把几篇小说代表作和剧本的前三集发给她看。

这天，坦丁打电话告诉特好明天早晨去峰城。

"把你对这部电视剧的想法整理一下，明天还有个导演也去，咱们一起跟王总谈。好好准备，别让你谈的时候，你三言五语就没词了。"

"放心吧。哎，对了，这个戏的演员还没找吧？"

"男演员还是女演员？"

"女演员。"

"怎么，你有合适人选？"坦丁警惕地问。

"噢，随便问问。"

"你就别闪烁其词了，直说吧！我心中已有答案了，说吧，看我猜得对不对？"

"你是仙儿！掐算出答案了吧？"

"肯定是这几天，跟某个女的上过床。"

"没上过床，都是通过现代化的电信手段意淫。"

"你这是写作吃老本，床上搞新潮啊！把柳芭给意淫了，对吧？"

这家伙果然敏感。

"想不到仙儿也有失误的时候？"特好不想轻易给他成就感。

"靠，就是柳芭！"

他为什么这么肯定？

"靠，你他妈真成仙了？"特好认输。他想既然要带柳芭去峰城，索性就爽快承认，男人泡女人不用遮遮掩掩。再说，作为单身男女，他们有光明正大的权力。

"你把戏里的哪个人物许给她了？"特好仿佛看见坦丁在眨巴眼睛。

"没经过你同意，我哪有权力先许愿啊！骆夫人怎么样？"

"骆夫人那是女二号！柳芭她演过什么戏啊？"坦丁好像突然不认识柳

芭了。

"你不是说她演的好几出戏都反响很好，将来肯定成大腕么？"

"我还跟人说你能得诺贝尔文学奖呢！"坦丁耍赖。

特好有点被涮的感觉。

坦丁接着说："你现在要全身心地投在剧本上，别净扯闲蛋。"

特好听出坦丁似乎不喜欢柳芭，便转了话题："明天坐火车去？"

"开车去。"

"你的车？"

"不是，开台里的大吉普。"

"哪个导演？你们台里的？"

"不是，北京来的，也算是中国第五代导演。罗森，就是导演《云香》的，跟张艺谋陈凯歌都是一拨的。"

特好对打着"派"啊、"代"啊旗号的艺术家不太感冒，自己要是有能耐何苦挥着别人的大旗招摇呢。罗森、《云香》他都没听说过，强忍着才没问出口，"做人要厚道"，他想起一句用原汁原味四川方言说的电影台词。特好没敢向坦丁提带柳芭去峰城的事，不提至少还有一晚上可以考虑究竟带不带她去。电视台的大吉普可以坐七个人。

"罗森要当咱这个戏的导演啊？"

"老那准备定他，但最后要看双方的档期。"

放下电话，编剧特好变成了侦探特好，他剥茧抽丝，脑海里堆满了问号。

为什么坦丁一下子就猜到是柳芭？这直觉是从哪来的？坦丁跟柳芭上过床吗？尽管他是个"气管炎"，可作为电视剧部的主任，他肯定跟过不少妻子以外的漂亮女人上床。柳芭跟坦丁应该很熟，串戏那天，他们还拥抱来着。现在为什么又反感她了？"柳芭她演过什么戏啊"，坦丁这样问是因为嫉妒还是因为未能抢先卖个人情？……

特好简直弄不懂自己了。他明白无误是不爱柳芭的，可不爱为什么会冒这么多酸水呢？他觉得自己像一条为驱走闯进自己地盘的竞争者而大肆排放臭气的鬣狗。

柳芭不在家。手机关机。

多么不同寻常啊，大白天为什么要关机（也许正在拍戏或像自己一样丢了手机）？她在家却不接电话，正在……（她对另一个人说："别管它，是保险公司的业务员打来的。"）她家的电话有来电呼叫功能，也许她正跟人（坦丁？）通电话？

特好又打了一遍电话，响铃好长时间。无人接听。

十六

下午四点三十七分五十一秒时，特好和柳芭取得了联系。

听到她的声音，特好真有些悲喜交加，好似历经千辛万苦之后，终于在废墟中找到了一息尚存的亲人。柳芭说"手机没电了"的时候，嘴里还嚼着东西，说是薯片。

特好问她明天有没有事。柳芭说没事。特好问她去过峰城没有，柳芭说没去过。特好问她想不想去看一下。柳芭问那儿有什么好玩的。特好说有个古代建筑群保存得十分完好。柳芭问你要去那儿办事啊，特好说去采风。柳芭问明天一早就去啊，我还约了朋友明天去逛街的。

特好听出柳芭是想去的，约朋友逛街这不是拒绝的借口，而只是不想让对方进展太顺利，并稍给自己留个回旋余地。

"还去一个电影导演。"特好又抛出一个诱惑。他要等着柳芭明确表示去峰城后，再提坦丁也去，那时候她也没有现成的理由做拒绝的借口了。在理智上，特好多么怕自己爱上柳芭啊，即使她是个能为婚姻或爱情守住贞操的女人，可一旦跟她恋上，自己就免不了沦为这个业余女演员的御用文人。特好也清楚不应该带柳芭去峰城，先斩后奏坦丁肯定会不高兴，你知道俩人是什么关系？而自己也并未觉得此次桃色旅程会有多大乐趣。他的热情蹿踱里充满目的不明的阴谋，好像要哄骗她做污点证人，当庭跟坦丁对质，而自己搅起风波只为享受坐山观虎斗的刺激。

"谁啊？明州的？"柳芭挺感兴趣。

"不是，北京来的。所以我才特别想让你一起去呢！认识一下没坏处。"特好借机卖个好。

"你什么事都想着我，真是太好了。"听柳芭说得很由衷，特好觉得自己太恶心了。

"说心里话，更主要的是我想见到你。去吧！"

她又开始嚼薯片。他想着她用手拈薯片的动作，手是翘成兰花指（兰花指让男人给糟蹋了，女人翘还是别有味道）。

　　"去吧，坦丁明天也去。"特好说完感到心脏绷紧了，从这心速看，他还是怕她不去的。

　　"你跟他说我要去了吗？"

　　"说——说了。"特好撒了个谎。

　　"那就去吧！"

　　见她突然变得爽快，特好又生出疑心，她去是为了他还是为了坦丁，还是为了导演？

　　放下电话，他心里检讨自己，真是流氓逻辑，你不爱人家，却还要求人家死心塌地爱你！即使柳芭冲着导演或坦丁而来，也是情有可原，女演员的青春拖不起，抓住根藤就往上攀是正常的，你愿意给她当藤就承担着，不愿意就躲开。

　　柳芭的这种心态，特好也有，好在他控制得比较适度。进到艺术圈里的人，想保持平常心几乎不可能，都或轻或重地患有"社会焦虑"症，生怕错漏一步便步步跟不上，没新过却已经旧了。

　　特好迷迷糊糊要睡的时候突然想起一件事，他打开电脑，进入雅虎搜索。输入"特好"。总共有一万八千五百多词条，囊括网上带"特好"字样的全部信息，有关作家特好的词条只占一小部分。特好没数过。输入"罗森"。总共有三百七十四条：北京电影学院七八级美工系，曾获得XX国（人均GDP不好意思提的第三世界小国，国土面积比明州大不了多少。穷乡僻壤！）电影节导演大奖，金鸡奖（美工）提名……

　　光标不停地变成一只小"手"，指指点点。

　　关掉电脑，室内一片黑暗。楼上响起"哗哗"的水声。柳芭的脸浮在水面上。身上有种特别的感觉。特好这才发现自己原来一丝没挂。

　　早上，特好打了个车接柳芭一起去电视台。

　　柳芭一只脚踏进车门，惴惴不安地问："我去好吗？"

　　"那有什么不好的！"

　　上了车，柳芭问："你说我要去，坦丁没说什么吧？"

　　"没说什么。没事！"特好更像是在为自己打气。

他们没再说什么。两人觉察出这段沉默里弥漫的后悔情绪。

到了电视台，坦丁还没到办公室，特好说去找找，实际上他要给坦丁打个电话。

坦丁一听特好把柳芭带来了，马上变得不耐烦起来，"你事前也不问一声？这车也坐不下啊！"

"你们的大吉普不是可以坐七个人吗？"

"行行行行，再说吧，我们马上到，你到门口来吧！"

特好走到柳芭跟前时，尽管极力掩饰忐忑不安的心情，但她还是有些直觉。

"我还是不去了吧？"她观察他的表情。

是真不想去，还是看出了他的为难。柳芭的善解人意让特好心中涌起一股怜爱，脑海里竟闪现出她在马路上叫他"情人"时大大咧咧的样子，以往所有对她不公正的猜测和看法全部烟消云散。如果一会坦丁不让柳芭上车（他不至于那么牲吧？），他也不会去峰城了。该为红颜一怒时不怒，那还叫男人？

坦丁的车来了。老黄和一对男女从车上下来。一看男人的样子特好肯定他就是和"中国第五代导演"们睡上下铺的兄弟罗森，他的脑袋从前面能看到的部分全秃着，从后面能看到的部分全长着头发，长发，梳成一缕比韭菜还细的马尾。他的胡子远比头发茂盛得多，是气势汹汹的虬髯。如果把脑袋倒个个放，人会显得更英俊一点。那个女的不是罗森的老婆就是女朋友，人干儿似的，她的手更适合叫成"爪"。特好恨不得马上抓住柳芭的手。那才叫女人的手。

柳芭落后他足有两米远，期期艾艾的，不愿往前走。

老黄朝特好点了下头便转进大吉普。罗森和特好握过手后就带着女朋友坐到了后座上。

坦丁瞅了柳芭一眼为难地说，"可能坐不下。要是坐后排的话，罗导他们太挤了，三个小时车程呢……"还是不想让柳芭上的意思。

车是两排座，前排的边座已经拆了，只能坐两个人。

柳芭站在两米开外的地方冲坦丁笑笑，"我不去，来台里办点事。再见！"她没瞅特好便转身走了。

"哎，怎么坐不下呢？"特好冲柳芭喊，又忙着朝车里看了一眼，慌忙之中，只看到了罗森女友搭在前排椅背上的爪儿。

柳芭没回头。

特好不知自己是如何上的车，为什么上来了，等他发现自己在车上时，车已经开出十几米了。他觉得自己的行为简直就叫背信弃义。他现在应该是抱着柳芭安慰她才对呀。

罗森已经开腔了，又是可恨的京腔京韵。拉大旗做虎皮的家伙，瞧他搞的女人就知道其审美档次几何！特好把头扭向车窗一声不吭，他不是谁的下属，该给别人脸色看的时候也无需憋在肉里，顶多不编这个剧罢了。坦丁跟他开了句玩笑，他只哼了一声，脸还是冲着窗外。他记恨坦丁，明明三人的座位，怎么坐三个人就挤了？至于为一个不入流的导演紧张到这种程度吗？

窗外掠过无数棵柳树。柳芭的"柳"。自己怎么就抛下她上车了呢？一个随意的行为，往往暴露潜意识里埋伏的奴性和自私。

罗森热烈地谈起费里尼，无所不知的样子，好像曾给费里尼打过下手。靠，无非就是卖弄点《我是说谎者》里的玩意嘛！费里尼的自传《我是说谎者》特好看过，但内容他已经忘了。即使记得，他也绝不插嘴，一路上，他就一直在睡觉，假寐。似乎要用沉默来惩罚轻视柳芭的那几个人，也包括自己。

十七

到峰城已经下午一点多钟了。明州的一行人直接被请进了酒店吃午餐。

荣鑫集团总裁王总也就是四十出头，大概由于军人家庭出身，坐如钟站如松，一看就知道是个非常理性的人。向王总介绍特好时，坦丁不吝溢美之词，但眼睛连瞟都没瞟特好，显然生气了。这会儿特好也觉得自己把事情搞过分了，和坦丁认识十几年了，他对自己也算有知遇之恩。跟柳芭才认识几天？仅限于打情骂俏阶段，为了她而得罪朋友不值，有重色轻友之嫌。特好硬着头皮轮番敬酒，他最不擅长这个，但没办法，谁让刚才坦丁给台阶他没下，现在只好自己搭台阶往下爬了。敬罗森时竟也用了"久仰大名相见恨晚"的字样。

罗森说："我看过你的小说，有个短篇《一夜》写得非常迷人，画面感也好，挺适合拍成电影。"

《一夜》是特好的得意之作，他一直坚定地说这是一篇好东西，但编辑们似乎有不同看法，所以，《一夜》在各大刊之间流浪了两年后，最终在一个只发行三四千份的市级文学月刊上发表了。特好想不到罗森还能看那样的刊物，感觉立马从"话不投机"飞跃到"高山流水"。

罗森接着说，"后来我开始关注你的作品，《彼岸的风暴》也不错，有福克纳的味道。但你有一篇发在《XX》上的小说我认为一般，不是着眼于人物的命运，但只注重故事，缺乏思想的光照，浮浅了点，写得像老油条。我说得太直了吧？"

"不不，我还不至于那么脆弱，我需要直截了当的批评，而且，你给我更多的是鼓舞。"特好真心地说。

相见恨晚，这回是"实词"相见恨晚。特好戏谑地想，"恨晚"的意思就是恨昨天晚上那个偷偷摸摸的"小手"、那个赤裸裸坐在电脑前的汉子，如果有 DV 把当时的情景拍下来，那会是让他羞愧一辈子的卑猥场面。

特好郑重地举起酒杯，"不瞒你说，在此以前，我只听自己说过《一夜》写得不错。我原以为导演制片人们只看选刊或大刊呢，没想到还能看《XXXX》……"

"只要能抓到手，大刊小刊我都看，我更愿意关注刚冒出头的青年作家的作品。我这人从来不奉承谁，但想对你说一句，你只要用心走下去，一定能红起来。"罗森突然放低声音，"不过，别滥用你的才气。"

特好将一杯白酒干了下去。脸烧了起来。特好知道，那不是从胃里辐射出来的酒的灼热，而是感激和羞愧，用内功打自己的耳光。这几天，作家特好的心理变化太富有戏剧性了，如果写进小说里，特好想，这个人物或许可以作为社会学家的研究对象呢。

下午，明州一行人先去了荣鑫集团属下的一个企业。坦丁拿着数码相机照了一些劳动场面，老黄也像个孩子似的睁着好奇的眼睛问东问西。特好开始还不明白老黄和坦丁对企业所表现出的热情与勤奋，后来听罗森一说才知道，他俩此次来是有任务的，要合作给王总写厂歌，一个作词一个作曲。

从工厂出来车子就直奔峰城宾馆，王总让大家先进房休息，然后吃晚餐。

特好想用这段空闲时间跟坦丁谈谈，虽然是个不大的疙瘩，但不解开也难受。他往坦丁房间打电话，无人接，发了信息也没回复。直到吃晚餐时才见到坦丁，一问，说在老黄的房间商量厂歌的事。

特好十分欣赏王总。他话不多，敬酒也很轻松随意，不像有些人一到酒桌上就飙酒，非要灌醉几个不可。包房里的卡拉OK音响不好，声音刺耳，但老黄仍痴心不改地霸着麦克风。吃完饭，王总提议去歌厅，除老黄外，其他几个人显然都不想去听老黄的独唱音乐会，罗森直截了当地说只想睡觉，特好不好那么直接，婉转地说就在这儿唱吧。餐厅就在峰城宾馆对面，随时可以开溜。

回到宾馆，特好敲开坦丁的房门。

"好点了吗？"特好坐到大床上问。

"我挺好的！什么时候不好了？"

"得了，别装了，哥，我错了还不行吗？"特好拍拍大床，"一个人睡这么大个床有点空吧？"

"那怎么办？我又没有填空的，"坦丁给特好倒了杯水，"你这鸟人啊真不知好歹……说实话，跟柳芭到没到行为艺术的境界？"

"嘿嘿，只是暧昧。"

暧昧这个词发明得好，可狭义可广义，包罗万象。

"你俩暧昧我管不着，但你要带她来峰城也不跟我提前打个招呼？再说我跟罗导王总他们怎么介绍她？说这是跟我们编剧有暧昧关系的女士？"

"我一想反正你们的大吉普装得下。"

"你想能装下就能装得下？"

"其实后排是可以坐三个人的嘛！唉，咱俩就别再饿饿这事了！"特好求饶道。

"你他妈根本就不知道里边怎么回事！你没看老黄什么反应？"

"柳芭——跟——老黄有一腿？"

"我可没那么说，你自己琢磨吧！"

是啊，老黄今天的确挺酸性的。

"我还以为他是因为我唱'小肥羊'生气的呢。"

刚才唱卡拉OK时候，老黄唱《小白杨》，特好用另一个麦克风即兴跟着唱了几句改版的歌词：一盘啊小肥羊炖在火锅里，肉质鲜嫩美味清香……当时把大家都逗乐了。本来是为活跃气氛，没想到老黄突然板起脸来大声质问："你身为作家怎么能这样对待别人的艺术成果？"把特好弄得非常尴尬，但他没往别处想，只觉得老黄作为作曲家和卡拉OK演唱家对音乐有偏执的爱护也属正常。

"唱小肥羊之前他对你的态度好啊？"

特好回忆起来，在整个车程中，老黄是另一个一句话没说的人，也一直在睡觉。

"他俩现在还……"

"现在没有，以前。"

"那我给你打电话说柳芭也来，你怎么不讲一声呢？"

"靠，你打电话的时候，老黄在我车上坐着呢，我怎么跟你说？"坦丁的声音大了起来，"什么时候你变成了比林黛玉还酸性的小男人了？瞧你上车以后那份德性，好像我看人下菜碟似的，让罗森老婆上了没让你老婆上！特好，你这么大人了，现在该干什么心里一点没数？"

十八

第二天上午是参观峰城的"古代建筑群"和仿古明清一条街。特好对克隆的古建筑不感兴趣，尤其老城门楼两边新接出来的仿古城墙简直令人不能忍受，就像一个百岁寿星口里簇簇新的假牙，不是美，是黑色幽默。可特好又不得不假装谦虚地拿出一个小本子记导游的介绍，如果王总投资《故园风雨》的话，那免不了要有一些以此为背景的情节。

罗森指着路灯问仿古一条街的导游："这灯是明朝的还是清朝的？"

导游用职业化的语调告诉他："噢，先生，不知您有没有发现，这路灯是欧式风格的，所以说，我们这条街是中西合璧的。这也是峰城仿古一条街比其他地方的仿古街道更有创造性的地方。"

特好、坦丁还有罗森的女朋友全偷偷笑了。

罗森郑重其事地总结道："这项工程是富有创造性的中西合璧式的大垃圾！"

峰城的两个老城门楼可是实打实的古建筑，虽然现在属于省级重点保护建筑，但肉眼就能看出保护得不好，墙体损坏严重。和周围的新高楼相比，老城门楼已辉煌不在，可风骨犹存，旧得体面。

大家跟随导游进到里面。

"各位请看，"导游指着内墙上用凿子歪歪扭扭刻出的"中国共产党万岁"几个字说，"抗日战争时，峰城的游击队员在这里曾和日军有过激战，游击队员们坚持了三天三夜，最后弹尽粮绝……他们在墙上刻下了这几大字……"

导游是个可爱的女孩子，二十一二岁的样子。

"这是游击队员刻的？谁说的？"特好问。

导游肯定道："是的，这几个字保存几十年了。"

特好笑着说，"我再连问你三遍，这几个字到底是抗日战争时期留下的，还是解放后拍电影留下的？"

女孩子毫不犹豫地说："肯定是烈士刻上去的，峰城年纪大点的人都知道（幸好她没说地球人都知道），导游书上也有记载的。"

特好说："那你得跟你们领导说说，这几个字出大丑了！"

坦丁也急忙说："对啊，我也才觉出不对来，应该是繁体字啊。简体字是一九五六年才有的吧？七个字里至少有五个可疑。"

"意境深远啊，游击队员们在和日寇搏击的同时还想着为新中国的文字改革提供蓝本。"罗森嘎嘎大笑。

导游脸红红地躲到旁边，有点不知所措。

坦丁对笑着的几个人说，"你们别大惊小怪的，假冒伪劣在中国还叫什么稀奇的事么？看吓着人家孩子！"

特好就势收起小本子。坦丁一把从他兜里把小本子抢了出来，快速翻了一下。特好心虚，不敢看他。本子上总共只有九个字：峰城老城门，挂大白菜。

坦丁把本子掷给特好，"又一假冒伪劣产品。装模作样一上午整出一堆大白菜！"

连特好自己都弄不清楚为什么写了一句"挂大白菜"。

罗森的女朋友回车上休息了，特好终于找到和他单独交谈的机会。

"不知这次我们能不能合作？"

"以后应该会有吧。"

"是档期有冲突？"特好感到非常遗憾，他现在已经喜欢上了罗森。

"跟档期没关系。坦率地说，我没相中剧本。"

"哦？"特好极力掩饰窘态，显出积极倾听建议的样子，"我特别想听听你的看法，能不能给我指出一些具体问题？"

"谈不出什么具体问题，就是写得不好。"他直接往地面看了看，大概是怕特好晕倒了。

特好也知道剧本写得不好，但这话听别人说出来还是心里不好受。他自嘲地说："我以前在批改学生作文时，经常会有你这种感受，有些作文既找不出病句也找不出错别字，但就是觉得糟烂。"

"其实主要责任不在你。写剧本最难的地方就是发号施令的人太多，这个说一样那个说一样，谁都比编剧权力大。写剧本要说难也不难，有套路，编剧必须跟角色较住劲。"罗森安慰特好。

晚宴搞得很隆重，王总邀请了峰城市的一些官员，其中包括主管文化的副市长、宣传部长、旅游局长等。用完餐，大家直接到峰城宾馆的会议厅开小型座谈会。

王总致开场白："客套话在酒桌上已经说了，我们就直接进入正题吧。明州是我的故乡，我在那儿生活了三十年。峰城是我的第二故乡，所以呢，我早想为明州为峰城做一点文化上的事，但一直没结果。这是两个了不起的地方，文化如果挖掘的话是非常深的，并不像外人想的那么简单。后来你们那台长跟我谈了这部戏，我读了原著也看了剧本大纲，剧情很吸引人，但毕竟这部戏的背景是明州，我也有偏心，希望投资能关照到峰城的文化发展。在这方面，我想听听明州各位艺术家的看法。畅所欲言啊！"

老黄坦丁的发言积极热烈，共同强调了"峰城是个了不起的地方，文化如果挖掘的话非常深，绝不像以前想象的那么简单。"坦丁还列举了某名不见经传的小山沟因一部电视剧的成功而成为旅游热点的事例，证明文化是促进经济发展的巨大推动力。

峰城市的领导也发了言，旅游局长提到了电视剧《庐山恋》，希望《故园风雨》也能拍成明州和峰城的《庐山恋》。

罗森发言："把环境景观通过电视剧画面推向全国，从方方面面来讲都是好事。但电视剧不是直接带团来旅游，而是通过媒体对公众的一次传播。首先要把电视剧的故事做好，其中最关键的是编好剧本，把人跟景结合起来。景和观众之间的媒介是故事和人物，景和故事的关系是毛与皮的关系，皮之不存毛将焉附，所以说景拍得再美，而故事不好，观众也不会买账。"

大家把目光投向了唯一没发言的特好。

特好心想，看来千斤重担又得我一个人扛了。经历了几年自闭的自由职业者生活，在"官方"场合，他总是不太会讲话的，见人家都讲得这么好，心里着急，一急就难免口不择言把实话说了出来。开始，他还讲了几句"官话"，感谢这个感谢那个的，但说着说着就走板了，"……嗯，这个戏不是为峰城写的，要把明州和峰城两地的人文故事和自然风光天衣无缝地嫁接到一起，挺难的，也挺头痛。我一直在想应该是怎么样的，坦率地说到现在我心里还没数，嗯，虽然我已经来过好几次峰城了。一个地方因一个电视剧扬名几乎是无心插柳。我脑子里闪出一个念头，比如《茜茜公主》，剧情也不复杂，利用本身的自然因素，情节靠环境烘托出来的，很美。我刚讲的意思是，如果为了峰城而写峰城可能会局限，会写小气了。我也是第一次接触电视剧，对电视剧的技术不是很了解，这个，嗯，如何把大家的思想转化成感性的东西对我来说是件相当有难度的事。嗯，关键时间非常紧，我一直认为慢工出细活。嗯，我赞同刚才罗导说的，重要的是故事与景融合的问题，故事不好就达不到吸引观众的效果……"

十九

特好睡得迷迷糊糊的时候，坦丁来电话，叫他马上到他房里来一趟。

"我都睡了，明天不行吗？"

坦丁吼道："你现在就是死了，也得从棺材里给我爬起来！"不像是开玩笑。特好急忙从被窝里爬了出来。

坦丁的眼睛急速地眨巴着，像一只即将报废的灯泡要挣扎着恢复光明。

老黄一条腿在床上，一条腿在地上，认真地在剪指甲。他剪指甲的方法跟人不同，是一圈一圈循序渐进地剪，直到秃得不能再剪了。指甲屑溅到被子上和茶杯里，老黄跟没看见一样，继续赌气似的"啪啪"剪。人恨到一定份上会找一些有硬度的东西撒气。

看特好只知道吸烟，坦丁终于忍不住了："你还没明白我俩为啥把你整来？"

"哎，小郝，你这文化人怎么竟干没脑子的事啊？讲正经的讲不出，塌台的话一讲就是一大堆，我说的对不对？"老黄指向特好的小指尖突然冒出血来。

坦丁说："靠，你早就知道我们是到王总这儿来拉投资的，那台还硬把罗导给调来了，就是想给投资者树立信心，大胆投资。你瞧你刚才说的那些话，头几句还算人话，后几句就不屑人屎了！什么你从没搞过电视剧，对电视剧不了解，还有什么……"

"光写峰城太局限。"老黄补充道。

"对，为写峰城而写峰城太局限，小家子气！还有什么心里没数等等，等等！既然你心里没数还说什么不知道怎样把两个地方嫁接到一起这类的屁话干什么？你说你这一剧之本的顶梁柱说这话，谁他妈的还敢投资啊！你这不是自己给自己当掘墓人吗？"

"哎，小郝啊，你这个乌鸦嘴，哪壶不开提哪壶……怎么净干亲者痛仇者快的事情？"

其实，特好在一发完言就意识到自己犯的傻B错误，这会儿被两位兴师问罪，更觉得罪该万死，心里非常后悔。可他又不知该如何认错，总不能跪地求饶或负荆请罪吧。

"那已经说了，怎么办？"他笑着瞅老黄和坦丁。

老黄和坦丁又互相瞅了瞅，似乎没想到他会这么无赖。

"那我们还能怎么办啊？又不能对你用私刑。"坦丁苦笑着。

老黄说："说了就说了，不过，年轻人以后说话要用大脑过滤一下！"

谁都不想失去大将风度。三人都笑了。那是特好听过的最尴尬最乏味的笑声。

特好上火，一夜未睡，翻来覆去地检讨自己说过的那一大堆价值昂贵的废话，身为作家竟技穷到被逼出实话的地步。唉，傻了？疯了？越活越他妈的迂了？夜深人寂，特好听见火疖子在两边嘴角破土滋长的声音，他抓起枕边的滴眼液朝嘴唇上洒了几滴，舒爽很快变为刺痛。

好不容易熬到早晨，特好决定给王总打个电话解释解释，但一看时间才六点半。嘴角的火疖子长势生猛，总共三个，特好最讨厌自己这个毛病，有点心事想藏都藏不住，总是从嘴皮上露出破绽，显得特小家子气。离吃饭时间还早，他无所事事。一拉开窗帘，竟意外地看见王总正在楼下散步。特好兴奋地冲他挥挥手，还没等说什么，王总便示意要上来。

特好把王总让进屋来。

"王总起这么早？"

"习惯了，每天都是六点起床。你怎么起这么早？我听说作家都是晚上写作白天睡觉。"

"那是大作家的习惯。我是农耕型的，日出而作日落而息。"

两人抽起了烟，室内的气氛马上变得迷离又温暖。

"我上大学的时候也是文学青年，那时候非常想当作家，可我缺乏这方面的天分，当个爱好者还可以。"

"哪里，您是找到了比文学更有意思的事情做。"

王总谦虚地笑了。

"王总，我昨晚说的话不会让您产生误解吧？"

"误解？说得挺好啊，对我很有启发。"

不会启发他放弃投资吧？

"王总，其实，我是觉得，在商言商，任何投资都要讲回报，一部成功的电视剧必须有较高的观赏性，故事得好看，没这个基础，所谓的宣传也就成了空头支票。这也就是我反对为峰城而写峰城的原因。但是……"

"特好老师……"

"千万别叫我老师，叫特好就行，也算顺便夸我了。"特好幽了一默。

"好吧，特好，我明白你的意思。你就按照自己的计划写，怎么能把故事写得生动好看就怎么写，其他是次要的。当然双赢最好。"

特好没想到王总这么爽快，这个结果简单得出人意料。特好心情马上轻松了。

吃早餐时，老黄和坦丁对他的态度随和多了。王总连吃饭都是军人作风，三五分钟结束战斗，他让大家慢慢吃，自己先走了。

"这人一看就爽。"坦丁看着王总的背影说。

特好说："没点过人之处能有这么大造化？"

坦丁对特好说："刚才王总发话了，说让你放开写，只要艺术性观赏性强，写哪儿都无所谓。反正，你自己作主吧。"

特好要咧嘴送他个嘲笑，但嘴角撕裂般地疼。仨大泡长得可够冤！

罗森说："明摆着的事，凭王总的精明能真愿意白扔钱宣传家乡？昨天晚上也有在领导面前作秀请功的成分。"其他几个人也觉得他分析得有道理。

二十

电视剧总算全部写完了。坦丁说等集中一下大家的意见再改。

特好哀号道:"还改啊?我这虽然名义上叫初稿,但实际上被你折腾得改了无数次,叫三稿四稿都够资格了吧?大纲还改了六稿呢!求你别再改了,现在见到这些字我就恶心。"

"我见了这些字还呃逆呢!我说了算吗我?"

"你让我这么改那么改的时候怎么都是你说了算呢?"

"你这人干点事就牢骚满腹斤斤计较,哪个剧本不是改出来的?等你红遍祖国大地时就不觉得这些字恶心了!"

"可我的资源和精力是有限的,大纲出来的时候意见不是都汇总过了吗?我也参照了!可现在又有七手八脚跑出来指挥,我听谁的啊?"

"行,咱就不扯大家的意见了,只要老那拍板就算!"

特好知道坦丁又开空头支票,老那拍板之前还不是要征询各方的建议?

"导演什么时候介入?别老那让我改完了,导演又让我那样改。"

"这事我已经跟老那说了,他会尽快跟导演谈。"

"我看罗森就行,我们一定能沟通得很好。"

坦丁讥讽道:"靠,自从罗森夸了你小说几句以后,你这是二百七十度大转弯啊,整天罗森这么好那么好的!"

"要是连这点虚荣心都没有,我还叫俗人?那不是叫圣人了吗!圣人都去做诗人,没有当编剧的。"

诗人坦丁听出点味儿来,"我说,你这是骂我呢,还是捧我呢?"

终于从总共一百一十六天的剧本围困中解脱出来,特好要做的第一件事就是睡觉,电话线拔了,手机关机。

特好一觉醒来是深夜。他看看表,是两点,凌晨两点。他是中午十二点开始睡的,这一觉睡了十四个小时。极度饥饿。他打开冰箱,里面没有现成可吃的东西。是去楼下的二十四小时便利店买面包,还是自己做一碗面条,两种选择让特好犹豫了大约十分钟。

楼上没有水声?似乎已经好几天没有响起夜半水声了。

特好到小区对面的二十四小时便利店买了一个肠仔面包和四个茶叶蛋。

还没等进小区大门，面包就已经吃完了，没找到垃圾箱，他只好把包装纸捏在手里。四周无人。他先打开单元的大门，身体半边在门里半边在门外，用面包的包装纸裹住左手食指，使劲按向五〇一。轻轻合上大门，蹑手蹑脚上了楼。不知为什么，这一回格外刺激，比上几次心跳得都厉害。

楼上有拖鞋摩擦地面的声音！她改白天工作了？她会报警的，他想。公安人员做技术鉴定会发现按钮上的面包屑，再根据时间推断找到二十四小时便利店的老板，老板提供了一个半夜买肠仔面包和茶叶蛋男人的面目特征，恰巧住一楼的某邻居报料说夜里听见单元大门合上的声音（"虽然很轻，但我是个千里耳，"邻居得意地向公安人员夸耀），侦察目标缩小至单元内的数户人家。然后是真相大白。一个披着作家外衣的……一篇悬疑小说的料。

特好边吃茶叶蛋耳朵边留意着警车的动静。他明知道没死人没伤人，警方不会那么兴师动众的，但心中还是略略不安。他撕碎面包包装纸，冲进厕所。

自己在干什么？这不心理变态吗？好像哪个心理学家说过，每个人都多多少少有犯罪的欲望。虽然这不算犯罪，但至少是个可耻的秘密，记忆里的污点。

胃平静了。难得这么清醒的夜晚，特好试图看看书，以便自己能尽快把思维转回到小说上，可拿起书只看了两行就扔到了一边。他想跟柳芭聊天，这个念头一冒出来就收不回去了。自电视台门口一别后，他们没再联系过。特好从峰城回来后本想给她电话，做些解释，可当天没想好该说些什么，就决定推到第二天打电话，可第二天又没想好，而且也没心情，结果，一天推一天，索性就不联系了。好多友情都是因为懒得打一个电话而荒芜了。现在，特好发现柳芭是个不错的倾诉对象，她懂艺术，又不是文学圈里的，对他有点崇拜，还善解人意。可他又觉得不好意思打电话给她，疏远时间越长就有越多的空白无法解释。

特好眼睁睁看着晨光一点点地将黑暗稀释。

还没到七点，好友魏了啥打来电话，他习惯夜间写作，通常这个时间应该在昏睡状态。一定是有什么特殊的消息。

"我刚从北京回来。"魏了啥兴奋地说。

"有什么好消息？"

"我那个长篇《杀人见血不用刀》版权卖了，合同已经签完了。"

"太好了，恭喜恭喜。又狂捞一把？"特好婉转地打听价格。

"唉，我这算什么狂捞？影视版权总共才卖三十万！"

"哇噻，你好大的口气，三十万还不满足！"

"就算可以吧，跟那个XXX没法比，人家光电视版权就卖了五十万。我到北京，XX请我吃饭了，请了好几个人，有……"魏了啥点的人名都是文坛大腕，"搞文化的人真得去北京，见识真不一样！我正掂量着在北京买个房子。"

"行啊，卖了两个长篇版权，也挣出购房款了。"

魏了啥又兴致勃勃地讲了些文学圈内部消息，特好几乎就在应付着听，他一点聊天的心情也没有，终于他插上一句话，说要上厕所，才把电话撂下。

有句流毒甚广的名言：两个人分享一个快乐就变成两个快乐，两个人分担一个痛苦就只剩下一半痛苦。其实，快乐是没法分享的，除非这快乐的端由也福祉到自己。只有痛苦、恐惧、仇恨这类负面情感才会盲目地传染，成倍增长。魏了啥在生存都有困难的时期，特好曾竭尽所能地帮助他，可现在，他的快乐却无法感染他。

特好告诫自己要真心为朋友的成功快乐一下，但无论大脑如何发出指令，他都快乐不起来。他宁可忍受因心态丑陋而带来的自责。

这文学圈越来越看不懂了，虽然是朋友，但特好对魏了啥的小说始终看不上眼，像一个小怨妇捂着千疮百孔的心脏在病历本上写的，用魏了啥式的语言概括——漫长的矫情的被珠光宝气过分装饰的句子充满了对伤痛歇斯底里般的迷恋。特好当面就说魏了啥（当时叫魏君）的小说不是文学，为此两人还闹过红脸。可是现在人家的小说在顶尖的文学出版社出版，首印就是十五万册，而特好的三个长篇总印数只有两万六千册。搞文学多年，小说技巧不断提高，在圈子里也混个脸熟，可特好却找不到方向，越来越困惑了。他看见许多小说不如自己写得好（不光是自己的看法，某某也如是说）的作家红得发紫，连走狗屎运（写成狗屎也能招来赞扬），可自己的印堂却一直半灰半白地黯淡着。在文化圈里，实力相当的两个人，际遇却可能天壤之别。没有运气的关照，咫尺即是天涯。

有好几天的时间，特好陷入大面积的伤感状态，他觉得自己得了忧郁症。忧郁和忧郁症不一样，忧郁是有来由的，短暂的，可以冲散的。而忧郁症是无边无际周而复始又一浪高过一浪的，人陷进去就感到自己永远也走不出这个泥淖了。心落不到实处，又觉得放在哪个地方都不对。难道编剧也有后遗症？

二十一

那台长对特好的剧本不满意。

还是坦丁来的电话，他先声明只是在中间过个话，传达的是老那的意思而并非自己的意思。特好知道要完。

"……通过人物命运的起伏以及跟社会的碰撞展示历史画面，线索有点有线要织成网，人物不该顺着走，要逆着走，要有扣……最后主题要归到哪儿……定位……总之……"

特好除了听出老那对剧本不满之外什么也没听懂。虽然祖国的语言极其丰富，可气急败坏时，还是国骂最现成最解气。

"X他妈的，你们把我脑浆都榨干了，还想把人逼死啊？我不写了！再写下去，不是你杀了我就是我杀了你！X他妈的，我才三十多岁，还想好好活几年呢！去他妈了个X，要杀要剐爱咋咋地吧！就是不写了！妈了个X的！"特好怒吼道。

"你爱写不写，关我屁事，编剧满地都是！"坦丁把电话挂了。

特好又把电话打回去。"我还有话要问，稿费什么时候给？"

"看合同！"啪，挂了。

特好颤颤巍巍地翻出合同，其实不看他也知道"甲方必须无条件按照乙方（制片方）的要求对剧本进行修改"，否则乙方可以拒绝支付余下的稿酬或扣除百分之多少多少。

大便不妙，已经连续五天没动静了。特好发现自己病了，体温全天在摄氏三十七附近徘徊，心悸、气喘、四肢无力、小便发黄、闭上眼睛就做噩梦。他去医院做了全面检查，没发现异常。看中医说有虚火，给开了几盒中成药，特好没抓药，而是去超市买了两斤绿豆，准备自己煲绿豆汤降火。

几天后，坦丁来了电话。"今晚上一块吃顿饭吧！"

经过几天的冷却，特好的气也消了，再说也不能把账算在坦丁的头上。

他爽快地答应了。他也明白这顿饭之后，自己又得进入到那个暗无天日的状态中。人的忘性比记性要好，对于写剧本的苦，他记得不多了。坦丁说过，写剧本就像女人生孩子，疼的时候都咬牙切齿地发誓再也不生了，可等看到孩子以后，想法就完全变了。要不，那么多好编剧怎么练出来的！

第二天，特好花了一下午的时间和老那老黄坦丁等人商谈剧本的修改。老那强烈批评他不该在剧本里加商战，破坏了故事，没想到老黄竟也跟着随声附和说商战确实不该加。特好跟坦丁相视一笑，拿他没办法。

特好婉转地对老那说："一百个人心中有一百个哈姆雷特，可我只能写一个哈姆雷特，即使这个哈姆雷特具备了那一百个哈姆雷特的特点。"

老那坚定地说："我就要特好的哈姆雷特。"

怕别人没听出话里的双关，老那带头哈哈笑了起来，大家也如梦初醒似的跟着笑了。

整整一个月，除了去电视台之外，特好基本成了一只产卵的鸟，穴居在巢中，等待着一堆蛋变成儿女。他的精神出现混乱的迹象，什么都觉得可疑，看每个字都像错别字，看每个句子都像病句，看每个人物都假模假式，更看不出哪儿是高潮哪儿是悬念。有时，写着写着，他的眼泪就流了出来，而此时，笔下的人物正为某件事的成功而兴高采烈地喝酒庆祝呢。

台长老那看完修改过的剧本后没跟特好说通过，也没说通不过。坦丁透了个话，说老那觉得剧本比前几稿强，稍有点模样了，会尽快把导演定下来，小来小去的问题，可以边拍边改。

"我剧本的稿费什么时候能给？"特好最担心就是这事。

"定稿就给呗！还能白了你的钱？"坦丁说。

特好模仿他的语气补充道："我们这么大个电视台！"

《故园风雨》的导演终于定下来了，是特好心仪已久的梅少光。梅少光出身名门，曾拍过几部艺术性很高的电影，但片红人不红，在观众中没什么知名度，直到后来因导演一部创下收视率之最的电视剧才变得家喻户晓。

佛语说：寻佛则佛不在。机遇，就那么神使鬼差。对特好来说，梅少光是偶像级的人物，特好看过他拍过的所有电影，其中的经典还特地买了正版碟。以前从未想过能有幸跟他合作，特好激动万分，竟一气打了三十几个电话散布这个消息，给魏了啥打电话的时间格外长。

老那亲自打电话通知特好明天下午到台里商讨剧本，说梅少光已经到明州了。

特好在电视上见过梅少光，大胡子，满头乱发，是个大炮筒子，曾多次因为说话太直而得罪媒体。特好喜欢他这一点，不虚与委蛇，绝对的性情中人。而且，梅少光比罗森的名气大多了。特好想象着自己和梅少光坐在电视机里接受采访，他们妙语连珠，台下观众的笑声掌声不断。从此以后，自己的书也可以首印二十万册。这就叫守得云开。

这个夜晚的梦不是习惯性的噩梦，他梦见波光粼粼的亚得里亚海（一个满头红发的女人说的），海是紫色的，一只桨划破丝绸般胶着的水面，天空还飞翔着喻义颇深的天鹅。醒来后，特好的情绪不错。水主运气，尤指财运。那个红头发的女人又代表什么？天鹅代表一飞冲天吧？

临出门前，他生平第一次用超过二十分钟的时间来考虑衣着问题，还应该带上笔记本电脑。

特好用钥匙反锁上家里的门，楼上的某扇门也砰地响了，接着是脚步声。

他的心里涌起一股莫名的惊喜。梦里那头幸运的红发。作家的直觉告诉他，是她，玫瑰在上！

一对修长的大腿下了楼梯（晚上滴着露水，可惜现在穿着长裤）。从时间上计算，大腿应该是从五楼下来的。这个楼是一梯两户。五〇二那家特好认识，是对年轻的夫妇。没错，是她。

镜头缓缓向上移动。皮革的光亮，柔嫩的手拈住腋下的手袋。哦，她的脸就是一朵玫瑰花（被白色泡沫包裹着将有一种惊艳之美），玫瑰花的头发里埋伏着两片墨镜幽深地反光。她均匀地不带感情地扫视了四周，包括四〇一门边那个心怀鬼胎往外拔钥匙的青年男子。

特好尾随她下了楼，甚至故意弄出些不必要的响声以引起她的注意。出了单元大门，玫瑰扬长而去，似有余香。

这将是幸运的一天，亚得里亚海那波浪翻滚的运气向他扑来。吉祥的早晨，美妙的直觉，仿一句著名的电影台词来说：空气里有一种味道，是胜利。

因为前面路口发生车祸导致塞车，特好到电视台时，讨论会已经开始了，人不少，有十几个。老那在讲话。坦丁对特好的迟到显然非常不满，严厉地卡巴两下眼睛。特好找个座位默声地坐下了。

梅少光半眯着眼睛，胡子和头发有些花白，都不长，剪得很随意，给人以多毛的感觉。他的嘴唇是新鲜的粉红色，像一团四分熟的小牛肉。

"梅导，这是我们的编剧特好。"老那看见特好后，暂停自己的讲话向梅少光做介绍。

"梅导，您好。"特好尽量使肢体语言轻松些，可无法阻止眼神里流露出的崇拜。

梅少光点了个头，身体未动，脸上那团半生的小牛肉动了一下，接着又藐视般地眯起双眼。艺术家都这种做派，特好在心里替他解释着，但还是觉着挺别扭。

老黄也讲了几句，像个追星族似的对梅导及其执导的影片进行夸奖，有点驴唇不对马嘴。等他讲完，老那转向梅少光，"梅导，大家都想听听你对剧本的意见。"

梅少光缓缓地睁开眼睛，缓缓地移动身体，又缓缓地拿起垫在肘下的一叠白纸（那是剧本的打印稿，总共有三百一十一页——如果用A4纸，291054个字。特好记得清清楚楚）。整个过程好似一个抒情的电影长镜头。满屋寂静，同志们怀着无比崇敬的心情等待大师语出惊人。

小牛肉一剖两半。在这个瞬间，特好的脑海里竟闪出了一张女人面孔，似是而非，柳芭和小玫瑰的脸重合在一起。

梅少光手举一页纸开口了："我看得出明州电视台给我的这份打印稿纸质量非常好，这是什么牌的？枫树牌？哦，不错。拿在手上跟别的纸手感都不一样，感到沉，沉重的沉。"他环顾四周。

这家伙要讲什么？故弄玄虚！

大师放下手里的纸，"为什么说沉？三百多页优质纸，如果换算成木材的话，要毁掉几棵树？如果把这三百多页纸上的黑字抽取出来，能换算成多少心血？这么多的心血又有多少是有价值的？所以我说这个剧本是沉重的！当然，每个剧本都是沉重的。"

特好还是不知他想要说什么。坦丁的脚在桌子底下打着节拍。

见冷了场，坦丁清清嗓子，"梅导，我们想听听具体的。"

"坦率地说，我很难有什么具体的看法！"大师微笑着回答。

其他人都有点不知所措。特好等待着他把葫芦里的药卖出来。

那台赶紧救场，"梅导前天晚上从国外回来，昨天一早就坐飞机来明州，下车他第一件事就是向我要剧本。可以看出我们的艺术家是多么敬业……"

　　坦丁装出轻松的样子说，"嘿嘿，那台，以后不能用这么好的A4纸了，梅导光欣赏这纸了，没看纸上的字儿。"大家应和着笑几声。

　　梅少光半眯起眼睛，"我这人吧有病，多年重度失眠，每天入睡前都得服安眠药，医生让服两片，我就得服四片，总之需要加倍，但仍然入睡艰难，我在一篇访谈中曾说自己是个睡眠痛恨者。"

　　特好还是搞不明白梅大师要说什么，但预感到随后将有一个惊天暗喻揭晓。

　　那团小牛肉湿润而亢奋。"可是，"梅少光将眼睛全部睁开，又重新拿起那叠纸，"当我想把剧本仔仔细细看一遍时，竟然第一次不依靠药物睡着了，而且，睡得非常香。折磨我多年的顽症不治而愈了（戏剧腔朗诵）！"梅少光的声音欢欣鼓舞，"所以，你们让我谈具体看法，我没法谈，我只看了一集就睡着了，一觉睡到今天早上，连个梦都没做。我能谈什么呢？"

　　除了坦丁和梅少光之外，其他人的目光都一致转向了特好，这是比梅少光的"睡眠"更巨大的羞辱，剧本写成了"药方"难道是我一个人的责任？梅少光是上帝啊，吐口吐沫就把别人几个月的劳动成果淹没？特好要反击梅少光。

　　还是坦丁反应快，他语气平和地说："那台，我看这样，既然梅导只看了一集，我们还是等他把二十集看完以后再把大家召集起来也不迟。"他向特好使了个眼色。

　　梅少光又开口了。特好看透了，恶人是不需要台阶下的。

　　梅少光说："我认为也不用再召集大家讨论什么了。对这个剧本我能够肯定的是：一、用纸非常好。这个我刚才讲过了；二、故事的地点发生在中国的明州市；三、主要人物是中国人。除了这三点之外，剧本的任何地方都可以改！"梅少光加了个"樯橹灰飞烟灭"的手势。

　　"咣"！特好一拍桌子站了起来，但一阵眩晕又迫使他坐了下来。

　　两个月后，明州电视台为城庆献礼的二十集电视连续剧剧本由梅少光的御用编剧XXX完成，还以骆仲祥为主角。听说梅少光和XXX主张剧本另起炉灶，完全虚构，但遭到明州市委宣传部的反对。毕竟骆仲祥是在中国历史上受到赞誉的人物。

经过友好协商，特好在署名和稿费问题上与电视台达成妥协。特好仍被列为编剧之一。新出炉的剧本他没看，据说已经面目全非，X氏高明地给骆仲祥安排了三个姨太太。

好戏在后头呢！电视剧播出以后，骆正勋（骆仲祥的侄孙）肯定要为祖辈的名誉权而打官司的。到时，特好将成为被告之一。管他呢，反正是电视台赔钱。

这年头，打官司对搞艺术的人来说不是坏事，甚至是非常之必要的。

打官司也好。文化人不怕打官司，怕的是没官司可打。作家特好心想。

作者简介：

央歌儿，女，原名王瑶，哈尔滨人。作家，编剧。迄今已在各文学杂志发表作品百万余字，著有长篇小说《家有真经》《亲爱的老妈》《来的都是客》《大战》等，作品多次被选刊转载，曾荣获广东省第四届新人新作奖。电视剧作品有《红灯记》《苍天厚土》等。